渭南文集箋校

[宋] 陸游 著
朱迎平 箋校

二

上海古籍出版社

渭南文集箋校卷第十

啓

【釋體】本卷文體同卷六，收録啓十七首。

上趙參政啓

造於王廷，既盡除於宿負〔一〕；試以使事，復躐被於明恩。豈惟寬溝壑之憂，遂亦有桑榆之望〔二〕。大鈞難報，末路知榮。伏念某固陋不通，迂疏寡合，雖抱宿道鄉方之志，了無赴功趨事之能〔三〕。迨從幕府之遊，始被邊州之寄。方漂流於萬里，望飽暖於一麾〔四〕。豈圖下石之交，更起鑠金之謗〔五〕。素無實用，以爲頹放則不敢辭；橫得虛名，雖曰僥倖而非其罪。甫周歲律，再畀守符，曾未綰於印章，已遽膺於號召〔六〕。遂以羈旅入朝之始〔七〕，首預光華遣使之行。此蓋伏遇某官造德精微，宅心忠厚。念錦里十年之卜築〔八〕，已是蜀人；憐萍蹤萬里之來歸，特捐漢節〔九〕。茶然遲暮〔一〇〕，被此恩榮。某敢不斂散視豐凶之宜，阜通去農末之病。觀近臣以其所主，期無負於深知；非俗吏之所能爲，或粗施於素學〔一一〕。過此以往，未知所裁。

【題解】

趙參政，即趙雄（一一二九—一一九三），字温叔，資州人。隆興元年類省試第一。極論恢復，爲孝宗賞識，除中書舍人，使金不辱使命。淳熙初爲禮部侍郎、同知樞密院事，五年參知政事，進右丞相。改知江陵府。光宗時授寧武軍節度使，進衛國公，改帥湖北，以判隆興府終。宋史卷三九六有傳。宋史卷二一三宰輔表四：「（淳熙五年）六月己未，趙雄自同知樞密院事除參知政事。」又：「十一月丁丑，趙雄自參知政事遷正義大夫，除右丞相。」本文爲陸游上呈參知政事趙雄的啓文。

本文原未繫年。歐譜繫於淳熙五年（一一七八），是。當作於該年冬。時陸游在提舉福建路常平茶事任上。

【箋注】

〔一〕王廷，指朝廷。易夬：「揚於王廷。」孔穎達疏：「王廷是百官所在之處。」宿負：素日過錯。司馬光涑水記聞：「爵賞賜予，當倍常科；舊惡宿負，一皆原滌。」

〔二〕溝壑：借指野死之處或困厄之境。孟子滕文公下：「志士不忘在溝壑，勇士不忘喪其元。」趙岐注：「君子固窮，故常念死無棺槨没溝壑而不恨也。」桑榆：比喻晚年，垂老之年。文選曹植贈白馬王彪詩：「年在桑榆間，影響不能追。」李善注：「日在桑榆，以喻人之將老。」

〔三〕宿道鄉方：歸於正道，持守道義。荀子王霸：「若夫論一相以兼率之，使臣下百吏莫不宿道鄉方而務，是夫人主之職也。」楊倞注：「宿道，止於道也。」赴功：建立功業。曾鞏本朝政要策任將：「小其名而不撓其權，則在位者有赴功之心，而勇智者得以騁。」趨事：辦事，立業。漢書朱博傳：「夜寢早起，妻希見其面……其趨事待士如是。」

〔四〕一麾：一面旗幟，代指出京外任。杜牧將赴吴興登樂遊原：「欲把一麾紅海去。」

〔五〕下石：即落井下石。比喻乘人之危加以陷害。語本韓愈柳子厚墓誌銘：「落陷穽，不一引手救，反擠之，又下石焉者，皆是也。」鑠金：即衆口鑠金。比喻衆口同聲可混淆視聽。國語周語下：「衆口鑠金。」韋昭注：「鑠，消也，衆口所毁，雖金石猶可消也。」

〔六〕「甫周」四句：參見卷九福建謝史丞相啓注〔九〕、〔一〇〕。

〔七〕羈旅：寄居異鄉。左傳莊公二十二年：「齊侯使敬仲爲卿，辭曰：『羈旅之臣……敢辱高位？』」杜預注：「羈，寄；旅，客也。」

〔八〕錦里：即錦官城。成都的代稱。常璩華陽國志蜀志：「州奪郡文學爲州學，郡更於夷里橋南岸道東邊起文學，有女牆，其道西城，故錦官也。錦工織錦，濯其江中則鮮明，濯他江則不好，故命曰錦里。」卜築：擇地建築住宅，即定居。梁書處士傳劉訏：「（劉訏）曾與族兄劉歊聽講於鍾山諸寺，因共卜築宋熙寺東澗，有終焉之志。」

〔九〕漢節：漢天子授予的符節。漢武帝天漢元年，蘇武以中郎將使持節出使匈奴，單于留不遣，欲其降。武堅貞不屈，持漢節牧羊於北海畔十九年，始元六年得歸，鬚髮盡白。參見漢書蘇武傳。

〔一〇〕茶然：疲憊貌。王安石答呂吉甫書：「然公以壯烈，方進爲於聖世，而茶然衰疾，特待盡於山林，趣舍異事，則相呴以濕，不如相忘之愈也。」

〔一一〕「某敢不」六句：參見卷九福建謝史丞相啓注〔一八〕至〔二〇〕。

上安撫沈樞密啓

造於王廷，既盡除於宿負〔一〕；試以使事，復躐被於明恩。豈惟寬溝壑之憂，遂亦有桑榆之望〔二〕。慚汗爲之浹背，感涕至於交頤〔三〕。伏念某固陋不通，迂疏寡合，雖抱宿道鄉方之志，了無赴功趨事之能〔四〕。自屏迹於寬閒，已頽心於榮進〔五〕。徒中起廢，方蒙柬道之除〔六〕；望外召還，忽奉燕朝之對。然而進趨梗野，論奏空疏，徒叨三接之榮〔七〕，莫陳一得之慮。循名責實，所宜伏司敗之誅〔八〕；含垢匿瑕，特俾玷外臺之寄〔九〕。兹蓋伏遇某官望隆而善下，道峻而兼容。哀元祐之黨家，今其餘幾；數紹興之朝士，久矣無多〔一〇〕。曲借餘光，少伸末路。某敢不求民疾苦，絶吏並緣〔一一〕。斂散視時，益廣倉箱之積〔一二〕；阜通助國〔一三〕，庶無農末之傷。過此以還，未知所措。

【題解】

安撫沈樞密，即沈復，字德之，德清人。紹興二十一年進士。乾道九年除端明殿學士，簽書樞密院事、同知樞密院事。淳熙二年以知鎮江府罷，四年移知福州軍州事，充福建安撫使。以中大夫致仕。五年十二月卒。宋史翼卷十三有傳。本文爲陸游上呈福建安撫使沈復的啓文。

本文原未繫年。歐譜繫於淳熙五年（一一七八），是。當作於該年冬。時陸游在提舉福建路常平茶事任上。

【箋注】

〔一〕「造於」二句：參見本卷上趙參政啓注〔一〕。

〔二〕「豈惟」二句：參見本卷上趙參政啓注〔二〕。

〔三〕交頤：即滿腮。孫子兵法九地：「士卒坐者涕沾襟，偃臥者涕交頤。」

〔四〕「雖抱」二句：參見本卷上趙參政啓注〔三〕。

〔五〕寬閒：寬鬆僻靜。詩鄭風溱洧「女曰觀乎」，鄭玄箋：「欲與士觀於寬閒之處。」頹心：意志消沉。

〔六〕起廢：重新起用已被貶黜的官吏。見卷八謝洪丞相啓注〔二〕。僰道：古縣名。漢屬犍爲郡。爲僰人所居，故名。王莽時曾改稱僰治。在今四川宜賓縣境。見漢書地理志上。此指嘉州、榮州一帶。

〔七〕三接：一日之間三次接見，形容深受寵愛禮遇。參見卷四乞致仕劄子一注〔六〕。

〔八〕循名責實：按其名而求其實，要求名實相符。文子上仁：「循名責實，使自有司以不知爲道，以禁苛爲主，如此則百官之事，各有所考。」司敗：原指司寇。亦泛指司法機關。周書文帝紀上：「臣不能式遏寇虐，遂使乘輿遷幸。請拘司敗，以正刑書。」

〔九〕含垢匿瑕：包容污垢，隱匿缺失。形容寬宏大度。語本左傳宣公十五年：「瑾瑜匿瑕，國君含垢。」外臺：州郡所置別駕、治中，諸曹掾屬，號爲外臺。此指提舉福建常平之任。

〔一〇〕「茲蓋」八句：參見卷九與建寧蘇給事啓注〔八〕至〔一〇〕。

〔一一〕並緣：相互依附勾結。漢書薛宣傳：「三輔賦斂無度，酷吏並緣爲姦。」

〔二〕斂散：古代國家對糧食物資的買進和賣出。參見卷九福建謝史丞相啓注〔一八〕。倉箱：倉廩車箱，比喻豐收。語本詩小雅甫田：「乃求千斯倉，乃求萬斯箱。」鄭玄箋：「成王見禾穀之税，委積之多，於是求千倉以處之，萬車以載之。是言年豐收入踰前也。」朱熹集傳：「箱，車箱也。」

〔三〕阜通：貨物豐富，購銷順暢。參見卷九福建謝史丞相啓注〔一八〕。

賀泉州陳尚書啓

恭審顯奉璽書，起臨藩府〔一〕。廟堂虛位，固宜大老之遂歸〔二〕；嶽牧得人〔三〕，聊見太平之有象。恭惟某官道參聖域，德冠民彝〔四〕。下視諸公，負元龍湖海之豪氣〔五〕；獨尊九牧，擅諸葛宇宙之大名〔六〕。風雲自際於明時，金石靡渝於素履〔七〕。超然去國之久，綽有高世之風。雖力避寵名，亟欲急流而勇退〔八〕；顧眷求舊德，未容袖手而旁觀〔九〕。姑暫起於名邦，即延登於政路〔一〇〕。某久違德宇〔一一〕，喜聽除音。承顏接辭〔一二〕，恍不殊於曩日；質疑問道，尚自慰於窮途。

【題解】

泉州，州名，地處今福建省東南部。南宋爲福建路「八閩」（一府五州二軍）之一。陳尚書，即陳彌作，字季若，閩縣人。紹興八年進士。歷福建、兩浙運判，提舉四川都大茶馬，召爲大理少卿，除兵部侍郎，遷吏部侍郎，兼權尚書，知潭州、泉州，終敷文閣直學士、大中大夫。淳熙三山志卷二八有傳。陳彌作淳熙五年十月知泉州，次年即離任。本文爲陸游致知泉州陳彌作的賀啓。

本文原未繫年。歐譜繫於淳熙六年（一一七九）。是。當作於該年春夏。時陸游在提舉福建路常平茶事任上。

【箋注】

〔一〕藩府：指邊防重鎮。此指泉州。

〔二〕大老：德高望重的老人。參見卷六賀曾秘監啓注〔三〕。

〔三〕嶽牧：泛指封疆大吏。

〔四〕民彝：即人倫。舊指人與人之間相處的倫理道德準則。書康誥：「天惟與我民彝大泯亂。」孔安國傳：「天與我民五常，使父義、母慈、兄友、弟恭、子孝，而廢棄不行，是大滅亂天道。」

〔五〕元龍：指陳登。參見卷九上鄭宣撫啓注〔一〇〕。

〔六〕九牧：指地方長官。諸葛：指諸葛亮。杜甫詠懷古迹五首之五：「諸葛大名垂宇宙，宗臣遺像肅清高。」

〔七〕明時：指政治清明的時代。常用以稱頌本朝。曹植求自試表：「志欲自效於明時，立功於聖世。」素履：無文飾之鞋。比喻清白自守的處世態度。易履：「初九：素履往，無咎。」

象曰：素履之往，獨行願也。」王弼注：「履道惡華，故素乃無咎。」

〔八〕急流勇退：比喻在官場得意時及時引退，以明哲保身。宋陳摶約錢若水相晤。錢至，見陳與一老僧擁爐而坐。僧視若水良久，以火箸畫灰作「做不得」三字，徐曰：「是急流中勇退人也。」意謂錢若水做不了神仙，但也不是久戀官場之人。後錢官至樞密副使，年四十即退休。見邵伯温聞見前録卷七。

〔九〕袖手旁觀：比喻置身事外，不參預其中。語本韓愈祭柳子厚文：「不善爲斲，血指汗顔，巧匠旁觀，縮手袖間。」

〔一〇〕延登：延攬擢用。參見卷九賀葉樞密啓注〔一六〕。

〔一一〕德宇：德澤恩惠的庇蔭。國語晉語四：「今君之德宇，何不寬裕也？」韋昭注：「宇，覆也。」

〔一二〕承顔接辭：順承尊長的顔色和言辭。指謂侍奉尊長。漢書雋不疑傳：「聞暴公子威名舊矣，今乃承顔接辭。」

答建寧陳通判啓

伏審顯膺新渥，出貳潛藩〔一〕。逖聞旌旆之臨〔二〕，宜有神明之相。伏惟某官風規高秀，德宇粹夷〔三〕。含英咀華，早預蓬萊道山之選〔四〕；飛英騰茂，暫爲治中别駕之行〔五〕。雖澹然克守於家風，顧籍甚難淹於國器〔六〕。即聞追詔〔七〕，遂陟顯途。某托契至深，開緘竊喜〔八〕。自憐下客，久孤國士之知〔九〕；猶冀殘年，及見郎君之貴〔一〇〕。

【題解】

建寧，府名。參見卷九與建寧蘇給事啓題解。陳通判爲誰不詳。本文爲陸游致建寧府陳通判的答啓。

本文原未繫年。歐譜繫於淳熙六年（一一七九），是。當作於該年春夏。時陸游在提舉福建路常平茶事任上。

【箋注】

〔一〕新渥：新的恩惠。杜甫覽柏中丞兼子侄數人除官制詞因述父子兄弟四美載歌絲綸：「高名入竹帛，新渥照乾坤。」　出貳：出任副手，此指通判。　潛藩：指帝王爲王侯時的封地。據宋史孝宗本紀：紹興三十年二月，孝宗被立爲皇子，更名瑋，并進封建王。三十二年，因建州爲孝宗舊邸，升爲建寧府。

〔二〕遡聞：在遠處聽到。表示恭敬。參見卷六賀禮部曾侍郎啓注〔一三〕。　旌旆：即尊駕、大駕。多用於官員。賈島送周判官元範赴越詩：「已曾幾遍隨旌旆，去謁荒郊大禹祠。」

〔三〕風規：風度品格。參見卷八答薛參議啓注〔四〕。德宇：德澤恩惠的庇蔭。參見本卷賀泉州陳尚書啓注〔一二〕。粹夷：純潔平和。葛勝仲賀運使郎中學士啓：「恭惟某官宏材挺特，雅量粹夷。」

〔四〕含英咀華：比喻欣賞、體味詩文的精華。韓愈進學解：「沉浸醲鬱，含英咀華。」蓬萊道山：指秘閣、文苑。語本後漢書竇章傳：「是時學者稱東觀爲老氏臧室、道家蓬萊山。」

〔五〕飛英騰茂：指聲名遠揚。治中別駕：指助理、佐吏。參見卷八謝晁運使啓注〔五〕。

〔六〕籍甚：同藉甚。盛大，卓著。史記酈生陸賈列傳：「陸生以此遊漢廷公卿間，名聲藉甚。」國器：指可以治國的人材。漢書韓安國傳：「於梁舉壺遂、臧固，至它，皆天下名士，士亦以此稱慕之，唯天子以爲國器。」顏師古注：「國器者，言其器用重大，可施於國政也。」

〔七〕追詔：謂召回的詔書。韓愈順宗實録二：「而陸贄、陽城皆未聞追詔，而卒於遷所，士君子惜之。」

〔八〕托契：寄托交情，彼此信賴投合。陶潛扇上畫贊周陽珪：「飲河既足，自外皆休。緬懷千載，托契孤遊。」開緘：開拆信函。李白久別離詩：「況有錦字書，開緘使人嗟。」

〔九〕下客：指下等賓客。盧照鄰宴梓州南亭詩序：「下客悽惶，暫停歸轡；高人賞玩，豈輟斯文。」國士：指才德蓋世者。見卷八謝夔路監司列薦啓注〔二一〕。

〔一〇〕郎君：貴家子弟的通稱。杜甫題柏大兄弟山居之一：「叔父朱門貴，郎君玉樹高。」

答漳州石通判啓

伏審被命佐州，涓辰視印〔一〕。士心甚鬱，謂斂經濟以惠小邦〔二〕；天意孰知，蓋儲名望而須大用〔三〕。伏惟某官好是正直，擇乎中庸〔四〕。崇論竑言，挺松柏貫四時之操〔五〕；高文大册，擅江河流萬古之名〔六〕。謂宜凌厲以橫翔，乃復逡巡而小却〔七〕。使爲治中，乃展驥耳，雖暫試於外庸〔八〕；不有君子，其能國乎，當亟還於近列〔九〕。某未遑馳問，先辱寄聲〔一〇〕。祭竈而請比鄰，歎高懷之莫測〔一一〕；烹魚而得尺素，藏妙語以爲榮〔一二〕。

【題解】

漳州，州名，地處今福建省南部。南宋爲福建路「八閩」（一府五州二軍）之一。石通判，即石起宗（一一四〇—一二〇〇），字似之，泉州晉江人，祖籍同安。乾道五年進士，榜眼及第。歷删定官、秘書省正字、權倉部郎官兼國史院編修，判漳州，知徽州，除提舉浙西常平，擢尚書吏部員外郎。善書畫，工詩賦。八閩通志卷六六有傳。石起宗於淳熙五年七月添差漳州通判。本文爲陸游致漳州通判石起宗的答啓。

本文原未繫年。歐譜繫於淳熙六年（一一七九）是。當作於該年春夏。時陸游在提舉福建路常平茶事任上。

【箋注】

〔一〕涓辰：選擇吉利的時辰。沈遘台州通判都官：「伏審涓辰之良，受署以禮。」視印：掌印就職。葛立方旅次二首：「視印宜春一月過，寧知平地起風波。」

〔二〕鬱：憂愁，擔心。　斂：聚集。　經濟：指治國的才幹。

〔三〕名望：名聲，威望。三國志黄忠傳：「忠之名望，素非關、馬之倫也。」　須：等待。

〔四〕好是正直：甚是公正無私。參見卷一福建到任謝表注〔一七〕。　中庸：待人、處事不偏不倚，無過無不及。論語雍也：「中庸之爲德也，其至矣乎。」何晏集解：「庸，常也，中和可常行之道。」

〔五〕松柏貫四時：禮記禮器：「其在人也，如竹箭之有筠也，如松柏之有心也。二者居天下之大端矣，故貫四時而不改柯易葉。」

〔六〕江河流萬古：杜甫戲爲六絶句：「爾曹身與名俱滅，不廢江河萬古流。」

〔七〕横翔：高飛。張耒次韻蘇公武昌西山：「横翔相與顧鴻雁，寶劍再合張與雷。」　逡巡：退避，退讓。參見卷九福建謝史丞相啓注〔六〕。　小却：稍稍後退。後漢書馮異傳：「異與禹合兵救之，赤眉小却。」

〔八〕治中：治理文書檔案的佐吏。此指通判。　展驥：比喻施展才能。語本三國志蜀書龐統傳：「龐士元非百里才也，使處治中、別駕之任，始當展其驥足耳。」外庸：指任地方官時的政績。參見卷八謝王宣撫啓注〔一三〕。

〔九〕近列：近臣的行列。參見卷四乞致仕劄子一注〔五〕。

〔一〇〕寄聲：托人傳話。漢書趙廣漢傳：「界上亭長寄聲謝我，何以不爲致問？」此指來啓。

〔一一〕「祭竈」二句：指孫寶祭竈請鄰居，難測其内心。典出漢書孫寶傳：「孫寶字子嚴，潁川鄢陵人也，以明經爲郡吏。御史大夫張忠辟寶爲屬，欲令授子經，更爲除舍，設儲偫。寶自劾去，忠固還之，心内不平。後署寶主簿，寶徙入舍，祭竈請比鄰。忠陰察，怪之，使所親問寶：『前大夫爲君設除大舍，子自劾去者，欲爲高節也。今兩府高士俗不爲主簿，子既爲之，徙舍甚說，何前後不相副也？』寶曰：『高士不爲主簿，而大夫君以寶爲可，一府莫言非，士安得獨自高？前日君男欲學文，而移寶自近。禮有來學，義無往教；道不可詘，身詘何傷？且不遭者可無不爲，況主簿乎！』」祭竈：即祀竈。爲五祀之一。舊俗農曆十二月二十三日或二十四日祭祀竈神。

〔一二〕「烹魚」二句：指烹魚得絹書，以内藏妙語爲榮耀。文選古樂府飲馬長城窟行：「客從遠方來，遺我雙鯉魚。呼兒烹鯉魚，中有尺素書。長跪讀素書，書中竟何如？上言加飡飯，下言長相憶。」吕向注：「尺素，絹也。古人爲書，多書於絹。」尺素，小幅的絹帛。此四句均指石通判來啓。

江西到任謝史丞相啓

詣行在所〔一〕，方承命以北馳；駕使者車，復改轅而西上〔二〕。訓詞甚寵，地望加優〔三〕。本宜使之省循〔四〕，乃更增其僥倖。伏念某性資鄙陋，學問荒唐，雖慕長者之餘風，豈聞君子之大道。早親函丈，偶竊緒餘〔五〕，曾未免於鄉人〔六〕，乃見待以國士。知憐覆護，殆塵沙曠劫之難逢〔七〕；頽墮摧藏〔八〕，無絲髮微勞之上報。昨者甫還吳會，即使甌閩，超躐既多，便安尤極〔九〕。徒以久違於公衮〔一〇〕，悵然願事於師門。山川間之，日月逝矣。方坐馳於夢想，忽祇奉於詔追〔一一〕，深惟幸會之非常，但懼奔馳之弗及。夫何奇蹇〔一二〕，更累生成。方仇怨造言，投鼠不思於忌器〔一三〕；乃保全極力，舍牛寧廢於釁鍾〔一四〕。此蓋伏遇某官偉量包荒，深仁篤舊〔一五〕。念招之來而麾之去〔一六〕，若匪近於人情；謂舍其短而取其長，猶可勝於官使〔一七〕。故推餘潤，以及枯荄〔一八〕。而某筋力疲於往來，疾恙成於憂畏〔一九〕。質疑問道，自憐卒業之何時〔二〇〕；訟過戴恩，尚冀收身於末路〔二一〕。

【題解】

淳熙六年秋，陸游奉詔離建安任。途中奏乞奉祠，留衢州皇華館待命。尋得旨，改除朝請郎，提舉江南西路常平茶鹽公事，賜緋魚袋。十二月到撫州任。史丞相，即史浩。參見卷七謝參政啓題解。史浩已於淳熙五年十一月罷相，此仍以原職稱之。本文爲陸游到任江西後致故相史浩的謝啓。

本文原未繫年。歐譜繫於淳熙六年（一一七九），是。當作於該年十二月。時陸游在提舉江西常平茶鹽公事任上。

參考卷一江西到任謝表。

【箋注】

〔一〕行在所：指天子出行所在之地。史記衛將軍驃騎列傳：「右將軍蘇建盡亡其軍，獨以身得亡去，自歸大將軍……遂因建詣行在所。」裴駰集解引蔡邕曰：「天子自謂所居曰『行在所』，言今雖在京師，行所至耳。」宋高宗於紹興八年以臨安爲行在所，并定都於此。

〔二〕改轅：改變車行方向。轅，車前駕牲畜的直木。韓愈奉和兵部張侍郎馬帥已再領鄆州之作：「來朝當路日，承詔改轅時。」

〔三〕地望：地理位置。陸游從福建調往江西，後者優於前者，故曰「地望加優」。

〔四〕省循：反復省察。蘇轍代李諫議謝免罪表：「未能消於謗口，實有累於知人，每自省循，謂宜廢黜。」

〔五〕函丈：對前輩學者或老師的敬稱。此指史浩。緒餘：蠶繭抽絲後留剩的殘絲。借指事物之殘餘。莊子讓王：「道之真以治身，其緒餘以爲國家，其土苴以治天下。」

〔六〕鄉人：指俗人。孟子離婁下：「舜爲法於天下，可傳於後世，我由未免爲鄉人也。」

〔七〕知憐：賞識愛護。南史王彧傳：「（彧）幼爲從叔球所知憐。美風姿，爲一時推謝。」覆護：保護，庇佑。參見卷七上陳安撫啓注〔三〕。塵沙：即塵世。曠劫：佛教語。大劫難。李白地藏菩薩贊序：「獨出曠劫，導開横流。」王琦注：「曠劫，謂久遠之劫也。」

〔八〕頹墮：指精神頹廢衰憊。韓愈送高閑上人序：「泊與淡相遭，頹墮委靡，潰敗不可收拾，則其於書得無象之然乎？」摧藏：摧傷，挫傷。古詩源王昭君怨詩：「離宫絶曠，身體摧藏。」

〔九〕超躐：指越級提拔。陸游老學庵筆記卷七：「宋煇係直龍圖閣，便除待制，太超躐，欲且與倚撰。」便安：便利安適。後漢書霍諝傳：「就有所疑，當求其便安，豈有觸冒死禍，以解細微？」

〔一〇〕公衮：指三公一類顯職。范仲淹祭吕相公文：「憂勞疾生，辭去台衡，命登公衮，以養高年，如處嘉遁。」

〔一一〕祇奉：敬奉。阮籍大人先生傳：「汝又焉得挾金玉萬億，祇奉君上而全妻子乎？」詔追：指詔書召回。

〔一二〕奇蹇：指命運不好。岳飛辭例賜銀絹劄子：「然臣禀生奇蹇，賦分寒薄。」

〔一三〕投鼠忌器：比喻欲除害而有所顧忌。語本賈誼治安策：「里諺曰：『欲投鼠而忌器。』此善諭也。鼠近於器，尚憚不投，恐傷其器，況於貴臣之近主乎！」

〔一四〕舍牛釁鍾：指放了牛但不廢除釁鍾的儀式。孟子梁惠王上：「王坐於堂上，有牽牛而過堂下者，王見之，曰：『牛何之？』對曰：『將以釁鍾。』王曰：『舍之，吾不忍其觳觫，若無罪而就死地。』對曰：『然則廢釁鍾與？』曰：『何可廢也？以羊易之。』」釁鍾，古代祭祀時殺牲以血塗鍾。趙岐注：「新鑄鍾，殺牲以血塗其釁郤，因以祭之曰釁。」

〔一五〕包荒：包含荒穢。謂度量寬大。易泰：「包荒，用馮河，不遐遺。」王弼注：「能包含荒穢，受納馮河者也。」篤舊：以深情厚誼待故舊。南史王晏傳：「敕特原詡。詡亦篤舊，後拜廣州刺史。」

〔一六〕「招之來」句：指服從指揮，聽候調遣。語本史記汲鄭列傳：「使（汲）黯任職居官，無以逾人。然至其輔少主，守城深堅，招之不來，麾之不去，雖自謂賁、育亦不能奪之矣。」原指汲黯堅持原則，剛直不屈，今多反用其義。

〔一七〕「舍其短」句：指棄其所短，用其所長。語本漢書藝文志：「若能修六藝之術而觀此九家之言，舍短取長，則可以通萬方之略矣。」官使：指授之官職以使其才。漢書董仲舒傳：「諸侯、吏二千石皆盡心於求賢，天下之士可得而官使也。」顏師古注：「授之以官，以使其材也。」

〔一八〕餘潤：比喻旁及的德澤。秦觀陪李公擇觀金地佛牙詩：「乃知金仙妙難測，餘潤普及霑凡枯。」枯荄：乾枯的草根。文選潘岳悼亡詩之三：「落葉委埏側，枯荄帶墳隅。」李善注引方言：「荄，根也。」

〔一九〕疾恙：泛指疾病。杜牧祭周相公文：「牧守吴興，繼奉手示，但思休退，不言疾恙。」憂畏：憂慮畏怯。蕭統陶淵明集序：「宜乎與大塊而榮枯，隨中和而任放；豈能戚戚勞於憂畏，汲汲役於人間。」

〔二〇〕卒業：完成未竟的學業或事業。荀子仲尼：「文王誅四，武王誅二，周公卒業。」

〔二一〕訟過：指自責過失。劍南詩稿卷三一歲暮感懷其二：「訟過豈不力，壽非金石堅。」收身：指隱退。韓愈和僕射相公朝回見寄詩：「放意機衡外，收身矢石間。」

謝趙丞相啓

詣行在所，方承詔以北馳；駕使者車，復改轅而西上〔一〕。仰戴公朝之寛大〔二〕，重爲遠吏之光華。伏念某拳曲散材，聱牙末學〔三〕。衣食不繼，自竄夔楚之邦；齒髮寖衰，倦游隴蜀之境。惟習氣未忘於筆硯，每苦心自力於文詞。藏之名山，本欲粗傳於後世；待以國士，豈期親遇於巨公〔四〕。記憶不忘，詔除屢下〔五〕，雖復顛隮於薄命，要爲比數於明時〔六〕。而况仍皇華臨遣之榮，易江表清閒之處〔七〕，優游甚適，僥幸難名。此蓋伏遇某官誕保民彝〔八〕，堅持國是。致君密勿，偉治具之必張〔九〕；望古慨慷，閔道術之將裂〔一〇〕。務廣人文之化，仰扶主斷之明〔一一〕。念此窮途，爲之擇地。更令破萬卷之讀，或可成一家之言〔一二〕。某敢不開益舊聞〔一三〕，激昂懦意，稍竊簿書之暇日，試求學問之新功。欂櫨侏儒〔一四〕，儻未捐於大匠；雕蟲篆刻〔一五〕，尚少進於故時。庶仰答於聖知，亦粗酬於鈞播〔一六〕。過此以往，未知所裁。

【題解】

趙丞相，即趙雄。參見本卷上趙參政啓題解。宋史宰輔表四：「（淳熙五年）十一月丁丑，趙雄自參知政事遷正議大夫，除右丞相。」承接上篇，本文爲陸游到任江西後致丞相趙雄的謝啓。

本文原未繫年。歐譜繫於淳熙六年（一一七九），是。當作於該年十二月。時陸游在提舉江西常平茶鹽公事任上。

【箋注】

〔一〕「詣行在所」四句：參見本卷江西到任謝史丞相啓注〔一〕、〔二〕。

〔二〕公朝：古代官吏在朝廷的治事之所，借指朝廷。莊子達生：「當是時也，無公朝，其巧專而外骨消。」

〔三〕拳曲：捲曲，彎曲。莊子逍遥遊：「吾有大樹，人謂之樗。其大本擁腫而不中繩墨，其小枝捲曲而不中規矩。」成玄英疏：「捲曲，不端直也。」散材：無用之木。比喻不爲世用之人。蘇軾東山浮金堂戲作詩：「我子乃散材，有如木輪囷。」聱牙：亦作「聱齖」。乖忤：抵觸。亦指不隨世俗。元結自釋書：「彼聱叟不羞聱齖於隣里，吾又安能慙漫浪於人間？」末學：膚淺無本之學。多用作自謙之詞。莊子天道：「本在於上，末在於下……末學者，古人有之，而非所以先也。」成玄英疏：「先，本也。五末之學，中古有之，事涉澆僞，終非根本也。」

〔四〕巨公：指王公大臣。蘇舜欽應制科上省使葉道卿書：「某觀前古之士，欻然奮起於賤庸之地，建名樹勳，風采表於當世者，未始不由上官巨公推引而能至也。」

〔五〕詔除：詔命拜官授職。三國志魏書王粲傳：「（粲）年十七，司徒辟，詔除黄門侍郎，以西京擾亂，皆不就。」

〔六〕顛隮：困頓挫折。王安石辭使相第三表：「末學短能，固知易竭，要官重任，終懼顛隮。」比數：相與并列；相提并論。參見卷七上史運使啓注〔二〕。

〔七〕仍：因襲。皇華：詩小雅篇名。詩序：「皇皇者華，君遣使臣也。送之以禮樂，言遠而有光華也。」後因以皇華爲贊頌奉命出使的典故。臨遣：臨軒派遣。江表：江外。指長江以南的地區。此指江西。

〔八〕誕保：大力治理。書洛誥：「惟周公誕保文武受命，惟七年。」孔傳：「大安文武受命之事。」民彝：即人倫。參見本卷賀泉州陳尚書啓注〔四〕。

〔九〕密勿：勤勉努力。詩小雅十月之交：「黽勉從事，不敢告勞。」王先謙詩三家義集疏謂「魯『黽勉』作『密勿』」。漢書劉向傳：「君子獨處守正，不撓衆枉，勉彊以從王事……故其詩曰：『密勿從事，不敢告勞。』」顏師古注：「密勿，猶黽勉從事也。」治具必張：治理措施必須到位。韓愈進學解：「方今聖賢相逢，治具畢張，拔去兇邪，登崇畯良。」

〔一〇〕道術之將裂：天道之術將要割裂。莊子天下：「後世之學者，不幸不見天地之純，古人之大體，道術將爲天下裂。」道術，指普遍適用的反映天道之術，與局部適用的方術（一方之術）相對。

〔一一〕主斷：專斷，決斷。韓非子内儲説上：「叔孫相魯，貴而主斷。」

〔一二〕破萬卷之讀：杜甫奉贈韋左丞丈二十二韻：「讀書破萬卷，下筆如有神。」成一家之言：司馬遷報任少卿書：「亦欲以究天人之際，通古今之變，成一家之言。」

〔一三〕開益：啓發，增益。曾鞏乞賜唐六典狀：「其於就列，皆知其任；其於治體，開益至多。」

〔一四〕欂櫨侏儒：指托梁的方形短木和梁上短柱。韓愈進學解：「夫大木爲宋，細木爲桷，欂櫨侏儒，椳闑扂楔，各得其宜，施以成室者，匠氏之工也。」

〔一五〕雕蟲篆刻：比喻詞章小技。「蟲」指蟲書，「刻」指刻符，均爲字體之一種。揚雄法言吾子：

「或問：『吾子少而好賦？』曰：『然。童子雕蟲篆刻。』俄而曰：『壯夫不爲也。』」

〔一六〕聖知：即聖智。聰明睿智，無所不通。此指皇帝。墨子尚同中：「是故選擇天下賢良聖知辯慧之人立以爲天子，使從事乎一同天下之義。」鈞播：尊長的教化。曾鞏明州到任謝兩府啓：「誓在糜捐，用酬鈞播。」

謝王樞使啓

詣行在所，方奉詔以北馳；駕使者車，復改轅而西上〔一〕。訓詞甚寵，地望加優。伏念某拳曲散材，邅回末路〔二〕。浪遊山澤，不知歲月之屢遷；篤好文辭，自是書生之一癖。斐然妄作〔三〕，本以自娱，流傳偶至於中都，鑒賞遂塵於乙夜〔四〕。既閲期年之久〔五〕，兩膺召節之頒。雖改命於半途，尚乘軺於名部〔六〕。始終僥倖，進退光榮。兹蓋伏遇某官謨明弼諧〔七〕，任重道遠。以國士待我，卓爲特達之知〔八〕；於古人求之，每極吹嘘之論。詔除屢下，器使不遺〔九〕。雖云薄命之顛隮，要是公朝之記省〔一〇〕。某敢不竊簿書之暇日，求學問之新功。欂櫨侏儒，儻未捐於大匠；雕蟲篆刻，尚少進於曩時〔一一〕。庶仰答於上恩，亦粗酬於鈞播〔一二〕。過此以往，未知所裁。

【題解】

王樞使，即王淮（一一二六—一一八九），字季海，婺州金華人。紹興十五年進士。爲臨海尉，除監察御史，遷右正言。淳熙二年除同知樞密院事、參知政事。五年除知樞密院事、樞密使。八年拜右丞相兼樞密使。尋拜左丞相。素善唐仲友，擢陳賈、鄭丙，攻擊道學，開慶元黨禁之先聲。宋史卷三九六有傳。承接上篇，本文爲陸游到任江西後致樞密使王淮的謝啓。

本文原未繫年。歐譜繫於淳熙六年（一一七九），是。當作於該年十二月。時陸游在提舉江西常平茶鹽公事任上。

【箋注】

〔一〕「詣行在所」四句：參見本卷江西到任謝史丞相啓注〔一〕、〔二〕。

〔二〕拳曲散材：彎曲無用之木。參見本卷謝趙丞相啓注〔三〕。邅回：困頓，不順利。參見卷八上王宣撫啓注〔一〕。

〔三〕斐然：穿鑿妄作貌。魏書元深傳：「頃恒州之人，乞臣爲刺史，徽乃斐然言不可測。」

〔四〕中都：京都。史記平準書：「漕轉山東粟，以給中都官。」司馬貞索隱：「中都，猶都内也。」

乙夜：二更時候，約爲夜間十時。後漢書百官志三「左右丞」劉昭注引蔡質漢儀：「凡中宫漏夜盡，鼓鳴則起，鐘鳴則息，衛士甲乙徼相傳。甲夜畢，傳乙夜，相傳盡五更。」資治通鑑魏邵陵厲公嘉平元年「自甲夜至五鼓」，胡三省注：「夜有五更：一更爲甲夜，二更爲乙夜，三更爲丙夜，四更爲丁夜，五更爲戊夜。」此指陸游詩作流傳宮中，得孝宗鑒賞。

〔五〕閲：經歷。期年：一周年。左傳僖公十四年：「秋八月辛卯，沙鹿崩。晉卜偃曰：『期年將有大咎，幾亡國。』」

〔六〕乘軺：乘坐輕便馬車。參見卷九答交代陳太丞啓注〔七〕。名部：名區。此指江西。

〔七〕謨明弼諧：謀略美善，輔佐協調。書皋陶謨：「允迪厥德，謨明弼諧。」孔安國傳：「言人君當信蹈行古人之德，謀廣聰明，以輔諧其政。」孔穎達疏：「聰明者自是己性，又當受納人言，使多所聞見，以博大此聰明，以輔弼和諧其政。」

〔八〕特達：特殊知遇。劉商送廬州賈使君拜命詩：「特達恩難報，升沉路易分。」

〔九〕器使：即重用。秦觀朋黨下：「（韓）琦、（富）弼、（范）仲淹等，旋被召擢，復蒙器使，遂得成其功名。」

〔一〇〕顛隮：困頓挫折。參見本卷謝趙丞相啓注〔六〕。記省：記志省識。劉攽後漢書精要序：「若夫政化之要，禮刑之殊，材良節義之風，智勇名實之效，間見層出，悉使粲明，介善毛惡，咸可記省。」

〔一一〕「欂櫨」四句：參見本卷謝趙丞相啓注〔一四〕〔一五〕。

〔一二〕鈞播：尊長的教化。參見本卷謝趙丞相啓注〔一六〕。

謝錢參政啓

詣行在所，方承詔以北馳；駕使者車，復改轅而西上〔一〕。訓詞甚寵，地望加優。伏念某少苦賤貧，長更憂患。名場蹭蹬〔二〕，幾白首以無成；宦海漂流，顧青衫而自笑。不圖遠戍，乃誤明恩。一麾在巴蜀之間〔三〕，萬里促宣温之對〔四〕，清光咫尺，睿獎再三〔五〕。略有司資格之常，備奉使詢謀之選〔六〕。方虞官謗〔七〕，又辱詔追。半道遣行，雖歎棲遲之薄命〔八〕；頻年記録，要爲比數於公朝〔九〕。兹蓋伏遇某官培植衆材，主張公論。憐其跋前疐後〔一〇〕，姑令全進退之宜；謂其尺短寸長，或可責馳驅之效〔一一〕。曲加拉拭〔一二〕，俾竊便安。某謹當增所不能，修其可願。侵尋遲暮，雖嗟已失於東隅〔一三〕；激勵衰疲，尚及未先於朝露〔一四〕。

【題解】

錢參政，即錢良臣，字師魏，一作友魏，華亭（今松江）人。紹興二十四年進士。累遷軍器少監、總領淮東財賦，除中書舍人兼侍講。淳熙五年六月，除簽書樞密院事，十一月，除參知政事。後出知鎮江府，改知建康府。嘉慶松江府志卷五〇有傳。承接上篇，本文爲陸游到任江西後致參知政事錢良臣的謝啓。

本文原未繫年。歐譜繫於淳熙六年（一一七九），是。當作於該年十二月。時陸游在提舉江西常平茶鹽公事任上。

【箋注】

〔一〕「詣行在所」四句：參見本卷江西到任謝史丞相啓注〔一〕、〔二〕。

〔二〕名場：指科舉考場。參見卷七謝賜出身啓注〔九〕。蹭蹬：困頓，失意。參見卷六謝諫議啓注〔八〕。

〔三〕一麾：一面旌麾。舊時作爲出爲外任的代稱。杜牧即事詩：「莫笑一麾東下計，滿江秋浪碧參差。」

〔四〕宣温之對：指與天子問對。參見卷九與建寧蘇給事啓注〔六〕。

〔五〕清光：指帝王之風采。參見卷一江西到任謝表注〔一八〕。睿獎：聖明的獎賞。薛逢送西川梁常侍之新築龍山城并錫賚兩州刺史及部落酋長等：「迴軒如睿獎，休作苦辛行。」

〔六〕詢謀：咨詢，商議。後漢書桓帝紀：「永惟大宗之重，深思嗣續之福，詢謀台輔，稽之兆占。」

〔七〕官謗：因居官不稱職而受到的責難和非議。左傳莊公二十二年：「齊侯使敬仲爲卿。辭曰：『羈旅之臣……敢辱高位，以速官謗？』」

〔八〕棲遲：漂泊失意。參見卷九上鄭宣撫啓注〔一八〕。

〔九〕比數：相與並列；相提並論。參見卷七上史運使啓注〔一一〕。

〔一〇〕跋前疐後：亦作跋前躓後、跋胡疐尾。比喻進退兩難。語本詩豳風狼跋：「狼跋其胡，載疐其尾。」韓愈進學解：「然而公不見信於人。私不見助於友，跋前躓後，動則得咎。」

〔一一〕馳驅：奔走，效力。蘇轍代張公祭蔡子正資政文：「聲聞於朝，遂付兵樞，剔朽鉏荒，許之馳驅。」

〔一二〕抆拭：掩飾。漢書朱博傳：「馮翊欲洒卿耻，抆拭用禁，能自效不？」顏師古注：「抆拭，摩也。」王先謙補注謂「禁」乃「卿」之誤。

〔一三〕侵尋：漸近，漸次發展。參見卷一福建到任謝表注〔一二〕。東隅：因日出東隅，故用以指早晨，引申指初始。後漢書馮異傳：「赤眉破平，士吏勞苦，始雖垂翅回谿，終能奮翼黽池，可謂失之東隅，收之桑榆。」

〔一四〕朝露：比喻存在時間短促。漢書蘇武傳：「人生如朝露，何久自苦如此！」顏師古注：「朝露見日則晞，人命短促亦如之。」

謝侍從啓

祈天請命，冀循省於叢祠〔一〕；便道之官，復驅馳於近甸〔二〕。始終僥幸，俯仰兢慚〔三〕。伏念某鄙朴不材，荒唐寡學。生逢盛際，無尺寸之可稱；久戍遠方，乞斗升而自活。昨蒙臨遣，已劇超逾〔四〕。但虞薄祐之難勝〔五〕，寧復異恩之敢望。未温坐席，遽辱賜環〔六〕，初疑誤報者再三，俄乃真承於尺一〔七〕。文詞吏事，何者粗堪；物論人情〔八〕，居然不允。非賴密加於覆護，固難終逭於顛隮〔九〕。此蓋伏遇某官義薄九天〔一〇〕，量容百輩。念器盈則覆〔一一〕，推轂無所復施〔一二〕；然令出惟行，反汗豈其得已〔一三〕。遂容末路，獲忝優除〔一四〕。雖愧招麾之頻〔一五〕，亦驚吊賀之速。而某昨緣奔走，積困沉綿〔一六〕。顧影獨悲，豈久堪於從宦〔一七〕；服勤不怠，尚少贖於空餐。

【題解】

侍從，宋代稱翰林學士、給事中、六部尚書、侍郎爲侍從。此侍從爲誰不詳。承接上篇，本文爲陸游到任江西後致侍從官的謝啓。

本文原未繫年。歐譜繫於淳熙六年（一一七九），是。當作於該年十二月。時陸游在提舉江西常平茶鹽公事任上。

【箋注】

〔一〕循省：檢查，省察。韓愈潮州謝孔大夫狀：「欲致辭爲讓，則乖伏屬之禮；承命苟貪，又非循省之道。」〔二〕叢祠：叢林中的神廟。史記陳涉世家：「又間令吴廣之次所旁叢祠中，夜篝火，狐鳴呼曰『大楚興，陳勝王』。」司馬貞索隱引戰國策高誘注：「叢祠，神祠也。叢，樹也。」

〔二〕便道之官：指拜官或受命後不必入朝謝恩，直接赴任。史記酷吏列傳：「孝景帝乃使使持節拜都爲鴈門太守，而便道之官，得以便宜從事。」　近甸：指都城近郊。晉書食貨志：「此又三魏近甸，歲當復入數十萬斛穀。」此指江西。

〔三〕俯仰：一舉一動。蔡邕和熹鄧后謚議：「鄉黨叙孔子，威儀俯仰無所遺；彤管記君王，纖微大小無不舉。」

〔四〕臨遣：臨軒派遣。　超踰：越級擢升，提拔。王充論衡命禄：「或時才高行厚，命惡，廢而不進；知寡德薄，命善，興而超踰。」

〔五〕薄祐：缺少神明的佑助。後漢書皇后紀上和熹鄧皇后：「薄祐不天，早離大憂。」

〔六〕賜環：指放逐之臣遇赦召還。參見卷六賀台州曾直閣啓注〔一三〕。

〔七〕尺一：指天子的詔書。參見卷七賀葉提刑啓注〔一五〕。

〔八〕物論：衆人的議論，輿論。晉書謝安傳：「是時桓沖既卒，荆江二州并缺，物論以玄勳望，宜以授之。」　人情：人心，衆人的情緒。後漢書皇甫規傳：「而災異猶見，人情未安者，殆賢愚進退，威刑所加，有非其理也。」

〔九〕逭：逃避。　顛隮：困頓挫折。參見本卷謝趙丞相啓注〔六〕。

〔一〇〕九天：指天空最高處。孫子形篇：「善攻者，動於九天之上。」梅堯臣注：「九天，言高不可測。」

〔二〕器盈則覆：器指宥坐之器，即欹器，古時君主置於座右以爲警戒。荀子宥坐：「吾聞宥坐之器者，虚則欹，中則正，滿則覆。」楊倞注：「宥與右同。言人君可以置於坐右以爲戒也。」

〔三〕推轂：薦舉，援引。史記魏其武安侯列傳：「魏其、武安倶好儒術，推轂趙綰爲御史大夫。」

〔四〕反汗：指翻悔食言或收回成命。漢書劉向傳：「易曰：『涣汗其大號。』言號令如汗，汗出而不反者也。今出善令，未能踰時而反，是反汗也。」此以汗出而不能反喻令出不能收。

〔五〕優除：授予美官。宋祁上謝轉吏部郎中表：「遂容孤迹，亦被優除。」

〔六〕招麾：徵召，起用。劍南詩稿卷二八村居之一：「是中堪送老，高枕謝招麾。」

〔七〕沉綿：指疾病纏綿，經久不愈。參見卷八謝洪丞相啓注〔二二〕。

〔八〕從宦：即做官。劉勰文心雕龍時序：「偉長從宦於青土。」

謝臺諫啓

祈天請命，冀循省於窮閻；便道之官，復馳驅於近甸。始終僥幸，俯仰兢慚〔一〕。伏念某鄙朴不材，荒唐寡學。生逢盛際，無尺寸之可稱；久戍遠方，賴斗升而自活。昨蒙臨遣，已劇超逾〔二〕。但虞薄祐之難勝，寧復異恩之敢望。未温坐席，遽辱賜環〔三〕，初疑誤報於姓名，俄乃真承於詔命。人才吏事，何者粗堪；自計旁觀，居然不允。敢謂并包之廣大，更令進退之從容。此蓋伏遇某官山立英姿，海涵偉量。盡言劇論〔四〕，雖震聳於朝端〔五〕；用恕持平，每保全於士類。遂容末路，獲忝優除。俯伏以思，論報何所〔六〕。而某昨緣奔走，積困沉綿。顧影獨悲，豈久堪於從宦；服勤不怠，尚少贖於空餐。

【題解】

臺諫，宋代以專司糾彈的御史爲臺官，以職掌建言的給事中、諫議大夫等爲諫官。兩者職責往往相混，泛稱臺諫。此臺諫爲誰不詳。承接上篇，本文爲陸游到任江西後致臺諫官的謝啓。

本文原未繫年。歐譜繫於淳熙六年（一一七九），是。當作於該年十二月。時陸游在提舉江西常平茶鹽公事任上。

【箋注】

〔一〕「祈天請命」六句：參見本卷謝侍從啓注〔一〕至〔三〕。本篇文句多同於上篇。

〔二〕「昨蒙」二句：參見本卷謝侍從啓注〔四〕。

〔三〕「但虞」四句：參見本卷謝侍從啓注〔五〕、〔六〕。

〔四〕盡言：即直言。指暢所欲言，毫無保留。國語周語下：「唯善人能受盡言，齊其有乎？」

劇論：深刻論議，激切論辯。范仲淹舉張昇自代狀：「清介自立，精思劇論，有憂天下之心。」

〔五〕朝端：朝廷。任昉齊竟陵文宣王行狀：「敷奏朝端，百揆惟穆。」

〔六〕論報：指報答恩情。新唐書馬周傳：「竊自惟念無以論報，輒竭區區，惟陛下所擇。」

與本路監司啓

詣行在所，方奉詔以北歸；駕使者車，復改轅而西上〔一〕。稍息道途之役，獲全溝壑之身〔二〕。揣分已逾〔三〕，置慚靡所。伏念某頽然遲暮，久矣漂流。戍隴十年，形容盡變；還吴萬里，交舊半空〔四〕。騎馬而聽朝鷄，已冥心於昨夢〔五〕；賣刀而買耕犢，將掃軌於窮閻〔六〕。敢謂頻年，屢膺嚴召〔七〕，既衆知其不可，亦自揆之甚明〔八〕。所期獨往於山林，乃得本來之面目。此蓋伏遇某官英姿玉立①，大度海涵。愛惜人材，每陰借之餘論〔九〕；維持公道，尤深憫於窮途。施及妄庸，未忘記省。某登門維舊，擁篲有期〔一〇〕。大匠之規矩可師，即趨函丈〔一一〕；小夫之竿牘自見〔一二〕，姑致萬分。

【題解】本路監司，即江南西路監司。宋諸路轉運使司、提點刑獄司、提舉常平司等，有監察各州官吏之責，總稱監司。此監司爲誰不詳。承接上篇，本文爲陸游致江南西路監司長官的啓文。

本文原未繫年。歐譜繫於淳熙六年（一一七九），是。當作於該年十二月。時陸游在提舉江西常平茶鹽公事任上。

【校記】

①「玉立」，汲古閣本作「山立」。

【箋注】

〔一〕「詣行在所」四句：參見本卷江西到任謝史丞相啓注〔一〕、〔二〕。

〔二〕溝壑：借指處困厄之境。孟子滕文公下：「志士不忘在溝壑，勇士不忘喪其元。」

〔三〕揣分：衡量名位、能力。參見卷五辭免賜出身狀注〔四〕。

〔四〕交舊：故交，舊友。後漢書張奐傳：「（奐）既被錮，凡諸交舊莫敢爲言。」

〔五〕騎馬聽朝鷄：借指擔任京官。葉夢得石林詩話卷中：「常待制秩，居汝陰，與王深父皆有盛名於嘉祐、治平之間，屢召不至，雖歐陽文忠公亦重推禮之，其詩所謂『笑殺潁川常處士，十年騎馬聽朝鷄』者是也。熙寧初，荆公當國，力致之……嘗一日，大雪趨朝，與百官待門於仗舍，時秩已衰，寒甚不可忍，喟然若有所恨者，乃舉文忠詩以自戲曰：『凍殺潁川常處士，也來騎馬聽朝鷄。』」　冥心：泯滅俗念，使心境寧静。魏書逸士傳序：「冥心物表，介然離俗，望古獨適，求友千齡，亦異人矣。」

〔六〕「賣刀」二句：指賣掉武器務農。漢書循吏傳龔遂：「民有帶持刀劍者，使賣劍買牛，賣刀買犢。」掃軌：比喻隔絶人事。參見卷六答福建察推啓注〔二〕。窮閻：陋巷。參見卷一福建到任謝表注〔四〕。

〔七〕嚴召：指君命徵召。陳師道除官詩：「扶老趨嚴召，徐行及聖時。」

〔八〕自揆：自度，自測。

〔九〕餘論：識見廣博之論，宏論。司馬相如子虛賦：「問楚地之有無者，願聞大國之風烈，先生之餘論也。」

〔一〇〕維舊：維繫舊情。擁篲：執帚清道，迎候賓客，以示敬意。參見卷九與錢運使啓注〔八〕。

〔一一〕大匠：技藝高超的木工。參見卷九與錢運使啓注〔九〕。函丈：指講學的坐席。參見卷九與錢運使啓注〔一〇〕。

〔一二〕小夫之竿牘：指匹夫關心的瑣事。參見卷九與錢運使啓注〔一一〕。

答本路郡守啓

末路賜環，本出聖知之舊〔一〕；半途畀節〔二〕，尚承寵命之新。揣分實逾，置懈靡所。伏念某易摇弱植，無用散材〔三〕。轍環天下而老於行〔四〕，寧非薄命；舟近神山而引之去，殆有宿緣〔五〕。方力丐於退藏，乃更叨於臨遣〔六〕。此蓋伏遇某官指南公議，推轂時髦〔七〕，顧雖流落之餘。亦在揄揚之末〔八〕。某方勤馳傳，未卜登門〔九〕，頌詠之私，敷宣罔既〔一〇〕。

【題解】

本路郡守，即江南西路隆興府知府。宋代郡改府，知府亦稱郡守。隆興知府爲誰不詳。本文爲陸游致隆興知府的答啓。

本文原未繫年。歐譜繫於淳熙六年（一一七九），是。當作於該年十二月。時陸游在提舉江西常平茶鹽公事任上。

【箋注】

〔一〕賜環：指放逐之臣遇赦召還。參見卷六賀台州曾直閣啓注〔一三〕。聖知：即聖智。此指皇帝。參見本卷謝趙丞相啓注〔一六〕。

〔二〕畀節：給予符節。此指提舉江西常平茶鹽公事的任命。

〔三〕弱植：身世寒微、勢孤力單者。參見卷八上王宣撫啓注〔八〕。散材：無用之木。比喻不爲世所用之人。參見卷八謝夔路監司列薦啓注〔三〕。

〔四〕「轍環」句：韓愈進學解：「轍環天下，卒老於行。」

〔五〕「舟近」二句：史記封禪書：「自威、宣、燕昭使人入海求蓬萊、方丈、瀛洲。此三神山者，其傳在勃海中，去人不遠；患且至，則船風引而去。」宿緣：佛教指前生因緣。宗炳明佛論：「況須彌之大，佛國之偉，精神不滅，人可成佛，心作萬有，諸法皆空，宿緣綿邈，億劫乃報乎！」

〔六〕丐：乞求。退藏：指辭官隱退，藏身不用。參見卷一福建到任謝表注〔一一〕。叨：承受。臨遣：臨軒派遣，指皇帝親自委派。參見卷一福建到任謝表注〔二〕。

〔七〕指南：比喻指導。文選張衡東京賦：「鄙哉予乎！習非而遂迷也，幸見指南於吾子。」公議：公衆共同評論。韓非子説疑：「彼又使譎詐之士……使諸侯淫説其主，微挾私而公議。」推轂：薦舉，援引。參見本卷謝侍從啓注〔一一〕。時髦：當代俊傑。參見卷九除制司參議官謝趙都大啓注〔九〕。

〔八〕揄揚：宣揚。參見卷六謝諫議啓注〔二〕。

〔九〕馳傳：駕馭驛站車馬疾行。史記孟嘗君列傳：「秦昭王後悔出孟嘗君，求之，已去，即使人馳傳逐之。」未卜：没有占卜。引申爲不知，難料。李商隱馬嵬詩：「海外徒聞更九州，他生未卜此生休。」

〔一〇〕敷宣：宣揚。罔既：不盡。參見卷八答發解進士啓注〔九〕。

答寄居官啓

賜環半道，易節回轅〔一〕，去閩中瘴癘之區，得江表清閒之地〔二〕。優游甚適，僥幸難名。此蓋某官義重噓枯，情深推轂〔三〕，每假揄揚之助，俾叨臨遣之榮。黄撫幹、晏簽判云〔四〕。老夫耄矣而無能，寧有澄清之效〔五〕；君子居之而何陋，尚陪名理之餘〔六〕。范提幹云〔七〕。尺素驚傳，喜論交之未替〔八〕；一樽相屬，悵道舊之何由〔九〕。陳檢法云〔一〇〕。汨没簿書〔一一〕，敢冀澄清之效；從容談笑，尚爲衰晚之光〔一二〕。

【題解】

寄居官，指本爲朝廷官員，而今返里家居之人。趙昇朝野類要稱謂：「寄居官，又名私居官。不以客居及本貫土著，皆謂之私居、寄居。其義蓋有官者，本朝廷仕宦也。」此寄居官爲誰不詳。本文爲陸游致某寄居官的答啓。

本文原未繫年。歐譜繫於淳熙六年（一一七九），是。當作於該年十二月。時陸游在提舉江西常平茶鹽公事任上。

【箋注】

〔一〕賜環：指放逐之臣遇赦召還。參見卷六賀台州曾直閣啓注〔一三〕。易節：指改换任命。

〔二〕閩中：古郡名。秦置，秦末廢。後指福建一帶。謝靈運還舊園作見顔范二中書詩：「閩中安可處，日夜念歸旋。」瘴癘：指瘴氣。杜甫悶：「瘴癘浮三蜀，風雲暗百蠻。」江表：江外。此指江西。

〔三〕噓枯：比喻拯絶扶危。參見卷七上史運使啓注〔一四〕。推轂：薦舉，援引。參見本卷謝侍從啓注〔一一〕。

〔四〕撫幹：安撫司幹辦公事的簡稱。簽判：簽書判官廳公事的簡稱。黄撫幹、晏簽判，及下文范提幹、陳檢法，當均爲陸游在江南西路任職時的同事。「云」前文句或爲這些同事所續。

〔五〕「老夫」句：左傳隱公四年：「石碏使告於陳曰：『衛國褊小，老夫耄矣，無能爲也。』」耄，年老，八九十歲的年紀。澄清：指肅清混亂局面。後漢書黨錮傳范滂：「滂登車攬轡，慨然有澄清天下之志。」

〔六〕「君子」句：論語子罕：「子欲居九夷，或曰：『陋，如之何？』子曰：『君子居之，何陋之有？』」名理：指辨析事物名理之論。

〔七〕提幹：幹辦公事的簡稱。

〔八〕尺素：小幅絹帛，古人多用以寫信或文章。文選古樂府飲馬長城窟行：「客從遠方來，遺我雙鯉魚。呼兒烹鯉魚，中有尺素書。」吕向注：「尺素，絹也。古人爲書，多書於絹。」論交：結交，交友。高適送前衛縣李寀少府詩：「怨别自驚千里外，論交却憶十年時。」

〔九〕道舊：談論往事，叙説舊情。史記高祖本紀：「道舊故爲笑樂。」

〔一〇〕檢法：提點刑獄司檢法官的簡稱。

〔一一〕汩没：沉溺。歐陽修與劉侍讀書：「汩没聲利，惟溺惑者不勝其勞。」簿書：官署中的文書簿册。漢書賈誼傳：「而大臣特以簿書不報，期會之間，以爲大故。」

〔一二〕衰晚：即暮年。范仲淹與韓魏公書：「蓋年向衰晚，風波屢涉，不自知止，禍亦未涯，此誠懼於中矣。」

賀葛正言啓

恭審儤直北扉，方演出綸之命〔一〕；拾遺西省，遂輸補衮之忠〔二〕。上虚佇於嘉言，士共歸於碩望〔三〕。恭惟某官英辭擅世，偉識絶人，諸老先生聞名而願交，學士大夫望風而知敬。讎書群玉之府，視草承明之廷〔四〕，比傳夜對之從容，屢動天顔之忻懌〔五〕。主聖臣直，共知千載之逢；言聽諫行，獨任七人之責〔六〕。木從繩而必正，石投水以奚難。某屬以乘軺，阻陪賀厦〔七〕。比年十漸〔八〕，必盡告於吾君；一日九遷，將孰先於門下〔九〕。其爲抃躍〔一〇〕，罔罄敷陳。

【題解】

葛正言，即葛邲（約一一三一—約一一九六），字楚輔，世居丹陽，後徙吴興。葛立方子。隆興進士。歷國子博士、著作郎兼學士院權直、右正言、中書舍人、給事中、刑部尚書、參知政事，紹熙四年（一一九三）拜左丞相。後知建康府。宋史卷三八五有傳。正言，諫官名。唐有左、右拾遺，宋初改爲左、右正言，掌規諫諷喻，分隸門下、中書二省。南宋館閣續録卷八：葛邲「（淳熙）六年十月除著作郎，七年二月爲右正言」。本文爲陸游爲葛邲獲除右正言所致的賀啓。

本文原未繫年。歐譜繫於淳熙六年（一一七九），誤。當作於淳熙七年（一一八〇）二月。時陸游在提舉江西常平茶鹽公事任上。

【箋注】

〔一〕儤直：指官吏在官府連日值宿。王禹偁贈浚儀朱學士詩：「何時儤直來相伴，三入承明興漸闌。」北扉：北向之門。沈括夢溪筆談故事一：「唐制……又學士院北扉者，爲其在浴堂之南，便於應召。」因以「北扉」爲學士院的代稱。蘇轍謝翰林學士宣召狀之二：「今臣與兄軾皆塵西掖，繼入北扉，曾未三年，遍經兩制。」此指葛邲任著作郎兼學士院權直。演：依照程式練習。出綸：指帝王的詔命。參見卷一轉太中大夫謝表注〔四〕。翰林學士掌起草帝王詔命。

〔二〕拾遺：補正他人缺點過失。史記汲鄭列傳：「臣願爲中郎，出入禁闥，補過拾遺，臣之願也。」　西省：中書省的别稱。蘇軾再次韻答完夫穆父：「豈知西省深嚴地，也著東坡病瘦身。」此指葛邲新任隸屬中書省的右正言。　補衮：補救規諫帝王的過失。　語本詩大雅烝民：「衮職有闕，維仲山甫補之。」

〔三〕虚佇：虚心期待。杜甫北征詩：「聖心頗虚佇，時議氣欲奪。」　碩望：重望，高名。李德裕授石雄晉絳行營節度使制：「朕以彦佐，早升大將之壇，久服上公之冕，資其碩望，任以指蹤。」

〔四〕讎書：校書。柳宗元唐故萬年令裴府君墓碣：「讎書宫闈，佐職於京。」　群玉之府：指帝王珍藏圖籍書畫之所。穆天子傳卷二：「天子北征，東還，乃循黑水，癸巳，至於羣玉之山……先王之所謂策府。」郭璞注：「言往古帝王以爲藏書册之府，所謂藏之名山者也。」　視草：詞臣奉旨修正詔諭一類公文。漢書淮南王劉安傳：「每爲報書及賜，常召司馬相如等視草乃遣。」　承明：漢承明殿旁侍臣值宿之屋，稱承明廬。後以入直承明爲入朝作官之典。

〔五〕夜對：指夜晚對天子之問。　天顔：天子的容顔。趙曄吴越春秋勾踐歸國外傳：「羣臣拜舞天顔舒，我王何憂能不移。」　忻懌：喜悦。唐庚賀王尚書啓：「忻懌之私，叙陳罔既。」

〔六〕七人：指古代天子的七位諍臣。泛指諫臣。參見卷六賀何正言除左司諫啓注〔一一〕。

〔七〕乘軺：乘坐輕便馬車。指出征，出使。文選丘遲與陳伯之書：「今功臣名將，雁行有序，佩紫懷黄，贊帷幄之謀；乘軺建節，奉疆埸之任，并刑馬作誓，傳之子孫。」阻陪：指因僻守荒遠之地，不能參與拜賀。參見卷一會慶節賀表二注〔六〕。賀厦：指祝賀新居。淮南子説林訓：「湯沐具，而蟣虱相弔；大厦成，而燕雀相賀：憂樂别也。」後以「賀厦」、「賀燕」作爲祝賀新居落成的套語。

〔八〕十漸：指魏徵名篇十漸不克終疏中所列舉的唐太宗即位後「漸不克終」的十項弊端。

〔九〕九遷：指多次升遷。參見卷六賀禮部曾侍郎啓注〔三〕。門下：即閣下。對人的尊稱。朱熹與江東陳帥書：「不審高明何以處此？熹則竊爲門下憂之，而未敢以爲賀也。」

〔一〇〕抃躍：手舞足蹈。表示歡欣鼓舞。梁江淹爲蕭驃騎讓太尉表：「雖蹈疵戾，猶深抃躍。」

賀周參政啓

恭審顯奉廷揚，進陪國論〔一〕。號令涣焉可述，乃專討論潤色之功〔二〕；疇咨若時登庸，遂處輔弼疑丞之位〔三〕。國有隆儒之盛，士知稽古之榮〔四〕。伏以典謨實列於六經〔五〕，臣主難逢於千載。高文大册，或托之不得其人；老師宿儒，有死而莫見於世。維時鴻碩之彦，早冠清華之途〔六〕。成功告於神明，大業刻之金石。發德音，下明詔，大哉王言；建顯號，施尊名，震於方外。一變猥釀枝駢之體，復還雄深灝噩之風〔七〕。縉紳竊誦而得師，夷狄傳觀而動色。顧於昭代〔八〕，可謂殊勛。雖箕、潁之志屢陳，然莘、渭之求焉往〔九〕。恭惟某官任重而宏毅，謨明而弼諧〔一〇〕。以窮深測遠之才，坐酬衆務；以極高蟠厚之氣，陰折遐衝〔一一〕。至於擅世之英辭，本皆全德之餘事，僅少施於一二，已見謂於崇竑〔一二〕。豈容卷懷經濟之圖〔一三〕，遂欲袖手寬閒之地。公毋困我，初誦留行之言〔一四〕；上誠知人，亟下延登之命〔一五〕。然易間者聖君之眷〔一六〕，難居者天下之名。方仰對於寵光，顧益思於挹損〔一七〕，茂迪謙尊之吉，永爲善類之依〔一八〕。

【題解】

周參政，即周必大（一一二六—一二〇四），字子充，一字洪道，吉州廬陵（今江西吉安）人。紹興二十年進士。舉博學宏詞科。歷秘書省正字、監察御史、秘書少監、侍讀、兵部侍郎、禮部尚書兼翰林學士、吏部侍郎、參知政事、樞密使、參知政事等。淳熙十四年（一一八七）拜右丞相，進左丞相，封益國公。後出判潭州，以少傅致仕。宋史卷三九一有傳。宋史宰輔表四：「（淳熙）七年五月戊辰，周必大自吏部尚書除參知政事。」本文爲陸游爲周必大獲除參知政事所致的賀啓。

本文原未繫年。歐譜繫於淳熙七年（一一八〇），是。當作於該年五月。時陸游在提舉江西常平茶鹽公事任上。

【箋注】

〔一〕廷揚：即對揚王廷。指面君奏對。 國論：指商討國家大計。岳飛乞解樞柄第三劄：「伏念臣濫厠樞庭，誤陪國論，貪榮滋甚，補報蔑然，豈惟曠職之可憂，抑亦妨賢之是懼。」

〔二〕討論潤色：探討研究，修飾文字。 論語憲問：「爲命，裨諶草創之，世叔討論之，行人子羽修飾之，東里子産潤色之。」王安石西垣當直：「討論潤色今爲美，學問文章老更醇。」

〔三〕疇咨若時登庸：書堯典：「帝曰：『疇咨若時登庸。』」孔安國傳：「疇，誰；庸，用也。誰能咸熙庶績，順是事者，將登用之。」疇咨，訪問，訪求。 輔弼：輔佐君主者。後多指宰相。吕氏春秋自知：「故天子立輔弼，設師保，所以舉過也。」 疑丞：傳説古代供天子咨詢的四位輔臣中的二位。後泛指輔佐大臣。禮記文王世子：「虞、夏、商、周，有師保，有疑丞。」

〔四〕稽古：考察古事。 書堯典：「曰若稽古。帝堯曰放勳。」

〔五〕典謨：尚書中堯典、舜典和大禹謨、皋陶謨等篇的並稱。 書序：「典、謨、訓、誥、誓、命之文凡百篇，所以恢弘至道，示人主以軌範也。」

〔六〕鴻碩：學識淵博之人。 蘇頲封東嶽朝覲頌：「而左輔右弼，雜縉紳鴻碩之倫。」 清華：清高顯貴。 參見卷六賀台州曾直閣啓注〔六〕。

〔七〕猥釀：雜亂，鄙陋。 新唐書劉子玄吴兢等傳贊：「又舊史之文，猥釀不綱，淺則入俚，簡則及漏。」 枝駢：即駢枝。 比喻多餘無用之物。 莊子駢拇：「是故駢於足者，連無用之肉也；

枝於手者，樹無用之指也。多方駢枝於五藏之情者，淫僻於仁義之行，而多方於聰明之用也。」　灝噩：博大。語本揚雄法言問神：「虞、夏之書渾渾爾，商書灝灝爾，周書噩噩爾。」司馬光謝賜資治通鑑序表：「發言爲典，肆筆成書。炳蔚互變，如虎豹之明；灝噩無涯，逾商周之盛。」

〔八〕昭代：政治清明的時代。常用以稱頌本朝或當今時代。崔塗問卜：「不擬逢昭代，悠悠過此生。」

〔九〕箕、潁：箕山和潁水。相傳堯時，賢者許由曾隱居箕山之下，潁水之陽。後因以「箕潁」指隱居之地。謝靈運擬魏太子鄴中集詩徐幹詩序：「少無宦情，有箕潁之心事，故仕世多素辭。」　莘、渭：莘，古國名。在今陝西合陽。孟子萬章上：「伊尹耕於有莘之野。」趙岐注：「有莘，國名。伊尹初隱之時，耕於有莘之野。」後以「莘野」指隱居之地。渭，水名。黄河支流。相傳姜太公隱居垂釣於渭水之濱。韓非子喻老：「文王舉太公於渭濱者，貴之也。」

〔一〇〕任重而宏毅：任重道遠，意志堅毅。論語泰伯：「曾子曰：『士不可以不弘毅，任重而道遠。』」朱熹集注：「弘，寬廣也；毅，强忍也。非弘不能勝其重，非毅無以致其遠。」　謨明而弼諧：謀略美善，輔佐協調。參見本卷謝王樞使啓注〔七〕。

〔一一〕極高蟠厚：頂天立地，遍及天地。參見卷一光宗册寶賀表注〔五〕。　遐衝：遠方之衝車。引申爲與遠方邦國間的衝突。後漢書馬融傳：「蓋安不忘危，治不忘亂，道在乎兹，斯固帝王之所以曜神武而折遐衝者也。」

〔一二〕崇竑：即崇論竑議。指高明宏大的議論。參見卷七問候洪總領啓注〔九〕。

〔一三〕卷懷：指收心息慮，藏身隱退。語本論語衛靈公：「邦無道，則可卷而懷之。」劉寶楠正義：「卷，收也。懷，與『褱』同，藏也……卷而懷之，蓋以物喻。」劉勰文心雕龍養氣：「意得則舒懷以命筆，理伏則投筆以卷懷。」

〔一四〕留行：挽留，使不離去。孟子公孫丑下：「孟子去齊，宿於晝，有欲爲王留行者。」趙岐注：「欲爲王留孟子行。」

〔一五〕延登：延攬擢用。參見卷九賀葉樞密啓注〔一六〕。

〔一六〕「然易」句：謂帝王之眷愛信任易受到離間而衰減。

〔一七〕挹損：謙遜。蔡邕和熹鄧后謚：「允恭挹損，密勿在勤。」

〔一八〕茂迪：勉力開導。茂，同「懋」。 謙尊：即謙尊而光。指尊者謙虚而顯示其光明美德。語本易謙：「謙，尊而光，卑而不可踰。」孔穎達疏：「尊者有謙而更光明盛大，卑謙而不可踰越。」 善類：善良有德之人。參見卷六賀辛給事啓注〔一八〕。

賀謝樞密啓

恭審顯膺出綍，進貳本兵〔一〕。蠻夷奪氣而息謀〔二〕，朝野動容而相慶。恭惟某官英猷經遠，敏識造微〔三〕，秉心如金石之堅，論事若權衡之審。主知千載，際聖世之風雲；言責三年，極人才之涇渭〔四〕。士恃公平而不恐，上嘉孤直之無朋〔五〕。遂由常伯之聯〔六〕，進貳中樞之任。較一時之同進〔七〕，得喪孰多；付四海之僉言〔八〕，忠邪自見。固將力回薄俗，盡建明謨。網漏吞舟〔九〕，示太平之寬大；雲興膚寸，澤庶物之焦枯〔一〇〕。豈惟康濟於兹時，固足儀刑於後世〔一一〕。某早玷記省，晚荷甄收〔一二〕。雖知薄命之多奇，猶復誦言而不置，使駑馬妄思於十駕，而沉舟未羨於千帆〔一三〕。求之古人，可謂曠世難逢之會；報以國士，敢忘終身自勵之心。

【題解】

謝樞密，即謝廓然（？—一一八二），字開之，臨海人。謝升俊之子。淳熙四年賜同進士出身。以父蔭補官。歷鄂州通判、知萬州、知真州、殿中侍御史、右諫議大夫、刑部尚書、簽書樞密院事、同知樞密院事、兼權參知政事等。嘉定赤城志卷三三有小傳。宋史宰輔表四：「（淳熙）七年五月戊辰，謝廓然自刑部尚書除端明殿學士、簽書樞密院事。」本文爲陸游爲謝廓然獲除簽書樞密院事所致的賀啓。

本文原未繫年。歐譜繫於淳熙七年（一一八〇），是。當作於該年五月。時陸游在提舉江西常平茶鹽公事任上。

【箋注】

〔一〕出綍：指帝王封官的詔令。參見卷七賀張都督啓注〔一七〕。進貳：提拔爲次官。參見卷七賀黄樞密啓注〔一〕。本兵：執掌兵權。參見卷七賀黄樞密啓注〔一三〕。

〔二〕蠻夷：古代對四方邊遠地區人民的泛稱。書舜典：「柔遠能邇，惇德允元，而難任人，蠻夷率服。」

〔三〕英猷：即良謀。晉書宣帝紀：「(宣皇)雄略内斷，英猷外決，殄公孫於百日，擒孟達於盈旬，自以兵動若神，謀無再計。」經遠：指作長遠謀劃。三國志毛玠傳：「袁紹、劉表，雖士民衆彊，皆無經遠之慮，未有樹基建本者也。」敏識：聰明博識。韓愈爲韋相公讓官表：「臣本非長才，又乏敏識，學不能通達經訓，文不足緣飾吏事。」造微：達到精妙的程度。齊己酬微上人詩：「古律皆深妙，新吟復造微。」

〔四〕言責：進言勸諫的責任。孟子公孫丑下：「有言責者，不得其言則去。」趙岐注：「言責，獻言之責，諫諍之官也。」涇渭：古人謂涇清渭濁，因常用「涇渭」比喻人品的優劣、事物的真僞。晉書外戚傳王濛：「夫軍國殊用，文武異容，豈可令涇渭混流，虧清穆之風。」

〔五〕孤直：孤高耿直。北齊書庫狄士文傳：「士文性孤直，雖隣里至親莫與通狎。」

〔六〕常伯：周官名。管理民事的大臣。因從諸伯中選拔，故名。後稱皇帝的近臣。書立政：「王左右常伯、常任、準人、綴衣、虎賁。」蔡沈集傳：「有牧民之長曰常伯。」

〔七〕同進：指同求進取者。羅隱讒書答賀蘭友書：「僕少而羈窘，自出山二十年，所向推沮，未嘗有一得幸於人，故同進者忌僕之名，同志者忌僕之道。」

〔八〕僉言：衆人的意見。參見卷九與蜀州同官啓注〔四〕。

〔九〕網漏吞舟：比喻法網疏寬，大奸得脱。史記酷吏列傳序：「漢興，破觚而爲圜，斲雕而爲樸，網漏於吞舟之魚，而吏治烝烝，不至於姦，黎民艾安。」

〔一〇〕雲興膚寸：雲集聚、興起於雲氣。膚寸，指下雨前逐漸集合的雲氣。張協雜詩之九：「雖無箕畢期，膚寸自成霖。」庶物：衆物，萬物。易乾：「保合大和，乃利貞。首出庶物，萬國咸寧。」

〔一一〕康濟：指安民濟世。參見卷六賀辛給事啓注〔六〕。儀刑：爲法，作爲楷模。袁宏後漢紀桓帝紀一：「德苟成，故能儀刑家室，化流天下；禮苟順，故能影響無遺，翼宣風化。」

〔一二〕甄收：審核録用。參見卷六除删定官謝丞相啓注〔一六〕。

〔一三〕「使駑」二句：以駑馬、沉舟自喻并無非分之想。參見卷八謝王宣撫啓注〔八〕。

渭南文集箋校卷第十一

啓

【釋體】

本卷文體同卷六，收録啓二十三首。

本卷嘉定本原闕，以弘治本補之。

賀禮部鄭侍郎啓

恭審筆橐陞華，資論思於禁路〔一〕；絲綸出令，兼潤色於皇猷〔二〕。共知儒術之益尊，孰謂太平之無象〔三〕。恭惟某官好是正直，擇乎中庸。大册高文，固已寫之琬琰〔四〕；崇言谹議，皆可質於鬼神。殆將與日月而争光，奚止當雷霆而獨立〔五〕。惟上聖克勤於總攬，察群臣各盡於才能。謂其代予言，既久煩於鴻碩〔六〕；求能典朕禮，宜無易於老成〔七〕。況以南省之要司，仍寓西垣之舊直〔八〕，惟時異數，實冠清途〔九〕。然而文關國之盛衰，官以人而輕重。籲俊尊上帝，豈止在玉帛鐘鼓之間〔一〇〕；斂福錫庶民，其必有典謨訓誥之盛〔一一〕。視古無愧，非公而誰。所冀復如三代禮樂大備之時，抑亦追還兩漢文辭爾雅之體〔一二〕。顧雖老矣，尚及見之。

【題解】

鄭侍郎，即鄭丙（一一二一—一一九四），字少融，福州長樂人。紹興十五年進士。歷官監察御史、秘書監、中書舍人、禮部侍郎、吏部侍郎、吏部尚書等。在朱熹劾奏唐仲友案中，庇護仲友，首倡「道學」之名，稱其「欺世盜名，不宜信用」，遂開「慶元黨禁」之始。宋史卷三九四有傳。周必大吏部尚書鄭公丙神道碑：「（淳熙）七年五月，除禮部侍郎。」本文爲陸游爲鄭丙獲除禮部侍郎所致的賀啓。

本文原未繫年。歐譜繫於淳熙七年（一一八〇），是。當作於該年五月。時陸游在提舉江西常平茶鹽公事任上。

【箋注】

〔一〕筆橐：携帶文具所用袋子。蘇軾次韻李公擇梅花：「嗟臣本侍臣，筆橐從上雍。」論思：

議論、思考。特指皇帝與學士、臣子討論學問。參見卷七問候洪總領啓注〔一三〕。禁路：即御道。供帝王車駕行走的道路。秦觀輦下春晴詩：「衣冠紛禁路，雲氣繞宫牆。」

〔二〕絲綸：指帝王詔書。參見卷一謝致仕表注〔四〕。皇猷：帝王的教化。參見卷八謝洪丞相啓注〔一二〕。

〔三〕太平無象：謂太平盛世并無一定標誌。參見卷二丞相率文武百僚請皇帝聽樂表注〔九〕。

〔四〕琬琰：碑石之美稱。唐玄宗孝經序：「寫之琬琰，庶有補於將來。」

〔五〕雷霆：對帝王或尊者暴怒的敬稱。參見卷五辭免賜出身狀二注〔二〕。

〔六〕鴻碩：指學識淵博之人。參見卷十賀周參政啓注〔六〕。

〔七〕老成：指年高有德之人。後漢書和帝紀：「今彪聰明康彊，可謂老成黄耇矣。」李賢注：「老成，言老而有成德也。」

〔八〕南省之要司：指禮部侍郎。南省，尚書省的别稱。唐中書、門下、尚書三省均在大内之南，而尚書省更在中書、門下二省之南，故稱南省。韓愈論孔戣致仕狀：「右臣與孔戣，同在南省爲官，數得相見。」此特指隸屬尚書省的禮部。西垣之舊直：指中書舍人。西垣，唐宋時中書省的别稱。因設於宫中西掖，故稱。韋應物和張舍人夜值中書寄吏部劉員外：「西垣草詔罷，南宫憶上才。」

〔九〕清途：清貴的仕途。北堂書鈔卷六二引晉武帝治書侍御史詔：「基子沖尚書郎中，雖復清途，猶未免楚撻。」

〔一〇〕籲俊尊上帝：招呼賢俊，尊事天子。書立政：「迪惟有夏，乃有室大競，籲俊尊上帝。」孔穎達疏：「招呼賢俊之人，與共立於朝，尊事上天。」玉帛：圭璋和束帛。鐘鼓：制禮作樂所用的鐘和鼓。均爲古代聘用賢俊所用的禮物和禮器。

〔一一〕斂福錫庶民：掌握五福之道，賞賜百姓。書洪範：「斂時五福，用敷錫厥庶民。」孔穎達疏：「斂是五福之道以爲教，用布與衆民使慕之。」書洪範：「五福：一曰壽，二曰富，三曰康寧，四曰攸好德，五曰考終命。」典謨訓誥：尚書的四種文體，亦泛指經典之文。書序：「典謨訓誥誓命之文凡百篇，所以恢弘至道，示人主以軌範也。」蘇軾賜新除寶文閣直學士李之純辭恩命不允詔：「祖宗之文章，與典謨訓誥，并寶於世。」

〔一二〕爾雅：雅正，文雅。史記儒林列傳：「文章爾雅，訓辭深厚。」司馬貞索隱：「謂詔書文章雅正。」

答撫州發解進士啓

士論推賢〔一〕，方恨定交之晚；鄉書擢秀，遽勤授贄之恭〔二〕。恭惟某官奧學海涵，英姿玉立〔三〕。山川信美，生大儒名世之邦〔四〕；絃誦相聞，陶聖主右文之化〔五〕。

將鵬摶於宦海，姑鴻漸於名場〔六〕。某偶此乘軺，遂叨勸駕〔七〕。宸廷射策，豈惟慶榜帖之馳〔八〕；藏室讎書，尚及見雲霄之舉〔九〕。解魁云〔一〇〕：籍甚聞名〔一一〕，方恨定交之晚；裦然擢秀〔一二〕，遽勤授贄之恭。

【題解】

撫州：州名，地處今江西省東部。南宋隸屬江南西路，治臨川郡。發解進士，即在發解試中取得發解資格即將進京赴進士科省試的舉子。此發解進士爲誰不詳。本文爲陸游致發解進士的答啓。

本文原未繫年。歐譜繫於淳熙七年（一一八〇），是。因南宋解試一般都在八月舉行，故本文當作於該年秋。時陸游在提舉江西常平茶鹽公事任上。

【箋注】

〔一〕推賢：推薦賢人。禮記儒行：「儒有内稱不辟親，外舉不辟怨，程功積事，推賢而進。」

〔二〕鄉書：周禮地官鄉大夫載：周制，三年對鄉吏進行考核，鄉老與鄉大夫薦鄉中賢能書於王，謂之「鄉書」或「鄉老書」。後世科舉因以「鄉書」代指鄉試中式。擢秀：比喻人才秀出。趙至與嵇茂齊書：「吾子植根芳苑，擢秀清流。」授贄：授禮。贄，古代初次拜見尊長所送的禮物。

〔三〕奥學：高深的學問。岑參入劍門作寄杜楊二郎中詩：「高文出詩騷，奥學窮討賾。」玉立：挺拔，矗立。白居易題東虎丘寺六韻：「龍蟠松矯矯，玉立竹森森。」

〔四〕名世：名顯於世。孟子公孫丑下：「五百年必有王者興，其間必有名世者。」朱熹集注：「名世，謂其人德業聞望，可名於一世者。」

〔五〕絃誦：弦歌誦讀。參見卷八謝洪丞相啓注〔一九〕。陶化：陶冶化育。淮南子本經訓：「天地之合和，陰陽之陶化萬物，皆乘人氣者也。」右文：崇尚文治。參見卷六賀曾秘監啓注〔八〕。

〔六〕鵬摶：鵬展翅盤旋而上。比喻奮發有爲。語本莊子逍遥遊：「鵬之徙於南冥也，水擊三千里，摶扶摇而上者九萬里。」鴻漸：比喻仕宦的升遷。參見卷八答發解進士啓注〔五〕。

〔七〕乘軺：乘坐輕便馬車。參見卷九答交代陳太丞啓注〔七〕。勸駕：勸人任職或作某事。語本漢書高帝紀下：「賢士大夫有肯從我遊者，吾能尊顯之。布告天下，使明知朕意……御使中執法下郡守，其有意稱明德者，必身勸，爲之駕。」顔師古注引文穎曰：「有賢者，郡守身自往勸勉，令至京師，駕車遣之。」

〔八〕宸廷：朝廷。射策：漢代考試取士方法之一。漢書蕭望之傳：「望之以射策甲科爲郎。」顔師古注：「射策者，謂爲難問疑義書之於策，量其大小署爲甲乙之科，列而置之，不使彰顯。有欲射者，隨其所取得而釋之，以知優劣。射之言投射也。」後亦泛指考試。榜帖：

科舉録取的報帖或揭示的名單。曾敏行獨醒雜誌卷四：「時第一名畢漸，當時榜帖，偶然脱去漸字旁點水，天下遂傳名云畢斬。」

〔九〕雲霄：比喻高位。陸雲晉故豫章内史夏府君誄：「明明皇儲，叡哲時招。奮厥河滸，矯足雲霄。」

〔一〇〕解魁：發解進士之魁首。以下四句或爲解魁來啓篇首。

〔一一〕籍甚：盛大，卓著。參見卷十答建寧陳通判啓注〔六〕。

〔一二〕褎然：出衆貌。漢書董仲舒傳載漢武帝策賢良制：「今子大夫褎然爲舉首，朕甚嘉之。」顔師古注引張晏曰：「褎，進也，爲舉賢良之首也。」

賀施中書啓

伏審蓬壺清閟〔一〕，早冠群仙之遊；詞掖高華〔二〕，旋觀一佛之出。得人之盛，吾道有光。恭惟某官秉德醇明，宅心夷粹〔三〕。高文大册，非復騷人墨客感寓之詞〔四〕；崇論竑言，盡得宗廟朝廷嚴重之體〔五〕。久矣絶世而獨立，固難袖手而旁觀。況今聖政之新，方建太平之業，推明天子惻怛愛民之指，開慰海内奔走鄉化之心〔六〕。德意達於四夷〔七〕，號令媲乎三代。清議所屬〔八〕，匪公而誰。且甘泉均號於從臣，而西省獨稱於政本〔九〕。國僑潤色〔一〇〕，雖概取儒學之長；山甫將明〔一一〕，必深通天下之務。正官名者蓋已百祀〔一二〕，稱職業者凡有幾人，戛乎其難〔一三〕，理若有待。動心駭目，自兹觀大手筆之傳〔一四〕；削牘濡毫〔一五〕，又當慶真學士之拜。

【題解】

施中書，即施師點（一一二四—一一九二），字聖與，信州上饒人。歷官臨安府教授、給事中兼太子詹事。使金不辱使命。淳熙間除秘書少監、秘書監、中書舍人。十一年參知政事兼同知樞密院事。十四年除知樞密院事。後出知泉州，除知隆興府、江西安撫使。宋史卷三八五有傳。南宋館閣續録卷七：「（秘書監）施師點（淳熙）七年七月除，九月爲中書舍人。」本文爲陸游爲施師點獲除中書舍人所致的賀啓。

本文原未繫年。歐譜繫於淳熙七年（一一八〇），是。當作於該年九月。時陸游在提舉江西常平茶鹽公事任上。

【箋注】

〔一〕蓬壺：即蓬萊。傳説中的海中仙山。王嘉拾遺記高辛：「三壺則海中三山也。一曰方壺，則方丈也；二曰蓬壺，則蓬萊也；三曰瀛壺，則瀛洲也。形如壺器。」清閟：清静幽邃。梁書昭明太子統傳：「即玄宫之冥漠，安神寢之清閟。」

〔二〕詞掖：翰林院之類詞臣的官署。韓琦辭免集賢第一表：「自羌庭之叛命，去詞掖以臨師，周旋兵間，竭盡死節。」高華：典雅華美。胡仔苕溪漁隱叢話後集張芸叟：「杜牧之詩，風調高華，片言不俗。」

〔三〕夷粹：平和純正。世説新語尤悔：「夫以水性沉柔，入隘奔激。方之人情，固知迫隘之地，無得保其夷粹。」

〔四〕感寓：寄托感慨。王之望許總卿見和再用韻：「試將風格比唐人，堪與拾遺參感寓。」

〔五〕嚴重：嚴肅莊重。後漢書清河孝王慶傳：「蒜爲人嚴重，動止有度，朝臣太尉李固等莫不歸心焉。」

〔六〕惻怛：惻隱。蘇軾寄劉孝叔：「詔書惻怛信深厚，吏能淺薄空勞苦。」開慰：寬解安慰。參見卷六賀辛給事啓注〔二二〕。鄉化：趨從教化。鄉，同向。漢書王莽傳上：「天下聞公不受千乘之土，辭萬金之幣，散財施予千萬數，莫不鄉化。」

〔七〕德意：布施恩德的心意。周禮秋官掌交：「道王之德意志慮，使咸知王之好惡。」四夷：古代華夏族對四方少數民族的統稱。含有輕蔑之意。書畢命：「四夷左衽，罔不咸賴。」孔安國傳：「言東夷、西戎、南蠻、北狄，被髮左衽之人，無不皆恃賴三君之德。」

〔八〕清議：對時政的議論。藝文類聚卷二二引曹羲至公論：「厲清議以督俗，明是非以宣教者，吾未見其功也。」

〔九〕甘泉：宫名。故址在今陝西淳化西北甘泉山。本秦宫。漢武帝增築擴建，在此朝諸侯王，饗外國客；夏日亦作避暑之處，爲侍從之臣匯集之處。　從臣：侍從之臣。　西省：中書省的别稱。參見卷十賀葛正言啓注〔一〕。　政本：爲政的根本。漢書蕭望之傳：「望之以爲中書政本，宜以賢明之選。」

〔一〇〕國僑潤色：子産加工文詞。國僑即春秋鄭大夫公孫僑，字子産。父公子發，字子國，以父字爲氏，故又稱國僑。論語憲問：「子曰：『爲命，裨諶草創之，世叔討論之，行人子羽修飾之，東里子産潤色之。』」

〔一一〕山甫將明：仲山甫奉行王命，明辨國事。仲山甫爲周宣王時賢臣。語本詩大雅烝民：「肅肅王命，仲山甫將之；邦國若否，仲山甫明之。」漢書刑法志：「有司無仲山父將明之材。」顔師古注：「言王有誥命，則仲山父行之；邦國有不善之事，則仲山父明之。」父，同甫。

〔一二〕正官名：即注〔九〕蕭望之稱「中書政本，宜以賢明之選」。官名指中書舍人之名。　百祀：指相當長的年月。

〔一三〕戛乎其難：韓愈答李翊書：「惟陳言之務去，戛戛乎其難哉！」戛戛，艱難貌。

〔一四〕大手筆：指朝廷詔令文書等重要文章。後亦指傑出的文辭、書畫。晉書王珣傳：「珣夢人以大筆如椽與之，既覺，語人云：『此當有大手筆事。』俄而帝崩，哀册謚議，皆珣所草。」

〔一五〕削牘：泛稱書寫、撰述。參見卷八與何蜀州啓注〔一〕。　濡毫：指蘸筆書寫或繪畫。韋應物酬劉侍郎使君詩：「濡毫意僶俛，一用寫悁勤。」

上丞相參政乞宮觀啓

年運而往〔一〕，益知涉世之艱；職思其憂，獨幸侍祠之樂〔二〕。惓惓微志，懇懇自陳〔三〕。伏念某擁腫凡材，聱牙曲學〔四〕，既無甚高論足以譁世，豈有它繆巧用以致身〔五〕。隨牒半生，問津萬里〔六〕。雖誓圖微報，不勝狗馬之心〔七〕；而俯迫頽齡，已罹霜露之疾〔八〕。壯志纍然而欲盡，殘骸悴爾以難支〔九〕。拉朽摧枯，競爲排陷〔一〇〕；哀窮悼屈，孰借聲光〔一一〕。敢圖廊廟之尊，未棄門闌之舊〔一二〕。曲憐不逮，力謂無他。至於跌宕之文〔一三〕，辱在褒稱之域。二百年無此作矣，固難稱愜於獎知〔一四〕；萬户侯豈足道哉，私亦激昂於哀懦〔一五〕。然而揣數奇之薄命，懼徒費於鴻鈞〔一六〕。與其度越群材，留朱雲於東閣〔一七〕；曷若稍捐薄禄，置陶令於北窗〔一八〕。伏望某官仁風翺及物之恩，赫日照覆盆之陋〔一九〕。念前跋胡而後疐尾〔二〇〕，惟當自屏於江湖；方上昭天而下漏泉，忍使獨擠於溝壑。假以毫端之潤，寵其林下之歸。某謹當刻骨戴恩，刳心慕道〔二一〕。誦丹臺之蕊笈，少尉素懷〔二二〕；拜玉局之冰銜〔二三〕，用華晚景。

【題解】

宮觀，官名。宮觀使的省稱。宋代宫觀本爲崇奉道教而設，大中祥符五年（一〇一二）玉清昭應宫建成，始置宫觀使，由前任或現任宰相充任。此外還有提點、主管、判官、都監等官，皆爲安排閒散官員而設，無實職。淳熙七年冬，陸游從提舉江西常平茶鹽公事任上被召還。宋史本傳載：「給事中趙汝愚駁之，遂奉祠。」本文爲陸游致丞相趙雄、參政周必大請求授予宫觀使的啓文。

本文原未繫年。于譜繫於淳熙七年末，并稱：「此文未標年月，以序次及語意推之，蓋此時所作。本年丞相爲趙雄，參政爲周必大。」歐譜繫於淳熙八年（一一八一）。是。當作於該年三月後。宋會要輯稿職官：「（淳熙八年）三月二十七日，提舉淮南東路常平茶鹽公事陸游罷新任，以臣僚論游不自檢飭，所爲多越於規矩，屢遭物議故也。」則陸游於七年冬被召回至八年三月間一直在候任之中，直至新任被罷，故乞除宫觀當在該年三月後。而陸游正式獲除朝奉大夫（從六品）主管成都府玉局觀，已在淳熙九年五月。

【箋注】

〔一〕年運：歲月流逝。參見卷一謝賜曆日表二注〔一二〕。

〔二〕侍祠：陪從祭祀。參見卷三蠟彈省劄注〔一五〕。

〔三〕惓惓：忠心耿耿貌。參見卷三代乞分兵取山東劄子注〔三〕。　懇懇：誠摯殷切貌。揚雄劇秦美新：「夫不勤勤，則前人不當；不懇懇，則覺德不愷。」

〔四〕聱牙：指不隨世俗。參見卷十謝趙丞相啓注〔三〕。曲學：囿於一隅之學。商君書更法：「窮巷多恡，曲學多辨。」

〔五〕繆巧：詐術和巧計。漢書韓安國傳：「意者有它繆巧可以禽之，則臣不知也；不然，則未見深入之利也。」致身：原指獻身。論語學而：「事父母能竭其力，事君能致其身，與朋友交言而有信。」後用作出仕之典。杜甫乾元中寓居同谷縣作歌之七：「長安卿相多少年，富貴應須致身早。」

〔六〕隨牒：隨選官之文牒。參見卷六答福建察推啓注〔六〕。問津：尋訪，探求。參見卷八答交代楊通判啓注〔四〕。

〔七〕狗馬：自謙之詞。漢書公孫弘傳：「臣弘行能不足以稱，加有負薪之疾，恐先狗馬填溝壑，終無以報德塞責。」

〔八〕頹齡：衰年，垂暮之年。陶潛九日閒居詩：「酒能祛百慮，菊解制頹齡。」霜露：比喻艱難困苦的條件。蘇洵六國論：「思厥先祖父，暴霜露，斬荆棘，以有尺寸之地。」

〔九〕纍然：失意不得志貌。孔子家語困誓：「纍然如喪家之狗。」悴爾：疲萎，憔悴。

〔一〇〕拉朽摧枯：摧折枯枝朽木。比喻乘勢而爲。語本漢書異姓諸侯王表序：「鐫金石者難爲功，摧枯朽者易爲力，其勢然也。」排陷：排擠陷害。漢書嚴主父嚴賈等傳贊：「主父求欲鼎亨而得族，嚴、賈出入禁門招權利，死皆其所也，亦何排陷之恨哉！」

〔一〕悼屈：爲懷才不遇者感傷。參見卷六謝内翰啓注〔二〕。聲光：聲譽風光。元稹盧均等三人授通事舍人制：「今郊丘有日，事務方殷，爾等各茂聲光，副朕兹選，宜膺寵命，無廢國容。」

〔二〕門闌：此指師門。參見卷六賀曾秘監啓注〔四〕。

〔三〕跌宕：指文筆豪放，富於變化。參見卷六除删定官謝丞相啓注〔六〕。

〔四〕二百年：歐陽修梅聖俞詩集序：「昔王文康公嘗見而歎曰：『二百年無此作矣！』雖知之深，亦不果薦也。」稱愜：稱心快意。李復言續玄怪録訂婚店：「刺史王泰俾攝司户掾，專鞫詞獄，以爲能，因妻以其女，可年十六七，容色華麗，固稱愜之極。」

〔五〕萬户侯：史記李將軍列傳：「惜乎，子不遇時！如令子當高帝時，萬户侯豈足道哉！」衰懦：衰弱怯懦。杜甫舟中苦熱遣懷奉呈陽中丞通簡臺省諸公詩：「聲節哀有餘，夫何激衰懦。」仇兆鼇注：「激衰懦，言懦夫猶當激動。」

〔六〕數奇：指命運不好，遇事多不利。漢書李廣傳：「大將軍陰受上指，以爲李廣數奇，毋令當單于，恐不得所欲。」顔師古注：「言廣命隻不耦合也。」鴻鈞：指鴻恩。參見卷八上王宣撫啓注〔一一〕。

〔七〕「留朱雲」句：漢書朱雲傳載：朱雲以直臣聞名於世。曾上書切諫，請斬佞臣安昌侯張禹。成帝大怒，欲誅雲，雲攀折殿檻。後雲歸隱不仕，曾往見丞相薛宣，「宣從容謂雲曰：『在田野亡事，且留我東閣，可以觀四方奇士。』雲曰：『小生乃欲相吏邪？』宣不敢復言。」東閣：古代宰相招致、款待賓客的地方。

〔一八〕「置陶令」句：陶潛與子儼等疏：「見樹木交蔭，時鳥變聲，亦復歡然有喜。嘗言五六月中北窗下卧，遇涼風暫至，自謂是羲皇上人。」

〔一九〕赫日：紅日。韋莊上春詞：「曈曨赫日東方來，禁城煙暖蒸青苔。」　覆盆：比喻陽光照不到的黑暗之處。語本葛洪抱朴子辨問：「是責三光不照覆盆之内也。」

〔二〇〕「前跋胡」句：比喻進退兩難。詩豳風狼跋：「狼跋其胡，載疐其尾。」

〔二一〕刳心：指摒棄雜念。莊子天地：「夫子曰：『夫道，覆載萬物者也，洋洋乎大哉！君子不可以不刳心焉。』」郭象注：「有心則累其自然，故當刳而去之。」成玄英疏：「刳，去也，洗也。」

慕道：嚮往修道。

〔二二〕丹臺：道教指神仙的居處。藝文類聚卷七八引真人周君傳：「子名在丹臺玉室之中，何憂不仙？」　蕊笈：蕊宮雲笈，指道教仙宮中的典籍。張君房著有道教著作雲笈七籤。　尉，同慰。

〔二三〕玉局：成都道觀名。參見卷四乞祠禄劄子注〔一〕。　冰銜：指清貴的官職。語本王君玉國老談苑卷二：「陳彭年在翰林，所兼十餘職，皆文翰清祕之目。時人謂其署銜爲『一條冰』。」

知嚴州謝王丞相啓

故里浮沉，竊玉局再期之禄〔一〕；公朝拔拭，付桐江千里之民〔二〕。瓜戍非遥，竹符甚寵〔三〕，感淪病骨，愧溢衰顔。伏念某元祐黨家，紹興朝士〔四〕。池魚瀺灂〔五〕，本思自放於江湖①；社櫟支離〔六〕，久已難施於斤斧。繇治生之素拙〔七〕，因從宦以忘歸②。頃自吴中，久留劍外〔八〕。顧彼衣冠之所萃〔九〕，頗以文字而相從。方深去國之悲，敢有擇交之意〔一〇〕。流偶殊於涇渭，風自隔於馬牛〔一一〕。睚眦見憎〔一二〕，本出一朝之忿；排擠盡力，幾如九世之讎。藐是羈孤，孰爲别白〔一三〕。縱免投荒之大罰，亦宜置散以終身〔一四〕。且定遠未歸，惟望玉關之生入〔一五〕；輕車已老，猶護北平之盛秋〔一六〕。豈有朝爲閭閻廢斥之人，暮竊畿輔承宣之寄〔一七〕。兹蓋伏遇某官學窮宎奥③，動塞堪輿〔一八〕。南山巖巖，冠公師之重任〔一九〕；赤舄几几，同宗社之閎休〔二〇〕。念人才之實難，悼士氣之不振，埏陶至廣〔二一〕，收拾無遺。方與物以皆春，憫向隅之獨泣〔二二〕。燮和輿論，闊略彝章〔二三〕。起安國於徒中〔二四〕，較恩未大；還管寧於海外〔二五〕，爲力尚輕。而某少非列於通才，晚徒專於樸學。棄雞肋而猶惜〔二六〕，雖仰戴於深仁；

續凫脛則自悲〔二七〕，恐難逃於薄命。

【題解】

淳熙十三年春，奉祠居家多年的陸游獲除朝請大夫（從六品），知嚴州。嚴州，州名。地處今浙江省西部。南宋隸屬兩浙西路，治建德。王丞相，即王淮。參見卷十謝王樞使啓題解。宋史宰輔表四：「（淳熙）八年八月，王淮自樞密使、信國公除光禄大夫、右丞相兼樞密使，封福國公。」又：「十五年五月己亥，王淮罷左丞相，除觀文殿大學士判衢州，依前特進、魯國公。」宋宰輔編年録校補卷十八：「（淳熙）九年九月庚午，王淮左丞相。」本文爲陸游獲除知嚴州後致左丞相王淮的謝啓。

本文原未繫年。歐譜繫於淳熙十三年（一一八六），是。當作於該年春。時陸游奉祠家居。

【校記】

①「自」，原作「目」，據汲古閣本改。

②「宦」，原作「官」，據正德本、汲古閣本改。

③「宊」，原作「突」，據汲古閣本改。本卷（嚴州到任）謝周樞使啓亦作「宊」。

【箋注】

〔一〕玉局：即玉局觀。陸游自淳熙九年五月起主管成都府玉局觀，領祠禄。再期：第二期。

祠禄兩年一期。

〔一〕公朝：指朝廷。參見卷十謝趙丞相啓注〔二〕。　拉拭：掩飾。參見卷十謝錢參政啓注〔一二〕。　桐江：富春江上游。即錢塘江流經桐廬縣境内一段。陸龜蒙釣車：「洛客見詩如有問，輾煙衝雨過桐江。」此指嚴州。

〔三〕瓜戍：指官吏任職期滿由他人接替。參見卷一嚴州到任謝表注〔一六〕。　竹符：泛指地方長官印符。權德輿送孔江州詩：「才子厭蘭省，邦君榮竹符。」

〔四〕元祐黨家、紹興朝士：參見卷一福建到任謝表注〔五〕。均陸游自稱。

〔五〕瀺灂：沉浮。石崇思歸歎：「魚瀺灂兮鳥繽翻，澤雉遊鳧兮戲中園。」

〔六〕社櫟：指里中不材之木。比喻無所可用。莊子人間世：「匠石之齊，至於曲轅，見櫟社樹，其大蔽牛，絜之百圍……（匠石）曰：『散木也，以爲舟則沉，以爲棺槨則速腐，以爲器則速毁，以爲門户則液樠，以爲柱則蠹，是不材之木也，無所可用，故能若是之壽。』」櫟，樹名。社，土地神。　支離：指殘缺而不中用。參見卷八謝王宣撫啓注〔七〕。

〔七〕治生：經營家業，謀生計。管子輕重戊：「出入者長時，行者疾走，父老歸而治生，丁壯者歸而薄業。」

〔八〕吴中：泛指吴地。此指任鎮江通判。　劍外：指四川劍閣以南地區。杜甫聞官軍收河南河北：「劍外忽傳收薊北，初聞涕淚滿衣裳。」亦泛指蜀地。

〔九〕衣冠：古代士以上戴冠，故代稱士大夫。漢書杜欽傳：「茂陵杜鄴與欽同姓字，俱以材能稱京師，故衣冠謂欽爲『盲杜子夏』以相別。」顔師古注：「衣冠謂士大夫也。」

〔一〇〕去國：離開京都或朝廷。顔延之和謝靈運：「去國還故里，幽門樹蓬藜。」擇交：選擇朋友。白居易寓意之三：「窮通尚如此，何況死與生；乃知擇交難，須有知人明。」

〔一一〕涇渭：涇渭二水，有涇清渭濁之不同。參見卷十賀謝樞密啓注〔四〕。「風自」句：比喻不相干。左傳僖公四年：「君處北海，寡人處南海，唯是風馬牛不相及也。」孔穎達疏引服虔曰：「牝牡相誘謂之風……此言『風馬牛』，謂馬牛風逸，牝牡相誘，蓋是末界之微事，言此事不相及，故以取喻不相干也。」

〔一二〕睚眦：瞋目怒視，瞪眼看人。借指微小的怨恨。戰國策韓策二：「夫賢者以感忿睚眦之意，而親信窮僻之人，而政獨安可嘿然而止乎？」

〔一三〕羈孤：羈旅孤獨之人。文選謝莊月賦：「親懿莫從，羈孤遞進。」李善注：「羈孤，羈客孤子也。」別白：辯白，辯説。新唐書忠義傳中顔杲卿：「嘗爲刺史詰讓，正色別白，不爲屈。」

〔一四〕投荒：貶謫、流放到荒遠之地。參見卷八謝洪丞相啓注〔一〇〕。置散：指安置爲散官。韓愈進學解：「投閒置散，乃分之宜。」

〔一五〕「且定遠」二句：謂班超出征西域，年老思鄉，只望生入玉門關。後漢書班超傳：「超自以久在絶域，年老思土。（永元）十二年，上疏曰：『……臣不敢望到酒泉郡，但願生入玉門關。』」

定遠，班超封定遠侯。玉關，即玉門關。

〔一六〕「輕車」二句：謂李廣雖已年老，還能出守右北平，保護盛秋的安寧。漢書李廣傳：「於是上乃召拜廣爲右北平太守。……上報曰：『……將軍其率師東轅，彌節白檀，以臨右北平盛秋。』廣在郡，匈奴號曰『漢飛將軍』，避之，數歲不入界。」北平，即右北平，西漢郡名，在今内蒙古寧城縣一帶。盛秋，指農曆八九月，秋季中最當令之時。古代認爲此時禾熟、馬肥，常易遭邊敵入侵而備加防範。輕車，即輕車將軍，西漢將軍名。李廣曾爲驍騎將軍，但未曾任輕車將軍，西漢時先後任輕車將軍的有公孫賀、李蔡（李廣從弟），此處用典或有疏誤。

〔一七〕閭閻：指里巷。史記平準書：「守閭閻者食粱肉，爲吏者長子孫，居官者以爲姓號。」畿輔：京都附近的地方。南齊書王融傳：「若來之以文德，賜之以副書，漢家軌儀，重臨畿輔，司隸傳節，復入關河。」承宣：繼承發揚。漢書匡衡傳：「蓋受命之王務在創業垂統傳之無窮，繼體之君心存於承宣先王之德而褒大其功。」

〔一八〕宎奥：亦作「窔奥」。屋内的東南隅和西南隅。比喻事物深奥之處。文選班固答賓戲：「守窔奥之熒燭，未仰天庭而睹白日也。」李善注引應劭曰：「爾雅曰：『西南隅謂之奥，東南隅謂之窔。』」堪輿：指天地。參見卷一謝賜曆日表注〔三〕。

〔一九〕「南山」二句：終南山高峻，象徵賦予師長的重任。詩小雅節南山：「節彼南山，維石巖巖。赫赫師尹，民具爾瞻。」南山，指終南山，屬秦嶺山脈，在今陝西西安南。巖巖，高峻貌。公師，即三公，泛稱朝廷司掌重權之大臣。

〔二〇〕「赤舄」二句：赤色鞋穩重，如同宗廟社稷的大業。詩豳風狼跋：「公孫碩膚，赤舄几几。」毛傳：「公，成王也，豳公之孫也。碩，大。膚，美也。赤舄，人君之盛屨也。几几，絇貌。」朱熹集傳：「安重貌。」閎休，指大業美德。

〔二一〕埏陶：和泥製作陶器。蘇轍息壤詩：「埏陶鼓鑄地力困，久不自補無爲憂。」此喻陶冶，培育。

〔二二〕向隅：對着角。形容孤獨、絶望。劉向説苑貴德：「今有滿堂飲酒者，有一人獨索然向隅而泣，則一堂之人皆不樂矣。」

〔二三〕燮和：協和。書顧命：「燮和天下，用答揚文武之光訓。」闊略：寬簡，簡省。漢書王莽傳上：「願陛下愛精休神，闊略思慮。」顔師古注：「闊，寬也。略，簡也。」彝章：常典，舊典。參見卷一謝賜曆日表二注〔一〕。

〔二四〕「起安國」句：從徒刑之中起用韓安國。漢書竇田灌韓傳：「居無幾，梁内史缺，漢使使者拜（韓）安國爲梁内史，起徒中爲二千石。」韓安國（？—前一二七），梁成安（今河南汝州）人。西漢時期的名臣、將領。漢書卷五二有傳。

〔二五〕「還管寧」句：使管寧從遼東返回。管寧（一五八—二四一），字幼安。北海郡朱虛縣（今山東安丘、臨朐東南）人。東漢末年避亂遼東三十餘年，魏文帝時返回中原，朝廷屢辟不就，以布衣終。三國志卷十一有傳。

〔二六〕「棄雞肋」句：雞肋食之無味，但棄之可惜。三國志武帝紀「備因險拒守」，裴松之注引晉司馬彪九州春秋：「時王欲還，出令曰『雞肋』，官屬不知所謂。主簿楊脩便自嚴裝，人驚問脩：『何以知之？』脩曰：『夫雞肋，棄之如可惜，食之無所得，以比漢中，知王欲還也。』」

〔二七〕「續鳧脛」句：野鴨小腿短，接長則悲傷。莊子駢拇：「是故鳧脛雖短，續之則憂；鶴脛雖長，斷之則悲。」

謝梁右相啓

故里投閒，久竊奉祠之禄〔一〕；清時起廢，遽叨出守之榮〔二〕。挈於九折之途，置之一飽之地〔三〕。感深至骨，涕溢交頤。伏念某鄉校孤生，京塵下吏〔四〕。學徒盡力，徐而察之則鷁退飛〔五〕；仕已冥心，非敢後也而馬不進〔六〕。頃者南遊七澤，西上三巴〔七〕，繆見推於文辭，因頗交其秀傑。愛憎遂作，譽毁相乘，肆爲部黨之譏，規動朝端之聽〔八〕。雖漸能忍事，聽唾面之自乾〔九〕；猶競起浮言，至擢髮而莫數〔一〇〕。澒洞風波之上，流離道路之旁。幸逢皦日之中天，固宜潦水之歸壑。矧此江山之郡，介於吴越之間。先世嘗臨，尚有召伯憩棠之愛〔一一〕；提封甚邇，僅同買臣衣繡之歸〔一二〕。

蕞爾何堪〔一三〕，居然非稱。此蓋伏遇某官身扶昌運，手斡化鈞〔一四〕。一氣鳶魚，咸遂飛潛之性〔一五〕；衆材宋桷，各安小大之宜〔一六〕。俯憐爨下之餘〔一七〕，嘗沐筆端之潤，擢頽雖久，省録未忘〔一八〕。謂人士舍之則藏，固當慕昔賢顯晦之節〔一九〕；然朝廷養非所用，何以待異時緩急之求。既啓迪於淵衷，遂燮和於輿論〔二〇〕。而某年齡抵此，意氣蕭然。律召東風，雖幸春回於寒谷〔二一〕；手遮西日，敢希身到於修門〔二二〕。

【題解】

梁右相，即梁克家（一一二八—一一八七），字叔子，泉州晉江人。紹興三十年進士第一。歷著作佐郎、給事中、參知政事、兼知樞密院事，乾道八年爲右丞相兼樞密使。後出知建寧府。淳熙八年起知福州，九年再拜右丞相。十三年十一月罷。十四年卒。贈少師，謚文靖。宋史卷三八四有傳。宋宰輔編年録卷十八：「（淳熙）九年九月庚午，王淮左丞相。梁克家右丞相。」承接上篇，本文爲陸游獲除知嚴州後致丞相梁克家的謝啓。

本文原未繫年。歐譜繫於淳熙十三年（一一八六），是。當作於該年春。時陸游奉祠家居。

【箋注】

〔一〕奉祠：宋代安排部分不能任事或年老退休官員只領官俸而無職事的制度。參見卷一謝致仕表注〔六〕。

〔一〕清時：清平之時，太平盛世。文選李陵答蘇武書：「勤宣令德，策名清時。」張銑注：「清時，謂清平之時。」起廢：重新起用已被貶黜的官吏。參見卷八謝洪丞相啓注〔二〕。出守：由京官出爲太守。顏延之五君詠阮始平：「屢薦不入官，一麾乃出守。」此指知嚴州。

〔三〕九折：比喻曲折的人生之路。劍南詩稿卷六白髮：「我生實多邅，九折行晚途。」一飽：指滿足生存要求。陶潛飲酒詩二十首：「此行誰使然，似爲饑所驅。傾身營一飽，少許便有餘。」

〔四〕孤生：孤陋之人。參見卷六謝内翰啓注〔一七〕。京塵：比喻功名利禄之類塵俗之事。語本陸機爲顧彦先贈婦詩之一：「京洛多風塵，素衣化爲緇。」

〔五〕「徐而」句：慢慢觀察，鳥飛遇風而實質倒退。語本春秋公羊傳僖公十六年：「六鷁退飛，記見也。視之則六，察之則鷁，徐而察之則退飛。」鷁，一種水鳥。此處自謙學業退步。

〔六〕冥心：泯滅俗念，使心境寧静。魏書逸士傳序：「冥心物表，介然離俗，望古獨適，求友千齡，亦異人矣。」「非敢」句：論語雍也：「孟之反不伐。奔而殿，將入門，策其馬，曰：『非敢後也，馬不進也。』」

〔七〕七澤：相傳古時楚有七處沼澤。後泛稱楚地諸湖泊。司馬相如子虚賦：「臣聞楚有七澤，嘗見其一，未睹其餘也。臣之所見，蓋特其小小者耳，名曰雲夢。」三巴：巴郡、巴東、巴西的合稱。在今四川嘉陵江和綦江流域以東的大部分地區。亦泛指四川。常璩華陽國志巴志：「建安六年，魚復蹇允白璋争巴名，璋乃改永寧爲巴郡，以固陵爲巴東，徙羲爲巴西太守，是爲三巴。」

〔八〕部黨：朋黨，徒黨。後漢書黨錮傳序：「牢脩因上書誣告（李）膺等養太學遊士，交結諸郡生徒，更相驅馳，共爲部黨，誹訕朝廷，疑亂風俗。」朝端：朝廷。參見卷十謝台諫啓注〔五〕。

〔九〕唾面自乾：形容逆來順受，受辱而不反抗。尚書大傳卷三：「罵女毋歎，唾女毋乾。」新唐書婁師德傳：「其弟守代州，辭之官，教之耐事。弟曰：『人有唾面，絜之乃已。』師德曰：『未也。絜之，是違其怒，正使自乾耳。』」

〔一〇〕擢髮莫數：即擢髮難數。形容罪行數不勝數。史記范雎蔡澤列傳載，魏國須賈曾陷害范雎，後范雎爲秦相，須賈使秦，請罪於范雎，「范雎曰：『汝罪有幾？』曰：『擢賈之髮以續賈之罪，尚未足。』」

〔一一〕先世嘗臨：指陸游高祖陸軫，曾於北宋仁宗皇祐元年（一〇四九）知嚴州。召伯憩棠：召伯在其下休憩的棠樹，邑人珍愛保護。比喻地方官的德政。語本詩召南甘棠：「蔽芾甘棠，勿翦勿敗，召伯所憩。」參見卷一嚴州到任謝表注〔一五〕。

〔一二〕提封：即版圖，疆域。薛道衡老氏碑：「牂牁、夜郎之所，靡漢、桑乾之地，咸被聲教，并入提封。」買臣衣繡：朱買臣獲除太守，衣錦還鄉。漢書嚴朱吾丘主父徐嚴終王賈傳：「上拜買臣會稽太守。上謂買臣曰：『富貴不歸故鄉，如衣繡夜行，今子何如？』買臣頓首辭謝。」

〔一三〕蕞爾：形容小。左傳昭公七年：「鄭雖無腆，抑諺曰『蕞爾國』，而三世執其政柄。」

〔一四〕斡：讀同「管」，掌管。化鈞：造化之力，教化之權。語本史記鄒陽列傳：「是以聖王制世御俗，獨化於陶鈞之上。」裴駰集解引崔浩曰：「以鈞制器萬殊，故如造化也。」

〔一五〕「一氣」二句：指鳶飛魚躍，萬物各得其所。詩大雅旱麓：「鳶飛戾天，魚躍於淵。」孔穎達疏：「其上則鳶鳥得飛至於天以遊翔，其下則魚皆跳躍於淵中而喜樂，是道被飛潛，萬物得所，化之明察故也。」

〔一六〕「衆材」二句：指大木細枝，衆材各盡其用。韓愈進學解：「夫大木爲宊，細木爲桷，欂櫨侏儒，椳闑扂楔，各得其宜，施以成室者，匠氏之工也。」

〔一七〕爨下之餘：指灶下燒剩的木材。韓愈題木居士二首：「爲神詎比溝中斷，遇賞還同爨下餘。」

〔一八〕省録：省察録用。後漢書班超傳：「故超萬里歸誠，自陳苦急，延頸逾望，三年於今，未蒙省録。」

〔一九〕顯晦：比喻仕宦與隱逸。晉書隱逸傳論：「君子之行殊塗，顯晦之謂也。」

〔二〇〕淵衷：指皇帝胸懷淵深。參見卷一嚴州到任謝表注〔六〕。燮和：協和。參見本卷知嚴州謝王丞相啓注〔一三〕。

〔二一〕律召東風：吹奏律管以招致東風。劉禹錫與刑部韓侍郎書：「春雷一振，必歆然翹首，與生爲徒，況有吹律者召東風以薰之，其化也益速。」春回於寒谷：律爲陽聲，故傳説吹奏律管可使地暖。藝文類聚卷九引劉向别録：「鄒衍在燕，燕有谷，地美而寒，不生五穀，鄒子居之，吹律而温氣至，而穀生，今名黍谷。」

〔二二〕手遮西日：指遮手西向，遥望京師。語本杜牧途中絶句：「惆悵江湖釣竿手，却遮西日向長安。」修門：楚國郢都的城門。楚辭招魂：「魂兮歸來！入修門些。」王逸注：「修門，郢城門也。」後泛指京都城門。

謝周樞使啓

起由散地〔一〕，付以名州。朝迹久疏〔二〕，忽喜長安之近；戍期未及，先寛方朔之飢〔三〕。靖言孤蹤〔四〕，可謂過望。伏念某簞瓢窮巷，土木殘骸〔五〕。早已孤危，馬一鳴而輒斥〔六〕；晚尤顛沛，龜六鑄而不成〔七〕。羽翮摧傷，風波震蕩。薄禄作無窮之祟，虚名結不解之讎。酈生自謂非狂，甚矣見知之寡〔八〕；韓愈何恃敢傲，若爲取怒之深〔九〕。乘下澤之車〔一〇〕，忽過半生；掛神武之冠〔一一〕，今無多日。偶然未死，得此少伸。制出西垣，地連右輔〔一二〕。顧視必恭之梓〔一三〕，阡陌相望；封培勿剪之棠，鄉閭太息〔一四〕。此蓋伏遇樞使丞相學優聖域〔一五〕，道覺民先，卓爾爲衆正之宗，毅然開孤進之路〔一六〕。自太公已久望子〔一七〕，仰關宗廟之靈；有夷吾可無復憂〔一八〕，盡釋薦紳之慮。方廣求於雋傑，乃首記其姓名。生物功深，奚啻吹律召東風之妙〔一九〕；回天力大，未覺挾山超北海之難①〔二〇〕。而某少頗激昂，老猶矍鑠〔二一〕。志士弗忘在溝壑，固當堅馬革裹尸之心〔二二〕；薄福難與成功名，第恐有猿臂不侯之相〔二三〕。

【題解】

周樞使，即周必大。參見卷十賀周參政啓題解。宋史宰輔表四：「（淳熙）十一年六月庚申，周必大自知樞密院事進樞密使。」承接上篇，本文爲陸游獲除知嚴州後致樞密使周必大的謝啓。

本文原未繫年。歐譜繫於淳熙十三年（一一八六），是。當作於該年春。時陸游奉祠家居。

【校記】

①「超」，原作「起」，據正德本、汲古閣本改。

【箋注】

〔一〕散地：閒散之地。多指閒散的官職。岑參號中酬陝西甄判官見贈詩：「微才棄散地，拙宦慚清時。」

〔二〕朝迹：指在朝做官。劍南詩稿卷三四村飲示鄰曲：「七年收朝迹，名不到權門。」

〔三〕戍期：指出知嚴州的日期。「先寬」句：指預先寬解了東方朔的饑餓。借指自己有了領俸禄之地。方朔，即東方朔。據漢書東方朔傳載：東方朔稱漢武帝要盡殺侏儒，「（武帝）召問朔：『何恐侏儒爲？』對曰：『臣朔生亦言，死亦言。侏儒長三尺餘，奉一囊粟，錢二百四十。臣朔長九尺餘，亦奉一囊粟，錢二百四十。侏儒飽欲死，臣朔饑欲死。臣言可用，幸異其禮；不可用，罷之，無令但索長安米。』」

〔四〕靖言：同静言。静思。文選陸機猛虎行：「静言幽谷底，長嘯高山岑。」李善注引毛詩：「静言思之。」言，語助詞。

〔五〕簞瓢窮巷：指生活簡樸，安貧樂道。語本論語雍也：「一簞食，一瓢飲，在陋巷，人不堪其憂，回也不改其樂。賢哉回也！」　土木殘骸：謙辭，指自己的老朽之軀。土木，自稱，語本論語公冶長：「宰予晝寢。子曰：『朽木不可雕也，糞土之牆不可杇也，於予與何誅？』」蘇舜欽杜公讓官表：「故嘗屢拜懇牘，乞收殘骸。」

〔六〕「馬一鳴」句：指一發聲就遭貶斥。典出新唐書李林甫傳：「林甫居相位凡十九年，固寵市權，蔽欺天子耳目，諫官皆持禄養資，無敢正言者。補闕杜璡再上書言政事，斥爲下邽令。因以語動其餘曰：『明主在上，群臣將順不暇，亦何所論？君等獨不見立仗馬乎，終日無聲，而飫三品芻豆；一鳴，則黜之矣。後雖欲不鳴，得乎？』由是諫争路絶。」

〔七〕「龜六鑄」句：指任職多地而不成功。典出梁書王瑩傳：「瑩將拜，印工鑄其印，六鑄而龜六毁，既成，頸空不實，補而用之。居職六日，暴疾卒。」龜，指雕成龜形印紐的印章。

〔八〕「酈生」句：典出史記酈生陸賈列傳：「吾聞沛公慢而易人，多大略，此真吾所原從游，莫爲我先。若見沛公，謂曰：『臣里中有酈生，年六十餘，長八尺，人皆謂之狂生，生自謂我非狂生。』」酈生，即酈食其（？—前二〇三），秦陳留高陽鄉（今河南杞縣西南）人，嗜酒，自稱高陽酒徒。楚漢相争時常爲劉邦作説客，終爲齊王田廣烹殺。見知，受到知遇。

〔九〕「韓愈」句：典出韓愈釋言：「夫傲雖凶德，必有恃而敢行。愈之族親鮮少，無扳聯之勢於今；不善交人，無相先相死之友於朝；無宿資蓄貨以釣聲勢，弱於才而腐於力，不能奔走乘機抵巇以要權利：夫何恃而傲？」若爲，怎堪。王維送楊少府貶郴州詩：「明到衡山與洞庭，若爲秋月聽猿聲？」取怒，指得罪。

〔一〇〕乘下澤之車：指胸無大志的生活。下澤爲一種車名。參見卷八賀吏部陳侍郎啓注〔一九〕。

〔一一〕掛神武之冠：指辭官隱居。神武指神武門。參見卷一謝致仕表注〔一二〕。

〔一二〕西垣：指中書省。參見本卷賀禮部鄭侍郎啓注〔八〕。右輔：泛指京西之地。李商隱行次西郊作一百韻：「右輔田疇薄，斯民常苦貧。」嚴州在臨安之西。

〔一三〕必恭之梓：指桑梓。詩小雅小弁：「維桑與梓，必恭敬止。」朱熹集傳：「桑、梓二木。古者五畝之宅，樹之墻下，以遺子孫給蠶食、具器用者也……桑梓父母所植。」後以「桑梓」借指故鄉或鄉親父老。

〔一四〕封培：封土培植。勿剪之棠：指甘棠。詩召南甘棠：「蔽芾甘棠，勿翦勿敗，召伯所憩。」

此借指先人的德政。參見卷一嚴州到任謝表注〔一五〕。太息：大聲長歎，深深歎息。史記蘇秦列傳：「於是韓王勃然作色，攘臂瞋目，按劍仰天太息曰：『寡人雖不肖，必不能事秦。』」司馬貞索隱：「太息，謂久蓄氣而大籲也。」

〔一五〕樞使丞相：周必大淳熙十三年春任樞密使，十四年二月除右丞相。此處當衍「丞相」二字。

〔一六〕衆正：指爲衆人表率。易師彖：「師，衆也，貞，正也，能以衆正，可以王矣。」孤進：特別上進，非常出色。新唐書王涯傳：「帝以其孤進自樹立，數訪逮，以私居遠，或召不時至，詔假光宅里官第，諸學士莫敢望。」

〔一七〕「自太公」句：史記齊太公世家：「周西伯獵，果遇太公於渭之陽，與語大説，曰：『自吾先君太公曰「當有聖人適周，周以興」。子真是邪？吾太公望子久矣。』故號之曰『太公望』，載與俱歸，立爲師。」太公，指周文王先君太公。

〔一八〕「有夷吾」句：世説新語言語：「温嶠初爲劉琨使來過江。於時江左營建始爾，綱紀未舉。温新至，深有諸慮。既詣王丞相，陳主上幽越，社稷焚滅，山陵夷毁之酷，有黍離之痛。温忠慨深烈，言與泗俱，丞相亦與之對泣。叙情既畢，便深自陳結，丞相亦厚相酬納。既出，懽然言曰：『江左自有管夷吾，此復何憂！』」夷吾，指管夷吾，即管仲。温嶠將王丞相（即王導）比擬爲管夷吾。

〔一九〕吹律召東風：吹奏律管以招致東風。參見本卷謝梁右相啓注〔一一〕。

〔二〇〕挾山超北海：挾持泰山以越過北海。孟子梁惠王上：「（孟子）曰：『挾太山以超北海，語人曰「我不能」，是誠不能也。』」

〔二一〕矍鑠：形容老人精神健旺，目光炯炯。後漢書馬援傳：「援據鞍顧眄，以示可用。帝笑曰：『矍鑠哉，是翁也！』」

〔二二〕弗忘在溝壑：孟子滕文公下：「志士不忘在溝壑，勇士不忘喪其元。」趙岐注：「君子固窮，故常念死無棺槨沒溝壑而不恨也。」馬革裹尸：指死於戰場。後漢書馬援傳：「男兒要當死於邊野，以馬革裹尸還葬耳，何能卧牀上在兒女子手中邪？」

〔二三〕「猿臂」句：指臂長而不能封侯的命相。史記李將軍列傳：「廣爲人長，猿臂，其善射亦天性也。」又：「廣嘗與望氣王朔燕語，曰：『自漢擊匈奴而廣未嘗不在其中，而諸部校尉以下，才能不及中人，然以擊胡軍功取侯者數十人，而廣不爲後人，然無尺寸之功以得封邑者，何也？豈吾相不當侯邪？且固命也？』」

謝黄參政啓

病餘揣分，蕲續食於叢祠〔一〕；望外疏恩，俾牧民於近郡〔二〕。感深雪涕，慚劇騂顔〔三〕。伏念某早歲多艱，晚途益困。岷嶓巉絶，身行禹貢之書〔四〕；雲夢蒼茫〔五〕，口誦楚騷之句。未葬支離之骨，辱招羈旅之魂〔六〕。八千之路雖還，五十之年已過。視荒荒而益廢，髮種種以堪哀〔七〕。斷港絶潢，徒有朝宗之願〔八〕；朽株枯木，何施造化之功。雖存溝壑之餘生，已是簪紳之棄物〔九〕。驚宿愆之盡洗〔一〇〕，知孤迹之少安。如絲如綸，命出西垣之潤色〔一一〕；有民有社，地連右輔之封圻〔一二〕。矧復嚴瀨遺祠，桐山故隱〔一三〕，企高風之如在，顧俗狀以自慚。此蓋伏遇參政相公黼黻皇猷，權衡國是〔一四〕，衆仰規模之大，天知議論之公。謂設廉恥以遇群臣，士斯自好；且蹈仁義則爲君子，人亦何常。務與惟新〔一五〕，不求其備。某謹當銘膺感德，擢髮思愆〔一六〕。弱羽繞枝，姑低回於晚景①〔一七〕；靈丹點礫，儻邂逅於初心〔一八〕。

【題解】

黄參政，即黄洽（一一二二—一二〇〇），字德潤，福州侯官人。隆興元年進士。歷國子博士、太常卿、著作郎。久居諫職，自侍御史、右諫議大夫至御史中丞。淳熙十年參知政事，十五年除知樞密院事。後知隆興府。光宗即位後致仕。宋史卷三八七有傳。宋史宰輔表四：「（淳熙）十年八月戊申，黄洽自御史中丞、兼侍講遷中大夫，除參知政事。」承接上篇，本文爲陸游獲除知嚴州後致參知政事黄洽的謝啓。

本文原未繫年。歐譜繫於淳熙十三年（一一八六），是。當作於該年春。時陸游奉祠家居。

【校記】

①「回」，原作「曰」。形近而誤，據正德本、汲古閣本改。

【箋注】

〔一〕揣分：衡量名位、能力。參見卷五辭免賜出身狀注〔四〕。　叢祠：指奉祠。

〔二〕牧民：治民。國語魯語上：「且夫君也者，將牧民而正其邪者也，若君縱私回而棄民事，民旁有慝無由省之，益邪多矣。」　近郡：指嚴州。

〔三〕雪涕：擦拭眼淚。列子力命：「晏子獨笑於旁。公雪涕而顧晏子。」　騂顔：因羞愧而臉紅。孫覿靈泉寺：「但見虛童蒙白帢，且無瀧吏發騂顔。」

〔四〕岷嶓：岷山和嶓冢山的並稱。書禹貢：「岷嶓既藝，沱潛既道。」孔安國傳：「岷山、嶓冢，皆山名。」　巉絶：險峻陡峭。李白江上望皖公山詩：「清宴皖公山，巉絶稱人意。」　禹貢：尚書篇名，中國最古老的地理志書。

〔五〕雲夢：亦作「雲瞢」。古藪澤名。周禮夏官職方氏：「正南曰荆州，其山鎮曰衡山，其澤藪曰雲瞢。」鄭玄注：「衡山在湘南，雲瞢在華容。」亦借指古代楚地。

〔六〕支離：指殘缺而不中用。參見卷八謝王宣撫啓注〔七〕。　羈旅：寄居異鄉。參見卷十上趙參政啓注〔七〕。

〔七〕荒荒：黯淡迷茫貌。杜甫漫成詩之一：「野日荒荒白，春流泯泯清。」　種種：頭髮短少貌。

形容老邁。左傳昭公三年：「余髮如此種種，余奚能爲。」杜預注：「種種，短也。」
〔八〕斷港絶潢：與其他水流隔絶的港汊、水池。韓愈送王秀才序：「故學者必慎其所道，道於楊、墨、老、莊、佛之學，而欲之聖人之道，猶航斷港絶潢，以望至於海也。」 朝宗：原指朝見天子。此比喻小水流注大水。書禹貢：「江漢朝宗於海。」孔穎達疏：「朝宗是人事之名，水無性識，非有此義。以海水大而江漢小，以小就大，似諸侯歸於天子，假人事而言之也。」
〔九〕簪紳：簪帶，亦指朝臣。參見卷二文武百寮謝春衣表注〔三〕。
〔一〇〕宿愆：舊時的過失。王邁還氈行：「聖主赦宿愆，仁恩等天幬。」。
〔一一〕如絲如綸：指帝王詔書。參見卷一謝致仕表注〔四〕。 西垣：指中書省。參見本卷賀禮部鄭侍郎啓注〔八〕。
〔一二〕有民有社：指人民和社稷。 右輔：泛指京西之地。參見本卷謝周樞使啓注〔一二〕。
封圻：封畿。漢書文帝紀：「封圻之内，勤勞不處。」顔師古注：「圻亦畿字。王畿千里。」
〔一三〕嚴瀨：即嚴陵瀨。地名。在浙江桐廬南，相傳爲東漢嚴光隱居垂釣處。水經注漸江水：「自縣（桐廬）至於潛，凡十有六瀨，第二是嚴陵瀨，瀨帶山，山下有一石室，漢光武帝時嚴子陵之所居也。故山及瀨，皆即人姓名之。」瀨，急水流過沙石。 桐山：即桐君山。地名。在浙江桐廬東。相傳黄帝時有老者結廬煉丹於此，懸壺濟世。鄉人問其姓名，老人指桐爲名，鄉人遂稱之爲「桐君老人」，後世尊其爲「中藥鼻祖」。該山即以桐君名，縣則稱桐廬縣。

〔四〕黼黻：指輔佐。柳宗元乞巧文：「黼黻帝躬，以臨下民。」皇猷：帝王的謀略。參見卷八謝洪丞相啓注〔一二〕。權衡：評量，比較。劉勰文心雕龍熔裁：「權衡損益，斟酌濃淡。」國是：國策，國家大事。劉向新序雜事二：「願相國與諸侯士大夫共定國是。」

〔五〕惟新：更新。參見卷二丞相率文武百寮請皇帝聽樂表注〔四〕。

〔六〕銘膺：銘記胸中。劍南詩稿卷二一杭湖夜歸二首其一：「莫謂陶詩恨枯槁，細看字字可銘膺。」擢髮：拔下頭髮計數，極言其多。宋書臧質傳：「質生與釁俱，不可詳究，擢髮數罪，曾何足言。」

〔七〕弱羽：指羽毛未豐的小鳥。王僧孺棲雲寺雲法師碑：「庭棲弱羽，簷掛輕蘿。」此處比喻勢孤力單者。低回：徘徊，流連。史記司馬相如傳：「低回陰山翔以紆曲兮，吾乃今目睹西王母皬然白首。」

〔八〕靈丹：古代道士所煉丹藥，能使人消除百病，長生不老。杜荀鶴白髮吟：「九轉靈丹那勝酒，五音清樂未如詩。」邂逅：不期而遇。參見卷六除删定官謝丞相啓注〔一一〕。初心：本意。干寶搜神記卷十五：「既不契於初心，生死永訣。」

謝施參政啓

起由散地，畀以專城〔一〕。命出詞垣，仰戴絲綸之寵〔二〕；名居節鎮，俯慚章綬之華〔三〕。傴僂拜恩，譫諄敘感〔四〕。伏念某薄才綿力，多病早衰。竊慕長者之餘風，每思砥礪〔五〕；未聞君子之大道，徒益顛危〔六〕。零丁稷下之遊，寂寞漳濱之卧〔七〕，尚無漂母哀王孫而進食，況有故人憐范叔而贈袍〔八〕。牛欲釁鐘，誰其弗忍〔九〕；婦非束緼，何以自還〔一〇〕。敢期累年不振之蹤，忽有一旦殊常之遇，光生分表，喜溢情涯。惟茲山水之邦，自昔詩書之俗。修門在望，曾無日近之嗟〔一一〕；先世嘗臨，獲慰露濡之感〔一二〕。此蓋伏遇參政相公至仁善下，盛德兼容。一引坐，一解顏〔一三〕，士托終身之重；三吐哺，三握髮〔一四〕，野無片善之遺。賢能借勢以騫騰，孤遠望風而傾屬〔一五〕。自悲蓬梗，獨遠門闌〔一六〕。向使不爲萬里之行，固亦久在諸生之末。誦文章於方冊〔一七〕，竊喜得師；聞道義於薦紳，亦嘗願學。既積精誠之至，果歸甄冶之公〔一八〕。旅進無階〔一九〕，歎空馳於清夢；餘年有幾，懼終負於初心。

【題解】

施參政，即施師點。參見本卷賀施中書啓題解。宋史宰輔表四：「（淳熙）十年八月戊申，施師點自端明殿學士、簽書樞密院事兼權參知政事，遷中大夫，除參知政事兼同知樞密院事。」承接上篇，本文爲陸游獲除知嚴州後致參知政事兼同知樞密院事施師點的謝啓。

本文原未繫年。歐譜繫於淳熙十三年（一一八六），是。當作於該年春。時陸游奉祠家居。

【箋注】

〔一〕散地：閒散之地。多指閒散的官職。參見本卷謝周樞使啓注〔一〕。專城：主宰一城的州牧太守之類地方官職。參見卷一福建到任謝表注〔一三〕。此指知嚴州。

〔二〕詞垣：詞臣的官署。宋庠送石舍人賜告還鄉：「幾日詞垣棲健筆，九秋朝槖冒征塵。」絲綸：指帝王詔書。參見卷一謝致仕表注〔四〕。

〔三〕節鎮：設置節度使的重鎮。宋史職官志六：「中興，諸州升改節鎮凡十有二。」章綬：官印和繫印的絲帶。亦泛指官印。西京雜記卷二：「朱買臣爲會稽太守，懷章綬還至舍亭，而國人未知也。」

〔四〕傴僂：恭敬貌。賈誼新書官人：「柔色傴僂，唯諛之行，唯言之聽，以睚眥之間事君者，廝役也。」譫諄：即叨嘮。蘇軾用前韻再和孫志舉：「願子事篤實，浮言掃譫諄。」

〔五〕砥礪：激勵，勉勵。荀子王制：「案平政教，審節奏，砥礪百姓。」

〔六〕顛危：顛困艱危。石介讀韓文：「寥寥千餘年，顛危誰扶持。揭揭韓先生，雄雄周孔姿。」

〔七〕零丁：孤獨無依貌。陳書沈炯傳：「臣嬰生不幸，弱冠而孤，母子零丁，兄弟相長。」稷下：指戰國齊都城臨淄西門稷門附近地區。應劭風俗通窮通孫況：「齊威、宣王之時，聚天下賢士於稷下，尊寵之。」漳濱：漳水邊。劉楨贈五官中郎將詩之二：「余嬰沉痼疾，竄身清漳濱。」後因用爲卧病的典故。

〔八〕「漂母」句：史記淮陰侯列傳載：韓信年輕時釣於淮水，漂母飯信數十日，「信喜，謂漂母曰：『吾必有以重報母。』母怒曰：『大丈夫不能自食，吾哀王孫而進食，豈望報乎！』」「故人」句：史記范雎蔡澤列傳載：戰國時魏人范雎事中大夫須賈，遭其毀謗，笞辱幾死。後改名逃秦，仕秦爲相，權勢顯赫。魏命須賈使秦，范雎敝衣往見，「須賈意哀之，留與坐飲食，曰：『范叔一寒如此哉！』乃取其一綈袍以賜之」。後須賈知范雎即秦相，惶恐請罪。范雎念須賈有贈袍念舊之情，終寬釋之。

〔九〕「牛欲」二句：想要用牛釁鐘，誰不忍心？參見卷十江西到任謝史丞相啓注〔一四〕。

〔一〇〕「婦非」二句：婦人不是束緼，爲何自己回還？意謂需人幫助。參見卷八謝晁運使啓注〔四〕。

〔一一〕修門：指京都城門。參見本卷謝梁右相啓注〔一二〕。日近之嗟：指不見京都的感歎。典出世説新語夙惠：「晉明帝數歲，坐元帝膝上。有人從長安來，元帝問洛下消息，潸然流涕。明帝問何以致泣，具以東渡意告之。因問明帝：『汝意謂長安何如日遠？』答曰：『日遠。不聞人從日邊來，居然可知。』元帝異之。明日，集群臣宴會，告以此意，更重問之。乃答曰：『日近。』元帝失色，曰：『爾何故異昨日之言邪？』答曰：『舉目見日，不見長安。』」

〔一二〕先世嘗臨：指高祖陸軫曾知嚴州。參見本卷謝梁右相啓注〔一一〕。露濡：露水沾濕，比喻祖先的恩澤滋潤。

〔一三〕引坐：指引導就坐。　解顏：開顏歡笑。曹植七啓：「雍容閒步，周旋馳曜，南威爲之解顏，西施爲之巧笑。」

〔一四〕「三吐哺」二句：形容禮賢下士，求才心切。韓詩外傳卷三：「成王封伯禽於魯，周公誡之曰：『往矣，子無以魯國驕士。吾文王之子，武王之弟，成王之叔父也，又相天下，吾於天下亦不輕矣，然一沐三握髮，一飯三吐哺，猶恐失天下之士。』」

〔一五〕騫騰：即飛騰。參見卷九賀薛安撫兼制置啓注〔九〕。　傾屬：同「傾矚」。傾心嚮往。隋書觀德王楊雄傳：「雄寬容下士，朝野傾矚。」

〔一六〕蓬梗：飛蓬斷梗，飄蕩無定。比喻飄泊流離。姚鵠隨州獻李侍御之二：「風塵匹馬來千里，蓬梗全家望一身。」　門闌：指師門。參見卷六賀曾秘監啓注〔四〕。

〔一七〕方册：簡牘，典籍。蔡邕東鼎銘：「保乂帝家，勛在方册。」

〔一八〕甄冶：燒製陶器，熔煉金屬。比喻造就人才。司馬光司徒開府韓國富公挽辭：「欲知甄冶力，試問白頭人。」

〔一九〕旅進：叙進，分級提拔。

謝臺諫啓

貧念代耕之禄〔一〕，懇乞奉祠；恩開使過之門〔二〕，復令治郡。方窮閻之待盡，非公議而疇依〔三〕。慚極騂顔，感深雪涕〔四〕。伏念某邅回薄命〔五〕，憔悴餘生。肄業荒唐①，小學僅通於蒼雅〔六〕；屬辭卑弱，奇文徒慕於莊騷。髮種種以將童，心摇摇而欲折〔七〕。食粥動逾於累月，陳絺或至於隆冬〔八〕。不能引分以掛冠，廉隅已喪〔九〕；更復貪榮於懷綬〔一〇〕，愧懼可知。況此名城，今爲近輔〔一一〕。九霄嘉氣，日未邇於長安〔一二〕；千載遺祠，星嘗從於帝座〔一三〕。孰爲之地，使有此行。兹蓋伏遇某官偉量海涵，英姿山立。正言云：義急噓枯，仁先念舊〔一四〕。衆惡之而必察，俯憐久困於風波；今老矣而無能，尚使少紓於溝壑〔一五〕。爲國廣旁求之路，示人無終棄之才。曾是妄庸，曲蒙全護〔一六〕。除書已下，徒叨湔洗之恩〔一七〕；羸疾益侵〔一八〕，無復激昂之日。

【題解】

臺諫，宋代以專司糾彈的御史爲臺官，以職掌建言的正言、給事中、諫議大夫等爲諫官。兩者職責往往相混，泛稱臺諫。文中引「正言云」，則此臺諫當任「正言」。淳熙十三年任右正言者爲蔣繼周。宋會要輯稿食貨四一之一二：「（淳熙十三年八月）四日，右正言蔣繼周言事。」又文集卷三五中丞蔣公墓誌銘：「除右正言，實淳熙十年九月也。十二年八月，遷右諫議大夫。」則此臺諫當爲蔣繼周。承接上篇，本文爲陸游獲除知嚴州後致臺諫蔣繼周的謝啓。

本文原未繫年。歐譜繫於淳熙十三年（一一八六），是。當作於該年春。時陸游奉祠家居。

參考卷三五中丞蔣公墓誌銘。

【校記】

①「肆」，原作「𨽻」，據汲古閣本改。

【箋注】

〔一〕代耕：指爲官食禄，因舊時官吏不耕而食。語本禮記王制：「諸侯之下士，視上農夫，禄足以代其耕也。」

〔二〕使過：指用人之短。參見卷一嚴州到任謝表注〔一四〕。

〔三〕窮閻：陋巷。參見卷一福建到任謝表注〔四〕。疇依：依靠誰。疇，誰。書五子之歌：「萬姓仇予，予將疇依？」孔穎達疏：「仇，怨也。言當依誰以復國乎？」

〔四〕騂顔：因羞愧而臉紅。雪涕：擦拭眼淚。參見本卷謝黄參政啓注〔三〕。

〔五〕邅回：困頓，不順利。參見卷八謝王宣撫啓注〔一〕。

〔六〕肄業：修習課業。古代師授生曰授業，生受之於師曰受業，習之曰肄業。左傳文公四年：「衛甯武子來聘，公與之宴，爲賦湛露及彤弓。不辭，又不答賦。使行人私焉。對曰：『臣以爲肄業及之也。』」小學：漢代稱文字學爲小學，因兒童入小學先學文字。漢書藝文志：「古者八歲入小學，故周官保氏掌養國子，教之六書，謂象形、象事、象意、象聲、轉注、假借，造字之本也。」蒼雅：指三蒼、爾雅，均爲古代字書。三蒼亦作三倉，指倉頡篇、爰歷篇和博學篇。

〔七〕種種：頭髮短少貌。參見本卷謝黄參政啓注〔七〕。童：頭禿。搖搖：心神不定貌。詩王風黍離：「行邁靡靡，中心搖搖。」毛傳：「搖搖，憂無所愬。」孔穎達疏：「戰國策云：楚威王謂蘇秦曰：寡人心搖搖然，如懸旌而無所薄。然則搖搖是心憂無所附著之意。」折：摧折。

〔八〕陳絺：穿著暑服。絺，細葛布衣服。禮記月令孟夏之月：「是月也，天子始絺。」鄭玄注：「初服暑服。」

〔九〕引分：即引咎。韓愈瀧吏詩：「官不自謹慎，宜即引分往。」掛冠：指辭官，棄官。廉隅：比喻端方不苟的行爲、品性。參見卷八答衛司户啓注〔五〕。

〔一〇〕貪榮：貪圖榮華。周書柳帶韋傳：「夫顧親戚，懼誅夷，貪榮慕利，此生人常也。」懷綬：指做官。

〔一一〕近輔：即近畿。蘇舜欽啓事上奉寧軍陳侍郎：「比者，閣下入鎮近輔，曾未踰旬，而輒辱書教。」

〔一二〕九霄：天之極高處。葛洪抱朴子暢玄：「其高則冠蓋乎九霄，其曠則籠罩乎八隅。」嘉氣：瑞氣。庾信黄帝雲門舞：「神光乃超忽，嘉氣恒葱葱。」「日未邇」句：即「日近長安遠」，比喻嚮往帝京而不得至。參見本卷謝施參政啓注〔一一〕。

〔一三〕千載遺祠：指嚴子陵釣臺。參見本卷謝黄參政啓注〔一三〕。帝座：亦作「帝坐」。古星名。屬天市垣。即武仙座α星。戰國甘石星經：「帝座一星在市中，神農所貴，色明潤。」

〔一四〕正言：宋代諫官名。左、右正言分屬門下、中書二省。此指右正言蔣繼周。夾註引正言二句正適合此處文義。噓枯：比喻拯絶扶危。參見卷七上史運使啓注〔一四〕。

〔一五〕紓：緩和，解除。溝壑：比喻困厄之境。

〔一六〕妄庸：自謙之辭。凡庸妄爲之人。全護：保全，保護。北史齊紀上：「（神武）聽斷昭察，不可欺犯，知人好士，全護勳舊。」

〔一七〕除書：拜官授職的文書。參見卷九除制司參議官謝趙都大啓注〔六〕。湔洗：除去，洗雪。舊唐書劉晏傳：「使僕湔洗瑕穢，率罄愚懦，當憑經義，請護河堤，冥勤在官，不辭水死。」

〔一八〕羸疾：羸疢，痼疾。南史隱逸傳陶潛：「遂抱羸疾。江州刺史檀道濟往候之，偃卧瘠餒有日矣。」

謝葛給事啓

杜門訟六十年之非，久安散地〔一〕；起家忝二千石之重〔二〕，忽奉明恩。驚釁垢之漸除〔三〕，扶衰殘而下拜。舍人云〔四〕：起自窮閻，叨臨近郡。爲農爲圃，三年之冗不治〔五〕；如絲如綸，一字之褒過寵〔六〕。伏念某學由病廢，仕以罪歸，冥心鵷鷺之行，投迹雞豚之社〔七〕。海三山之縹緲，釣鼇已愧於初心〔八〕；楚七澤之蒼茫，殪兕亦成於昨夢〔九〕。但欲負耒慕許行之學①，豈復叩角歌甯戚之詩〔一〇〕。偶逢公朝使過之時，躐畀近郡承流之寄〔一一〕。所蒙過矣，自揆茫然。天際鬱葱，望九重之雲氣〔一二〕；道周蔽芾，掃四世之棠陰〔一三〕。得遂此行，孰爲之地。此蓋伏遇侍講給事道本文王之正，學師孟氏之醇〔一四〕。騰茂實而蜚英聲，久隆上眷〔一五〕；息邪説而距詖行〔一六〕，遂擅儒宗。方與萬物而皆春，不忍一夫之獨泣。某偶階末契〔一七〕，遂借餘光。舍人云：議論四方之望，文章百世之師。餘談激水之斗升，窮鱗悉逝〔一八〕；麗藻生雲於膚寸，甘澤無窮〔一九〕。方與萬物而皆春，不忍一夫之獨泣。而某適有懷章之幸，首叨泚筆之榮〔二〇〕。雖飯豆羹藜〔二一〕，不敢望功名於老大；然書紳銘座，尚思復玷缺之艱難〔二二〕。

【題解】

葛給事，即葛邲。參見卷十賀葛正言啓題解。宋中興東宮官僚題名：「淳熙九年八月以中書舍人兼左庶子，十年二月升兼詹事。十一年四月除給事中，仍兼。十三年七月除權刑部尚書，仍兼。」陸游除知嚴州的制書爲時任中書舍人的葛邲所草，故陸游有謝啓。承接上篇，本文爲陸游獲除知嚴州後致給事中葛邲的謝啓。

本文原未繫年。歐譜繫於淳熙十三年（一一八六），是。當作於該年春。時陸游奉祠家居。

參考卷十賀葛正言啓。

【校記】

①「欲」，原脱，據正德本、汲古閣本補。

【箋注】

〔一〕訟：自責。　六十年：本年陸游六十二歲。　散地：閒散之地。多指閒散的官職。參見本卷謝周樞使啓注〔一〕。

〔二〕忝：辱，有愧於，謙辭。　二千石：指郡守。參見卷一嚴州到任謝表注〔二〕。

〔三〕釁垢：争端，辱駡。垢，通詬。

〔四〕舍人：此指中書舍人葛邲。以下夾註六句引用葛邲爲陸游除知嚴州所草制書的文句。文末另有夾註「舍人云」十句同。

〔五〕「三年」句：三年閒職，不見治績。語本韓愈進學解：「三年博士，冗不見治。」

〔六〕「一字」句：一字之褒，寵過禮服。語本范寧春秋穀梁傳序：「一字之褒，寵逾華衮之贈；片言之貶，辱過市朝之撻。」

〔七〕冥心：泯滅俗念，使心境寧静。參見卷十與本路監司啓注〔五〕。　鵷鷺：比喻班行有序的朝官。參見卷一逆曦授首稱賀表注〔二〇〕。　雞豚：指平民之家的微賤瑣事。語本禮記大學：「畜馬乘，不察於雞豚；伐冰之家，不畜牛羊。」鄭玄注：「畜馬乘，謂以士初試爲大夫也。伐冰之家，卿大夫以上……雞豚牛羊，民之所畜養以爲利者也。」

〔八〕三山：傳説中的海上三神山。王嘉拾遺記高辛：「三壺，則海中三山也。一曰方壺，則方丈也；二曰蓬壺，則蓬萊也；三曰瀛壺，則瀛洲也。」　釣鼇：比喻抱負遠大或舉止豪邁。典出列子湯問：「（勃海之東有五山，）而五山之根，無所連著，常隨潮波上下往還，不得蹔峙焉。仙聖毒之，訴之於帝。帝恐流於西極，失羣聖之居，乃命禺彊使巨鼇十五舉首而戴之，迭爲三番，六萬歲一交焉，五山始峙。而龍伯之國有大人，舉足不盈數步而暨五山之所，一釣而連六鼇，合負而趣歸其國，灼其骨以數焉。於是岱輿、員嶠二山流於北極，沉於大海。」

〔九〕七澤：傳説中楚地的七處沼澤。參見本卷謝梁右相啓注〔七〕。　殪兕：射死犀牛。典出戰國策楚策一：「於是楚王遊雲夢，結駟千乘，旌旗蔽日，野火之起也若雲蜺，兕虎嘷之聲若雷霆。有狂兕牂車依輪而至，王親引弓而射，一發而殪。王抽旃旄而仰兕首，仰天而笑曰：『樂矣，今日之遊也。』」

〔一〇〕許行之學：前秦諸子百家中農家之學，主張君民并耕，自食其力。參見孟子滕文公上。許行爲戰國時楚人。　甯戚之詩：藝文類聚卷九四引琴操：「甯戚飯牛車下，叩角而商歌曰：『南山矸，白石磵，生不逢堯與舜禪，短布單衣裁至骭，長夜冥冥何時旦。』齊桓公聞之，舉以爲相。」後以之爲不遇之士自求用世的典故。

〔一一〕公朝：指朝廷。參見卷十謝趙丞相啓注〔一〕。使過：指用人之短。參見卷一嚴州到任謝表注〔一四〕。躐昇：超越常規給予。承流：繼承良好風尚傳統。史記三王世家：「百蠻之君，靡不鄉風，承流稱意。」

〔一二〕「天際」二句：指天邊雲氣，象徵朝廷的旺盛。

〔一三〕「道周」二句：指道旁甘棠，見證着四代惠政。陸游高祖陸軫知嚴州，至其恰是四世。參見卷一嚴州到任謝表注〔一五〕。

〔一四〕侍講：此指爲太子講學。據宋史本傳，葛邲曾「爲東宫僚屬八年」，故稱。文王：指周文王。孟氏：指孟子。

〔一五〕「騰茂」句：升騰盛美的德業，播揚美好的名聲。司馬相如封禪文：「俾萬世得激清流，揚微波，蜚英聲，騰茂實。」隆：盛大，深厚。上眷：皇帝的眷顧。

〔一六〕「息邪」句：平息荒謬的言論，抵制不正的行爲。孟子滕文公下：「我亦欲正人心，息邪説，距詖行，放淫辭，以承三聖者。」

〔一七〕階：憑藉。末契：稱别人對自己交誼的謙詞。

〔一八〕窮鱗：失水之魚。比喻處在困境之人。柳宗元酬婁秀才將之淮南見贈之什：「好音憐鎩羽，濡沫慰窮鱗。」

〔一九〕甘澤：甘雨。後漢書循吏傳孟嘗：「昔東海孝婦，感天致旱，于公一言，甘澤時降。」

〔二〇〕懷章：指做官。此指任中書舍人。　泚筆：以筆蘸墨。新唐書岑文本傳：「或策令叢遽，敕吏六七人泚筆待，分口占授，成無遺意。」

〔二一〕飯豆：吃豆，以豆當飯。王褒僮約：「奴但當飯豆，飲水，不得嗜酒。」　羹藜：煮野菜羹。李頎答高三十五留別便呈於十一詩：「羹藜被褐環堵中，歲晚將貽故人恥。」

〔二二〕書紳：將須牢記的話寫在紳帶上。語本論語衛靈公：「子張書諸紳。」邢昺疏：「紳，大帶也。子張以孔子之言書之紳帶，意其佩服無忽忘也。」　銘座：刻寫座右銘。　玷缺：比喻缺點，過失。漢書韋玄成傳：「玄成復作詩，自著復玷缺之艱難，因以戒示子孫。」

答交代陳判院啓

病求玉局〔一〕，但懷優游卒歲之心；恩畀桐廬，獲繼超軼絶塵之迹〔二〕。方自嫌於通問，乃遽辱於移書〔三〕。公真快哉，我則陋矣。伏念某少而落魄，老益迂疏。憔悴關河，萬里客岷嶓之境〔四〕；馳驅節傳，三年使閩楚之郊〔五〕。迨此退歸，頽然遲暮。投幘已安於蟹舍，起家忽奉於魚符〔六〕。此蓋伏遇某官秉節以貫四時，瑞世而翔千仞〔七〕，經行早推於庠序，謀猷晚著於朝廷〔八〕。謡誦上聞，豈獨最列城之課〔九〕；

規模甚遠，又足爲來者之師。某偶幸懷章，遂將接武〔一〇〕。雖取棄竹馬，望英躅以增慚〔一一〕；然獲舊青氈〔一二〕，在衰門而甚寵。發春伊始，坐嘯多閒〔一三〕，願遵輔養之宜，即慶禁嚴之拜〔一四〕。

【題解】

交代指前後任相接替、移交。陳判院即陳公亮，爲陸游即將接替的嚴州知府。淳熙嚴州圖經卷一賢牧題名：「陳公亮，淳熙十一年六月初三日以朝請郎權知（嚴州），十三年七月初三日滿，除倉部郎官。」宋史職官三：「倉部郎中、員外郎：參掌國之倉庾儲積及其給受之事。」其執掌北宋初屬三司，鹽鐵、度支、户部三部勾院設判官各一人，稱判院。故此用舊稱。本文爲陸游獲除知嚴州後致陳公亮的答啓。

本文原未繫年。歐譜繫於淳熙十三年（一一八六），是。當作於該年春夏。時陸游奉祠家居。

【箋注】

〔一〕玉局：即玉局觀。參見本卷知嚴州謝王丞相啓注〔一〕。

〔二〕桐廬：縣名。南宋時隸屬嚴州。此指嚴州。　超軼絶塵：指出類拔萃，不同凡響。參見卷七謝曾侍郎啓注〔一五〕。

〔三〕自嫌：對自己不滿。白居易花前歎：「幾人得老莫自嫌，樊李吴韋盡成土。」通問：互相問候。禮記曲禮上：「男女不雜坐……嫂叔不通問。」移書：致書。漢書劉歆傳：「歆因移書太常博士，責讓之。」

〔四〕關河：關山河川。後漢書荀彧傳：「此實天下之要地，而將軍之關河也。」岷嶓：岷山和嶓冢山的並稱。參見本卷謝黄參政啓注〔四〕。

〔五〕節傳：璽節與文書。周禮地官司關：「凡所達貨賄者，則以節傳出之。」鄭玄注：「商或取貨於民間，無璽節者至關，關爲之璽節及傳出之；其有璽節，亦爲之傳。傳如今移過所文書。」使閩楚之郊：指任職福建、江西。

〔六〕蟹舍：漁家。亦指漁村水鄉。張志和漁父歌：「松江蟹舍主人歡，菰飯蓴羹亦共餐。」魚符：朝廷頒發的符信，雕木或鑄銅爲魚形，刻書其上，剖而分執之，以備符合爲憑信。陸龜蒙送董少卿游茅山詩：「將隨羽節朝珠闕，曾佩魚符管赤城。」此指知嚴州之任。

〔七〕秉節：保持節操，守節。貫四時：參見卷十答漳州石通判啓注〔五〕。瑞世：即盛世。向子諲浣溪沙老妻生日詞：「葉上靈龜來瑞世，林間白鶴舞胎仙。」

〔八〕經行：經術和品行。漢書師丹傳：「丹經行無比，自近世大臣能若丹者少。」庠序：古代的地方學校，殷代叫庠，周代叫序。後亦泛稱學校。孟子梁惠王上：「謹庠序之教，申之以孝弟之義。」謀猷：計謀，謀略。書文侯之命：「亦惟先正克左右昭事厥辟，越小大謀猷，罔不率從，肆先祖懷在位。」

〔九〕謡誦：歌頌。陶弘景吴太極左仙公葛公之碑：「其可以垂軌範、著謡誦者，迄於兹辰。」列城：指城邑長官。劍南詩稿卷一喜小兒輩到行在：「傳聞賊棄兩京走，列城争爲朝廷守。」課：即考課，指按一定標準考核官吏，分别等差，決定升降賞罰。

〔一〇〕接武：步履相接。引申爲前後接替，繼承。劉勰文心雕龍物色：「古來辭人，異代接武，莫不參伍以相變，因革以爲功。」

〔一一〕棄竹馬：丢棄的竹馬。典出晉書殷浩傳：「（桓温）語人曰：『少時吾與浩共騎竹馬，我棄去，浩輒取之。』」竹馬，當馬騎的竹竿。此指知嚴州之任。英躅：精英的足迹。此指前任的政績。

〔一二〕舊青氈：太平御覽卷七〇八引晉裴啓語林：「王子敬在齋中卧，偷人取物，一室之内略盡，子敬卧而不動，偷遂登榻，欲有所覓。子敬因呼曰：『石染青氈是我家舊物，可特置否？』於是群偷置物驚走。」晉書王獻之傳亦載此事。後因以「青氈舊物」泛指仕宦人家傳世之物或舊業。此亦指知嚴州之任，因陸游高祖陸軫亦曾任此職。

〔一三〕發春：春氣發動。參見卷二丞相率文武百僚賀皇太后受册牋注〔一〕。坐嘯：閒坐吟嘯。東漢成瑨少修仁義，篤學，以清名見，任南陽太守，用岑晊（字公孝）爲功曹，公事悉委岑辦理，民間爲之謡曰：「南陽太守岑公孝，弘農成瑨但坐嘯。」事見後漢書黨錮傳序。後因以「坐嘯」指爲官清閒或不理政事。

〔一四〕輔養：即調養。嵇康養生論：「故神農曰：上藥養命，中藥養性者，誠知性命之理，因輔養以通也。」禁嚴：指帝王宮禁。蘇軾杭州謝上表：「伏念臣起自廢黜，驟登禁嚴，畢命驅馳，未償萬一。」

嚴州到任謝王丞相啓

懇求祠禄，乃叨便郡之除〔一〕；甫及戍期，亟奉燕朝之對〔二〕。身既復歸於鈞播〔三〕，衆知未棄於明時。伏念某淺智褊能，薄才綿力。棲遲屏迹，但欲射猛虎以終殘年〔四〕；辛苦著書，不足藏名山而俟後世〔五〕。偶爲貧而求仕，旋觸罪以免歸。雁食無儲，鶉衣不補〔六〕。凡百君子，悠悠非特達之知〔七〕；平生故人，往往處嫌疑之際。欲言誰聽，投老奚歸？豈期廟堂任使之公，挈出溝壑漂流之地〔八〕。此蓋伏遇某官孟韓道統，伊吕王功〔九〕。黼黻聖猷，謂言之不文則行之不遠〔一〇〕；甄陶士類，每捨其所短而取其所長〔一一〕。慨念孤生〔一二〕，已侵暮境。儻使抱所聞而不試，則將賫遺恨於無窮。何止屢陳於斧扆之前，蓋亦昌言於搢紳之上〔一三〕。故雖久斥，亦復漸收。而某已知悔童子之雕蟲，未免守古人之糟粕〔一四〕。決無可用，寧不自知。續鍾釜之禄以待掛冠，嘗面祈於大造〔一五〕；效尺寸之勞而垂汗簡，悵永負於初心〔一六〕。

【題解】

卷四乞祠禄劄子：「蒙恩差知嚴州，於淳熙十三年七月三日到任。」王丞相即王淮，參見本卷知嚴州謝王丞相啓題解。本文爲陸游到嚴州任後致丞相王淮的謝啓。

本文原未繫年。歐譜繫於淳熙十三年（一一八六），是。當作於該年七月。時陸游在知嚴州任上。

參考卷一嚴州到任謝表、本卷知嚴州謝王丞相啓。

【箋注】

〔一〕祠禄：宋代大臣罷職後，以管理道教宫觀的名義食俸。參見卷四乞祠禄劄子題解。便郡：政務清簡之郡。參見卷六賀謝提舉啓注〔七〕。

〔二〕燕朝之對：臣子入宫回答皇帝詢問。參見卷一江西到任謝表注〔六〕。

〔三〕鈞播：尊長的教化。參見卷十謝趙丞相啓注〔一六〕。

〔四〕棲遲：漂泊失意。參見卷九上鄭宣撫啓注〔一八〕。屏迹：隱居匿迹。玄奘大唐西域記婆羅痆斯國：「有一隱士於此池側結廬屏迹，博習伎術，究極神理。」射猛虎以終殘年：杜甫曲江三章章五句：「短衣匹馬隨李廣，看射猛虎終殘年。」

〔五〕「藏名山」句：史記太史公自序：「以拾遺補藝，成一家之言……藏之名山，副在京師，俟後世聖人君子。」司馬貞索隱：「言正本藏之書府，副本留京師也。」名山，指藏書之所。俟後世，傳之後世。

〔六〕雁食：粗糙的食物。鴻雁以野草和種子爲主食。鶉衣：破爛的衣服。鶉尾秃，故稱。語本荀子大略：「子夏貧，衣若縣鶉。」

〔七〕凡百君子：一切有德君子。詩小雅雨無正：「凡百君子，各敬爾身。」悠悠：衆多貌。史記孔子世家：「桀溺曰：『悠悠者天下皆是也。』」特達，獨特，特出。禮記聘義：「圭璋特達，德也。」孔穎達疏：「聘享之禮，有圭、璋、璧、琮。璧、琮則有束帛加之乃得達；圭、璋則不用束帛，故云特達。」

〔八〕廟堂：指朝廷。任使：差遣，委用。左傳昭公六年：「猶求聖哲之上，明察之官，忠信之長，慈惠之師，民於是乎可任使也，而不生過亂。」溝壑：指困厄之境。孟子滕文公下：「志士不忘在溝壑，勇士不忘喪其元。」漂流：漂泊無定。陸雲與陸典書書：「沉淪漂流，優遊上國。」

〔九〕孟韓：孟子和韓愈的並稱。蘇洵上田樞密書：「孟韓之温醇，遷固之雄剛，孫吴之簡切，投之所嚮，無不如意。」道統：儒家學術思想授受的系統。伊吕：伊尹和吕尚的並稱。伊尹輔商湯，吕尚佐周武王，皆有大功。漢書刑法志：「故伊吕之將，子孫有國，與商周並。」

王功：輔佐人君成就王業的功績。周禮夏官司勳：「王功曰勳，國功曰功，民功曰庸，事功曰勞，治功曰力，戰功曰多。」鄭玄注：「王功，輔成王業，若周公。」

〔一〇〕黼黻：指輔佐。柳宗元乞巧文：「黼黻帝躬，以臨下民。」聖猷：皇帝的謀略。晉書庾冰傳：「上不能光贊聖猷，下不能緝熙政道。」「言之」句：左傳襄公二十年：「仲尼曰：『志有之，言以足志，文以足言。不言誰知其志？言而無文，行而不遠。』」

〔一一〕甄陶：化育，培養造就。揚雄法言先知：「甄陶天下者，其在和乎！」士類：文人、士大夫的總稱。後漢書宦者傳孫程：「臣生自草茅，長於宮掖，既無知人之明，又未嘗交知士類。」「舍其」句：漢書藝文志：「若能修六藝之術而觀此九家之言，舍短取長，則可以通萬方之略矣。」

〔一二〕孤生：孤陋之人。自謙之詞。後漢書周榮傳：「榮曰：『榮江淮孤生……今復得備宰士，縱爲竇氏所害，誠所甘心。』」

〔一三〕斧扆：古代帝王朝堂所用器具，狀如屏風，以絳爲質，高八尺，東西當户牖之間，其上有斧形圖案。逸周書明堂：「天子之位，負斧扆，南面立。」昌言：指直言不諱。後漢書馬融傳：「俾之昌言而宏議，軼越三家，馳騁五帝，悉覽休祥，總括羣瑞。」搢紳：舊時官宦的裝束，插笏於紳帶間。借指士大夫。漢書郊祀志上：「其語不經見，縉紳者弗道。」顔師古注：「李奇曰：『縉，插也，插笏於紳。』……字本作搢，插笏於大帶與革帶之間。」

〔一四〕「悔童子」句：揚雄法言吾子：「或問：『吾子少而好賦？』曰：『然。童子雕蟲篆刻。』俄而曰：『壯夫不爲也。』」蟲指蟲書；刻指刻符，各爲一種字體。後以「雕蟲篆刻」比喻詞章小技。古人之糟粕：莊子天道：「（輪扁）問桓公曰：『敢問公之所讀者，何言耶？』公曰：『聖人之言也。』曰：『聖人在乎？』公曰：『已死矣。』曰：『然則君之所讀者，古人之糟粕已夫！』」

〔一五〕鍾釜：均爲古容量單位元，一鍾爲十釜。掛冠：指辭官隱居。參見卷一謝致仕表注〔一一〕。大造：指天地，大自然。謝靈運宋武帝誄：「業盛曩代，惠侔大造，澤及四海，功格八表。」

〔一六〕汗簡：借指史册，典籍。參見卷一皇太子受册賀皇后牋注〔三〕。初心：本意。參見卷六謝解啓注〔六〕。

謝梁右相啓

玉局二年，已竊代耕之禄〔一〕；桐廬千里，復叨起廢之恩〔二〕。望晬表之顒昂，撫編氓之繁夥〔三〕。退惟忝冒，徒積兢慚〔四〕。伏念某四壁寒家，一簞賤士〔五〕。刻舟求劍〔六〕，固匪通材；懲羹吹虀〔七〕，已消壯志。比由蟹舍，起領魚符〔八〕，永言久斥之餘，亦有少伸之望。然而察簿領稽違之細，擿吏胥隱伏之微〔九〕，一皆非其素知，又不可以遽習。淵明之寄事外〔一〇〕，已迫頹齡；安國之擢徒中〔一一〕，曷勝煩使。此蓋伏遇某官才全經緯，氣塞堪輿〔一二〕。博取衆材，屢抗延英之論〔一三〕；宏開公道，靡須光範之書〔一四〕。施及妄庸，未忘夙昔。温飽一門之衣食，洗湔累歲之罪愆〔一五〕，使爲全人，以畢餘日。某敢不好是正直〔一六〕，擇乎中庸。戒舞智以賊民，寧取椎魯少文之誚〔一七〕；務盡心於折獄〔一八〕，庶無冤枉失職之嗟。苟不辱知〔一九〕，其敢言報。

【題解】

梁丞相即梁克家，參見本卷〈知嚴州〉謝梁右相啓題解。承接上篇，本文爲陸游到嚴州任後致右相梁克家的謝啓。

本文原未繫年。歐譜繫於淳熙十三年（一一八六），是。當作於該年七月。時陸游在知嚴州任上。

參考本卷知嚴州謝梁右相啓。

【箋注】

〔一〕玉局：成都道觀名。參見卷四乞祠禄劄子注〔一〕。二年：祠禄二年一期。代耕：舊時官吏不耕而食，因稱爲官食禄爲代耕。語本禮記王制：「諸侯之下士，視上農夫，禄足以代其耕也。」

〔二〕桐廬：縣名。此指嚴州。 起廢：重新起用已被貶黜的官吏。參見卷八謝洪丞相啓注〔二〕。

〔三〕晬表：晬容，純和潤澤之容貌。參見卷一天申節賀表注〔九〕。 顒昂：肅敬軒昂。形容氣度不凡。獨孤及絳州聞喜縣崇慶鄉太平里裴積年若干行狀：「公天姿英拔，德宇宏曠，顒昂公器，磊砢高節。」 編氓：編入户籍的平民。參見卷八謝洪丞相啓注〔一〇〕。 繁夥：繁多，甚多。王充論衡恢國：「德惠盛熾，故瑞繁夥也。」

〔四〕忝冒：猶言濫竽充數。參見卷五辭免賜出身狀注〔四〕。 兢慚：惶恐慚愧。參見卷一轉太中大夫謝表注〔四〕。

〔五〕一簞：一盒。論語雍也：「一簞食，一瓢飲，在陋巷，人不堪其憂，回也不改其樂。賢哉回也！」簞，古代盛食物的圓形竹器。

〔六〕刻舟求劍：比喻拘泥成法，不知變通。呂氏春秋察今：「楚人有涉江者，其劍自舟中墜於水，遽契其舟曰：『是吾劍之所從墜。』舟止，從其所契者入水求之。舟已行矣，而劍不行，求劍若此，不亦惑乎？」

〔七〕懲羹吹虀：被滾湯燙過之人，吃冷菜也要吹一下。比喻戒懼過甚。羹，熱湯；虀，細切的肉菜，冷食。語本楚辭九章惜誦：「懲於羹者而吹虀兮，何不變此志也？」

〔八〕蟹舍：指漁村水鄉。魚符：符信。此指知嚴州之任。參見本卷答交代陳判院啓注〔六〕。

〔九〕簿領：指官府記事的簿册、文書。參見卷六謝内翰啓注〔六〕。稽違：耽誤，延誤。北史高道悦傳：「道悦以使者書侍御史薛聰、侍御史主文中散元志等稽違期會，奏舉其罪。」吏胥：官府中小吏。白居易和微之除夜作詩：「我統十郎官，君領百吏胥。」隱伏：隱瞞，隱諱。後漢書馬援傳：「且開心見誠，無所隱伏，闊達多大節。」

〔一〇〕「淵明」句：陶淵明始作鎮軍參軍經曲阿作：「弱齡寄事外，委懷在琴書。」

〔一一〕「安國」句：韓安國從徒刑中被起用。參見本卷知嚴州謝王丞相啓注〔一四〕。

〔一二〕經緯：即經緯天下。指治理國家。史記秦始皇本紀：「普施明法，經緯天下，永爲儀則。」堪輿：指天地。參見卷一謝賜曆日表注〔三〕。

〔一三〕延英：即延英殿。唐代宫殿名。在延英門内。高承事物紀原引宋朝會要：「康定二年八月，宋庠奏：『唐自中葉已還，雙日及非時大臣奏事，别開延英賜對，今假日御崇政、延和是也。』」

〔一四〕光範：即邊光範，字子儀，并州陽曲（今山西陽曲）人。有吏材，歷仕後唐、後晉、後漢、後周四朝，入宋後官至御史中丞。宋史卷二六二有傳。光範之書，指其上書論選拔刺史之重要。宋史邊光範傳：「（後晉天福二年）上書曰：『臣聞唐太宗有言：「朕居深宫之中，視聽不能及遠，所委者惟都督、刺史。」則知此官實繫治亂，必須得人。今則刺史或因緣世禄，或貢奉家財，或微立軍功，或但循官序，實恐撫民無術，御吏無方。以此牧民，而民受其賜鮮矣。望選能吏以蘇民瘼，用致升平。』」

〔一五〕洗湔：洗滌，清除。韓愈示爽詩：「才短難自力，懼終莫洗湔。」

〔一六〕好是正直：甚是公正無私。參見卷一福建到任謝表注〔一七〕。

〔一七〕舞智：玩弄智巧，弄小聰明。史記酷吏列傳：「(張)湯爲人多詐，舞智以御人。」賊民：害民。劉向列女傳齊傷槐女：「犯槐者刑，傷槐者死，刑殺不正，是賊民之深者也。」椎魯：愚鈍，魯鈍。蘇軾六國論：「其力耕以奉上，皆椎魯無能爲者。」

〔一八〕折獄：判決訴訟案件。易豐：「君子以折獄致刑。」孔穎達疏：「斷決獄訟。」

〔一九〕辱知：指受人賞識或提拔。謙辭。參見卷八上二府乞宫祠啓注〔一八〕。

謝周樞使啓

入望清光〔一〕，出臨近郡。天威不違咫尺，既諧就日之心〔二〕；父命惟所東西，况被牧民之寄〔三〕。感恩至矣，揣分茫然〔四〕。伏念某下愚難移〔五〕，大惑莫解。不能高飛遠舉，求避横目之民〔六〕；乃復直情徑行，自掇噬臍之悔〔七〕。永言窮薄，數蹈邅回〔八〕。毁靡待於德高，災非由於福過。斷雲零落，敢懷出岫之心〔九〕；病鶴褵褷，忽忝乘軒之寵〔一〇〕。此蓋伏遇某官道窮宎奥，氣塞堪輿〔一一〕。南山之石巖巖，帝資宿望〔一二〕；綈袍之意戀戀，士感誠言〔一三〕。哀細德之嶮微，開鴻鈞之坱圠〔一四〕。念兹積譴，雖擢髪而有餘〔一五〕；察彼衆讒，亦吹毛之已甚〔一六〕。未加顯棄，聊復少收。雖不在於英材樂育之中，實創見於薄俗相挺之際〔一七〕。而某扶衰自笑，迫老宜歸。無復入關，西日舉釣竿之手〔一八〕；惟希度世，東封謁玉軺之塵〔一九〕。傾倒具陳，慚惶無措。

【題解】

周樞使即周必大，參見本卷〈知嚴州〉謝周樞使啓題解。承接上篇，本文爲陸游到嚴州任後致樞密使周必大的謝啓。

本文原未繫年。歐譜繫於淳熙十三年（一一八六），是。當作於該年七月。時陸游在知嚴州任上。

參考本卷知嚴州謝周樞使啓。

【箋注】

〔一〕清光：指帝王之風采。參見卷一江西到任謝表注〔一八〕。

〔二〕「天威」句：帝王威嚴近在咫尺。國語齊語：「天威不違顔咫尺。」韋昭注：「違，遠也。」就曰：比喻對皇帝崇仰。參見卷一會慶節賀表二注〔一三〕。

〔三〕父命惟所東西：天子差遣不論東西。　牧民：治民。國語魯語上：「且夫君也者，將牧民而正其邪者也，若君縱私回而棄民事，民旁有慝無由省之，益邪多矣。」

〔四〕揣分：衡量名位、能力。參見卷五辭免賜出身狀注〔四〕。

〔五〕下愚難移：愚蠢之人難以改變。論語陽貨：「子曰：『惟上智與下愚不移。』」

〔六〕横目：指人民，百姓。莊子天地：「夫子無意於横目之民乎？願聞聖治。」成玄英疏：「五行之内，唯民横目。」

〔七〕噬臍：自齧腹臍。比喻後悔不及。參見卷三上二府論都邑劄子注〔一〇〕。

〔八〕窮薄：淺薄。指命運很差。參見卷六謝解啓注〔三〕。　邅回：困頓，不順利。參見卷八上王宣撫啓注〔一〕。

〔九〕「斷雲」二句：陶淵明歸去來兮辭：「雲無心以出岫，鳥倦飛而知還。」岫，山洞。

〔一〇〕「病鶴」三句：左傳閔公二年：「衛懿公好鶴，鶴有乘軒者。將戰，國人受甲者皆曰：『使鶴！鶴實有禄位。余焉能戰？』」　褵褷：離披散亂貌。齊己荆門寄沈彬：「羅趨明聖懶從知，鶴氅褵褷遂性披。」「病鶴」與上「斷雲」均用以自喻。

〔一一〕宎奥：比喻深邃、高深的境界。參見本卷知嚴州謝王丞相啓注〔一八〕。　堪輿：指天地。參見卷一謝賜曆日表注〔三〕。

〔一二〕「南山」二句：指齊桓公聞甯戚「南山」之歌，任之以國。史記魯仲連鄒陽列傳「甯戚販牛車下，而桓公任之以國」，裴駰集解引應劭曰：「齊桓公夜出迎客，而甯戚疾擊其牛角商歌曰：『南山矸，白石爛，生不逢堯與舜禪，短布單衣適至骭，從昏飯牛薄夜半，長夜曼曼何時旦？』公召與語，説之，以爲大夫。」宿望，素負重望之人。

〔一三〕「綈袍」二句：指范雎感念須賈贈送綈袍的恩情。參見本卷（知嚴州）謝施參政啓注〔八〕。

〔一四〕細德：細行，細節。 嶮微：艱難細微。 鴻鈞：指鴻恩。參見卷八上王宣撫啓注〔八〕。 坱圠：亦作坱軋，漫無邊際貌。史記屈原賈生列傳：「大專槃物兮，坱軋無限。」裴駰集解引應劭曰：「其氣坱軋，非有限齊也。」

〔一五〕積譴：累積的罪過。蘇轍東塋老翁井齋僧疏：「轍以愚暗，曩竊名位，積譴致罰，以累茲泉。」 擢髮：即擢髮難數，極言其多。參見本卷（知嚴州）謝梁右相啓注〔一〇〕。

〔一六〕吹毛：即吹毛求疵，比喻刻意挑剔過錯。語本韓非子大體：「古之全大體者……不吹毛而求小疵，不洗垢而察難知。」

〔一七〕薄俗：輕薄的習俗，壞風氣。漢書元帝紀：「民漸薄俗，去禮義，觸刑法，豈不哀哉！」

〔一八〕「無復」二句：指遮手西向，遥望京師，不再入關。參見本卷（知嚴州）謝梁右相啓注〔一二〕。

〔一九〕「惟希」二句：指天下太平，進謁帝王，只求出世。蘇軾送喬仝寄賀君詩之三：「曾謁東封玉輅塵，幅巾短褐亦逡巡。」東封，指帝王行封禪大典，昭告天下太平。玉輅，帝王所乘之車以玉爲飾。度世，即出世。楚辭遠遊：「欲度世以忘歸兮，意恣睢以擔撟。」

謝臺諫啓

掛洪景之衣冠，宜還故里〔一〕；懷買臣之印綬，尚冒明恩〔二〕。觸熱即途〔三〕，扶衰領郡。伏念某身常短褐，家本衡門〔四〕，一官惟妻子之謀，萬里極關河之遠。景翳翳以將入〔五〕，餘日幾何；芳菲菲其彌章，素心空在〔六〕。比者竊冰銜於玉局，築雲屋於鏡湖〔七〕，惟俟引年，遂將没齒〔八〕。散地方蘄於因任，除書忽畀於專城〔九〕。宫闕中天，有就日望雲之幸〔一〇〕；鄉閭接壤，逾過家上冢之榮〔一一〕。此蓋伏遇某官望重朝綱，學通國體〔一二〕。收真才於水落石出之後〔一三〕，坐銷浮僞之風；察定理於舟行岸移之時〔一四〕，盡黜讒誣之巧。稍收久廢，用示至公。某謹當勉效微勤，堅持素守。吏犯法而法在，先務去姦；政近民則民歸，敢忘用恕。或粗逃於大譴〔一五〕，庶少答於深知。

【題解】

臺諫，指專司糾彈、建言的官員。參見本卷《知嚴州謝臺諫啓》題解。此臺諫亦當爲蔣繼周。承接上篇，本文爲陸游到嚴州任後致臺諫蔣繼周的謝啓。

本文原未繫年。歐譜繫於淳熙十三年（一一八六），是。當作於該年七月。時陸游在知嚴州任上。

參考本卷知嚴州謝臺諫啓。

【箋注】

〔一〕「掛洪景」二句：指陶弘景辭官隱居。洪景，即弘景。參見卷一謝致仕表注〔二〕。

〔二〕「懷買臣」二句：指朱買臣懷印還鄉。參見本卷謝施參政啓注〔三〕。

〔三〕觸熱：冒着炎熱。崔駰博徒論：「(博徒)乃謂曰：『子觸熱耕耘，背上生鹽。』」

〔四〕衡門：横木爲門。指簡陋的房屋。詩陳風衡門：「衡門之下，可以棲遲。」朱熹集傳：「衡門，横木爲門也。門之深者，有阿塾堂宇，此惟横木爲之。」

〔五〕「景翳」句：陶淵明歸去來兮辭：「景翳翳以將入，撫孤松而盤桓。」翳翳，晦暗不明貌。

〔六〕「芳菲」句：屈原離騷：「佩繽紛其繁飾兮，芳菲菲其彌章。」菲菲，香氣盛。素心：本心，素願。江淹雜體詩效陶潛田居：「但願桑麻成，蠶月得紡績。素心正如此，開徑望三益。」

〔七〕冰銜：指清貴的官職。玉局：成都道觀名。參見本卷上丞相參政乞宫觀啓注〔一三〕。雲屋：隱者或出家人的居處。皮日休江南道中懷茅山廣文南陽博士之一：「鶴雛入夜歸雲屋，乳管逢春落石牀。」鏡湖：在陸游故鄉會稽山北麓。以水準如鏡，故名。

〔八〕引年：古代對年老而賢者加以尊養。後用以稱年老辭官。禮記王制：「凡三王養老，皆引年。八十者一子不從政，九十者其家不從政。」没齒：此指死亡。

〔九〕散地：閒散的官職。參見本卷〈知嚴州〉謝周樞使啓注〔一〕。因任：根據才能加以任用。莊子天道：「形名已明，而因任次之。」王先謙集解：「因材授任。」除書：拜官授職的文書。參見卷九除制司參議官謝趙都大啓注〔六〕。畀於：給予。專城：主宰一城的地方官職。參見卷一福建到任謝表注〔一三〕。

〔一〇〕中天：即參天。文選班固西都賦：「樹中天之華闕，豐冠山之朱堂。」李周翰注：「中天，高及天半。」就日望雲：比喻對天子的崇仰或思慕。參見卷五天申節進奉銀狀注〔七〕。

〔一一〕過家上冢：還鄉掃墓。晁詠之賀同州侍郎啓：「伏審抗疏中山，易符左輔，過家上冢，榮動鄉邦。」

〔一二〕朝綱：此指朝廷。國體：國家的典章制度。漢書成帝紀：「儒林之官，四海淵原，宜皆明於古今，温故知新，通達國體，故謂之博士。」

〔一三〕水落石出：比喻事物真相完全顯露。歐陽修醉翁亭記：「野芳發而幽香，佳木秀而繁陰，風霜高潔，水落而石出者，山間之四時也。」

〔一四〕「察定」句：省察舟行岸移的變通道理。參見本卷〈嚴州到任〉謝梁右相啓注〔六〕。

〔一五〕大譴：大罪，大的過錯。柳宗元亡姊前京兆府參軍裴君夫人墓誌：「嗚呼！我之大譴歟？裴氏之大不幸歟？」

謝監司啓

掛洪景之衣冠，宜還故里；懷買臣之印綬，尚冒明恩。觸熱即途，扶衰領郡。伏念某身常短褐，家本衡門，一官惟妻子之謀，萬里極關河之遠。景翳翳以將入，餘日幾何；芳菲菲其彌章，素心空在。比者竊冰銜於玉局，築雲屋於鏡湖，惟俟引年，遂將没齒。散地方蘄於因任，除書忽畀於專城。宫闕中天，有就日望雲之幸；鄉閭接壤，逾過家上冢之榮〔一〕。此蓋伏遇某官學貫經郛，望隆國器〔二〕。繡衣持斧，姑小試於使軺〔三〕；豹尾屬車，即超登於禁路〔四〕。尚容衰悴之迹，暫托澄清之餘。某謹當勉效微勤，堅持素守。吏犯法而法在，先務去姦；政近民則民歸，敢忘用恕。或粗逃於大譴〔五〕，庶少答於深知。

【題解】

監司，宋諸路轉運使司、提點刑獄司、提舉常平司等，有監察各州官吏之責，總稱監司。此監司爲誰不詳。承接上篇，本文爲陸游到嚴州任後致兩浙路監司的謝啓。

本文原未繫年。歐譜繫於淳熙十三年（一一八六），是。當作於該年七月。時陸游在知嚴州任上。

【箋注】

〔一〕「掛洪景」二十四句：參見本卷〈嚴州到任〉謝臺諫啓注〔一〕至〔一一〕。

〔二〕經郛：經學的全部。參見卷九與錢運使啓注〔六〕。國器：指可以治國的人才。參見卷十答建寧陳通判啓注〔六〕。

〔三〕繡衣：即繡衣直指，亦稱繡衣御史。官名。漢武帝時，民間起事者衆，地方官員督捕不力，因派直指使者衣繡衣，持斧仗節，興兵鎮壓，刺史郡守以下督捕不力者亦皆伏誅。後因稱此等特派官員爲「繡衣直指」。此指各路監司。持斧：指執法或執法者。漢書王訢傳：「武帝末，軍旅數發，郡國盜賊羣起，繡衣御史暴勝之使持斧逐捕盜賊，以軍興從事，誅二千石以下。」使軺：出使所乘之車。此指監司的職責。

〔四〕豹尾：即豹尾車，用豹尾裝飾的車子。宋史輿服志一：「豹尾車，古者軍正建豹尾。漢制，後車一乘垂豹尾，豹尾以前即同禁中。」屬車：帝王出行時的侍從車。秦漢以來，皇帝大駕屬車八十一乘，法駕屬車三十六乘，分左中右三列行進。漢書賈捐之傳：「鸞旗在前，屬車在後。」顏師古注：「屬車，相連屬而陳於後也。」超登：躍登。禁路：即御道，供帝王車駕行走的道路。參見本卷賀禮部鄭侍郎啓注〔一〕。

〔五〕大譴：大罪，大的過錯。參見本卷〈嚴州到任〉謝臺諫啓注〔一五〕。

答方寺丞啓

年運而往，悵久隔於英遊〔一〕；道阻且長，忽恭承於榮問〔二〕。情文甚寵，衰晚增光。伏念某笠澤漁家，紹興朝士〔三〕。捫參歷井〔四〕，久困客遊；煮海摘山，屢乘使傳〔五〕。既罪愆之未洗，復衰疾之相乘。骨相宜窮，頭顱可揣〔六〕。穿延和之細仗，恍若隔生〔七〕；分新定之左符，更叨起廢〔八〕。此蓋伏遇某官義存推轂，德重匿瑕〔九〕，哀其憔悴之百罹，借以揄揚之一諾〔一〇〕。遂叨共理之寄〔一一〕，亦及歸耕之餘。而某緣病廢書，迫貧隨牒〔一二〕。能古文何用於今世，徒慚長者之見知〔一三〕；居是邦不非其大夫，殊匪小人之所望。佇奉丁寧之誨，用寬瘝曠之虞〔一四〕。

【題解】

寺丞，宋太常寺、光禄寺、大理寺、司農寺等寺丞的通稱，爲各寺長官的佐吏。此方寺丞爲誰不詳。本文爲陸游致方寺丞的答啓。

本文原未繫年。歐譜繫於淳熙十三年（一一八六），是。當作於該年七月。時陸游在知嚴州任上。

【箋注】

〔一〕年運：指不停運行的歲月。參見卷一謝賜曆日表二注〔一二〕。英遊：英俊之輩，才智傑出者。參見卷九與成都張閣學啓注〔一一〕。

〔二〕道阻且長：詩豳風蒹葭：「蒹葭蒼蒼，白露爲霜。所謂伊人，在水一方。溯洄從之，道阻且長。」榮問：榮獲問候。高適酬秘書弟兼寄幕下諸公詩：「前席屢榮問，長城兼在躬。」

〔三〕笠澤漁家：陸游視晚唐陸龜蒙爲祖上，陸龜蒙隱居笠澤，著有笠澤叢書，故陸游自署别號「笠澤漁隱」、「笠澤老漁」、「笠澤漁家」等。笠澤，即松江（吴淞江）。陸廣微吴地記：「松江一名松陵，又名笠澤……其江之源，連接太湖。」紹興朝士：陸游紹興年間在朝廷任職。參見卷一福建到任謝表注〔五〕。

〔四〕捫參歷井：指自秦入蜀途中，山勢高峻，可以摸到參、井兩星宿。後用以形容山勢高峻，道路險阻。李白蜀道難：「捫參歷井仰脅息，以手撫膺坐長嘆。」參、井皆星宿名，分别爲蜀、秦兩地分野。

〔五〕煮海摘山：亦作摘山煮海。指開山煉礦，煮海成鹽。秦觀國論：「至於摘山煮海，冶鑄之事，他日吏緣以爲奸者，臨遣信臣，更定其法。」此指任職福建、江西。

〔六〕骨相：指人的骨骼、相貌。韓愈韶州留别張端公使君詩：「久欽江總文才妙，自歎虞翻骨相屯。」揣：捶擊。

〔七〕「穿延和」句：穿過延和殿的儀仗。參見卷一嚴州到任謝表注〔一〕。隔生：即隔世。王建渡遼水詩：「來時父母知隔生，重着衣裳如送死。」

〔八〕「分新定」句：擔任嚴州知府。參見卷一嚴州到任謝表注〔三〕。起廢：重新起用已被貶黜的官吏。參見卷八謝洪丞相啓注〔二〕。

〔九〕推轂：薦舉，援引。參見卷十謝侍從啓注〔一一〕。匿瑕：隱匿缺失。指寬宏大度。參見卷十上安撫沈樞密啓注〔九〕。

〔一〇〕百罹：種種不幸遭遇。參見卷九答南劍守林少卿啓注〔二〕。揄揚：宣揚。參見卷六謝諫議啓注〔二〕。

〔一一〕共理：指共同治理政事。白居易賀平淄青表：「臣名參共理，職忝分憂，抃舞歡呼，倍萬常品。」

〔一二〕隨牒：隨選官之文牒。參見卷六答福州察推啓注〔六〕。

〔一三〕見知：受到知遇。酈道元水經注汾水：「飛廉以善走事紂，惡來多力見知。」

〔一四〕瘝曠：耽誤荒廢。王安石乞宫觀表四道：「戇愚弗逮於清光，衰疾更成於瘝曠。」

賀王提刑啓

恭審繡衣玉節，肅王畿風憲之嚴〔一〕；寶畫奎文，新内閣圖書之直〔二〕。方攬澄清之轡，已騰謡誦之聲〔三〕。恭惟某官學道愛人，至誠格物，德秉民彝之粹，才推國器之英〔四〕。中外踐揚〔五〕，自際風雲之會；始終操履〔六〕，靡移金石之堅。將階言語侍從之除，洊被禮樂光華之遣〔七〕。欽恤副九重之指，平反奉一笑之春〔八〕。始訖外庸〔九〕，即躋近列，計乘軺之未幾〔一〇〕，旋頒詔以趣歸。某意廣才疏，心勞政拙。伏櫪志在千里〔一一〕，悵暮景之已侵；巢林不過一枝，幸卑棲之有托〔一二〕。

【題解】

王提刑，即王尚之。范成大吴郡志卷七：「王尚之以朝奉郎、大理少卿除直寶文閣、浙西提刑。淳熙十三年閏七月初三到任，十四年二月十四改除司農少卿、湖廣總領。」提刑爲提點刑獄公事的簡稱。參見卷七賀葉提刑啓題解。本文爲陸游爲王尚之獲除浙西提刑所致的賀啓。

本文原未繫年。歐譜繫於淳熙十三年（一一八六），是。當作於該年閏七月。時陸游在知嚴州任上。

【箋注】

〔一〕繡衣：指朝廷特派的穿繡衣的執法官。參見本卷謝監司啓注〔三〕。玉節：玉製的符節。天子的使者持以爲憑。參見卷八與趙都大啓注〔一一〕。王畿：王城周圍千里的地域。周禮夏官職方氏：「乃辨九服之邦國，方千里曰王畿。」此指嚴州。風憲：風紀法度。後漢書皇后紀序：「爰逮戰國，風憲逾薄，適情任欲，顛倒衣裳，以致破國身亡，不可勝數。」

〔二〕寶畫奎文：指御像御書。宋代寶文閣藏仁宗御書、御製文集及英宗御書等。内閣：宋代收藏本朝皇帝御書、御集等的機構，如龍圖閣、天章閣、寶文閣等，泛稱内閣。諸閣均置學士、直學士、待制等職。

〔三〕澄清：指肅清混亂局面。後漢書黨錮傳范滂：「滂登車攬轡，慨然有澄清天下之志。」謡誦：歌頌。參見本卷答交代陳判院啓注〔九〕。

〔四〕民彝：即人倫。參見卷十賀泉州陳尚書啓注〔四〕。國器：指可以治國的人材。參見卷十答建寧陳通判啓注〔六〕。

〔五〕中外：朝廷内外。踐揚：指仕宦所經歷。王禹偁謝除刑部郎中知制誥啓：「竊念某猥以腐儒，受知先帝，踐揚兩制，出處九年。」

〔六〕操履：操守。葛洪抱朴子博喻：「潔操履之拘苦者，所以全拔萃之業；納拂心之至言者，所以無易方之惑也。」

〔七〕言語侍從：指文學侍從。班固兩都賦序：「故言語侍從之臣，若司馬相如、虞丘壽王、東方朔、枚皋、王褒、劉向屬，朝夕論思，日月獻納。」洊：再，屢次。禮樂光華之遺：指直寶文閣之職。

〔八〕欽恤：指理獄量刑要慎重不濫，心存矜恤。語本書堯典：「欽哉欽哉，惟刑之恤哉！」九重：指帝王。　平反：漢書雋不疑傳：「每行縣録囚徒還，其母輒問不疑：『有所平反，活幾何人？』即不疑多有所平反，母喜笑，爲飲食語言異於他時；或亡所出，母怒，爲之不食。故不疑爲吏，嚴而不殘。」

〔九〕訖：終了。　外庸：指任地方官時的政績。　韓愈沂國公先廟碑銘：「暨暨田侯，兩有文武。訖其外庸，可作承輔。」

〔一〇〕乘軺：乘坐輕便馬車。　參見卷九答交代陳太丞啓注〔七〕。

〔一一〕「伏櫪」句：比喻壯志未酬，蟄居待時。　曹操步出夏門行：「老驥伏櫪，志在千里；烈士暮年，壯心不已。」

〔一二〕「巢林」句：鷦鷯築巢，只不過佔用一根樹枝。比喻安守本分不貪多。　莊子逍遥遊：「鷦鷯巢於深林，不過一枝；鼴鼠飲河，不過滿腹。」　卑棲：指居於低下的地位。　皇甫冉送田濟之揚州赴選詩：「調補無高位，卑棲屈此賢。」

與汪郎中啓

去蜀歸吴，已侵尋於晚境〔一〕；乞祠得郡，尚記録於明時。夙戒行艫，已臨弊邑〔二〕。方竊依仁之幸，敢稽告至之恭〔三〕。伏念某笠澤農家，紹興朝士。捫參歷井，久困客游；煮海摘山，屢乘使傳。既罪愆之未洗，復衰疢之相乘。骨相宜窮，頭顱可揣。穿延和之細仗，恍若隔生；分新定之左符，更叨起廢。恭惟某官義存推轂，德重匿瑕，哀其憔悴之百罹，借以揄揚之一諾。遂容共理之寄，亦及歸耕之餘〔四〕。而某扶憊以來〔五〕，罔功是懼。快景星之先睹，雖尚阻於瞻承〔六〕；分鄰燭之餘光，遂密依於覆護〔七〕。其爲慰幸〔八〕，曷究敷陳。

【題解】

郎中，尚書省及所屬各部高級官員，位次尚書丞和各部侍郎，分掌本司事務。此汪郎中爲誰不詳。本文爲陸游致汪郎中的啓文。

本文原未繫年。歐譜繫於淳熙十三年（一一八六），是。當作於該年閏七月。時陸游在知嚴州任上。

【箋注】

〔一〕侵尋：漸近，漸次發展。參見卷一福建到任謝表注〔一二〕。

〔二〕行艫：行船。王珪又寄公儀四首：「紫掖新書換使符，春晴紅旆照行艫。」弊邑：偏僻之處。文選左思吴都賦：「習其弊邑，而不覿上邦者，未知英雄之所躔也。」

〔三〕依仁：以「仁」作爲言行的標準。語本論語述而：「子曰：『志於道，據於德。依於仁，遊於藝。』」告至：古人拜謁或約會往往先修書告知日期，以示慎重與敬意。劉克莊回李巡轄：「輒修告至之辭，以叙同寅之雅。」

〔四〕「伏念」以下二十句：參見本卷答方寺丞啓注〔三〕至〔一一〕。

〔五〕扶憊：指陷於困頓。

〔六〕景星：大星，瑞星。參見卷七問候洪總領啓注〔一六〕。瞻承：瞻仰承恩。

〔七〕鄰燭之餘光：鄰舍多餘之光。美稱他人給予的恩惠福澤。史記樗里子甘茂列傳：「臣聞貧人女與富人女會績。貧人女曰：『我無以買燭，而子之燭光幸有餘，子可分我餘光，無損子明而得一斯便焉。』今臣困而君方使秦而當路矣。茂之妻子在焉，願君以餘光振之。」覆護：保護，庇佑。參見卷七上陳安撫啓注〔三〕。

〔八〕慰幸：欣慰幸運。

與沈知府啓

乘傳江皋〔一〕，偶同一道；分符畿内，復幸鄰邦〔二〕。公將假道於虞，僕其得御於李〔三〕。胡交臂而失此，亟削牘而布之〔四〕。恭惟某官厚德鎮浮〔五〕，英姿邁往。富貴固有命矣，未嘗枉尺以自謀〔六〕；將相豈無種哉，方且摶風而直上〔七〕。雖仰急流之勇退，寧容袖手而旁觀〔八〕。果奉明綸，起臨近甸〔九〕。豐年高廪，想謡誦之已聞〔一〇〕；燕寢清香〔一一〕，知文書之益簡。願精調於列鼎，即歸覲於凝旒〔一二〕。瞻詠之私，敷宣曷既〔一三〕。

【題解】

沈知府，即沈樞，字持要，一作持正、持孝。湖州德清人，一説安吉人。紹興十五年進士。累官監察御史、比部員外郎、尚書考功郎中、福建轉運副使、太子詹事、吏部侍郎等。淳熙十二年至十四年知温州。本文爲陸游致温州知府沈樞的啓文。

本文原未繫年。歐譜繫於淳熙十三年（一一八六），是。當作於該年閏七月。時陸游在知嚴州任上。

【箋注】

〔一〕乘傳：指奉命出使。參見卷一嚴州到任謝表注〔七〕。江皋：江岸，江邊地。楚辭九歌湘夫人：「朝馳余馬兮江皋，夕濟兮西澨。」

〔二〕分符：剖符。此指出守嚴州。參見卷一會慶節賀表二注〔一二〕。畿内：王都及其周圍千里以内的地區。蔡邕獨斷上：「京師，天子之畿内千里，象日月，日月躔次千里。」鄰邦：此指嚴州與温州。

〔三〕假道於虞：借路虞國。左傳僖公二年：「晉荀息請以屈產之乘，與垂棘之璧，假道於虞以伐虢。」杜預注：「自晉適虢，途出於虞，故借道。」得御於李：能爲李膺駕車。指得以親近賢者。李膺爲東漢名士，後漢書黨錮列傳：「荀爽嘗就謁膺，因爲其御，既還，喜曰：『今日乃得御李君矣。』其見慕如此。」

〔四〕交臂而失：指當面錯過。語本莊子田子方：「吾終身與汝交一臂而失之。」王先謙集解：「雖吾汝終身相與，不啻把一臂而失之，言其暫也。」削牘：書寫，致函。參見卷八與何蜀州啓注〔一〕。

〔五〕鎮浮：抑制輕浮。語本國語楚語上：「教之樂，以疏其穢而鎮其浮。」韋昭注：「浮，輕也。」

〔六〕枉尺：即枉尺直尋。比喻小有所損，而大有所獲。參見卷六賀辛給事啓注〔三〕。

〔七〕「將相」二句：史記陳涉世家：「（陳勝）召令徒屬曰：『……且壯士不死即已，死即舉大名耳，王侯將相寧有種乎！』」摶風：乘風直上。參見卷八答發解進士啓注〔七〕。

〔八〕急流勇退：比喻及時引退，以明哲保身。袖手旁觀：比喻置身事外，不參預其中。參見卷十賀泉州陳尚書啓注〔八〕〔九〕。

〔九〕明綸：指帝王的詔令。張鎡賀尤禮侍兼修史侍講直學士院：「胸中悟復悟，筆底新又新。幻爲九色絲，鑾坡演明綸。」近甸：指都城近郊。參見卷十謝侍從啓注〔二〕。

〔一〇〕豐年高廩：指豐收。謠誦：歌頌。參見本卷答交代陳判院啓注〔九〕。

〔一〕燕寢：泛指起居。

〔二〕列鼎：指陳列有盛饌的鼎器。古代貴族按爵品配置鼎數。孔子家語致思：「從車百乘，積粟萬鍾，累茵而坐，列鼎而食。」歸覲：指歸謁君王父母。酈炎遺令書：「炎之歸覲，在旦夕之間耳。」凝旒：冕旒静止不動，此代帝王。參見卷二賀皇后牋注〔一〕。

〔三〕瞻詠：觀瞻吟詠。朱熹次韻劉彦采觀雪之句：「徘徊瞻詠久，默識造化機。」敷宣曷既：宣揚不盡。參見卷八答發解進士啓注〔九〕。

賀留樞密啓

恭審行玉關之萬里，方喜遄歸〔一〕；陳泰階之六符〔二〕，亟聞殊眷。地禁處承明之邃①，任崇參宥密之嚴〔三〕。成命誕揚，師言允穆〔四〕。切以藝祖鑒五代之弊，不偏重於中書〔五〕；裕陵新六官之名，亦旁開於西府〔六〕。豈獨並隆於文武，固將兼注於安危。至以明詔特預於訏謨〔七〕，尤爲本朝久虚之盛舉。中原多故，首用种忠憲之偉人〔八〕；聖政方新，則有虞雍公之近事〔九〕。或名光於竹帛，或位極於廟堂。恭惟某官躬閎深魁碩之資，負剛大直方之氣〔一〇〕，早推雅望，寖歷近班〔一一〕。以至公服小人，故雖疏而不怨；以大節事明主，故既去而見思。世方譾譾以自營，公固落落而難合〔一二〕。迨此寵光之自至，益知巇險之徒勞〔一三〕。淵乎一心，應彼萬事。七擒七縱，已成服遠之功〔一四〕；三起三留，果有處中之命〔一五〕。方且端委冠鈞衡之位，挽河洗夷虜之塵〔一六〕。復列聖在天之讎，攄遺民泣血之憤〔一七〕。某幸身未死，見國中興。材館旁招〔一八〕，雖莫陪於下士；浯溪深刻〔一九〕，尚自力於斯文。

【題解】

留樞密，即留正（一一二九—一二〇六），字仲至，泉州永春人。紹興十三年進士。累官起居舍人、中書舍人兼侍講、權吏部尚書，出知紹興府、隆興府、成都府兼四川制置使。淳熙十三年簽書樞密院事，旋進參知政事兼同知樞密院事，十六年拜右丞相。紹熙元年進左丞相。寧宗即位後罷相。宋史卷三九一有傳。宋史宰輔表四：「（淳熙十三年）閏七月戊申，留正自敷文閣學士除端明殿學士、簽書樞密院事。」本文爲陸游爲留正獲除簽書樞密院事所致的賀啓。

本文原未繫年。歐譜繫於淳熙十三年（一一八六），是。當作於該年閏七月。時陸游在知嚴州任上。

【校記】

①「承」，原作「丞」，據正德本、汲古閣本改。

【箋注】

〔一〕玉關：即玉門關。參見卷九上鄭宣撫啓注〔三〕。此指留正出知成都府等地。遄：快，迅速。

〔二〕「陳泰階」句：指星象預示天下太平。參見卷一謝賜曆日表注〔五〕。

〔三〕地禁：指地處禁中。禁，指宫禁。韓愈釋言：「吾時在翰林，職親而地禁。」承明：古代天子左右路寢，因承接明堂之後，故稱承明。劉向説苑修文：「守文之君之寢曰左右之路寢，謂之承明何？曰：承乎明堂之後者也。」任崇：官職地位崇高。宥密：指樞密院。因其掌管軍事機密，故稱。蘇軾賜正議大夫樞密院事安燾乞退不允批答：「宥密之司，安危所寄。」

〔四〕成命：既定之天命。詩周頌昊天有成命：「昊天有成命，二后受之。」誕揚：大力傳揚。師言：衆人之言。岳飛辭招討使第三劄子：「伏望聖慈察臣之衷，實欲少安分守，早賜追還成命，庶協師言。」允穆：淳和。參見卷八與何蜀州啓注〔八〕。

〔五〕藝祖：有文德之祖。書舜典：「歸，格於藝祖，用特。」孔安國傳：「巡守四嶽，然後歸告至文祖之廟。藝，文也。」孔穎達疏：「才藝文德，其義相通，故藝爲文也。」後用以爲開國帝王的通稱。此指宋太祖。中書：指中書省。參見卷三上殿劄子三首二注〔一二〕。

〔六〕「裕陵」二句：指宋神宗改革官制。神宗元豐三年至五年實行官制改革。裕陵爲宋人對神宗的習慣稱呼。神宗陵本名永裕陵，在河南省鞏縣西南。蘇軾送陳伯修察院赴闕詩：「裕陵固天縱，筆有雲漢姿。」西府：指樞密使。熙寧間於京師建東西兩府，西府爲樞密使所居。張端義貴耳集卷上：「周益公以内相將過府，壽皇問：『欲除卿西府，但文字之職，無人可代，有文士可薦一二人來。』」

〔七〕訏謨：宏偉的謀劃。詩大雅抑：「訏謨定命，遠猶辰告。」毛傳：「訏，大；謨，謀。」鄭玄箋：「大謀定命，謂正月始和，布政於邦國都鄙也。」

〔八〕种忠憲：即种師道（一〇五一—一一二六）字彝叔，洛陽人。北宋末名將。少從大儒張載學，以蔭補入仕，累官通判原州、提舉秦鳳常平等。金兵南下，起爲京畿、河北制置使，拜同知樞密院事、京畿兩河宣撫使，天下稱爲「老种」。力主抗金，深得百姓擁戴，京師解圍即被解除兵權。不久病逝，而後京師失守。建炎中，加贈少保，謚忠憲。宋史卷三三五有傳。

〔九〕虞雍公：即虞允文（一一一〇—一一七四）字彬甫，隆州仁壽人。紹興二十三年進士。累官秘書丞、禮部郎官、中書舍人。紹興三十一年督宋軍在采石大敗金兵，出爲川陜宣諭使。乾道元年拜參知政事兼知樞密院事，三年拜四川宣撫使，五年拜右相兼樞密使，遷左相。再宣撫四川，使蜀一年病卒。出將入相二十年，搜羅舉薦名士，有所見聞即記之，號材館録。宋史卷三八三有傳。

〔一〇〕閎深：廣博深遠，博大精深。曾鞏開府儀同三司制：「某材資桀異，識慮閎深。莊重足以鎮浮，精明足以成務。」魁碩：壯偉貌。參見卷九賀葉丞相啓注〔一一〕。剛大：剛直正大。李廌下第留別舍弟弼：「雖服貧賤勞，無損剛大氣。」直方：公正端方。韓詩外傳卷一：「廉潔直方，疾亂不治，惡邪不匡，雖居鄉里，若坐塗炭。」

〔一二〕近班：近臣之列。張方平送内閣蔡公歸闕：「尹正司留鑰，賢公出近班。」

〔一三〕讜讜：十分淺薄。潘興嗣濂溪先生墓誌銘：「讜讜日甚，風俗之偷。」落落：形容孤高，與人難合。李綱辭免尚書右僕射第一表：「志廣材疏，自笑落落而難合。」

〔一三〕寵光：謂恩寵光耀。參見卷二文武百寮謝春衣表注〔二〕。巇險：同「巇嶮」。艱險，險惡。陸龜蒙彼農詩：「世路巇嶮，淳風蕩除。」

〔一四〕七擒七縱：相傳三國時諸葛亮出兵南方，曾七次生擒酋長孟獲，又七次釋放，終於使孟獲心悦誠服。詳見三國志諸葛亮傳裴注引漢晉春秋。服遠：使遠方歸服。逸周書謚法：「辟土服遠曰桓。」

〔一五〕三起三留：三次起身離去，三次留下。新唐書蔣伸傳：「宣宗雅信愛伸，每見必咨天下得失……帝嗟歎，伸三起三留，曰：『它日不復獨對卿矣。』伸不諭。未幾，以本官同中書門下平章事。」處中：居於中樞之位。漢書公孫劉田等傳贊：「車丞相履伊吕之列，當軸處中，括囊不言，容身而去，彼哉！彼哉！」

〔一六〕端委：古代禮服。左傳昭公元年：「吾與子弁冕端委，以治民臨諸侯。」杜預注：「端委，禮衣。」孔穎達疏引服虔曰：「禮衣端正無殺，故曰端；文德之衣尚褒長，故曰委。」鈞衡：比喻國家重任。楊炯王勃集序：「幼有鈞衡之略，獨負舟航之用。」夷虜：此指金兵。

〔一七〕攄憤：抒發怨憤。蔡邕瞽師賦：「撫長笛以攄憤兮，氣轟鍠而横飛。」

〔一八〕材館：指虞允文材館録。參見本文注〔九〕。

〔一九〕浯溪：指元結浯溪中興頌碑。參見卷八賀吏部陳侍郎啓注〔二〇〕。

賀蔣中丞啓

伏審顯膺帝制，進總臺評〔一〕。公道大開，在廷爲之相賀〔二〕；正人益進，吾國殆其庶幾。仰惟廟社之休，非復門闌之慶〔三〕。某聞人情不遠，立朝誰樂於抨彈〔四〕；仕者自謀，干世本求於遇合〔五〕。皆使從容而徐進，自非怨嫉之所歸。一居三院七人之官〔六〕，遂任四海九州之責。至於諫大夫之助成主德，中執法之振肅朝綱〔七〕，知不可以不言，言不可以不盡。雷霆在上〔八〕，獨立自如；鼎鑊當前，直趨不避。始也負當世之名〔九〕，而人不我捨；今也居得言之地〔一〇〕，則責將誰歸。卓乎偉人，更此重任。恭惟某官英姿邁往，奥學造微〔一一〕。論必盡忠，得堪輿剛大之氣〔一二〕；仕常思退，有耕釣高逸之風〔一三〕。位逾達而謙有加，權益隆而量莫測。姑小煩於繩肅，即進與於弼諧〔一四〕。豈惟斯民〔一五〕，被化於春風和氣之中；亦使多士〔一六〕，吐氣於青天白日之下。今其始矣，幸孰甚焉。某嘗辱王翰卜鄰之榮，妄懷貢禹彈冠之喜〔一七〕。崇言竑議，已觀魁磊光信史之傳〔一八〕；過計私憂，妄有一二爲執事之獻〔一九〕。儻少寬於斧鑕，尚嗣布於腹心〔二〇〕。

【題解】

蔣中丞，即蔣繼周（一一三四—一一九六）字世修，處州青田人。紹興二十四年進士。歷官太學正、秘書省正字、秘書丞兼國史院編修官，遷將作監，兼太子侍讀，遷右諫議大夫。淳熙十三年九月遷御史中丞。出知婺州，徙寧國府、太平州。晚年卜居嚴州。陸游爲撰中丞蔣公墓誌銘。本文爲陸游爲蔣繼周獲除御史中丞所致的賀啓。

本文原未繫年。歐譜繫於淳熙十四年，誤。當作於淳熙十三年（一一八六）九月。時陸游在知嚴州任上。

參考卷三五中丞蔣公墓誌銘。

【箋注】

〔一〕顯膺帝制：顯赫地接受皇帝的制誥。　臺評：指御史臺的官職。

〔二〕在廷：指朝廷。語本論語鄉黨：「其在宗廟朝廷，便便言，唯謹爾。」

〔三〕廟社：宗廟和社稷。參見卷六賀何正言除左司諫啓注〔六〕。　休：吉慶，福祉。　門闌：

此指師門。參見卷六賀曾秘監啓注〔四〕。

〔四〕立朝：指在朝爲官。參見卷六賀何正言除左司諫啓注〔七〕。抨彈：彈劾。漢書杜周傳贊「業因勢而抵陒」，顏師古注引服虔曰：「謂罪敗而復抨彈之。」

〔五〕干世：求爲世用。王嘉拾遺記秦始皇：「（張儀、蘇秦）嘗息大樹之下，假息而寐，有一先生（鬼谷子）……教以干世出俗之辯。」遇合：指相遇而彼此投合。吕氏春秋遇合：「凡遇合也時，時不合，必待合而後行。」

〔六〕三院：宋代御史臺爲中央監察機構，下設三院。宋史職官志四：「其屬有三院，一曰臺院，侍御史隸焉；二曰殿院，殿中侍御史隸焉；三曰察院，監察御史隸焉。」七人：指古代天子的七位諍臣。參見卷六賀何正言除左司諫啓注〔一一〕。

〔七〕諫大夫：即諫議大夫。中執法：即御史中丞。漢書高帝紀下：「御史中執法下郡守。」顏師古注引晉灼曰：「中執法，中丞也。」

〔八〕雷霆：對帝王或尊者暴怒的敬稱。參見卷五辭免出身狀二注〔二〕。

〔九〕負當世之名：享有用世的盛名。當世，用世，治世。晉書桓伊傳：「父景，有當世才幹。」

〔一〇〕居得言之地：居於當言的地位。顏之推顏氏家訓省事：「諫諍之徒，以正人君之失爾，必在得言之地，當盡匡贊之規，不容苟免偷安，垂頭塞耳。」

〔一一〕奥學：高深的學問。岑參入劍門作寄杜楊二郎中詩：「高文出詩騷，奥學窮討賾。」造微：達到精妙的程度。齊己酬微上人詩：「古律皆深妙，新吟復造微。」

〔二〕堪輿：指天地。參見卷一謝賜曆日表注〔三〕。

〔三〕耕釣：商伊尹曾耕於莘野，周吕尚曾釣於渭水，後因以「耕釣」比喻隱居不仕。孟浩然題張野人園廬詩：「耕釣方自逸，壺觴趣不空。」

〔四〕繩肅：即直繩肅下。直如繩墨，整肅下屬。曾鞏待制王堯臣知單州制：「無直繩肅下之誼，有浮言罔上之迹。」弼諧：即謨明弼諧。謀略美善，輔佐協調。參見卷十謝王樞使啓注〔七〕。

〔五〕斯民：指百姓。孟子萬章上：「予將以斯道覺斯民也。」

〔六〕多士：衆多賢士。亦指百官。詩大雅文王：「濟濟多士，文王以寧。」

〔七〕王翰卜鄰：杜甫奉贈韋左丞丈：「王翰願卜鄰。」唐才子傳：「翰工詩，多壯麗之詞。文士祖詠、杜華等嘗與遊從。華母崔氏云：『吾聞孟母三遷，吾今欲卜居，使汝與王翰爲鄰足矣。』其才名如此。」王翰，字子羽，唐并州晉陽人。景雲元年擢進士第。歷官秘書省正字、通事舍人、駕部員外郎、汝州長史、道州司馬等。工詩，以涼州詞知名。新唐書卷二〇二有傳。卜鄰，擇鄰。左傳昭公三年：「且諺曰：『非宅是卜，唯鄰是卜。』二三子先卜鄰矣。」杜預注：「卜良鄰。」貢禹彈冠：漢書王吉傳：「吉與貢禹爲友，世稱『王陽在位，貢公彈冠』。言其取捨同也。」謂貢禹與王吉（字子陽）友善，見其在位，亦願爲官。後因以比喻樂意輔佐志向相同之人。貢禹，字少翁，西漢琅琊人。以明經潔行徵爲博士。复舉賢良，爲河南令。元帝初徵爲諫大夫，遷御史大夫。漢書卷七二有傳。彈冠，比喻相友善者援引出仕。葛洪抱朴子自叙：「内無金張之援，外乏彈冠之友。」

〔一八〕崇言紘議：指高明宏大的議論。參見卷七問候洪總領啓注〔九〕。魁磊：形容高超特出。參見卷八謝夔路監司列薦啓注〔一〇〕。

〔一九〕過計私憂：指私下過多的考慮。荀子富國：「墨子之言，昭昭然爲天下憂不足。夫不足，非天下之公患也，特墨子之私憂過計也。」執事：對對方的敬稱。左傳僖公二十六年：「寡君聞君親舉玉趾，將辱於敝邑，使下臣犒執事。」杜預注：「言執事，不敢斥尊。」

〔二〇〕斧鑕：斧子與鐵鍖，古代刑具。行刑時置人於鍖上，以斧砍之。晏子春秋問下：「寡君之事畢矣，嬰無斧鑕之罪，請辭而行。」腹心：至誠之心。左傳宣公十二年：「君之惠也，孤之願也，非所敢望也。敢布腹心，君實圖之。」

渭南文集箋校卷第十二

啓

【釋體】

本卷文體同卷六，收録啓十五首。

本卷嘉定本闕，以弘治本補之。

賀賈大諫啓

恭審顯膺一札之攽，首冠七人之選〔一〕。主賢臣直，國勢巋然；言聽諫行，天下幸甚。某聞昔在本朝之官制，參稽前代之舊章。南臺不置大夫，中憲任紀綱之重寄〔二〕；北省久虚常侍，諫坡率遺補以盡規〔三〕。選求既艱，畀托尤重。故政在中書〔四〕，而常開言路；事由獨斷，而不廢争臣〔五〕。仰觀十一聖家法之傳，兹爲三百年治功之本〔六〕。繼昔之盛，非公而誰？恭惟某官學造精微，器函閎遠，許國弗渝於夷險〔七〕，憂時如抱於渴飢。造膝告猷〔八〕，浩浩江河之決；傾心愛士，拳拳涇渭之分〔九〕。慨然死生，禍福不入於中；常若天地，鬼神實臨其上。以今日陳善閉邪之效，成異時贊元經體之功〔一〇〕，同出此心，夫孰能禦。某侵尋暮景，蹭蹬孤生〔一一〕。迹本甚疏，妄欲依歸於公道；分當永棄，特蒙抆拭於窮途〔一二〕。何以仰答門闌特達之知〔一三〕，惟有稍陳郡縣利病之實。儻少寬於斧鑕，尚嗣布於腹心〔一四〕。

【題解】

大諫，即諫議大夫。宋代門下省左諫議大夫、中書省右諫議大夫的簡稱。賈大諫其人不詳。本文爲陸游爲賈氏獲除右諫議大夫所致的賀啓。

本文原未繫年。歐譜繫於淳熙十四年，誤。據前後文，當作於淳熙十三年（一一八六）九月。時陸游在知嚴州任上。

【箋注】

〔一〕一札：指賈氏任諫議大夫的除書。　敀：同頒，發布。　七人，指古代天子的七位諍臣。參見卷六賀何正言除左司諫啓注〔一一〕。

〔二〕「南臺」句：宋代以御史臺爲監察機構，但御史大夫則爲加官，不任命正員，而以御史中丞爲長官承擔重任。南臺即御史臺，因在宮闕西南而稱。中憲：唐代中丞的別稱。洪邁容齋四筆官稱別名：「唐人好以他名標榜官稱……中丞爲獨坐、爲中憲。」

〔三〕「北省」句：宋初尚書省尚書令、僕射等長官均無實際職掌，諸司皆以他官主判，故無侍從近臣，而諫議大夫率諫官竭力諍諫。北省即尚書省，因在宮闕之北而稱。常侍：指皇帝的侍從近臣，宋代不設此職。諫坡：即諫議大夫，沿用唐代的稱呼。遺補：即拾遺、補闕的並稱，均爲唐代諫官，此亦沿用舊稱。清錢大昕十駕齋養新録官名地名從省：「唐人稱拾遺、補闕曰遺補。」

〔四〕政在中書：宋初門下、中書、尚書三省雖并存，但并無實權，政歸中書、樞密院及三司。元豐改制後，中書省秉承皇帝意旨總管政務，宣布皇帝命令，批復臣僚奏疏及朝官除授等。

〔五〕争臣：能直言諍諫之臣。争，同「諍」。孝經諫争：「昔者天子有争臣七人，雖無道，不失其天下。」

〔六〕十一聖：到陸游時宋代的十一個皇帝，即太祖、太宗、真宗、仁宗、英宗、神宗、哲宗、徽宗、欽宗、高宗和孝宗。三百年：從高祖建隆元年（九六〇）至孝宗淳熙十四年（一一八七），實僅二百二十七年，此取其整數。

〔七〕夷險：指艱險。葛洪抱朴子交際：「又欲使悉得可與，經夷險而不易情，歷危苦而相負荷者，吾未見其可多得也。」

〔八〕造膝：即促膝。蔡邕司空臨晉侯楊公碑：「及其所以匡輔本朝，忠言嘉謀，造膝危辭，當事而行。」告猷：陳述謀略。

〔九〕涇渭：比喻人品的優劣。參見卷十賀謝樞密啓注〔四〕。

〔一〇〕贊元經體：亦作經體贊元。指治理國家，輔佐元首。王安石謝除昭文表：「承流宣化，方虞失職之誅；經體贊元，更誤選舉之賢。」

〔一一〕侵尋：漸近。參見卷一福建到任謝表注〔一二〕。蹭蹬：困頓，失意。參見卷六謝諫議啓注〔六〕。

〔一二〕抆拭：掩飾。參見卷十謝錢參政啓注〔一二〕。

〔一三〕門闌：此指師門。參見卷六賀曾秘監啓注〔四〕。特達：特殊知遇。劉商送廬州賈使君拜命詩：「特達恩難報，升沉路易分。」

〔一四〕斧鑕：指刑罰。腹心：至誠之心。參見卷十一賀蔣中丞啓注〔二〇〕。

賀謝殿院啓

恭審顯膺帝制，進貳臺端〔一〕。手縮袖以逡巡〔二〕，久已抱獨立無朋之操；髮衝冠而憤切，自兹皆盡言不諱之時。在庭聳觀〔三〕，有識相慶。伏以御史分職〔四〕，本以論事任耳目之司；忠臣設心〔五〕，蓋欲去邪爲宗社之福。抗雷霆而獨立〔六〕，凜山嶽之不摇，非以近名，固將竭節〔七〕。天子爲之改容而垂聽，大臣不敢持必而自私〔八〕。國有紀綱，治自形於四海九州之遠；士篤名義，效或見於數世百年之餘。今兹孰配於古人，識者固歸於門下。恭惟某官道德醇備〔九〕，議論正堅，灰寒木槁而譽益高，鯤擊鵬摶而才乃見〔一〇〕。默究朝廷之利病，盡得源流；徐觀天下之是非，若指白黑。放斥者有愧心而無怨，更革者雖害己而謂然〔一一〕。太平之功，指日可待。某侵尋暮景〔一二〕，蹭蹬孤生。迹本甚疏，妄欲依歸於公道；分當永棄，特蒙拔拭於窮途。何以仰答一見特達之知，惟有稍陳千里利病之實。儻少寬於斧鑕，尚嗣布於腹心。

【題解】

謝殿院，即謝諤（一一二一——一一九四）字昌國，臨江軍新餘人。紹興二十七年進士。歷官監察御史、侍御史、右諫議大夫兼侍講。光宗時除御史中丞、權工部尚書。宋史卷三八九有傳。南宋御史臺臺長爲御史中丞，下隸三院：臺院設侍御史一人，稱「臺端」，又稱「臺雜」，即臺院知雜事侍御史，主持臺中事務，其地位在一般侍御史之上；殿院設殿中侍御史二人，稱「殿院」，别稱「副端」；察院設監察御史三人。周必大文忠集卷六八朝議大夫謝諤神道碑：「淳熙十年春擢監察御史，十三年九月爲副端，十四年升臺雜，十月入諫垣。明年冬兼侍講。十六年四月遂進中執法，徙權工部尚書。」則謝諤任殿中侍御史在十三年九月。本文爲陸游爲謝諤獲除殿中侍御史所致的賀啓。

本文原未繫年。歐譜繫於淳熙十四年，誤。當作於淳熙十三年（一一八六）九月。時陸游在知嚴州任上。

【箋注】

〔一〕進貳臺端：晉升爲臺端的副手，即殿中侍御史，亦即副端。進貳，提拔爲次官。參見卷七賀黄樞密啓注〔一〕。

〔二〕逡巡：退避，退讓。參見卷九福建謝史丞相啓注〔六〕。

〔三〕在庭：即在廷。指朝廷。聳觀：踮足觀看。唐司空圖蒲帥燕國太夫人石氏墓誌：「每屬歲時，競先迎奉，宗姻列侍，士庶聳觀。」

〔四〕御史分職：御史分其職掌。參考宋史職官志四御史臺。

〔五〕設心：用心，居心。孟子離婁下：「其設心以爲不若是，是則罪之大者。」

〔六〕雷霆：對帝王或尊者暴怒的敬稱。參見卷五辭免出身狀二注〔二〕。

〔七〕竭節：盡忠，堅持操守。王逸九思逢尤：「念靈閨兮隩重深，願竭節兮隔無由。」

〔八〕持必：即固執。

〔九〕醇備：淳厚完美。漢書王莽傳下：「（唐林、紀逡）孝弟忠恕，敬上愛下，博通舊聞，德行醇備，至於黄髮，靡有愆失。」

〔一〇〕灰寒木槁：即寒灰槁木。比喻無欲無求，心如枯木。　鯤擊鵬摶：鯤鵬摶擊高飛。比喻奮發有爲。參見卷十一答撫州發解進士啓注〔六〕。

〔一一〕更革：改革，變革。王安石上皇帝萬言書：「法其意，則吾所改易更革，不至乎傾駭天下之耳目，囂天下之口，而固已合乎先王之政矣。」

〔一二〕「某侵尋」以下十句：參見本卷賀賈大諫啓注〔一一〕至〔一四〕。

賀周丞相啓

恭審夢卜襲祥，揚王庭而涣號〔一〕；典册備物，熙帝載以宅師〔二〕。國其庶幾，民以寧壹〔三〕。實惟宗社無疆之祐，非復門闌旅賀之常〔四〕。竊以時玩久安〔五〕，輒生天下之患；國無遠略，必有意外之虞。方今風俗未淳，名節弗勵。仁聖焦勞於上，而士夫無宿道鄉方之實〔六〕；法度修明於内，而郡縣無赴功趨事之風〔七〕。邊防寖弛於通和，民力坐窮於列戍〔八〕，每静觀於大勢，懼難待於非常。至若靖康喪亂，而遺平城之憂〔九〕；紹興權宜，而蒙渭橋之耻〔一〇〕。高廟有盜環之逋寇，乾陵有斧柏之逆儔〔一一〕。

江淮一隅，夫豈仗衛久留之地〔一二〕；梁益萬里，未聞腹心不貳之臣〔一三〕。文恬武嬉〔一四〕，戈朽鉞鈍。謂宜博采衆謀之同異，然後上咨廟論之崇嚴〔一五〕，非素望之偉然〔一六〕，誰出身而任此。共惟某官降神維嶽〔一七〕，生德自天。居安資深，學洞六經之韞；探賾索隱〔一八〕，識窮萬務之微。蓋嘗獨立以當雷霆，何止貴名之揭日月〔一九〕。運籌帷幄，每當上心；端委廟堂，遂持國柄〔二〇〕。玉燭肇時和之慶，雲龍協聖作之辰〔二一〕。清未央、長樂之宫，將肅六飛之御〔二二〕；築碣石、榆林之塞，永奠四夷之封〔二三〕。於古有光，自今以始。某側聞盛舉，實抃歡悰〔二四〕。恤百口之飢寒，豈無竊覬〔二五〕；拔四方之英俊，願付至公。庶未死之餘生，睹太平之盛際〔二六〕。

【題解】

周丞相，即周必大，字子充。參見卷十賀周參政啓題解。宋史宰輔表四：「（淳熙十四年）二月丁丑，周必大自樞密使遷光禄大夫，除右丞相。」本文爲陸游爲周必大獲除右丞相所致的賀啓。

本文原未繫年。歐譜繫於淳熙十四年（一一八七），是。當作於該年二月。時陸游在知嚴州任上。

【箋注】

〔一〕夢卜：古代傳説稱，殷高宗因夢見傅説，周文王占卜得吕尚。後因以比喻帝王求得良相。

呂頌賀陸相公拜相啓：「叶一人夢卜之求，副四海具瞻之望。」襲祥：因襲吉祥。王庭：指朝廷。參見卷十上趙參政啓注〔一〕。

〔二〕備物：備辦各種器物。易繫辭上：「備物致用，立成器以爲天下利，莫大乎聖人。」孔穎達疏：「謂備天下之物，招致天下所用，建立成就天下之器以爲天下之利。」熙：興起，興盛。帝載：帝王的事業。書舜典：「咨，四岳，有能奮庸熙帝之載，使宅百官揆，亮采惠疇。」孔傳：「載，事也。」

〔三〕寧壹：亦作寧一。安定統一。史記曹相國世家：「蕭何爲法，顜若畫一；曹參代之，守而勿失。載其清淨，民以寧一。」

〔四〕門闌：指師門。旅：衆。左傳昭公三年：「敢煩里旅。」杜預注：「旅，衆也。」

〔五〕玩：輕視，忽視。

〔六〕仁聖：對皇帝的尊稱。王安石上執政書：「竊以方今仁聖在上，四海九州冠帶之屬，望其施爲以福天下者，皆聚於朝廷。」焦勞：焦慮煩勞。焦贛易林恒之大壯：「病在心腹，日以焦勞。」宿道嚮方：歸於正道，崇尚正直。參見卷十上趙參政啓注〔三〕。

〔七〕赴功趨事：指建立功業。參見卷十上趙參政啓注〔三〕。

〔八〕列戍：防守邊塞。宋祁鈐轄冒上閤就移知雄州：「列戍儆趨風，諸將走咨事。」

〔九〕靖康喪亂：指欽宗靖康元年金兵南侵，欽宗被困汴京。平城之憂：漢高祖七年，出擊韓王信至平城，爲匈奴包圍七日而脱。見史記高祖本紀。平城，屬雁門郡，在今山西大同東。

〔一〇〕紹興權宜：指高宗建炎末年敗於金兵，被迫簽訂紹興和議。權宜，暫時適宜的措施，此指和議。渭橋之恥：唐太宗初登基，突厥大軍兵臨長安，太宗設疑兵，親率六騎幸渭水斥敵，訂立渭水之盟。見舊唐書太宗本紀。渭橋，位於長安以北渭水上。參見卷九賀葉丞相啓注〔二〇〕。

〔一一〕「高廟」句：漢文帝時有人盜高廟座前玉環，捕得，文帝怒，下廷尉治罪。見史記張釋之馮唐列傳。高廟，祭祀漢高祖的宗廟。逋寇，逃寇，流寇。乾陵：唐高宗和武則天的合葬墓，在今陝西乾縣梁山。乾陵周圍遍種柏樹，稱「柏城」。斧柏：砍斫柏樹。逆儔：奸臣逆黨。

〔一二〕仗衛：手持兵仗的侍衛。晉書姚襄載記：「戰騎度淮，見豫州刺史謝尚於壽春，尚命去仗衛，幅巾以待之。」此指仗衛侍衛的皇帝。

〔一三〕梁益：指蜀地。參見卷九賀薛安撫兼制置啓注〔六〕。腹心：親信。不貳：專心，無二心。左傳昭公十三年：「君苟有信，諸侯不貳，何患焉？」

〔一四〕文恬武嬉：指文官武將習於安逸嬉樂，不顧國事。韓愈進撰平淮西碑文表：「相臣將臣，文恬武嬉，習熟見聞，以爲當然。」

〔一五〕咨：商議，詢問。廟論：朝廷對政事的議論。歐陽修謝參知政事表：「贊貳國鈞，參聞廟論。」

〔一六〕素望：平素的聲望。宋書武帝紀中：「毅既有雄才大志，厚自矜許，朝士素望者多歸之。」偉然：卓異超群貌。

〔一七〕降神維嶽：山嶽降其神靈。詩大雅崧高：「崧高維嶽，駿極于天。維嶽降神，生甫及申。」

〔一八〕探賾索隱：探求隱微奧秘的道理。易繫辭上：「探賾索隱，鈎深致遠，以定天下之吉凶，成天下之亹亹者，莫大乎蓍龜。」孔穎達疏：「探謂窺探求取，賾謂幽深難見。卜筮則能窺探幽昧之理，故曰探賾也。索謂求索，隱謂隱藏。」

〔一九〕雷霆：對帝王或尊者暴怒的敬稱。參見卷五辭免出身狀二注〔二〕。貴名：顯貴的聲名。荀子儒效：「則貴名白而天下願也。」楊倞注：「貴名，謂儒名可貴。白，明顯。」

〔二〇〕端委：古代禮服。世説新語品藻：「明帝問謝鯤：『君自謂何如庾亮？』答曰：『端委廟堂，使百僚準則，則臣不如亮。』」國柄：國家權柄。管子立政：「大德不至仁，不可以授國柄。」

〔二一〕「玉燭」二句：指四時之氣和暢，君臣風雲際會。玉燭，參見卷一謝賜曆日表二注〔九〕。易乾：「雲從龍，風從虎，聖人作而萬物睹。」孔穎達疏：「龍是水畜，雲是水氣，故龍吟則景雲出，是雲從龍也。」

〔二二〕未央、長樂：均爲西漢宫殿，分别在今西安北郊漢長安故城西南隅和東南隅。六飛：指稱皇帝的車駕。參見卷一除寶謨閣待制謝表注〔一一〕。

〔二三〕碣石：山名，在河北昌黎北。榆林：地名，在陝西最北部。四夷：古代華夏族對四方少數民族的統稱。含有輕蔑之意。書畢命：「四夷左衽，罔不咸賴。」孔傳：「言東夷、西戎、南蠻、北狄，被髮左衽之人，無不皆恃賴三君之德。」

〔二四〕側聞：從旁聽到，指聽説。參見卷六賀辛給事啓注〔二四〕。歡悰：歡樂。何遜與崔録事別兼叙携手詩：「道術既爲務，歡悰苦未并。」

〔二五〕竊：私下希望。

〔二六〕盛際：即盛時，盛世。曹植七啓：「此霸道之至隆，而雍熙之盛際。」

賀施知院啓

恭審誕布明綸，進専籌幄〔一〕。用真儒而無敵，翊扶宗社之基〔二〕；得大老以來歸，開慰華夷之望〔三〕。恭惟某官英姿邁往，精識造微。居安資深，韞六藝淵源之學〔四〕；任重道遠，炳兩朝開濟之心〔五〕。明辯足以折遐衝，果敢足以斷幾事〔六〕。自初拔用，迄此延登〔七〕。大節全名，松柏挺歲寒之操；同心一德，風雲協聖作之期〔八〕。堪輿清夷，星緯明潤〔九〕，致太平其自此，將魁柄之焉歸〔一〇〕。曩暫入於修門，竊有聞於行路〔一一〕，謂明公之得政，以人物爲最先。自隆師尹南山之瞻，復見平津東閣之盛〔一二〕。揚庭薦拔，造膝開陳〔一三〕，凡人所難，以身獨任。今雖總本兵之地，願益尸善類之盟〔一四〕。公能以士而報國家，士亦以身而歸門下。某侵尋暮境〔一五〕，憔悴偏州。志氣已衰，無復獻狗盗鷄鳴之技〔一六〕；文辭自力，尚能助稗官野史之傳〔一七〕。過此以還，未知所措。

【題解】

施知院，即施師點。參見卷十一賀施中書啓題解。宋史宰輔表四：「（淳熙十四年）二月戊子，施師點自參知政事除知樞密院事。」本文爲陸游爲施師點獲除知樞密院事所致的賀啓。

本文原未繫年。歐譜繫於淳熙十四年（一一八七），是。當作於該年二月。時陸游在知嚴州任上。

【箋注】

〔一〕誕布：廣泛宣布。晁補之河中府謝曆日表：「初郊上帝，肇改新元。謹堯曆以迎推，因夏時而誕布。」明綸：指帝王的詔令。參見卷十一與沈知府啓注〔九〕。籌幄：亦作籌帷。在軍帳中謀劃軍機。陸龜蒙京口詩：「可憐宋帝籌帷處，蒼翠無言草自生。」

〔二〕翊扶：亦作扶翊。輔佐，護持。舊唐書裴光庭傳：「張燕公有扶翊之勳。」

〔三〕大老：德高望重之人。參見卷六賀曾秘監啓注〔三〕。　開慰：寬解安慰。參見卷六賀辛給事啓注〔一二〕。

〔四〕居安資深：居於安寧，蓄積深厚。語本孟子離婁下：「君子深造之以道，欲其自得之也。自得之則居之安，居之安則資之深，資之深則取之左右逢其原，故君子欲其自得之也。」六藝：指儒家的「六經」，即禮、樂、書、詩、易、春秋。史記滑稽列傳：「孔子曰：『六藝於治一也。禮以節人，樂以發和，書以道事，詩以達意，易以神化，春秋以義。』」

〔五〕兩朝：此指高宗、孝宗。　開濟：開創并匡濟。杜甫蜀相詩：「三顧頻繁天下計，兩朝開濟老臣心。」

〔六〕遐衝：指與鄰國的衝突。參見卷十賀周參政啓注〔一一〕。　幾事：機密之事。易繫辭上：「幾事不密則害成。」孔穎達疏：「幾，謂幾微之事當須密慎，預防禍害。」

〔七〕延登：延攬擢用。參見卷九賀葉樞密啓注〔一六〕。

〔八〕聖作：稱頌帝王有所作爲。語本易乾：「聖人作而萬物睹。」

〔九〕堪輿：指天地。參見卷一謝賜曆日表注〔三〕。　清夷：清平，太平。參見卷九賀葉樞密啓注〔一五〕。　星緯：指星辰。南齊書武帝紀：「星緯失序，陰陽愆度。」　明潤：明亮潤澤。曾鞏郊祀慶成狀：「天宇湛然，日光明潤。」

〔一〇〕魁柄：比喻朝政大權。參見卷八謝王宣撫啓注〔一三〕。

〔一一〕修門：指京都城門。參見卷十一（知嚴州）謝梁右相啓注〔二二〕。行路：指路人。後漢書黨錮傳范滂：「行路聞之，莫不流涕。」

〔一二〕師尹南山之瞻：指詩經節南山篇以南山起興，贊美師尹的顯赫權勢。詩小雅節南山：「節彼南山，維石巖巖。赫赫師尹，民具爾瞻。」節，高峻貌。師尹，指周太師尹氏。平津東閣之盛：指漢代公孫弘開東閣延攬人才。參見卷八和莆陽陳右相啓注〔二一〕。平津，即平津侯公孫弘。

〔一三〕揚庭：激揚朝廷。薦拔：推薦提拔。隋書煬帝紀上：「可分遣使人，巡省方俗，宣揚風化，薦拔淹滯，申達幽枉。」造膝：即促膝。參見本卷賀賈大諫啓注〔八〕。開陳：陳述。史記平津侯主父列傳：「每朝會議，開陳其端，令人主自擇，不肯面折庭爭。」

〔一四〕本兵：執掌兵權。參見卷七賀黄樞密啓注〔一三〕。尸盟：主持盟會。左傳襄公二十七年：「叔向謂趙孟曰：『諸侯歸晉之德只，非歸其尸盟也。子務德，無争先！且諸侯盟，小國固必有尸盟者。』」杜預注：「尸，主也。」

〔一五〕侵尋：漸近。參見卷一福建到任謝表注〔一二〕。善類：指有德之士。

〔一六〕狗盜雞鳴：亦作「雞鳴狗盜」。學雄雞啼鳴，裝狗行偷竊。指有卑微技能者。事見史記孟嘗君列傳。

〔一七〕稗官野史：泛稱記載軼聞瑣事的文字。漢書藝文志：「小説家者流，蓋出於稗官。街談巷語，道聽途説者之所造也。」顔師古注：「稗官，小官。如淳曰：『細米爲稗，街談巷説，其細碎之言也。王者欲知閭巷風俗，故立稗官使稱説之。』」

賀丘運使啓

恭審上印帥藩，乘軺畿甸〔一〕。得人若是，則吾國其庶幾乎；先聲隱然〔二〕，非俗吏之所能也。公論爲之慰愜，大用此其權輿〔三〕。伏以寬猛異施〔四〕，古今莫一。子産號衆人之母，用於鄭而弗救陵夷〔五〕；申商爲法家者流，弊至秦而卒以顛覆〔六〕。歷考簡編之迹，莫先儒術之功。惟蹈君子之時中〔七〕，斯得古人之大體。方其尊瞻視〔八〕、正顔色，教化固已有成；雖使空囹圄、畫衣冠〔九〕，法令其誰敢犯。恭惟某官英姿邁往，敏學造微，夷途早踐於高華，隆委遍當於繁劇〔一〇〕。所臨輒治，雖千變萬化而不窮；自守弗阿〔一一〕，終特立獨行之如此。上將引而自近，公其有以告猷〔一二〕。某早陪談讌之餘〔一三〕，誤辱賞知之異，敢圖暮境，獲備屬城〔一四〕。閭里亡聊，每攬涕下催科之筆〔一五〕；事功靡著〔一六〕，更忍慚修候問之牋。尚加惠於始終，俾粗全於進退〔一七〕。歸依之切，敷繹奚殫〔一八〕。

【題解】

丘運使，即丘崈（一一三五—一二〇八）字宗卿，江陰軍人。隆興元年進士。累官太常博士、户部郎中、知鄂州、知平江府、帥紹興府、兩浙轉運副使。光宗即位，進户部侍郎、四川安撫制置使兼知成都府。寧宗時知慶元府、建康府、刑部尚書、江淮宣撫使、簽書樞密院事等。宋史卷三九八有傳。嘉泰會稽志卷二：「丘崇，（淳熙）十四年四月除兩浙轉運副使。」崇，同崈。本文爲陸游爲丘崈獲除兩浙轉運副使所致的賀啓。

本文原未繫年。歐譜繫於淳熙十四年（一一八七），是。當作於該年四月。時陸游在知嚴州任上。

【箋注】

〔一〕上印：上繳官印。指辭官退職。劉長卿贈元容州詩：「擁旌臨合浦，上印卧長沙。」帥藩：指帥紹興府。乘軺：乘坐輕便馬車。指出任。畿甸：指京城地區。周書蕭詧傳：「昔方千而畿甸，今七里而磬縈。」此指兩浙路。

〔二〕先聲：昔日的聲望。蘇軾送穆越州詩：「舊政猶傳蜀父老，先聲已振越溪山。」隱然：威重貌。

〔三〕大用：重要的用度。周禮天官內府：「掌受九賦九貢九功之貨賄，良兵良器，以待邦之大用。」權輿：起始。詩秦風權輿：「今也每食無餘，于嗟乎！不承權輿。」朱熹集傳：「權興，始也。」

〔四〕寬猛：寬大與嚴厲。左傳昭公二十年：「仲尼曰：『善哉！政寬則民慢，慢則糾之以猛。猛則民殘，殘則施之以寬。寬以濟猛，猛以濟寬，政是以和。』」

〔五〕「子産」三句：子産被稱爲「衆人之母」，但挽救不了鄭國的衰落。禮記仲尼燕居：「子曰：子産猶衆人之母也，能食之，不能教也。」子産，春秋鄭國大夫公孫僑。他主張「以寬服民」。左傳昭公二十年：「鄭子産有疾。謂子大叔曰：『我死，子必爲政。惟有德者能以寬服民，其次莫如猛。夫火烈，民望而畏之，故鮮死焉。水懦弱，民狎而玩之，則多死焉。故寬難。』」陵夷，由盛轉衰，衰落。

〔六〕「申商」二句：申、商之流都屬於法家，其弊病致秦國最終覆滅。申商，戰國時申不害和商鞅的並稱，二人均爲法家代表人物。

〔七〕時中：儒家主張立身行事，合乎時宜，無過與不及。禮記中庸：「君子之中庸也，君子而時中。」孔穎達疏：「謂喜怒不過節也。」

〔八〕瞻視：觀瞻。指外觀。論語堯曰：「君子正其衣冠，尊其瞻視，儼然人望而畏之。」

〔九〕畫衣冠：指上古傳説中讓犯人穿著特殊標誌的衣冠代替刑罰。慎子逸文：「有虞之誅，以幪巾當墨，以草纓當劓，以菲履當刖，以艾韠當宫，布衣無領當大辟……畫衣冠，異章服，謂之戮。上世用戮而民不犯也。」

〔一〇〕夷途：指仕途平坦。高華：高貴顯要。新唐書蕭復傳：「復望閥高華，厲名節，不通狎流俗。」隆委：指委任隆盛。繁劇：事務繁重之極。郭璞辭尚書表：「以無用之才，管繁劇之任。」

〔一一〕自守：自堅其操守。揚雄解嘲：「攫挐者亡，默默者存；位極者宗危，自守者身全。」阿：迎合，阿諛。

〔一二〕告猷：陳述計謀。

〔一三〕談讌：叙談宴飲。讌，同宴。曹操短歌行：「契闊談讌，心念舊恩。」

〔一四〕屬城：指下屬的地方官員。後漢書陳蕃傳：「時李膺爲青州刺史，名有威政，屬城聞風，皆自引去，蕃獨以清績留。」此指知嚴州。

〔一五〕閭里：里巷，平民聚居之處。周禮天官小宰：「聽閭里以版圖。」賈公彦疏：「在六鄉則二十五家爲閭，在六遂則二十五家爲里。閭里之中有争訟，則以户籍之版、土地之圖聽決之。」亡聊：無所依賴，無以聊生。漢書食貨志上：「重以貪暴之吏，刑戮妄加，民愁亡聊，亡逃山林。」攬涕：揮淚。楚辭九章思美人：「思美人兮，擥涕而竚眙。」王夫之通釋：「擥涕，揮淚也。」擥同攬。催科：催收租税。租税有科條法規，故稱。宋史職官志三：「以四善、三最考守令：……獄訟無冤、催科不擾爲治事之最。」

〔一六〕事功：功績，功業，功勞。三國志魏書牽招傳：「漁陽傅容在雁門有名績，繼招後，在遼東又有事功。」

〔一七〕進退：去就，出仕和退隱。王安石得孫正之詩因寄兼呈曾子固詩：「未有詩書論進退，謾期身世托林泉。」

〔一八〕敷繹奚殫：叙説難盡。

賀蔣尚書出知婺州啓

恭審解中執法以暫均勞佚，拜大宗伯而入侍禁嚴〔一〕。雖若不得其言，固亦未爲弗用。乃抗投閒之請，力靳就養之榮〔二〕。詔諭靡從，藩條初布〔三〕。上倚承宣之績，士高廉退之風〔四〕。恭惟某官直哉惟清，淵乎似道〔五〕。懇款許國，肝膽凛其輪囷〔六〕；慷慨疾邪，山嶽爲之震動。進率由於獨斷，節早見於盡言。未移桑蔭之淹，入總柏臺之峻〔七〕。國方增九鼎之重，身已如一葉之輕。魯人獲麟以爲不祥，雖愛憎之叵測〔八〕；塞翁失馬未必非福，抑倚伏之何常〔九〕。某幸托里門，獲趨賓席〔一〇〕。身世等蒯菅之棄〔一一〕，孰閔餘生；姓名托甄冶之公①〔一二〕，尚須異日。

【題解】蔣尚書，即蔣繼周。參見卷十一賀蔣中丞啓題解。陸游中丞蔣公墓誌銘：「考試畢，公方再抗章。詔遷禮部尚書，辭不拜，出知婺州。」此次省試在淳熙十四年秋。本文爲陸游爲蔣繼周出知婺州所致的賀啓。

本文原未繫年。歐譜繫於淳熙十四年（一一八七），是。當作於該年秋。時陸游在知嚴州任上。

參考卷三五中丞蔣公墓誌銘。

【校記】

①「托」，原作「訖」，據正德本、汲古閣本改。

【箋注】

〔一〕中執法：即御史中丞。參見卷十一賀蔣中丞啓注〔七〕。勞佚：即勞逸。勞苦與安逸。左傳哀公元年：「勤恤其民，而與之勞逸。」大宗伯：指禮部尚書。參見卷六賀禮部曾侍郎啓注〔六〕。禁嚴：指帝王宮禁。參見卷十一答交代陳判院啓注〔一四〕。

〔二〕投閒：投置於清閒之地。韓愈進學解：「動而得謗，名亦隨之。投閒置散，乃分之宜。」就養：侍奉父母。參見卷二賀壽成皇后牋注〔一〕。

〔三〕靡從：無從。指没有門徑或頭緒。漢書司馬相如傳下：「蓋聞其聲，今視其來。厥塗靡從，天瑞之徵。」顏師古注引文穎曰：「其來之道何從乎？此乃天瑞之應也。」藩條：漢代州刺史以六條考察州郡官吏，後因以指刺史之職。晉書應詹傳論：「入居列位，則嘉謀屢陳；出撫藩條，則惠政斯洽。」

〔四〕承宣：繼承發揚。參見卷十一知嚴州謝王丞相啓注〔一七〕。廉退：廉讓，謙讓。陶潛感士不遇賦序：「自真風告逝，大僞斯興，閭閻懈廉退之節，市朝驅易進之心。」

〔五〕直哉惟清：正直清明。參見卷六賀禮部曾侍郎啓注〔一〇〕。淵乎似道：深邃難測。參見卷六賀台州曾直閣啓注〔四〕。

〔六〕懇款：懇切忠誠之情。參見卷四乞致仕劄子注〔八〕。輪囷：碩大貌。禮記檀弓下「美哉輪焉」，鄭玄注：「輪，輪囷，言高大。」

〔七〕未移桑蔭：指時間短暫。語本戰國策趙策四：「昔者堯見舜於草茅之中，席隴畝而蔭庇桑，蔭移而授天下傳。」柏臺：御史臺的别稱。漢代御史府中列植柏樹，常有野鳥數千棲其上。事見漢書朱博傳。後因以柏臺稱御史臺。

〔八〕「魯人」二句：孔子家語卷四辯物：「叔孫氏之車士曰子鉏商，采薪於大野，獲麟焉，折其前左足，載以歸。叔孫以爲不祥，棄之於郭外。使人告孔子曰：『有麕而角者，何也？』孔子往觀之，曰：『麟也。胡爲來哉？胡爲來哉？』反袂拭面，涕泣沾衿。叔孫聞之，然後取之。子貢問曰：『夫子何泣爾？』孔子曰：『麟之至，爲明王也，出非其時而害，吾是以傷焉。』」

〔九〕「塞翁」二句：淮南子人間訓：「夫禍福之轉而相生，其變難見也。近塞上之人，有善術者，馬無故亡而入胡，人皆弔之。其父曰：『此何遽不爲福乎？』居數月，其馬將駿馬而歸，人皆賀之。其父曰：『此何遽不爲禍乎？』家富良馬，其子好騎，墮而折其髀，人皆弔之。其父曰：『此何遽不爲福乎？』居一年，胡人大入塞，丁壯者引弦而戰，近塞之人死者十九，此獨以跛之故，父子相保。故福之爲禍，禍之爲福，化不可極，深不可測也。」倚伏，指禍福互相依存、轉化。語本老子：「禍兮福之所倚，福兮禍之所伏。」倚，依托；伏，隱藏。

〔一〇〕里門：閭里之門。同里人家聚居一處，設有里門。史記萬石張叔列傳：「慶及諸子弟入里門，趨至家。」賓席：賓客之席位。儀禮大射：「小臣設公席於阼階上，西鄉；司宮設賓席於户西，南面。」此二句指嚴州和婺州如鄰里關係。

〔一一〕蒯菅：均爲茅草之類。比喻微賤的人或物。任昉爲范尚書讓吏部封侯第一表：「陛下不棄菅蒯，愛同絲麻。」

〔一二〕甄冶：燒製陶器，熔煉金屬。比喻造就人才。參見卷十一謝施參政啓注〔一八〕。

除直華文閣謝丞相啓

秩視大蓬，已竊垂車之寵〔一〕；恩加邃閣，更叨出綍之榮〔二〕。初聞道路之傳，猶謂姓名之誤。迨茲被命，重以懷慚。伏念某承學迂疏，稟資蕞陋〔三〕。幼生京洛，尚爲全盛之編氓〔四〕；長綴班聯，曾是中興之朝士〔五〕。福未容於盈皆，祟已駭於燒城〔六〕。西征至岐鳳之間，南戍掠甌閩之境〔七〕。晚僅升於省闥，旋即返於鄉關〔八〕。鶴歸遼天，狐死丘首〔九〕。蓬户十移於歲律，幔亭四閲於祠官〔一〇〕。久遂屏居，非始掛冠之日；盡捐半俸，真爲納禄之人〔一一〕。豈期垂盡之光陰，忽玷殊常之惠澤。復緣詔札，并竊身章〔一二〕。里巷聳觀，共仰恩光之下燭；兒孫扶拜，不知衰涕之横流。兹蓋伏遇某官降命應期，奮庸熙載〔一三〕。神無方，易無體，心獨運於道樞〔一四〕；尺有短，寸有長，士悉歸於鈞播〔一五〕。雖迫崦嵫之景，亦歸块圠之公〔一六〕。而某意氣空存，筋骸已憊。草具明堂辟雍之禮〔一七〕，雖遭甚盛之時；塗竄清廟生民之詩，其在方來之雋〔一八〕。

【題解】

陸游於慶元五年五月首次獲准致仕，劍南詩稿卷有五月七日拜致仕敕口號。同年八月所作會稽縣新建華嚴院記繫銜「中大夫致仕、山陰縣開國男食邑三百户」。慶元六年三月所作趙秘閣文集序繫銜「中大夫直華文閣致仕，賜紫金魚袋」。可知陸游獲除直華文閣當在慶元六年春。華文閣爲慶元二年設置，藏宋孝宗御製。直華文閣爲貼職，從七品。丞相指京鏜、謝深甫。宋史宰輔表四：「（慶元六年）閏二月庚寅，京鏜自右丞相拜少傅、左丞相，封冀國公。謝深甫自知樞密院事遷金紫光禄大夫，除右丞相。」京鏜（一一三八—一二〇〇）字仲遠，豫章人。紹興二十七年進士。歷官監察御史、權工部侍郎、四川安撫制置使兼知成都府、刑部尚書、右丞相、左丞相。宋史卷三九四有傳。謝深甫（一一三九—一二〇四）字子肅，台州臨海人。乾道二年進士。歷官青田知縣、大理丞、右正言、給事中、知臨安府、建康府、御史中丞、簽書樞密院事、參知政事，拜右丞相。宋史卷三九四有傳。本文爲陸游爲獲除直華文閣致丞相的謝啓。

本文原未繫年。歐譜繫於慶元六年（一二〇〇），是。當作於該年春。時陸游致仕家居。

【箋注】

〔一〕秩：官職級別。 大蓬：秘書監的别稱。洪邁容齋四筆官稱别名：「唐人好以他名標榜官稱……秘書監爲大蓬。」 垂車：即懸車。指致仕。班固白虎通致仕：「臣年七十懸車致仕者，臣以執事趨走爲職，七十陽道極，耳目不聰明，跂踦之屬，是以退老去避賢者……懸車，示不用也。」

〔二〕邃閣：深邃之樓閣。此指華文閣。 出綍：指帝王封官的詔令。參見卷七賀張都督啓注〔一七〕。

〔三〕稟資：稟賦。參見卷一江西到任謝表注〔三〕。 蕞陋：醜惡，猥陋。文選左思魏都賦：「宵貌蕞陋，稟質遳脆。」劉良注：「蕞陋，醜惡也。」

〔四〕幼生京洛：此京洛泛指國都汴京地區。陸游徽宗宣和七年（一一二五）十月出生於淮河岸邊舟中，時其父直秘閣、淮南計度轉運副使陸宰正由壽春奉命進京。故言「幼生京洛」。 編氓：編入户籍的平民。參見卷八謝洪丞相啓注〔二九〕。

〔五〕班聯：朝班的行列。李綱謝宰執復大觀文啓：「奉香火於琳宮，已負素餐之責；冠班聯於書殿，更貽非據之譏。」中興：偏安的諱稱。宋書謝靈運傳論：「在晉中興，玄風獨善。」此指南宋。

〔六〕「福未容」二句：指福禄富貴渺小而短暫，讒言的禍害極其嚴重。文選班固答賓戲：「朝爲榮華，夕爲顦顇，福不盈眥，禍溢於世。」李善注引李奇曰：「當富貴之間，視之不滿目。」揚雄太玄干：「赤舌燒城，吐水於缾。」清陳本禮太玄闡秘卷一：「赤舌燒城，猶衆口爍金之意。小人架辭誣害君子，其舌赤若火，勢欲燒城。」

〔七〕岐鳳：岐爲山名，在今陝西岐山。鳳指鳳縣，今屬陝西。此泛指川陝一帶。甌閩：甌爲古地名，在今浙江温州一帶，後爲温州别稱。閩爲福建簡稱。

〔八〕省闥：宫中，禁中。又稱禁闥。漢書谷永傳：「臣永幸得給事中出入三年，雖執干戈守邊垂，思慕之心常存於省闥。」鄉關：即故鄉。陳書徐陵傳：「蕭軒靡御，王舫誰持？瞻望鄉關，何心天地？」

〔九〕鶴歸遼天：指丁令威化鶴歸遼，喻指回歸故鄉。陶潛搜神後記卷一：「丁令威本遼東人，學道於靈虚山，後化鶴歸遼。」狐死首丘：比喻不忘根本，思念鄉土。參見卷九賀葉丞相啓注〔二六〕。

〔一〇〕「蓬户」二句：指回歸陋室已超過十年，領取祠禄已經歷四届。從淳熙十六年（一一八九）被劾罷歸至慶元六年（一二〇〇），陸游已家居十年有餘。歲律，歲時。陸游從紹熙二年（一一九一）始提舉武夷山沖佑觀領取祠禄，至慶元五年（一一九九）五月致仕，歷經八年。祠禄兩年一屆。幔亭，指福建武夷山。因山上有幔亭峰勝境，故稱。明王志堅表異録地理：「武夷山一名幔亭。」

〔一一〕「盡捐」二句：指放棄一半俸禄，成爲退休的平民。半俸，致仕領取一半俸禄。劍南詩稿卷五月七日拜致仕敕口號：「坐糜半俸猶多愧，月費公朝二萬錢。」納禄，歸還俸禄。指辭官。國語魯語上：「若罪也，則請納禄與車服而違署。」韋昭注：「納，歸也；禄，田邑也。」

〔一二〕身章：指表明貴賤身分的服飾。左傳閔公二年：「衣，身之章也。」後泛指衣服的文飾。此指除華文閣的同時還「賜紫金魚袋」。

〔一三〕降命：發布政令。禮記禮運：「故政者，君之所以藏身也。是故夫政必本於天，殽以降命。」孔穎達疏：「殽，效也。言人君法效天氣以降下政教之命。」應期：順應期運。曹植制命宗聖侯孔羨奉家祀碑：「於赫四聖，運世應期。」奮庸熙載：指努力建功立業。語本書舜典：「舜曰：『咨，四嶽，有能奮庸熙帝之載。』」孔安國傳：「載，事也。訪羣臣有能起發其功，廣堯之事者。」

〔一四〕神無方：神變化無窮。韓愈賀册尊號表：「無所不通之謂聖，妙而無方之謂神。」易無體：易道没有形體。淮南子精神訓：「其動無形，其静無體。」高誘注：「無形無體，道之容也。」道樞：道之樞紐、關鍵。參見卷七删定官供職謝啓注〔九〕。

〔一五〕尺有短寸有長：楚辭卜居：「夫尺有所短，寸有所長，物有所不足，智有所不明，數有所不逮，神有所不通。」鈞播：尊長的教化。參見卷十謝趙丞相啓注〔一六〕。

〔一六〕崦嵫：山名。在甘肅天水西。傳説爲日落之處。楚辭離騷：「吾令羲和弭節兮，望崦嵫而勿迫。」王逸注：「崦嵫，日所入山也。」此喻人之暮年。坱圠：漫無邊際貌。參見卷十一謝周樞使啓注〔一四〕。

〔一七〕草具：草擬，初步擬訂。漢書賈誼傳：「乃草具其儀法。」顔師古注：「草謂創造之。」明堂：古代帝王宣明政教的地方。參見卷一賀明堂表題解。辟雍：古代天子所設大學，圓形，圍以水池，前門外有便橋。班固白虎通辟雍：「天子立辟雍何？所以行禮樂宣德化也。辟者，璧也，象璧圓，又以法天，於雍水側，象教化流行也。」

〔一八〕清廟：詩周頌篇名。毛詩序：「清廟，祀文王也。」生民：詩大雅篇名。毛詩序：「生民，尊祖也。」方來：將來。越絶書外傳記吴王占夢：「（王孫聖）博學彊識，通於方來之事，可占大王夢。」

修史謝丞相啓

七十告老〔一〕，誓待盡於山林；尺一召還，恍復瞻於觀闕〔二〕。內祠禄厚〔三〕，信史事嚴，容孤迹於其間，知鴻鈞之有自〔四〕。恭以高皇之盛德大業〔五〕，雖號中興，而實同開創之難；孝廟之内修外攘〔六〕，躬享太平，而不忘恢復之志。治躋古昔，威震裔夷〔七〕。俄屬鼎成之悲，肆修麟止之緒〔八〕。固已網羅軼事，潤色皇猷〔九〕，備述巍巍蕩蕩之功，曲盡業業兢兢之指〔一〇〕。豈緊遲暮〔一一〕，能與討論。伏念某天予散材〔一二〕，家承孤學。生逢盛旦，蒙六聖之涵濡〔一三〕；身綴清班，被四朝之識拔〔一四〕。常恐倏先於朝露，遂將莫報於秋毫。豈期及耄之餘齡，猥得效勤於大典。兹蓋伏遇某官材全經緯，氣塞堪輿。平生陳謨決策之言〔一五〕，焕乎可誦；十載知人安民之績〔一六〕，底於有成。殊鄰款塞而奉琛，多士鄉風而釋屩〔一七〕。内而臺閣，極稽古禮文之選〔一八〕；外而郡縣，有宜民愷悌之風〔一九〕。肇闢大公至正之途，不棄偏能一曲之士〔二〇〕。故如某輩，亦在數中。謹當益廣見聞，更勤采掇。老驥伏櫪〔二一〕，修途已非其所堪；小草出山〔二二〕，薄效尚期於自見。

【題解】宋史陸游傳：「嘉泰二年，以孝宗、光宗兩朝實録及三朝史未就，詔游權同修國史、實録院同修撰，免奉朝請。」南宋館閣續録卷九：「（同修國史）陸游二年五月以直華文閣提舉佑神觀權。」

又：「(實録院同修撰)陸游二年五月以直華文閣提舉佑神觀權。」則陸游獲除修史在五月，而於六月進京。丞相指謝深甫。參見本卷除直華文閣謝丞相啓題解。本文爲陸游爲獲除修史之職致丞相謝深甫的謝啓。

本文原未繫年。歐譜繫於嘉泰二年(一二〇二)，是。當作於該年五月。時陸游致仕家居。

參考卷四除修史上殿劄子。

【箋注】

〔一〕告老：指官吏年老辭官退休。左傳襄公七年：「韓獻子告老。」

〔二〕尺一：指天子的詔書。參見卷七賀葉提刑啓注〔一五〕。觀闕：古代帝王宫門前的兩座樓臺。漢書王尊傳：「大人臣而傷害陰陽，死誅之罪也；靖言庸違，放殛之刑也。審如御史章，尊乃當伏觀闕之誅，放於無人之域，不得苟免。」

〔三〕内祠：指宫觀使。此指提舉佑神觀之職。

〔四〕鴻鈞：指鴻恩。參見卷八上王宣撫啓注〔八〕。

〔五〕高皇：指宋高宗。

〔六〕孝廟：指宋孝宗。

〔七〕裔夷：邊遠夷人。參見卷一逆曦授首賀皇后牋注〔七〕。

〔八〕鼎成：即鼎成龍去。指帝王去世。史記封禪書：「黄帝采首山銅，鑄鼎於荆山下。鼎既成，有龍垂胡髯下迎黄帝。黄帝上騎，羣臣後宫從上者七十餘人，龍乃上去。」麟止：同麟趾。比喻高貴的行迹。詩周南麟之趾：「麟之趾，振振公子。」鄭玄箋：「喻今公子亦信厚，與禮相應，有似於麟。」此指孝宗、光宗行迹。

〔九〕皇猷：帝王的教化。參見卷八謝洪丞相啓注〔一二〕。

〔一〇〕巍巍蕩蕩：形容道德崇高，恩澤博大。語出論語泰伯：「大哉堯之爲君也！巍巍乎！唯天爲大，唯堯則之。蕩蕩乎，民無能名焉。」朱熹集注：「巍巍，高大之貌；蕩蕩，廣遠之稱也。」業業兢兢：小心謹慎、認真負責貌。後漢書明帝紀贊：「顯宗丕承，業業兢兢。危心恭德，政察姦勝。」

〔一一〕遲暮：比喻晚年。楚辭離騷：「惟草木之零落兮，恐美人之遲暮。」

〔一二〕散材：比喻不爲世所用之人。參見卷八謝夔路監司列薦啓注〔三〕。

〔一三〕六聖：指陸游出生以來經歷的徽宗、欽宗、高宗、孝宗、光宗、寧宗六位皇帝。涵濡：滋潤，沉浸。元結大唐中興頌：「蠲除祆災，瑞慶大來，凶徒逆儔，涵濡天休。」

〔一四〕四朝：指陸游任職的高宗、孝宗、光宗、寧宗四朝皇帝。

〔一五〕陳謨：陳獻謀畫。後漢書崔駰傳：「皋陶陳謨而唐虞以興。」

〔一六〕「十載」句：指謝深甫長期任地方官的政績。

〔一七〕殊鄰：遠方異域。參見卷九賀葉丞相啓注〔一〇〕。款塞：叩塞門。指外族前來通好。

史記太史公自序：「海外殊俗，重譯款塞。」裴駰集解引應劭曰：「款，叩也。皆叩塞門來服從也。」奉琛：奉上珠寶。釋屩：亦作釋蹻。脱去草鞋。比喻出仕。王褒聖祖得賢臣頌：「（賢者）去卑辱奥渫而升本朝，離疏釋蹻而享膏粱，剖符錫壤而光祖考。」

〔一八〕臺閣：泛指中央機構。禮文：指禮樂儀制。漢書禮樂志：「是時，上方征討四夷，鋭志武功，不暇留意禮文之事。」

〔一九〕愷悌：和樂平易。參見卷六賀台州曾直閣啓注〔七〕。

〔二〇〕一曲：即一隅。曲，局部，片面。荀子解蔽：「凡人之患，蔽於一曲而闇於大理。」楊倞注：「一曲，一端之曲説。」

〔二一〕老驥伏櫪：比喻雖年老而仍有雄心。參見卷八與何蜀州啓注〔四〕。

〔二二〕小草出山：比喻本欲隱居，而今又出仕。小草，中藥遠志苗別名。張華博物志卷七：「遠志苗曰小草，根曰遠志。」世説新語排調：「謝公始有東山之志，後嚴命屢臻，勢不獲已，始就桓公司馬。於時人有餉桓公藥草，中有遠志。公取以問謝：『此藥又名小草，何一物而有二稱？』謝未即答。時郝隆在坐，應聲答曰：『此甚易解，處則爲遠志，出則爲小草。』謝甚有愧色。桓公目謝而笑曰：『郝參軍此過乃不惡，亦極有會。』」

賀謝丞相除少保啓

恭審命出淵衷〔一〕，廷揚顯册。人主之論一相〔二〕，方寄腹心；少保兹爲三公，益隆體貌〔三〕。傳聞所逮，歡頌惟均。恭以某官謨明弼諧〔四〕，任重道遠。協天心於崑崙旁魄之際〔五〕，動必有成；隆主眷於蜵蜎蠖濩之中〔六〕，言無不用。自登近輔，允迪大猷〔七〕。疇咨雖首於群公，謙畏不殊於一日〔八〕，每稽首而遜稷契，終選衆而舉伊皋〔九〕。三年有成，四海用乂〔一〇〕。農扈告豐登之候，戎韜臻偃息之期〔一一〕。熙運方興，周召并爲於師保〔一二〕；衆心所繫，平勃均任於安危〔一三〕。是宜大號之繼敷，昭示元臣之同體〔一四〕。群生咸遂，協氣横流〔一五〕。謹乃憲而屢省則成，孰測化鈞之妙〔一六〕；本無事而庸人實擾，始知静治之功〔一七〕。某獲綴清班，欣逢盛事。無好無惡而遵王路〔一八〕，共欣聖政之大成；不愆不忘而由舊章，更冀廟謨之無倦〔一九〕。敢效涓塵之助，輒干碪斧之誅〔二〇〕。冒瀆實深，兢惶罔措。

【題解】

謝丞相，即謝深甫。參見本卷除直華文閣謝丞相啓題解。少保爲宋代加官「三少」之一，宋初曾以三師（太師、太傅、太保）和三公（太尉、司徒、司空）爲宰相、親王的加官。政和二年以太師、太傅、太保爲三公，置少師、少傅、少保爲三孤，亦稱三少。南宋以三公、三少爲加官。宋史謝深甫傳載其嘉泰年間「拜少保」，但不載何時。據本文，當在陸游進京修史期間。本文爲陸游爲丞相謝深甫獲加少保所致的賀啓。

本文原未繫年。歐譜繫於嘉泰二年(一二〇二),是。當作於該年秋冬。時陸游在權同修國史、實録院同修撰任上。

【箋注】

〔一〕淵衷:指皇帝胸懷淵深。參見卷一嚴州到任謝表注〔六〕。

〔二〕「人主」句:荀子王霸:「若夫論一相以兼率之,使臣下百吏莫不宿道鄉方而務,是夫人主之職也。」

〔三〕「少保」句:少保作爲朝廷的最高官職之一。此「三公」泛指三公、三少。體貌:指以禮相待,敬重。體,同禮。戰國策齊策三:「淳于髡爲齊使於荆,還反,過薛,孟嘗君令人體貌而親郊迎之。」

〔四〕謨明弼諧:謀略美善,輔佐協調。參見卷十謝王樞使啓注〔七〕。

〔五〕天心:即天意。書咸有一德:「克享天心,受天明命。」旁魄:廣大,宏偉。荀子性惡:「齊給便敏而無類,雜能旁魄而無用。」王先謙集解引郝懿行曰:「旁魄,即旁薄,皆謂大也。」

〔六〕主眷:皇帝的顧念。蝴蜎蠖濩:宫殿深廣貌。參見卷二賀皇太后牋注〔三〕。

〔七〕近輔:指近臣。曾鞏左僕射門下侍郎王珪追封三代并妻制父准追封漢國公:「所以遂吾大臣欲顯其親之志,而開示在位,予一人尊奬近輔之心。」允迪:認真遵循。書皋陶謨:「允迪厥德,謨明弼諧。」孔安國傳:「言人君當信蹈行古人之德。」大猷:指治國大道。參見

〔八〕噂咨：訪問，訪求。參見卷十賀周參政啓注〔三〕。謙畏：謙遜敬慎。新唐書吴湊傳：「湊才敏鋭，而謙畏自將，帝數顧訪，尤見委信。」卷一謝落職表〔八〕。

〔九〕稷契：唐虞時代的賢臣稷和契的並稱。王逸九思守志：「配稷契兮恢唐功，嗟英俊兮未爲雙。」伊皋：商代名相伊尹和舜之大臣皋陶。喻指良相賢臣。劉向九歎湣命：「三苗之徒以放逐兮，伊皋之倫以充廬。」

〔一〇〕三年有成：參見卷六賀湯丞相啓注〔七〕。乂：治理，安定。書堯典：「浩浩滔天，下民其咨，有能俾乂。」孔安國傳：「乂，治也。」

〔一一〕農扈：指農事。參見卷一賀明堂表注〔一〕。戎韜：韜略，軍事謀略。庾信哀江南賦：「侍戎韜於武帳，聽雅曲於文絃。」

〔一二〕熙運：興隆的國運。參見卷二賀皇太后牋注〔六〕。周召：周成王時共同輔政的周公旦和召公奭的並稱。禮記樂記：「武亂皆坐，周召之治也。」師保：輔弼帝王和教導王室子弟的官職，統稱師保。參見卷六賀禮部曾侍郎啓注〔一七〕。

〔一三〕平勃：漢高祖劉邦的創業功臣陳平和周勃的並稱。漢書刑法志：「夫以孝文之仁，平勃之知，猶有過刑謬論如此甚也，而況庸材溺於末流者乎！」

〔一四〕大號：帝王的號令。易涣：「涣汗其大號。」元臣：重臣，老臣。參見卷七除編修官謝丞相啓注〔一〇〕。

〔一五〕協氣：和氣。參見卷一天申節賀表注〔五〕。

〔一六〕謹乃憲：指謹行法令。　省：簡易。　化鈞：造化之力，教化之權。參見卷十一謝梁右相啓注〔一四〕。

〔一七〕「本無事」句：新唐書陸象先傳：「天下本無事，庸人擾之爲煩耳。」　静治：即無爲而治。歐陽修國學試策第三道：「帝堯以巍巍之功，臻乎静治。」

〔一八〕「無好」句：無偏好，無作惡，遵行先王的法度。書洪範：「無偏無陂，遵王之義……無有作惡，遵王之路。」

〔一九〕「不愆」句：無過錯，無過失，本之昔日之典章。詩大雅假樂：「不愆不忘，率由舊章。」　廟謨：朝廷謀劃。參見卷七賀張都督啓注〔二〕。

〔二〇〕涓塵：細水和微塵。比喻微小的事物。謝靈運撰征賦：「施隆貸而有渥，報涓塵而無期。」　碪斧：砧板和斧鉞。古代殺人刑具。蘇洵張益州畫像記：「重足屏息之民，而以碪斧令，於是民始忍以其父母妻子之所仰賴之身，而棄之於盗賊。」

賀張參政修史啓

恭審誕布明綸，總提巨典〔一〕。固已動鵷鷺行之喜色，而况在牛馬走之後塵〔二〕，不能自已於寸誠〔三〕，是敢冒陳於尺牘。恭惟某官自天生德，降命應期〔四〕。闡温厚爾雅之文，經緯萬象〔五〕；藴超軼絶塵之識〔六〕，鎮撫四夷。位居台鼎，而有山澤清臞之容〔七〕；禮絶縉紳，而無王公驕泰之意〔八〕。心虚静而觀復，道冲用而不盈〔九〕。周公、太公，方隆夾輔之望〔一〇〕；堯典、舜典，更專點竄之功〔一一〕。實以衮衣黄閣之尊，下兼蘭臺石室之事〔一二〕。在天三后，巍乎下臨〔一三〕；作宋一經〔一四〕，信矣無憾。某偶蒙簡拔〔一五〕，獲預討論，已侵投老之殘年，何補不刊之信史〔一六〕。仰傅巖之霖雨〔一七〕，幸預在廷；歸杜曲之桑麻，尚勞泚筆〔一八〕。一作〔一九〕。想典刑於諸老，已愧空疏；竭精力於是書，敢忘策勵〔二〇〕。

【題解】

張參政，即張巖，字肖翁，大梁人。乾道五年進士。歷官監察御史、殿中侍御史、給事中、參知政事、知平江府、知揚州等。開禧二年，遷知樞密院事，次年督視江淮軍馬，未幾罷去。宋史卷三九六有傳。宋史宰輔表四：「（嘉泰元年）八月甲申，張巖自給事中除參知政事。」南宋館閣續録卷七：「（監修國史）張巖（嘉泰）二年十一月以參知政事兼權。」本文爲陸游爲參知政事張巖獲除兼權監修國史所致的賀啓。

本文原未繫年。歐譜繫於嘉泰二年（一二〇二），是。當作於該年十一月。時陸游在權同修國史、實録院同修撰任上。

【箋注】

〔一〕誕布：廣泛宣布。晁補之河中府謝曆日表：「初郊上帝，肇改新元。謹堯曆以迎推，因夏時而誕布。」明綸：指帝王詔令。參見卷十一與沈知府啓注〔九〕。總提巨典：指張巖以參知政事兼權監修國史。

〔二〕鵷鷺行：比喻班行有序的朝官。參見卷一逆曦授首稱賀表注〔二〇〕。牛馬走：自謙之辭。文選司馬遷報任少卿書：「太史公牛馬走司馬遷再拜言。」李善注：「走，猶僕也……自謙之辭也。」

〔三〕寸誠：微誠。蕭統錦帶書十二月啓夾鍾二月：「謹伸數字，用寫寸誠。」

〔四〕降命應期：發布政令順應期運。參見本卷除直華文閣謝丞相啓注〔一三〕。

〔五〕經緯：規劃治理。左傳昭公二十九年：「夫晉國將守唐叔之所受法度，以經緯其民。」

〔六〕超軼絶塵：指出類拔萃，不同凡響。參見卷七謝曾侍郎啓注〔一五〕。

〔七〕台鼎：古稱三公爲台鼎，如星之有三台，鼎之有三足。語本蔡邕太尉汝南李公碑：「天垂三台，地建五嶽，降生我哲，應鼎之足。」清臞：清瘦。王之道梅花十絶追和張文潛韻其八：「何必霓裳掩前古，清臞端不羨豐肥。」

〔八〕縉紳：插笏於紳帶間，舊時官宦的裝束。借指士大夫。漢書郊祀志上：「其語不經見，縉紳者弗道。」顏師古注：「李奇曰：『搢，插也，插笏於紳。』……字本作搢，插笏於大帶與革帶之間。」驕泰：驕恣放縱。禮記大學：「是故君子有大道，必忠信以得之，驕泰以失之。」

〔九〕「心虛」二句：心靈虛静而觀其往復，大道謙和而不懼滿盈。老子第十六章：「致虛極，守静篤。萬物并作，吾以觀其復。」又第四章：「道沖，而用之久不盈。」

〔一〇〕周公、太公：周初輔佐大臣周公姬旦、太公望吕尚。夾輔：輔佐。左傳僖公四年：「五侯九伯，女實征之，以夾輔周室。」

〔一一〕堯典、舜典：尚書篇名，分别記載堯、舜事迹。點竄：删改，修改。李商隱韓碑詩：「點竄堯典舜典字，塗改清廟生民詩。」

〔一二〕衮衣：古代帝王及上公穿的繪有卷龍的禮服，此借指上公。沈約梁三朝雅樂歌俊雅：「衮衣前邁，列辟雲從。」黄閣：漢代丞相、太尉和漢以後的三公官署廳門塗黄色，以區别於天子。此借指宰相。錢起送張員外出牧岳州詩：「自憐黄閣知音在，不厭彤幨出守頻。」蘭臺：唐宋時指秘書省。參見卷六賀曾秘監啓注〔一〕。石室：古代藏圖書檔案處。史記太史公自序：「周道廢，秦撥去古文，焚滅詩書，故明堂石室，金匱玉版，圖籍散亂。」此指利用蘭臺石室圖籍修史之事。

〔一三〕三后：古代三個君主。其時天子、諸侯皆稱后。此指太王、王季、文王。詩大雅下武：「三后在天，王配于京。」毛傳：「三后，大王、王季、文王也。」下臨：下視。枚乘七發：「上有千仞之峯，下臨百丈之谿。」

〔一四〕一經：一種經書。此指張參政監修之史籍。

〔一五〕簡拔：選拔，選擇。司馬光涑水記聞卷十：「上嘗從容問度：『用人資序與才器孰先？』度對曰：『天下無事則循守資序，有事則簡拔才器。』」

〔一六〕不刊：不容更動和改變。劉歆答揚雄書：「是縣諸日月，不刊之書也。」

〔一七〕傅巖之霖雨：尚書説命上：「（王）命之曰：『朝夕納誨，以輔台德。若金，用汝作礪；若濟巨川，用汝作舟楫；若歲大旱，用汝作霖雨。』」殷相傅説曾隱於傅巖，商王武丁求之，將他比作兵器的磨刀石、渡河的舟楫和大旱時的霖雨。

〔一八〕杜曲之桑麻：此指隱居之地。參見卷一除寶謨閣待制謝表注〔一三〕。泚筆：以筆蘸墨。參見卷十一謝葛給事啓注〔二〇〕。

〔一九〕一作：指此下四句爲本文的另一種結尾。

〔二〇〕「竭精」二句：竭精力於是書，司馬光進資治通鑑表：「臣之精力，盡於此書。」策勵，督促勉勵。蕭子良與孔中丞釋疑惑書：「孜孜策勵，良在於斯。」

除寶謨閣待制謝丞相啓

册府秩清，偶至鼇峰之頂〔一〕；禁途地密，遂穿豹尾之中〔二〕。雖造化之至公，實恩憐之曲被。欲叙丹衷之感，莫知雪涕之横。伏念某雖起耕疇〔三〕，粗傳家學。書藏屋壁，尚擯斥而不容〔四〕；迹遁園廬〔五〕，豈榮華之敢望。虚名作祟，聚謗成雷，幸於先狗馬塞溝壑之前，遂其賜骸骨歸卒伍之請〔六〕，任子以世其禄，寓直以華其行〔七〕。固已負耒學耕，飾巾待盡〔八〕，身還民服，口誦農書，從故里漁樵之游，拜高年羊酒之賜〔九〕。忽從廢置，遂奉詔除〔一〇〕。所愧忝大門之官〔一一〕，敢愧奪匹夫之志①。惟俟奏篇之御〔一二〕，即伸告老之誠。簡牘未終，絲綸已降〔一三〕。半生淹泊〔一四〕，沉舟真閲於千帆；一旦遭逢，開印適當於三日〔一五〕。已扶衰而拜命，旋曳蹇以造庭〔一六〕。兹蓋伏遇某官德懋忱恂，化均坱圠〔一七〕。作成士類〔一八〕，兼小大而不遺；勱相皇家〔一九〕，泯異同於無迹。澤東漸而西被，功上際而下蟠〔二〇〕。才或取於寸長，罪不捐於一眚②〔二一〕。故雖幺麽〔二二〕，亦被生成。某敢不頂踵知恩，冰霜勵節〔二三〕。少不自力，坐沉廢者半生；老當告休，悵報酬之無地。

【題解】

陸游於慶元三年正月獲除寶謨閣待制。于譜：「『一旦遭逢，開印適當於三日。』三日，當即正月三日。」錢譜以除命繫於本年正月，蓋本此。寶謨閣待制，參見卷一除寶謨閣待制謝表題解。丞相，即謝深甫。參見本卷除直華文閣謝丞相啓題解。謝深甫該年正月罷相。本文爲陸游爲獲除寶謨閣待制致丞相謝深甫的謝啓。

本文原未繫年。歐譜繫於嘉泰三年（一二〇三），是。當作於該年正月。時陸游在秘書監任上。

參考卷一除寶謨閣待制謝表、卷五除寶謨閣待制舉曾黯自代狀。

【校記】

①「敢愧」，各本均同。然中華本、校注本、全宋文作「敢竟」，不知何據，録以備考。

②「眚」，原作「青」，據正德本、汲古閣本改。

【箋注】

〔一〕册府：帝王册書的存放處。司空圖上考功：「洛下則神仙元禮，威振邊陲；江南則談笑謝公，勳高册府。」此指寶謨閣。　秩：指官職級别。　鼇峰：指翰林院。魏泰東軒筆録卷十一：「宋景文公守益州……爲承旨，又作詩曰：『粉署重來憶舊遊，蟠桃開盡海山秋。寧知不是神仙骨，上到鼇峰更上頭。』」

〔二〕豹尾：借指天子屬車，即豹尾車。參考卷四乞致仕劄子二注〔四〕。此指進入皇帝的儀仗隊中。

〔三〕耕疇：耕種田地。宋祁自訟其三：「借問殿科能免否，杜陵男子有耕疇。」

〔四〕擯斥：排斥，棄去。參考卷九與錢運使啓注〔五〕。

〔五〕園廬：田園與廬舍。張衡南都賦：「於其宫室，則有園廬舊宅，隆崇崔嵬。」

〔六〕先狗馬塞溝壑：指自己死去。史記平津侯主父列傳：「臣弘行能不足以稱，加有負薪之病，恐先狗馬填溝壑，終無以報德塞責。」狗馬，臣下對君主自謙之詞。賜骸骨歸卒伍：指讓自己歸於普通人。史記項羽本紀：「范增大怒，曰：『天下事大定矣，君王自爲之。願賜骸骨歸卒伍。』」骸骨，指身體。卒伍，行伍。此指普通人。

〔七〕任子：因父兄的功績，得保任授予官職。蘇洵上皇帝書：「夫所謂任子者，亦猶曰信其父兄而用其子弟云爾。」寓直：寄宿於别的署衙當值。潘岳秋興賦：「餘春秋三十有二，始見二毛，以太尉掾兼虎賁中郎將，寓直於散騎之省。」此指獲除寶謨閣待制。

〔八〕飾巾：指不冠帶，隱居賦閒。參考卷一落職謝表注〔六〕。

〔九〕羊酒：泛指賞賜或饋贈之物。史記韓信盧綰列傳：「高祖、盧綰同日生，里中持羊酒賀兩家。」

〔一〇〕廄置：驛站。史記田儋列傳：「田衡乃與其客二人，乘傳詣洛陽。未至三十里，至尸鄉廄置。」司馬貞集解引瓚曰：「廄置，置馬以傳驛也。」遯：遠。詔除：詔命拜官授職。參考卷十謝趙丞相啓注〔五〕。

〔一一〕大門：大族。逸周書皇門：「乃維其有大門宗子、勢臣，罔不茂揚肅德。」朱右曾校釋：「大門，大族也。」

〔二〕奏篇：指上奏所修之史書。

〔三〕絲綸：指帝王詔書。參考卷一謝致仕表注〔四〕。

〔四〕淹泊：漂泊。皇甫冉江草歌送盧判官：「問君行邁將何之，淹泊沿洄風日遲。」

〔五〕開印：指舊時官府於年底封印，次年正月開封用印，照常辦事。賈島宿姚少府北齋詩：「鳥絶吏歸後，蛩鳴客卧時。鎖城涼雨細，開印曙鐘遲。」

〔六〕拜命：受命。多指拜官任職。岑參送顔平原詩：「吾兄鎮河朔，拜命宣皇猷。」曳蹇：拖着跛足。

〔七〕忱恂：誠信。書立政：「迪知忱恂於九德之行。」孔安國傳：「禹之臣蹈知誠信於九德之行。」蔡沈集傳：「忱恂者，誠信而非輕信也。」坱圠：漫無邊際貌。參考卷十一謝周樞使啓注〔一四〕。

〔八〕作成：培育，造就。王十朋丁丑二月二十一日集英殿賜第：「太平天子崇儒術，寒賤書生荷作成。」

〔九〕勸相：努力輔佐。

〔一〇〕「澤東漸」二句：恩澤從東到西無不覆蓋，事功上下天地無所不在。參考卷一瑞慶節賀表注〔六〕、〔七〕。

〔一一〕一眚：一小點過失。左傳僖公三十三年：「吾不以一眚掩大德。」

〔一二〕么麽：細微貌。

〔一三〕頂踵：即摩頂放踵。指不顧身體，不畏勞苦，盡力報效。孟子盡心上：「墨子兼愛，摩頂放踵利天下，爲之。」冰霜勵節：堅貞清白，砥礪節操。隸續晉右軍將軍鄭烈碑：「故雖夙罹不造，而能全老成之德；居無簷石，而能厲冰霜之絜。」

謝費樞密啓

猥被恩綸，躐持從橐〔一〕，處内閣諏咨之地，繼大門揚歷之榮〔二〕。揣分奚堪〔三〕，置慚靡所。伏念某百罹薄命〔四〕，九折窮途，迹久困於多言，年已侵於大耋〔五〕。都門屢入，壯遊恍似於前身〔六〕；册府再來〔七〕，衆吏多非其舊識。扶衰殘而就列，刮瞖膜以紬書〔八〕。非徒莫揜於旁觀，每亦不勝其自愧。惟俟奏篇之御，即伸請老之誠。敢謂遭逢，曲蒙識拔。兹蓋伏遇某官道尊皇極〔九〕，學統聖傳。雖吐哺握髮之勞〔一〇〕，曾靡遺於一士；然引坐解顏之遇〔一一〕，顧豈在於他人。每屈崇嚴〔一二〕，不移疇昔。爰自東壁圖書之府，俾躋西清鵷鷺之班〔一三〕。驥伏櫪以悲鳴〔一四〕，曩誰念者；犬舐丹而仙去〔一五〕，今乃似之。某燈火尚親，簞瓢未厭〔一六〕。修世官而不墜〔一七〕，益體上恩；繼家學於寖衰，或傳來裔〔一八〕。庶幾瞑目，無愧初心。

【題解】

費樞密，即費士寅，字戒父，成都人。乾道五年進士。歷官秘書丞、著作郎、起居舍人、起居郎兼實録院檢討官、禮部侍郎、給事中、吏部尚書、樞密院事、參知政事、知興元府等。宋史宰輔表四：「（嘉泰三年）二月乙巳，費士寅除端明殿學士、簽書樞密院事。」本文爲陸游獲除寶謨閣待制後致簽書樞密院事費士寅的謝啓。

本文原未繫年。歐譜繫於嘉泰三年（一二〇三），是。當作於該年二月。時陸游在寶謨閣待制任上。

【箋注】

〔一〕恩綸：即恩詔。蘇軾賀高陽王待制啓：「伏審顯奉恩綸，榮更帥閫。」　躐持：越級擔任。　從橐：此指任修史職。參見卷五辭免轉太中大夫狀注〔五〕。

〔二〕諏咨：咨詢。王安石祭高樞密若訥文：「謂且永年，左右諏咨，曷云其凶，弗耄弗期。」　大門：大族。參見本卷除寶謨閣待制謝丞相啓注〔一一〕。　揚歷：顯揚其所經歷。三國志魏志管寧傳：「優賢揚歷，垂聲千載。」裴松之注：「今文尚書曰『優賢揚』，謂揚其所歷試。」

〔三〕揣分：衡量名位、能力。參見卷五辭免賜出身狀注〔四〕。

〔四〕百罹：種種不幸遭遇。參見卷九南劍守林少卿啓注〔二〕。

〔五〕大耋：指八十歲左右。

〔六〕壯遊：指懷抱壯志而遠遊。杜甫有壯遊詩。

〔七〕册府：帝王册書的存放處。參見本卷除寶謨閣待制謝丞相啓注〔一〕。

〔八〕瞖膜：眼角膜上所生障礙視線的白斑，即白内障。紬：綴集。史記太史公自序：「卒三歲而遷爲太史令，紬史記石室金匱之書。」司馬貞索隱：「如淳云：『抽徹舊書故事而次述之。』小嚴云：『紬謂綴集之也。』」

〔九〕皇極：帝王統治天下的準則。即所謂大中至正之道。書洪範：「五，皇極，皇建其有極。」孔穎達疏：「皇，大也；極，中也。施政教，治下民，當使大得其中，無有邪僻。」

〔一〇〕吐哺握髮：形容禮賢下士，求才心切。參見卷十一謝施參政啓注〔一四〕。

〔一一〕引坐解顔：指引導就坐，開顔歡笑。參見卷十一謝施參政啓注〔一三〕。

〔一二〕崇嚴：莊重嚴肅。李嶠讓鸞臺侍郎表：「夫以瑣闥崇嚴，玉堂祕近；職參持蓋，位亞掌壺。」

〔一三〕東壁：星宿名。即壁宿。因在天門之東，故稱。晉書天文志上：「東壁二星，主文章，天下圖書之祕府也。」因以稱皇宫藏書之所。西清：西厢清浄之處。後指帝王宫内遊宴之處。鵷鷺：比喻班行有序的朝官。參見卷一逆曦授首稱賀表注〔一〇〕。

〔一四〕驥伏櫪以悲鳴：即老驥伏櫪。參見卷八與何蜀州啓注〔四〕。

〔五〕犬舐丹而仙去：即雞犬升天。比喻依附於有權勢的家人、親友而得勢。語本王充論衡道虚：「儒書言：淮南王學道，招會天下有道之人。傾一國之尊，下道術之士，并會淮南，奇方異術，莫不争出，王遂得道，舉家升天。畜産皆仙，犬吠於天上，雞鳴於雲中。此言仙藥有餘，犬雞食之，并隨王而升天也。」

〔六〕燈火：指讀書、學習。黄庭堅謝送碾壑源揀芽詩：「搜攪十年燈火讀，令我胸中書傳香。」

簞瓢：簞瓢窮巷，指生活簡樸，安貧樂道。參見卷十一謝周樞使啓注〔五〕。

〔七〕世官：指某官職由一族世代承襲。孟子告子下：「四命曰，士無世官，官事無攝，取士必得，無專殺大夫。」

〔八〕來裔：後世子孫。蔡邕太尉汝南李公碑：「銘勒顯於鐘鼎，清烈光於來裔。」

致仕謝丞相啓

優詔許歸，已荷乾坤之造；異恩及幼，更霑雨露之私〔一〕。非公台力假於敷陳，則草野何從而甄録〔二〕。感銘刻骨，涕泗交頤。伏念某少乏通材①，晚嬰羸疢〔三〕。史闈八月，常懷愒日之慚〔四〕；祠禄三時，洊上引年之請〔五〕。初但虞於煩瀆，旋曲被於矜從〔六〕。而况從中明降於德音，任子特逾於常制〔七〕。桑榆已迫〔八〕，俾華垂白之年；豚犬何能，遽有拾青之幸〔九〕。里閭歎息，門户敷榮〔一〇〕。茲蓋伏遇某官降命應期，奮庸熙載〔一一〕。告猷於内〔一二〕，時已措於太平；祝鯁在前〔一三〕，禮每加於諸老。亹亹誠明之學〔一四〕，巍巍忠厚之風，坐格華裔之寧〔一五〕，有光簡册之載。故推餘澤，俯及衰門。重念稚兒，雖非異禀。善和之書幸在〔一六〕，敢虚棄於光陰；太常之第可收，尚仰酬於長育〔一七〕。

【題解】

致仕，指陸游嘉泰四年初完成修史後第二次致仕。參見卷一謝致仕表題解。丞相，指陳自强，字勉之，福州閩縣人。淳熙五年進士。慶元初入都待銓，因曾爲韓侂胄童子師，遷轉迅速，歷官太學録、國子博士、秘書郎、諫議大夫、御史中丞、簽書樞密院事，拜右丞相。韓侂胄被誅後罷相，累貶雷州安置。死於廣州。宋史卷三九四有傳。宋史宰輔表四：「（嘉泰三年）五月戊寅，陳自强自知樞密院事除右丞相。」本文爲陸游獲准致仕後致右丞相陳自强的謝啓。

本文原未繫年。歐譜繫於嘉泰四年（一二〇四），是。當作於該年初。時陸游以太中大夫充寶謨閣待制致仕。

參考卷一謝致仕表、卷五乞致仕劄。

【校記】

①「少乏」，原作「乏少」，據正德本、汲古閣本乙。

【箋注】

〔一〕「異恩」二句：指幼子子遹以陸游致仕恩補官。

〔二〕公台：借指三公之位。此指丞相。參見卷六賀湯丞相啓注〔一〕。草野：草民，平民百姓。甄録：甄選録用。

〔三〕羸疢：羸疾，即痼疾。久治不愈之病。

〔四〕史闈八月：指在朝廷修史期間。愒日：荒廢光陰。左傳昭公元年：「主民，翫歲而愒日，其與幾何？」

〔五〕祠禄三時：指陸游嘉泰三年四月除提舉江州太平興國宫，五月十四日去國返鄉。三時，夏至後半個月。庾信奉和夏日應令詩：「五月炎蒸氣，三時刻漏長。」周之璵農圃六書占候五月占：「夏至後半月爲三時，頭時三日，中時五日，三時七日。」洊：同「薦」。再，屢次。引年：指對年老而賢者加以尊養。後用以稱年老辭官。禮記王制：「凡三王養老，皆引年。八十者一子不從政，九十者其家不從政。」

〔六〕煩瀆：冒昧干擾。司馬光請建儲副或進用宗室第三狀：「此臣所以夙夜遑遑，起則思之，卧則夢之，感嘆涕泗不能自已，不避煩瀆之誅，再三進言者也。」矜從：哀憐允准。曾鞏福州謝到任表：「理當懇請，輒奉冒聞。雖未賜於矜從，亦終寬於僭黷。」

〔七〕德音：指帝王的詔書。唐宋詔敕之外，别有德音一體，用於施惠寬恤之事，猶言恩詔。任子：因父兄的功績，保任子弟授予官職。參見本卷除寶謨閣待制謝丞相啓注〔七〕。

〔八〕桑榆：指晚年。參見卷一落職謝表注〔二〕。

〔九〕豚犬：用以謙稱自己的兒子。拾青：即拾青紫。指獲取高官顯位。周書儒林傳論：「前世通六藝之士，莫不兼達政術，故云拾青紫如地芥。」

〔一〇〕敷榮：開花。參見卷八謝夔路監司列薦啓注〔九〕。

〔一一〕奮庸熙載：指努力建功立業。參見本卷除直華文閣謝丞相啓注〔一三〕。

〔一二〕告猷：禀告謀劃。

〔一三〕祝鯁：即祝鯁祝饐。禱祝不哽不噎以優禮。參見卷一謝致仕表注〔九〕。

〔一四〕亹亹：勤勉不倦貌。詩大雅崧高：「亹亹申伯，王纘之事。」

〔一五〕坐格：坐致。華裔：指中原和邊遠地區。劉琨勸進表：「天地之際既交，華裔之情允洽。」

〔一六〕善和：借指藏書。典出柳宗元寄許孟容書：「家有賜書三千卷，尚在善和里舊宅。」

〔一七〕太常之第：指掌管宗廟禮儀的官府，宋置太常寺。仰酬：恭敬報答。長育：養育，培育。蘇舜欽上范公參政書并咨目七事：「夫爲國之要，在乎長育人才。」

答權提刑啓

伏審抗章請外，攬轡入東〔一〕，謂宜因對而復留〔二〕，故欲馳書而未敢。遽先垂問，莫喻愧心。恭惟某官英識造微，宏材經遠，學術得前言往行之要，議論有群公先正之風〔三〕。踐揚早歷於清華，雖能自見〔四〕；寄任靡辭於叢委，刃每有餘〔五〕。兹乃勇退急流，旁觀袖手，明刑以弼五教，誦詩而使四方〔六〕。雖暫試於外庸，顧豈符於僉矚〔七〕。還節旄於少府〔八〕，行被詔追；司筆槖於甘泉〔九〕，孰居公右。某退依耕隴①，密邇臺綱〔一〇〕。躬愷悌以宜民〔一一〕，既蒙賜矣；用春秋而決獄〔一二〕，行且見之。頌詠惟深，敷陳罔既。

【題解】

權提刑，當爲權安節。宋張淏會稽續志卷二提刑題名：「權安節以朝散大夫、司農卿除充秘閣修撰除，嘉泰四年十一月十七日到任，當年十二月十六日改差知鄂州。」文中稱「某退依耕隴」，正是致仕家居之時。提刑爲提點刑獄公事的簡稱。參見卷七賀葉提刑啓題解。本文爲陸游致浙東提刑權安節的答啓。

本文原未繫年。歐譜亦不繫年，謂當爲晚年作。當作於嘉泰四年（一二〇四）冬。時陸游致仕居家。

【校記】

①「依」，原作「衣」，據正德本、汲古閣本改。

【箋注】

〔一〕抗章：向皇帝上奏章。參見卷九與李運使啓注〔一〕。　入東：指獲任浙東提刑。

〔二〕因對：即因應，指隨機應變。

〔三〕前言往行：指前代聖賢的言行。易大畜：「君子以多識前言往行，以畜其德。」孔穎達尚書正義序：「斯乃前言往行，足以垂法將來者也。」　先正：前代的賢臣。書説命下：「昔先正保衡，作我先王。」孔安國傳：「正，長也，言先世長官之臣。」

〔四〕踐揚：揚歷。指仕宦所經歷。王禹偁謝除刑部郎中知制誥啓：「竊念某猥以腐儒，受知先帝，踐揚兩制，出處九年。」　清華：指職位清高顯貴。參見卷六賀台州曾直閣啓注〔六〕。錐能自見：比喻賢能之士終能嶄露頭角。語本史記平原君虞卿列傳：「夫賢士之處世也，譬若錐之處囊中，其末立見。」

〔五〕寄任：指委托的重要職任。江總爲沈君理讓僕射領吏部表：「遵其軌躅，必大厦之棟樑；總其寄任，亦巨川之舟楫。」　叢委：繁多，堆積。　刃每有餘：即遊刃有餘。比喻輕而易舉。語本莊子養生主：「彼節者有間，而刀刃者無厚；以無厚入有間，恢恢乎其於遊刃必有餘地矣。」

〔六〕「明刑」二句：用五刑輔佐五教，誦讀詩經出使四方。書大禹謨：「汝作士，明於五刑，以弼五教，期于予治。」五刑指墨、劓、剕、宮、大辟五種輕重不等的刑法。五教指父義、母慈、兄友、弟恭、子孝五種倫理道德的教育。論語子路：「子曰：誦詩三百，授之以政，不達。使於四方，不能專對。雖多，亦奚以爲。」

〔七〕外庸：指任地方官時的政績。參見卷八謝王宣撫啓注〔一三〕。僉矚：即衆望。陸贄蕭復劉從一姜公輔平章事制：「并可以參贊大猷，允膺僉矚。」

〔八〕還節旄於少府：指回朝廷官署任職。節旄，指旄節。少府：泛指朝廷官署。權安節曾任司農卿。

〔九〕司筆橐於甘泉：比喻擔任文學侍臣。參見卷一除寶謨閣待制謝表注〔一二〕。權安節曾任秘閣修撰。

〔一〇〕密邇：貼近，靠近。書太甲上：「予弗狎于弗順，營于桐宫，密邇先王其訓，無俾世迷。」臺綱：指朝廷綱紀。

〔一一〕愷悌：和樂平易。左傳僖公十二年：「詩曰：『愷悌君子，神所勞矣。』」杜預注：「愷，樂也；悌，易也。」

〔一二〕用春秋而決獄：儒家認爲春秋一字寓褒貶，故可用於決獄。董仲舒著有春秋決獄十卷。春秋：五經之一。決獄：判決獄訟。

答胡吉州啓

伏以累疏乞歸，既拜賜骸之命〔一〕；華牋贊喜，更煩泚筆之勞〔二〕。異書憐老學之勤，厚幣篤嘉賓之禮〔三〕。顧惟衰悴，曷稱眷私〔四〕。伏惟某官絶識超然，英聲籍甚。簡編插架，早推師友之淵源；紳佩在廷〔五〕，旋慶君臣之際遇。兹暫煩於共理，即歸告於嘉猷〔六〕。而某已返農疇，愈睽門戟〔七〕。嘘枯甚寵〔八〕，徒藏櫝以爲榮；詠德雖深，愧占辭之莫既〔九〕。

【題解】

胡吉州，即胡元衡，字平一，隆興府武寧人。淳熙八年進士。嘉泰三年至開禧元年知吉州。陸游次子子龍嘉泰二年初赴任吉州掾，劍南詩稿卷五十有送子龍赴吉州掾詩。本文爲陸游致吉州知府胡元衡的答啓。

本文原未繫年。歐譜亦不繫年，謂當爲晚年。當作於嘉泰四年（一二〇四）至開禧元年（一二〇五）間。時陸游致仕居家。

【箋注】

〔一〕賜骸：即賜骸骨。指允許官員致仕。史記張儀列傳：「臣聞之，積羽沉舟，群輕折軸，衆口鑠金，積毁銷骨，故願大王審定計議，且賜骸骨辟魏。」

〔二〕泚筆：以筆蘸墨。參見卷十一謝葛給事啓注〔二〇〕。

〔三〕異書：珍貴的書信。指來信。厚幣：豐厚的禮物。史記老子韓非列傳：「楚威王聞莊周賢，使使厚幣迎之，許以爲相。」

〔四〕眷私：垂愛，眷顧。韓愈答魏博田僕射書：「愈雖未獲拜識，嘗承僕射眷私，猥辱薦聞，待之上介。」

〔五〕紳佩：紳帶佩飾。指在朝爲官。

〔六〕共理：指共同治理政事。參見卷十一答方寺丞啓注〔一一〕。　嘉猷：好的治國規劃。參見卷七賀葉提刑啓注〔一九〕。

〔七〕睠：睠欠。　門戟：州府衙門、高官私邸門前陳列的戟，用來表示威儀。

〔八〕噓枯：比喻拯絶扶危。參見卷七上史運使啓注〔一四〕。　寵：推崇。

〔九〕詠德：贊歎高尚的品德。王褒四子講德論：「含淳詠德之聲盈耳，登降揖讓之禮極目。」

占辭：口述言辭。文心雕龍書記：「至如陳遵占辭，百封各意；禰衡代書，親疏得宜。」

渭南文集箋校卷第十三

書

【釋體】劉勰文心雕龍書記：「書者，舒也，舒布其言，陳之簡牘，取象於『夬』，貴在明決而已。」又：「詳諸書體，本在盡言，所以散鬱陶、托風采，故宜條暢以任氣，優柔以懌懷。文明從容，亦心聲之獻酬也。」

本卷收録書九首。

代二府與夏國主書 癸未正月二十一日，二府請至都堂撰。

隆興元年正月二十一日，特進、尚書左僕射、同中書門下平章事兼樞密使、信國公陳康伯等〔一〕，謹致書夏國主殿下：昔我祖宗與夏世修盟好，豈惟當無事時，共享安平之福，亦惟緩急同休戚〔二〕，恤災患，相與爲無窮之托。中更變故，壤地阻絶〔三〕，雖玉帛之聘弗克往來，然朝廷未嘗忘祖宗之志也。乃者皇天悔禍，輿圖寖歸，會今天子紹登寶位，慨然西顧，宣諭大臣曰：「夏，二百年與國也〔四〕，豈其不念舊好而忘齊盟哉〔五〕？」某等恭以國主英武聰哲，聞於天下，是敢輒布腹心於執事〔六〕，願留神圖之。惠以報音，當告於上，議所以申固歡好者〔七〕。同心協慮，義均一家，永爲善鄰，傳之萬世，豈不美歟！有少幣儀〔八〕，具如别幅，伏惟照察不宣〔九〕。某等謹白。

［貼黄］〔一〇〕前件事宜，臣等雖已面陳，緣利害至大，陛下反覆省覽，故敢輒具此奏。

【題解】

二府指中書省、樞密院。都堂，二府的官衙。參見卷三蠟彈省劄題解。夏，即西夏。宋仁宗景祐五年（一〇三八），西北党項族李元昊稱帝，建國號大夏。宋朝不予承認，興師伐夏，經三川口、好水川、定川寨三大戰役，宋軍屢敗，與西夏議和。慶曆四年（一〇四四）訂立和議，規定西夏取消帝號，接受宋朝封號，稱夏國主；宋朝每年賜予西夏大量銀、絹、茶等錢幣物資，并開放邊境貿易等。宋、夏間維持了約半個世紀的和平狀態。西夏共傳十主。最盛時據有今寧夏、陝西北部、甘肅西北部、青海東北部和内蒙古西部一帶。南宋孝宗即位，欲與西夏修好，共同抗金。書，此指國家間往來的國書。本文爲陸游應二府邀請所撰寫的給西夏國主的國書，提出繼承宋、夏「世修盟好」的傳統，同心協慮，永爲善鄰的建議。

本文題下自注作於「癸未正月二十一日」，即隆興元年（一一六三）正月二十一日。陸游時任樞密院編修官兼編類聖政所檢討官。

參考卷三蠟彈省劄。

【箋注】

〔一〕陳康伯：時任左相兼樞密使。參見卷七除編修官上丞相啓題解。

〔二〕緩急：指危急或發生變故之時。史記絳侯周勃世家：「孝文且崩時，誡太子曰：『即有緩急，周亞夫真可任將兵。』」休戚：喜樂和憂慮。國語周語下：「晉國有憂，未嘗不戚；有慶，未嘗不怡……爲晉休戚，不背本也。」

〔三〕「中更」二句：指靖康間金滅北宋，盡掠中原之地，南宋偏安江淮以南，疆域與西夏不再接壤。

〔四〕與國：盟國，友邦。管子八觀：「與國不恃其親，而敵國不畏其彊。」

〔五〕齊盟：即同盟。左傳襄公二十二年：「寡君盡其土實，重之以宗器，以受齊盟。」杜預注：「齊，同也。」

〔六〕腹心：至誠之心。左傳宣公十二年：「君之惠也，孤之願也，非所敢望也。敢布腹心，君實圖之。」執事：對對方的敬稱。左傳僖公二十六年：「寡君聞君親舉玉趾，將辱於敝邑，使下臣犒執事。」杜預注：「言執事，不敢斥尊。」

〔七〕申固：即鞏固。左傳宣公十五年：「後之人或者將敬奉德義以事神人，而申固其命，若之何待之？」

〔八〕幣儀：進獻之禮物。

〔九〕照察：明察。常用於書信。

〔一〇〕貼黄：宋代奏劄意有未盡，摘要另書於後，稱「貼黄」。葉夢得石林燕語卷三：「今奏狀劄子皆白紙，有意所未盡，揭其要處，以黄紙別書於後，乃謂之貼黄。」

上執政書 辛巳四月

某官閣下：文人之在天下，用之，徒以爲治世之觀、太平之飾；不用，則亦已耳。非如兵刑錢穀之吏，不可一日無也。然爲國者每每收取，不忍棄去，豈固爲是不急哉〔一〕？蓋天下之事，惟此爲最難。非誠好之，捐三二十年之勤，耗心疲力，雕瘁齒髮〔二〕，飲食寢夢，悲歡得喪，一在於是者，殆未易可以言工。信工矣〔三〕，然且高不足以爲功名，下不足以得財利，塵編蠹簡，束而藏之，幸世有知此道者，歎息稱工。嗚呼，可謂鈍哉！以天下之至勤苦，爲天下之至鈍，待千萬中一二人之知，此賢公卿以人物爲己任者，所以不忍棄也。某小人，生無它長，不幸束髮有文字之愚〔四〕，自上世遺文、先秦古書，晝讀夜思，開山破荒，以求聖賢致意處〔五〕。雖才識淺闇〔六〕，不能如古人迎見逆決〔七〕，然譬於農夫之辨菽麥，蓋亦專且久矣。原委如是，派別如是，機杼如是〔八〕，邊幅如是〔九〕，自六經、左氏、離騷以來，歷歷分明，皆可指數。不附不絶，不誣不紊，正有出於奇，舊或以爲新，横騖别驅〔一〇〕，層出間見。每考觀文詞之變，見其雅正，則纓冠肅衽，如對王公大人；得其怪奇，則脱帽大叫，如魚龍之陳前〔一一〕、梟盧之方勝也〔一二〕。間輒自笑曰：「以此娱憂舒悲〔一三〕，忘其貧病，則可耳。持以語人，幾何其不笑且駡哉！」誠不自意，諸公聞之，或以爲可。書生所遭如此，雖窮死足以無憾矣。然師慕下風〔一四〕，而未得一望履舄，此心歉然，不敢遑寧〔一五〕。恭惟明公道德風節，師表一世，當功名富貴之會而不矜，踐山林鍾鼎之異而不變〔一六〕，非大有得於胸中，其何以能此？夫文章小技耳，然與至道同一關捩〔一七〕。惟天下有道者，乃能盡文章之妙，此某所以忘其賤且愚，而願有聞於左右也。

【題解】

執政，宋代部分高級官員的通稱。王闢之澠水燕談録官制：「今官制復古，而樞密之職如舊，與三省長官通謂之執政矣。」此執政指陳康伯，參見卷七除編修官上丞相啓題解。紹興三十一年三月，陳康伯自右僕射遷左僕射同平章事，力主抗金。本文爲陸游上呈執政陳康伯的書信，闡述文章「與至道同一關捩，惟天下有道者，乃能盡文章之妙」的觀點，請求執政録用。

本文題下自注作於「辛巳四月」，即紹興三十一年（一一六一）四月。陸游時罷任敕令所删定官，等候吏部差遣。參考邱鳴皋陸游研究劄記二，載徐州師範大學學報（哲社版）二〇〇一年第四期。

參考卷七除編修官上丞相啓。

【箋注】

〔一〕不急：不切需要。戰國策秦策三：「吴起爲楚悼罷無能，廢無用，損不急之官，塞私門之請，壹楚國之俗。」

〔二〕雕瘁：凋零憔悴。雕，同凋。鍾會菊花賦：「百卉凋瘁，芳菊始榮。」

〔三〕信：果真，確實。

〔四〕束髮：古代男孩成童時束髮爲髻，代指成童之年。賈誼新書容經：「古者年九歲入就小學，蹍小節焉，業小道焉；束髮就大學，蹍大節焉，業大道焉。」

〔五〕致意：指使人明理達變。戰國策趙策二：「夫制於服之民，不足與論心；拘於俗之衆，不足與致意。」

〔六〕淺闇：膚淺而不明達。王充論衡别通：「深知道術，無淺闇之毁也。」

〔七〕迎見逆決：預先發現、判定。

〔八〕機杼：指作品的新巧構思和布局。魏書祖瑩傳：「文章須自出機杼，成一家風骨，何能共人同生活也。」

〔九〕邊幅：指作品内涵的寬度、廣度。舊唐書楊炯傳：「張九齡之文，如輕縑素練，實濟時用，而微窘邊幅。」

〔一〇〕横騖：縱横馳騁。文選班固答賓戲：「侯伯方軌，戰國横騖。」李善注：「東西交馳謂之騖。」

〔一一〕魚龍：古代百戲雜耍名，能變化爲魚和龍的猞猁模型。漢書西域傳贊：「設酒池肉林以饗四夷之客，作巴俞都盧、海中碭極、漫衍魚龍、角抵之戲以觀視之。」顔師古注：「魚龍者，爲舍利之獸，先戲於庭極，畢乃入殿前激水，化成比目魚，跳躍漱水，作霧障日，畢，化成黄龍八丈，出水敖戲於庭，炫燿日光。」

〔一二〕梟盧：古代博戲樗蒲的兩種勝彩名。幺爲梟，最勝；六爲盧，次之。杜甫今夕行：「馮陵大叫呼五白，袒跣不肯成梟盧。」

〔一三〕娱憂：排遣憂愁。楚辭九章思美人：「吾將蕩志而愉樂兮，遵江夏以娱憂。」

〔一四〕師慕：指對老師仰慕。曾鞏賀趙大資致政啓：「鞏蚤荷陶鈞，與遊門館。觀大賢出處之迹，足勸士倫；知儒者進退之宜，敢忘師慕。」下風：比喻處於下位、卑位。用作謙辭。左傳僖公十五年：「晉大夫三拜稽首曰：『君履后土而戴皇天，皇天后土，實聞君之言，羣臣敢在下風。』」

〔一五〕遑寧：安逸，安寧。柳宗元塗山銘：「方嶽列位，奔走來同。山川守神，莫敢遑寧。」

〔一六〕山林：指隱居山野。鍾鼎：指出任高官。

〔一七〕關捩：比喻原理，道理。陳善捫虱新話：「坡嘗語陸（惟忠）云：『子神清而骨寒，其清足以仙，其寒亦足以死。』此語雖似相法，其實與文字同一關捩，蓋文字固不可犯俗而亦不可太清。」

上虞丞相書

某聞才而見任，功而見録，天下以爲當。君子曰：「是管仲相齊、衛鞅相秦之法耳〔一〕。」有人於此，才不足任，功不足録，直以窮故哀之，天下且以爲過。君子則曰：「是三代之俗，周公、孔子之政也。」何也？彼有才，吾賴其才，因以高位處之；彼有功，吾藉其功，因以厚禄報之。上持禄與位以御其下，下挾才與功以望其上，非市道乎〔二〕？故齊、秦用之，雖足濟一時之急，而俗以大壞，君子羞稱焉。若夫三代之俗，周公、孔子之政則不然。無才也，無功也，是直無所用也。無所用之人，雖窮而死者百千輩，何損於人之國哉，自薄者視之尚奚恤？君子顧深哀之〔三〕，視其窮，若自我推以與之之不敢安也〔四〕，矜憐撫摩〔五〕，衣之食之，曰：「彼有才有功者，何適而不遇。吾所急者，其惟無所用而窮者乎！」此心父母也。推父母之心，以及於天下無所用之人，非聖賢孰能哉？謂之三代之俗，周公、孔子之政，則宜。故王霸之分〔六〕，常在於用心之薄厚，而昧者不知也。恭惟大丞相道學精深，力量廣大，庶幾以周公、孔子之政，而復三代之俗者，渾渾巍巍〔七〕，不可窺測。平時挾功恃才、錙銖較計者〔八〕，皆自失退聽〔九〕。若某之愚，不才無功，留落十年〔一〇〕，乖隔萬里，而終未敢自默〔一一〕，特曰身之窮，大丞相所宜哀耳。某行年四十有八，家世山陰，以貧悴逐禄於夔。其行也，故時交友醵緡錢以遺之〔一二〕。峽中俸薄，某食指以百數〔一三〕，距受代不數月〔一四〕，行李蕭然，固不能歸。歸又無所得食，一日禄不繼，則無策矣。兒年三十，女二十，婚嫁尚未敢言也。某而不爲窮，則是天下無窮人。伏惟少賜動心，捐一官以禄之，使粗可活，甚則使可具裝以歸〔一五〕，又望外則使可畢一二婚嫁〔一六〕。不賴其才，不藉其功，直以其窮可哀而已。此氣象，自秦以來，世以功利相高，没不見者累二千年，今始見於門下。所願持之不摇，行之不疑，則豈獨某之幸哉！

【題解】

虞丞相，即虞允文（一一一〇—一一七四），字彬甫，隆州仁壽（今屬四川）人。參見卷十一賀留樞密啓注〔九〕。宋宰輔編年録卷十七：「乾道五年八月，虞允文自樞密使除右僕射、同平章事兼樞密使。乾道八年二月辛亥，虞允文左丞相。九月戊寅，虞允文罷左丞相。」本文爲陸游上呈丞相虞允文的書信，叙述窮困無助之狀，請求遷官受禄以解困。

本文原未繫年。歐譜繫於乾道八年（一一七二），是。文中有「某行年四十有八」可證。當作於該年初。時陸游之夔州通判任將滿。又該年正月，陸游被王炎辟爲幕賓，啓行南鄭，作該書當在此前。

【箋注】

〔一〕管仲：春秋時齊國賢相，輔佐齊桓公稱霸天下。史記卷六二有管晏列傳。衛鞅：即商鞅，戰國時法家代表人物，入秦變法，秦國大治。史記卷六八有商君列傳。

〔二〕市道：指商賈逐利之道。史記廉頗藺相如列傳：「夫天下以市道交，君有勢，我則從君；君無勢，則去。此固其理也。」

〔三〕顧：連詞，反而，卻。

〔四〕推與：讓與。東觀漢記承宮傳：「耕種禾黍，臨熟，人就認之，悉推與而去，由是顯名。」

〔五〕矜憐：憐憫。爾雅釋訓：「矜憐，撫掩之也。」郭璞注：「撫掩，猶撫拍，謂慰卹也。」撫摩：

安撫。蘇軾策略五：「昔之有天下者，日夜淬厲其百官，撫摩其人民，爲之朝聘會同燕享，以交諸侯之歡。」

〔六〕王霸：王業與霸業。語本孟子滕文公下：「大則以王，小則以霸。」

〔七〕渾渾：渾厚純樸。揚雄法言五百：「渾渾乎聖人之道，羣心之用也。」巍巍：崇高偉大。論語泰伯：「巍巍乎！舜禹之有天下也而不與焉。」何晏集解：「巍巍，高大之稱。」

〔八〕錙銖：比喻數量微小或錢極少。錙、銖均爲古代重量單位，六銖等於一錙，四錙等於一兩。莊子達生：「累丸二而不墜，則失者錙銖。」

〔九〕退聽：退讓順從。易艮：「六二：艮其腓，不拯其隨，其心不快。象曰：不拯其隨，未退聽也。」孔穎達疏：「聽，從也。既不能拯動，又不能静退聽從其見止之命，所以其心不快矣。」

〔一〇〕留落：流落。指窮困而隨處飄泊。新唐書王琚傳：「李邕故與琚善，皆華首外遷，書疏往復，以讁謫留落爲慊。」十年：指陸游隆興元年去國通判鎮江府始，至此時恰滿十年。

〔一一〕自默：指自己沉默不出聲。

〔一二〕醵緡錢：聚錢，集資。緡錢，用繩穿連成串的錢。

〔一三〕食指：指家庭或家族人口。

〔一四〕受代：指官吏任滿由新官代替。北史侯深傳：「而貴平自以斛斯椿黨，亦不受代。」

〔一五〕具裝：治裝，準備行裝。

〔一六〕望外：意料之外。庾信謝趙王賚絲布等啓：「望外之恩，實符大賚；非常之錫，乃溢生涯。」

上辛給事書

某官閣下：君子之有文也，如日月之明，金石之聲，江海之濤瀾，虎豹之炳蔚〔一〕，必有是實，乃有是文。夫心之所養，發而爲言；言之所發，比而成文。人之邪正，至觀其文，則盡矣決矣，不可復隱矣。爝火不能爲日月之明〔二〕，瓦釜不能爲金石之聲〔三〕，潢汙不能爲江海之濤瀾〔四〕，犬羊不能爲虎豹之炳蔚，而或謂庸人能以浮文眩世，烏有此理也哉！使誠有之，則所可眩者，亦庸人耳。某聞前輩以文知人，非必巨篇大筆、苦心致力之詞也。殘章斷稿，憤譏戲笑，所以娱憂而舒悲者，皆足知之。甚至於郵傳之題詠〔五〕，親戚之書牘，軍旅官府倉卒之間，符檄書判，類皆可以洞見其人之心術才能，與夫平生窮達壽夭。前知逆決〔六〕，毫芒不失，如對棋枰而指白黑，如觀人面而見其目衡鼻縱，不待思慮搜索而後得也。何其妙哉！故善觀晁錯者，不必待東市之誅，然後知其刻深之殺身〔七〕；善觀平津侯者，不必待淮南之謀，然後知其阿諛之易與〔八〕。方發策決科時〔九〕，其平生事業，已可望而知之矣。賢者之所養，動天地，開金石，其胸中之妙，充實洋溢，而後發見於外，氣全力餘，中正閎博，是豈可容一毫之僞於其間哉！某束髮好文，才短識近，不足以望作者之藩籬〔一〇〕，然知文之不容僞也，故務重其身而養其氣。貧賤流落，何所不有，而自信愈篤，自守愈堅，每以其全自養，以其餘見之於文。文愈自喜，愈不合於世。夫欲以此求合於世，某則愚矣。而世遂謂某終無所合，某亦不敢謂其言爲智也〔一一〕。恭惟閣下以皋陶之謨〔一二〕，周公之誥〔一三〕，清廟、生民之詩〔一四〕，啓迪人主而師表學者，雖鄉殊壤絶〔一五〕，百世之下，猶將想望而師尊焉〔一六〕。某近在屬部，而不能承下風、望餘光〔一七〕，則是自絶於賢人君子之域矣。雖然，非敢以文之工拙爲言也。某心之爲邪爲正，庶幾閣下一讀其文而盡得之。唐人有曰：「士之致遠，先器識而後文藝〔一八〕。」是不得爲知文者。天下豈有器識卑陋，而文詞超然者哉？狂率冒犯，死有餘罪。

【題解】

辛給事，即辛次膺，參見卷六賀辛給事啓題解。本文爲陸游致福州路安撫使兼知福州辛次膺的書信，闡述文章當直抒胸臆，文如其人，「務重其身而養其氣」的主張。

本文原未繫年。歐譜繫於紹興二十九年（一一五九），是。時陸游在福州決曹任上。文中有「某近在屬部」可證。

參考卷六賀辛給事啓。

【箋注】

〔一〕虎豹之炳蔚：形容文采鮮明華美。語本易革：「大人虎變，其文炳也……君子豹變，其文蔚也。」

〔二〕爝火：炬火，小火。莊子逍遥遊：「日月出矣，而爝火不息；其於光也，不亦難乎！」成玄英疏：「爝火，猶炬火也，亦小火也。」

〔三〕瓦釜：陶製炊具，古代用作簡單的樂器。柳宗元代人進瓷器狀：「且無瓦釜之鳴，是稱土硎之德。」

〔四〕潢汙：聚積而不流動之水。鮑照拜侍郎上疏：「潢汙流藻，充金鼎之實。」

〔五〕郵傳：傳舍，驛館。王禹偁商於驛記後序：「吴、越、江、淮、荆、湘、交、廣，郡吏上計，皇華宣風，憧憧往來，皆出是郡，蓋半天下矣。故郵傳之盛，甲於它州。」

〔六〕前知逆決：即先知預見。

〔七〕「故善」三句：指晁錯因爲人刻深而招來殺身之禍，被誅東市。晁錯（前二〇〇—前一五四），西漢潁川人。漢景帝時舉賢良文學，官至御史大夫，更定法令，削諸侯封地。晁錯之父力勸，不聽，錯父預言「晁氏危」，飲藥死。吴楚七國以誅晁錯「清君側」爲名，起兵謀反。晁錯爲袁盎等所讒，穿朝衣被斬於東市。史記卷一〇一有晁錯傳。東市，西漢在長安東市處決罪犯。刻深，苛刻，嚴酷。

〔八〕「善觀」三句：指公孫弘因善於逢迎而容易得到好處。公孫弘（前二〇〇—前一二一），字季，一字次卿。西漢菑川人。以賢良對策拜博士，官至丞相，封平津侯。淮南、衡山二王謀反後，公孫弘上書稱頌武帝，自稱不盡責，請辭丞相，漢武帝賜以牛酒，讓其繼續執政，終丞相位。史記卷一一二有平津侯傳。

〔九〕發策決科：命題考試，此指上述兩人參加賢良對策。揚雄法言學行：「或曰：『書與經同而世不尚，治之可乎？』曰：『可。』或人啞爾笑曰：『須以發策決科。』」李軌注：「射以決科，經以策試，今徒治同經之書，而不見策用，故笑之。」

〔一〇〕藩籬：比喻界域，境界。蘇軾和寄天選長官：「藩籬吾未窺，敢議窮閫奧。」

〔一一〕「文愈」六句：韓愈與馮宿論文書：「僕爲文久，每自則意中以爲好，則人必以爲惡矣；小稱意人亦小怪之，大稱意即人必大怪之也。時時應事作俗下文字，下筆令人慚，及示人，則人以爲好矣；小慚者亦蒙謂之小好，大慚者即必以爲大好矣，不知古文直何用於今世也，然以竢知者知耳。」

〔一二〕皋陶之謨：皋陶的謀略。皋陶爲帝舜大臣，掌管刑法獄訟。謨，即謀。皋陶與禹討論國家大計，史官載之，即尚書虞書皋陶謨篇。

〔一三〕周公之誥：周公的誥文。武王崩，周公相成王，管叔、蔡叔等作亂，周公東征，作誥文申述理由，即尚書周書大誥篇。

〔一四〕清廟、生民之詩：分别爲詩周頌、大雅篇名。清廟祭祀文王，生民記録后稷傳説。

〔一五〕鄉殊壤絶：指異鄉遠地。王嘉拾遺記軒轅黄帝：「帝乘雲龍而遊，殊鄉絶域，至今望而祭焉。」

〔一六〕想望：仰慕。周書李和傳：「和前在夏州，頗留遺惠，及有此授，商洛父老莫不想望德音。」師尊：師事，尊仰。漢書董仲舒傳：「進退容止，非禮不行，學士皆師尊之。」

〔一七〕餘光：喻指美德。歐陽修相州晝錦堂記：「自公少時，已擢高科，登顯仕，海内之士，聞下風而望餘光者，蓋亦有年矣。」

〔一八〕「唐人」三句：新唐書裴行儉傳：「行儉曰：『士之致遠，先器識，後文藝。』」器識，器局，見識。

答邢司户書

五月二十六日，笠澤陸某頓首再拜復書司户迪功足下〔一〕：某辱賜書，及聖人之道與古作者之文章，又以世之稱師弟子而徒事科舉、求利禄者爲羞。卓乎偉哉！非某所敢仰望萬一也。某少之日，學文而不工。及其老，妄意於道〔二〕，亦未敢謂得也。

身且弗給，而何以及人？及庸衆人且弗能〔三〕，其況有以助足下乎？皇恐皇恐。雖然，足下顧我厚，某其敢有所弗盡？吾曹有衣食祭祀婚嫁之累，則出而求禄，恐未爲非。既不免求禄，則從事於科舉，恐亦未爲可憾。科舉之文，固亦尊王而賤霸，推明六藝而誦説古今，雖小出入，要其歸亦何負於道哉？若言之而弗踐，區區於口耳而不自得於心〔四〕，則非獨科舉之文爲無益也。近時頗有不利場屋者，退而組織古語，剽裂奇字〔五〕，大書深刻，以眩世俗。考其實，更出科舉下遠甚，讀之使人面熱。足下謂此等果可言文章乎？尚不可欺僕輩，安能欺足下哉！故自科舉取士以來，如唐韓氏、柳氏，吾宋歐氏、王氏、蘇氏，以文章擅天下者，莫非科舉之士也。此無他，徒以在場屋時，苦心耗力，凡陳言淺説之可病者，已知厭棄，如都市之玉工，珉玉雜治〔六〕，積日既久，望而識之矣，一旦取荆山之璞〔七〕，以爲黄琮蒼璧萬乘之寶〔八〕，珉其可復欺耶？凡今不利場屋而名古之文者，往往多未嘗識珉者也，又安知玉哉！乃如足下識之可謂精矣，當棄珉剖玉而已。至於聖人之道，足下往昔朝夕所講習者，豈外於是？言之而必踐焉，心之而不徒口耳焉，無餘道矣。某文既不工，聞道又甚淺，則今所以進於左右者，其果近乎？一讀置之，無重吾過。不宣〔九〕。

【題解】

司户，即司户參軍，亦稱户曹參軍。掌各州户籍、賦税、倉庫。邢司户爲誰不詳。本文爲陸游答福州邢司户的書信，闡述對於科舉的態度。

本文原未繫年。歐譜列入不繫年文。于譜繫於紹興二十九年（一一五九），是。據篇首，當作於該年五月。時陸游在福州決曹任上。

【箋注】

〔一〕笠澤：陸游視晚唐陸龜蒙爲祖上，陸龜蒙隱居笠澤，故陸游自署「笠澤陸某」。參見卷十一答方寺丞啓注〔三〕。

〔二〕妄意：臆測。莊子胠篋：「夫妄意室中之藏，聖也。」迪功：迪功郎，宋代文臣階官末階，從九品。

〔三〕庸衆：常人，一般人。荀子修身：「容貌、態度、進退、趨行，由禮則雅，不由禮則夷固僻違，庸衆而野。」楊倞注：「庸，凡庸；衆，衆人。」

〔四〕區區：拘泥，局限。漢書楊王孫傳：「且孝經曰『爲之棺槨衣衾』，是亦聖人之遺制，何必區區獨守所聞？」

〔五〕剽裂：摘抄，竊取。蘇軾太息：「方是時，士以剽裂爲文，聚而見詘。」

〔六〕珉玉：珉和玉。鮑照見賣玉器者詩：「涇渭不可雜，珉玉當早分。」珉，似玉的美石。

〔七〕荆山：山名。在今湖北省。山有抱玉巖，相傳爲楚人卞和得璞處。璞：未雕琢過的玉石。

〔八〕黄琮蒼璧：黄色和青緑色的瑞玉。古代祭祀用。周禮春官大宗伯：「以蒼璧禮天，以黄琮禮地。」鄭玄注：「禮神者必象其類。璧圜象天，琮八方象地。」萬乘：指帝王。

〔九〕不宣：不一一細説。舊時常用於書信末尾。楊修答臨淄侯牋：「反答造次，不能宣備。」

答劉主簿書

某才質愚下，又兒童之歲，遭罹多故，奔走避兵〔一〕，得近文字最晚。年幾二十，始發憤欲爲古學。然方是時，無師友淵源之益，凡古人用心處，無所質問〔二〕，大率以意度，或中或否。或始疑其非，終乃大信；或初甚好之，已而徐覺不可者，多矣。然亦竟不知所謂是且非者卒何如也。方竊愧歎，不自意如足下學術文章足以雄長一世者〔三〕，乃不鄙其愚，而欲與之交，惠然見臨〔四〕，賜之以言，以爲可與言古學者，文詞偉麗，讀之愓然〔五〕。夫道遇乞人，責之千金，足下固過矣，然遂謂足下爲非則不可。往者前輩之學，積小以成大，以所有易所無，以能問於不能。故其久也，汪洋浩博，該極百家，而不可涯涘〔六〕。如足下所稱諸公，蓋皆如是也。至中原喪亂，諸名勝渡江，去前輩尚未甚遠，故此風猶不墜。不幸三二十年來，士自爲畦畛甚狹〔七〕，已所未知者，輒詘薄之〔八〕，以爲不足學，排抑沮折〔九〕，惟恐不力。詆窮經者，則曰傳注已盡矣；詆博學者，則曰不知無害爲君子〔一〇〕。嗚呼陋哉！夫世既未有仁智之足如孔孟而師焉，則亦各出所長，相與講習，從其可者，去其不可者。自六經、百氏、歷代史記，與夫文詞議論、禮樂耕戰、鍾律星曆、官名地志、姓族物類之學〔一一〕，今四方之士，亦不可謂無人。雖不能兼該衆長，要爲各有所得，往往皆捐數十年之功，耗心疲力，雕悴齒髮而爲之，豈可易哉！如足下之所已得者，某願就學焉。其未者，頗願與足下從諸君子歷探其所有。足下亦宜盡發所渟蓄〔一二〕，以與朋友共之。某所聞誠最淺薄，亦願再拜以進，惟足下與諸君子之所決擇。使前輩風俗，由吾輩復少振，而狹陋之病，不遂沉痼〔一三〕，豈細事哉！屬兩日苦眩，未得面陳，而先以書布謝，惶恐惶恐。

【題解】

主簿，官名，各州縣主管文書，辦理事務，唐宋時多爲初事之官。劉主簿爲誰不詳。本文爲陸游答福州劉主簿的書信，闡述對於當時學風的看法。

本文原未繫年。歐譜列入不繫年文。于譜繫於紹興二十九年（一一五九），是。當作於該年秋。時陸游在福州決曹任上。

【箋注】

〔一〕避兵：指爲躲避戰亂而移居他處。焦贛易林无妄之謙：「東行避兵，南去不祥。」

〔二〕質問：詢問以正是非。漢書劉歆傳：「時丞相史尹咸以能治左氏，與歆共校經傳。歆略從咸及丞相翟方進受，質問大義。」顏師古注：「質，正也。」

〔三〕不自意：不自料，没想到。史記項羽本紀：「然不自意能入關破秦，得復見將軍於此。」

〔四〕惠然：順心貌。

〔五〕惕然：警覺省悟貌。史記龜策列傳：「元王惕然而悟。」

〔六〕該極：指全部通曉，并達到極高水準。摯虞神農贊：「神農居世，通變該極。」涯涘：限量，窮盡。

〔七〕畦畛：田間的界道。比喻界限，隔閡。韓愈贈崔立之評事詩：「高士例須憐麴蘖，丈夫終莫生畦畛。」

〔八〕訕薄：譭謗藐視。新唐書宦者傳下楊復恭：「復恭子守貞爲龍劍節度使，守忠洋州節度使，皆自擅貢賦，上書訕薄朝政。」

〔九〕排抑沮折：排斥貶抑，阻撓折服。

〔一〇〕無害：不損害，不妨害。荀子儒效：「不知無害爲君子，知之無損爲小人。」

〔一一〕鍾律：音律。蔡邕彈琴賦：「爰制雅器，協之鍾律。」星曆：天文曆法。史記曆書論：「蓋黄帝考定星曆，建立五行，起消息，正閏餘，於是有天地神祇物類之官。」姓族：姓氏家族。沈約奏彈王源：「竊尋璋之姓族，士庶莫辨。」物類：萬物類別。

〔二〕渟蓄：指蓄藏於胸中的才識。

〔三〕沉痼：頑固難治之病。皮日休奉酬魯望惜春見寄：「十五日中春日好，可憐沉痼冷如灰。」

與尉論捕盜書

某昨暮聞以逐盜遽出，雖小事，亦有難處置者。此十許人皆負重辟〔一〕，相與竄伏山林中，昏夜伺便小劫。比官知之，則已分散跳匿，無次舍旗鼓可以物色求〔二〕，無褊裨部伍可以策畫破〔三〕，無糧可燒，無巢穴可窮，驟集忽散，如鬼物然。又實小盜，官兵計其不能爲甚害，所以久不獲也。今未言能萬一馴至大盜〔四〕，但無辜之民，時時遭劫，亦不可云細事。方其劫時，執縛恐迫，計民之冤，與遭大盜亦有何異。今日偶見一退卒説此事，頗若可采。不敢效庸人以非職事故，默默不以告。卒言：「此十許人雖出没合散不常，似難遽獲，然晝必食，夜必息，得金帛必賣，劫掠往來，至近亦須行四五里，豈有都無一人見之之理。蓋自頃民言見賊〔五〕，官輒意其與賊通，捕繫笞掠，久之無所得，始釋去，是官自塞耳目，爲賊計則多，爲捕賊計則疏矣。一二年來，民間懲創此事〔六〕，雖與賊交臂而過，歸家噤默〔七〕，不敢以語比鄰，而況於告官乎？故官兵動息，賊皆先知，而賊雖近在十步内，官兵終不得知。」某思其言，實中事情，亦嘗竊度之，環三縣弓手士兵〔八〕，爲人幾何，逐捕十許賊，連歲弗獲，不可不思其故也。四境無事，秋稼如雲，誰肯爲賊囊橐者〔九〕？縱有，亦不應人人皆然。吾輩儒者，當有大略。願足下曠然無疑於胸中〔一〇〕，不當效武夫俗吏但知守故常也。夫戰而獻馘〔一一〕，自三代以來用之，不可謂非古。然近世至賊殺平人以爲功，靖康、建炎間，不勝其弊，始更制，凱還勿獻馘，使將校列上功最而已〔一二〕。由是妄殺之禍十去八九。然則三代聖人之遺法，尚可改以便事〔一三〕，而況近歲妄庸者所爲乎？自今有言見盜者，當一切慰藉遣去，即度其不妄，或粗有補，則又稍旌別之〔一四〕。雖目前未得力，但使人人敢言見賊，賊蹤迹益露，勢益窮蹙〔一五〕，遠不過數月，獲矣。足下試熟策之。秋暑野次〔一六〕，自愛。

【題解】

尉，即縣尉，掌統轄弓手，維持本縣治安。此縣尉爲誰不詳。本文爲陸游致某縣尉討論捕盜方法的書信，反對懷疑舉報者，主張鼓勵「人人敢言見賊」，方能捕獲盗賊。

本文原未繫年。歐譜列入不繫年文。當作於夏秋時任職地方期間，具體時間待考。

【箋注】

〔一〕重辟：極刑，死罪。陳書孔奂傳：「沈炯爲飛書所謗，將陷重辟，事連臺閣，人懷憂懼。」

〔二〕次舍：止息之所。周禮天官宫伯：「授八次八舍之職事。」鄭玄注：「鄭司農云：『庶子衛王宫，在内爲次，在外爲舍。』次，其宿衛所在；舍，其休沐之處。」物色求：訪求，搜尋。

〔三〕褊裨：偏將，副將。　策畫破：謀劃各個擊破。

〔四〕馴至：馴致，逐漸達到。易坤象：「『履霜』『堅冰』，陰始凝也；馴致其道，至堅冰也。」

〔五〕自頃：近來。後漢書李固傳：「自頃選舉牧守，多非其人，至行無道，侵害百姓。」

〔六〕懲創：懲戒，警戒。韓愈讀東方朔雜事詩：「方朔不懲創，挾恩更矜誇。」

〔七〕噤默：緘默不言。隋書李穆傳：「丹赤所懷，無容噤默。」

〔八〕弓手：宋代吏役名目的一種。又稱弓箭手。宋初多差富户充當，爲縣尉所屬武裝，負責巡邏、緝捕之事。神宗時由差役改爲雇役，實際已成募兵。　土兵：地方兵。

〔九〕囊橐：窩藏，包庇。漢書張敞傳：「廣川王姬昆弟及王同族宗室劉調等通行爲之囊橐，吏逐捕窮窘，蹤迹皆入王宫。」顔師古注：「言容止賊盗，若囊橐之盛物也。」

〔一〇〕曠然：豁然通曉。焦贛易林明夷之恒：「魂微惙惙，行纊聽絶。曠然大通，復更生活。」

〔一〕獻馘：古時征戰殺敵，割取左耳以獻上論功。馘，被殺者之左耳。詩魯頌泮水：「矯矯虎臣，在泮獻馘。」鄭玄箋：「馘，所格者之左耳。」

〔二〕功最：軍功上者爲最。史記絳侯周勃世家：「攻槐里、好時，最。」裴駰集解：「如淳曰：於將率之中功爲最。」

〔三〕便事：便於行事。墨子號令：「諸可以便事者，亟以疏傳言守。」

〔四〕旌别：識别，區别。書畢命：「旌别淑慝，表厥宅里。」孔安國傳：「言當識别頑民之善惡。」

〔五〕窮蹙：窘迫，困厄。文選宋玉九辯：「悲憂窮蹙兮獨處廓，有美一人兮心不繹。」

〔六〕秋暑：入秋尚熱。蘇軾初秋寄子由：「憶在懷遠驛，閉門秋暑中。」野次：止宿於野外。沈約齊故安陸昭王碑文：「富商野次，宿秉停菑。」

答陸伯政上舍書

九月六日，某再拜復書伯政學士宗友兄閣下〔一〕：即日初寒，伏惟尊候萬福〔二〕。春中蒙見顧，衰疾無聊，不得款承絶塵邁往之論，至今悒悒〔三〕。忽賢郎上舍携所況書及新詩來，已深開慰〔四〕，又得雜著詩文一編，置百事讀之，所以開益〔五〕，殆非一端。古聲不作久矣，所謂詩者，遂成小技。詩者果可謂之小技乎？學不通天人，行不能無愧於俯仰，果可以言詩乎？僕紹興末在朝路〔六〕，偶與同舍二三君至太一宮〔七〕，聞中有高士齋，皆名山高逸之士。欣然訪之，則皆扃户出矣〔八〕。裴回老松流水之間〔九〕，久之，一丫髻童負琴引鶴而來，風致甚高。吾輩相與言曰：「不得見高士，得見此童，亦足矣。」及揖而問之，則曰：「今日董御藥生日〔一〇〕，高士皆相率往獻香矣。」吾輩遂一笑而去。今世之以詩自許者，大抵多太一高士之流也，不見笑於人幾希矣，而望其有陶淵明、杜子美之餘風，果可得乎？雜文數篇，多甲寅以來所著〔一一〕，言論風旨〔一二〕，皆非同乎俗、合乎世者。與平甫書用意尤至〔一三〕，則石守道、李泰伯氣格相上下〔一四〕，而師友淵源，未可以望吾伯政也。然所以告平甫者，尚恐有所含蓄，不欲盡發。此非面莫究。昨日兒子自城中來，知方伯謨已卒〔一五〕。天乎，有是哉！計老兄亦同此哀也。賢子表表超絶〔一六〕，當爲名士，不止取科第而已。奉爲宗家，贊喜無已〔一七〕。黄精奇妙〔一八〕，感激千萬，匆匆不既。所欲言者，亦坐老憊耳〔一九〕。漸寒，珍重珍重。

【題解】陸伯政，即陸焕之（一一四〇—一二〇三），字伯章，一字伯政，金溪（今屬江西）人。陸九思之子，陸九淵之侄。生而穎異端重，十三學爲進士，即有聲，但屢貢禮部不合。鄉里稱山堂先生。陸游有山堂陸先生墓誌銘。宋代學校實行三舍法，分上舍、内舍、外舍，上舍爲第一等。後也用於對一般讀書人的尊稱。本文爲陸游答陸焕之的書信，揭露當時「以詩自許者」都如太一宫的假高士，稱贊伯政文章氣格不凡。

本文原未繫年。歐譜繫於慶元五年（一一九九），是。文中稱「昨日兒子自城中來，知方伯謨已卒」，而方伯謨墓誌銘載其卒於慶元五年五月庚申，則本文作於慶元五年無疑。據篇首，當作於該年九月六日。時陸游致仕家居。

參考卷十五陸伯政山堂類稿序、卷三八山堂陸先生墓誌銘。

【箋注】

〔一〕學士：對讀書人的尊稱。宗友兄：同宗學友兄長。

〔二〕尊候：書信中用於問候對方起居等情况的敬詞。歐陽修與蘇編禮書：「數日來尊候必更痊安。單藥得效，應且專服。」

〔三〕見顧：即光顧。南史柳惔傳：「賢子俱有盛才，一日見顧，今故報禮。」無聊：無可奈何。史記吴王濞列傳：「今王始詐病，及覺，見責急，愈益閉，恐上誅之，計乃無聊。」款承：殷勤接受。絶塵邁往：超脱凡俗。文選范曄逸民傳論：「蓋録其絶塵不反，同夫作者。」劉良注：「絶塵謂超塵離俗，往而不反者。」王羲之誡謝萬書：「以君邁往不屑之韻，而俯同羣辟，誠難爲意也。」悒悒：憂鬱，愁悶。大戴禮記曾子制言中：「故君子無悒悒於貧，無勿勿於賤，無憚憚於不聞。」

〔四〕況：同貺，賜予。開慰：寬解安慰。隋書源雄傳：「今日已後，不過數旬之别，遲能開慰，無以累懷。」

〔五〕開益：啓發，增益。曾鞏乞賜唐六典狀：「其於就列，皆知其任；其於治體，開益至多。」

〔六〕朝路：指朝廷。此指陸游紹興末年在朝廷任敕令所删定官、樞密院編修等職。

〔七〕同舍：指同僚。杜甫潭州送韋員外迢牧韶州詩：「分符先令望，同舍有輝光。」太一宫：亦作太乙宫，道教祭祀太一神的宫殿。南宋臨安太乙宫分東西兩處：東太乙宫，在新莊橋南，祠五福太乙神；西太乙宫在西湖孤山，安奉太乙十神帝像。見吴自牧夢粱録卷八。

〔八〕扃户：閉户。李白贈清漳明府侄聿詩：「牛羊散阡陌，夜寢不扃户。」

〔九〕裴回：即「徘徊」，流連，留戀。

〔一〇〕董御藥：董姓御藥。御藥爲官名，掌禁中醫藥并兼管禮文。李綱建炎行序：「上慰勞久之，即遣御藥押赴都堂治事。」

〔一一〕甲寅：當指紹熙五年（一一九四）。

〔一二〕言論風旨：議論風格旨趣。後漢書黄憲傳：「黄憲言論風旨，無所傳聞，然士君子見之者，靡不服深遠，去玼吝。」

〔一三〕平甫：同平父，即項安世（？—一二〇八），字平父，江陵（今屬湖北）人。淳熙進士。慶元黨禁時請留朱熹，被劾罷。開禧用兵，起知鄂州，除湖廣總領，官至太府卿。慶元間謫居江陵，閉門研究易學。著有周易玩辭等。宋史卷三九七有傳。

〔一四〕石守道：即石介（一〇〇五—一〇四五），字守道，世稱徂徠先生，兖州奉符（今山東泰安）人。天聖進士。官至太子中允、直集賢院。主張道統文統合一，推崇韓愈，力倡古文。宋史卷四三二有傳。李泰伯：即李覯（一〇〇九—一〇五九）字泰伯，世稱直講先生，建昌軍南城（今屬江西）人。舉茂才異等不中，以教授儒學自資。嘉祐中召爲太學説書。以文章知名，力斥釋道二教。宋史卷四三二有傳。二人均爲北宋著名儒學家。氣格：指人的氣度品格。范仲淹兵部侍郎致仕胡公墓誌銘：「公少而倜儻，負氣格。」

〔一五〕方伯謨，即方士繇（一一四八—一一九九），字伯謨，一字伯休，興化軍莆田（今屬福建）人。從朱熹遊，以講學授徒爲業，精於易學。陸游作有方伯謨墓誌銘。

〔一六〕表表：卓異，特出。韓愈祭柳子厚文：「子之自著，表表愈偉。」

〔一七〕宗家：同族，本家。漢書韋玄成傳：「室家問賢當爲後者，賢恚恨不肯言。於是賢門下生博士義倩等與宗家計議，共矯賢令，使家丞上書言大行，以大河都尉玄成爲後。」顔師古注：「宗家，賢之同族也。」贊喜：增加喜悦氣氛，助興。語本周禮秋官大行人：「歸脤以交諸侯之福，賀慶以贊諸侯之喜。」

〔一八〕黄精：藥草名。多年生草本，中醫以根莖入藥。嵇康與山巨源絶交書：「又聞道士遺言，餌术黄精，令人久壽，意甚信之。」

〔一九〕老憊：年老體衰。新唐書陽城傳：「城封還詔，自稱多病老憊，不堪奔奉，惟哀憐。」

答王樵秀才書

十一月二日，山陰陸某再拜復書先輩足下：貢舉之法〔一〕，擇進士入官者爲考試官。官以考試名，當日夜專心致志以去取士，不可兼莅他事。則又爲設一官，謂之監試。監試粗官不復擇〔二〕，蓋夫人而可爲也，甚至法吏流外〔三〕，平日不與清流齒者〔四〕，亦得爲之。故又設法曰「監試毋輒與考校」，則所以待監試可知矣。某鄉佐洪州〔五〕，適科舉歲，當以七月到官，遂泊舟星子灣幾月，聞已鎖院，乃敢進，非獨畏監試事煩，實亦羞爲之。今年在夔府，府以四月試。試前嘗白府帥〔六〕，願得移疾〔七〕，已見許矣。會部使者難之，某駑弱〔八〕，畏以避事得罪，遂黽勉入院〔九〕。某與諸試官皆不相識，惴惴恐其以侵官犯律令見訴，自命題至揭榜，未嘗敢一語及之。不但不與也，間偶見程文一二可愛者〔一〇〕，往往遭塗抹疵詆〔一一〕，令人氣涌如山〔一二〕。然歸卧室中，財能向壁歎息〔一三〕。蓋再三熟計，雖復强聒〔一四〕，彼護短者決不可回，但取詬耳。若可回，雖詬固不避也。如足下之文，又不止可愛，誠可敬且畏者。而一旦以疑黜，此豈獨足下不能無言，雖試官與拔解諸人〔一五〕，亦嘖嘖稱屈。某至是直欲以粗官不與考試自恕，其可乎？將因紹介再拜請罪於門墻而未敢也〔一六〕。不圖足下容之察之，更辱賜書，講修朋友之好〔一七〕，而以前者不能無言爲悔。方是時，使足下遂能無言，固大善。然士以功名自許，非得一官，則功名不可致。雖決當黜，尚悒悒不能已，况以疑黜乎？某往在朝，見達官貴人免去，不憂沮者蓋寡〔一八〕。彼已貴，雖免，貴固在，其所失孰與足下多，然猶如此。今乃責足下以不少動心，亦非人情矣。前輩有錢希白〔一九〕，少時試開封，得第二。希白豪邁，自謂當第一，乃詣闕上書詆主司，當時不以爲大過，希白卒爲名臣。夫科舉得失爲重，高下細事耳。希白不能忍其細，而責足下默默於其重者，可不可耶？是皆已往事，不足復言。區區仰歎足下才氣〔二〇〕，思有以奉廣，故詳及之。某吴人，凡吴之陸皆同譜，所謂四十九枝譜是也〔二一〕。如龍圖公雖差遠，顧尚可紀，則於足下亦有瓜葛〔二二〕。蒙敦篤〔二三〕，尤感。旦暮詣見〔二四〕，先此爲謝。

【題解】

唐宋時應舉者皆可稱「秀才」。王樵爲誰不詳，當爲一舉子，府試失利。文中稱其「先輩」，蓋年長者。乾道七年四月，適逢科舉府試，陸游爲監試官。本文爲陸游答舉子王樵的書信，揭露科舉内幕，并勸慰對方。

本文原未繫年。歐譜繫於乾道七年（一一七一），是。文中言「今年在夔府」可證。據篇首，當作於該年十一月二日。時陸游在夔州通判任上。

【箋注】

〔一〕貢舉：指科舉考試。蘇軾議學校貢舉狀：「使君相有知人之才，朝廷有責實之政，則胥吏皂隸，未嘗無人，而況於學校貢舉乎？」

〔二〕粗官：指武官。唐代重内輕外，凡不歷臺省便出任節鎮者，人稱粗官。薛能謝劉相寄天柱茶詩：「粗官寄與真抛却，賴有詩情合得嘗。」

〔三〕法吏：指獄吏。司馬遷報任少卿書：「身非木石，獨與法吏爲伍，深幽囹圄之中，誰可告愬者。」　流外：唐宋時九品以下官員的通稱。流外經考銓後，可遞升入流，成爲流内。京師官署吏員多以流外官充任。王安石上皇帝萬言書：「以臣使事之所及，一路數千里之間，州縣之吏，出於流外者，往往而有，可屬任以事者，殆無一二三。」

〔四〕不齒：不與同列，鄙視。　清流：比喻德行高潔負有名望的士大夫。三國志桓階陳羣等傳評：「陳羣動仗名義，有清流雅望。」

〔五〕鄉佐洪州：指陸游乾道元年任隆興通判。鄉，同「嚮」。

〔六〕府帥：唐代對地方軍政長官如都督府都督、節度使、經略使等的一種稱謂。宋人沿用之。

〔七〕移疾：官員上書稱病，多爲求退的婉辭。漢書公孫弘傳：「使匈奴，還報，不合意。上怒，以爲不能，弘乃移病免歸。」顔師古注：「移病，謂移書言病也。」

〔八〕駑弱：指才能低下，力量薄弱。傅咸攝司隸上表：「臣既駑弱，不勝重任。」

〔九〕黽勉：勉强。葛洪抱朴子自叙：「乃表請洪爲參軍，雖非所樂，然利避地於南，故黽勉就焉。」

〔一〇〕程文：此指科場應試者進呈的文章。蘇轍張公安道答吕陶屯田啓：「伏審決策大廷，程文優等，聲華籍甚，慶慰良深。」

〔一一〕疵詆：指摘，詆毁。

〔一二〕氣湧如山：形容氣憤之極。三國志吴書吴主傳「權大怒，欲自征淵」，裴松之注引晉虞溥江表傳：「朕年六十，世事難易，靡所不嘗，近爲鼠子所前卻，令人氣湧如山。」

〔一三〕財：同「才」。

〔一四〕强聒：嘮叨不休。莊子天下：「以此周行天下，上説下教，雖天下不取，强聒而不舍者也。」

〔一五〕拔解：唐宋科舉中不經州府考試，直接送禮部應試的稱「拔解」。李肇唐國史補卷下：「京兆府考而升者，謂之等第。外府不試而貢者，謂之拔解。」

〔一六〕紹介：介紹。古代賓主間傳話之人稱介。賓至，須介傳話，介不止一人，相繼傳辭，故稱紹介。戰國策趙策三：「國有魯連先生，其人在此，勝請爲紹介而見之於將軍。」門牆：此指試院内部的障礙（權勢者）。

〔一七〕講修：謀議修治。張載始定時薦告廟文：「然而四時正祀，尚未講修。」

〔一八〕憂沮：憂愁沮喪。舊唐書蔣鎮傳：「既知不免，每憂沮，常懷刃將自裁，多爲兄錬所救而罷。」

〔一九〕錢希白，即錢易（九六八—一〇二六），字希白，吴越王錢倧之子。宋史卷三一七錢易傳：「易年十七，舉進士，試崇政殿，三篇，日未中而就。言者惡其輕俊，特罷之。然自此以才藻知名。……易再舉進士，就開封府試第二。自謂當第一，爲有司所屈，乃上書言試朽索之馭六馬賦，意涉譏諷。真宗惡其無行，降第三。明年，第二人中第。」錢易後又舉賢良方正科，官至翰林學士。

〔二〇〕區區：自稱的謙詞。後漢書竇融傳：「區區所獻，唯將軍省焉。」

〔二一〕四十九枝譜：指陸氏族譜。陸氏自東漢尚書令陸閎始，分爲四十九支。唐元和七年陸庶撰有陸氏四十九支宗譜序。

〔二二〕瓜葛：瓜與葛皆蔓生植物，比喻輾轉相連的親戚或社會關係。蔡邕獨斷卷下：「四姓小侯，諸侯冢婦，凡與先帝先后有瓜葛者……皆會。」

〔二三〕敦篤：敦厚篤實。左傳成公十三年：「君子勤禮，小人盡力。勤禮莫如致敬，盡力莫如敦篤。」

〔二四〕詣見：前往謁見。

渭南文集箋校卷第十四

序

【釋體】徐師曾文體明辨序説："按爾雅云：『序，緒也。』字亦作『叙』，言其善叙事理，次第有序若絲之緒也。又謂之大序，則對小序而言也。其爲體有二：一曰議論，二曰叙事。……其序事又有正、變二體。其題曰某序，曰序某；字或作序，或作叙，惟作者隨意而命之，無異義也。……又有名序、字序。"又："按儀禮，士冠三加三醮而申之以字辭，後人因之，遂有字説、字序、序解等作，皆字辭之濫觴也。雖其文去古甚遠，而丁寧訓誡之義無大異焉。"渭南文集中收録序文凡二卷，計三十四首，包括詩文集序、著述序、贈序和字序。

本卷收録序十七首。

容齋燕集詩序

廉宣仲葺其燕居之室曰「容齋」〔一〕。既成，置酒落之，舉觴屬客，曰：「吾聞東郭順子之爲人，人貌而天，清而容物〔二〕。吾雖不能，而竊慕焉。諸君以爲何如？」或曰：「方公盛壯時，以郡文學高第入爲博士，公卿盡傾，名流彦士執贄求見者，肩摩而袂屬〔三〕。車騎雍容，行者趨避，議論英發，聞者傾聽，傲色不至於目，嫚言不接於耳〔四〕。方是時，容物固無甚難也。及轉徙江湖，白首下吏，舍於邸者争席，遇於途者相誰何，則公之容固難矣。至於罷口語，絓吏議〔五〕，少年之喜謗前輩者，閧然成市，公猶容之，則豈不甚難哉！敢問所以能此者，何也？」宣仲笑曰：「是亦有道焉。可容者吾以其情容之，不可容者吾以其人容之。故吾遇客而歡然，遇酒而醺然，遇怒駡姍侮〔六〕，如風葉之過吾前、候蟲之鳴吾旁也。子欲聞其説乎？方子之飲酒也，俳諧者箕倨〔七〕，角觝者裸裎〔八〕，子何以不怒？豈不以其爲此者非嫚耶？此吾所謂以其情容之也。世有服讒蒐慝〔九〕、習於爲惡、勇於爲不義者，誠若可疾矣。吾則徐思之，曰：彼君子耶，固不至此；彼小人耶，此固小人之常。而吾以動心，則去彼亦無幾何耳。此又吾所謂以其人容之也。二者可容，何所不容，而子獨何怪於是？」坐客愧且歎曰：「吾儕誠小人哉。」某在衆人中尤號褊率〔一〇〕，蓋屢歎也。酒酣，客皆賦詩，而屬某爲序。既不得辭，則因以識其愧，將覽觀之，以自儆焉。

【題解】

容齋爲廉布的起居室，室成之日，主人舉行宴飲聚會。酒酣，賓客賦詩祝賀。本文爲陸游爲容齋燕集詩所做的序文，闡述世間「容物」之理。

本文原未繫年。歐譜列於不繫年文，并注曰：「此文原編於諸序之先，自爲少年之作。」歐譜所云是。此當爲陸游入仕前所作。于譜繫於紹興二十七年，可參考。

【箋注】

〔一〕廉宣仲，即廉布（一〇九二—？），字宣仲，號射澤老農，楚州山陽（今江蘇淮安）人。宣和進士。善詩畫，官至武學博士。爲張邦昌婿，一時身價百倍。高宗即位後，不得任用。晚居紹興，專意繪事，工山水，尤工枯木竹石。淮安府志卷二八有傳。燕居：閒居。禮記仲尼燕居：「仲尼燕居，子張、子貢、言游侍。」鄭玄注：「退朝而處曰燕居。」

〔二〕「吾聞」三句：高士傳卷中：「東郭順子者，魏人也。修道守真，田子方師事之。……子方曰：『其爲人也真，人貌而天，虛緣而葆真，清而容物。物無道，則正容以悟之，使人之意也消。』」又見莊子田子方。天，指神仙。容物，指氣量大，能容人。

〔三〕執贄：即執摯，謁見人時携禮物相贈。禮記檀弓上：「魯人有周豐也者，哀公執摯請見之。」摯，陸德明釋文作「贄」。　肩摩而袂屬：即袂接肩摩，形容人多。

〔四〕嫚言：輕侮的言辭。新五代史吴世家徐温：「大將李遇怒温用事，出嫚言，温使柴再用族遇於宣州。」

〔五〕口語：特指毁謗。楊惲報孫會宗書：「懷禄貪勢，不能自退，遂遭變故，横被口語。」絓：觸犯。　吏議：指官吏定罪的擬議。文選司馬遷報任少卿書：「拳拳之忠，終不能自列，因爲誣上，卒從吏議。」

〔六〕姍侮：訕笑侮辱，譏笑輕慢。

〔七〕俳諧：詼諧戲謔。北史文苑傳侯白：「(白)通侻不持威儀，好爲俳諧雜説。」　箕倨：同箕踞。隨意張開兩腿坐著，形似簸箕。指輕慢不拘禮節的坐姿。莊子至樂：「莊子妻死，惠子弔之，莊子則方箕踞鼓盆而歌。」

〔八〕角觝：亦作「角抵」，古代體育項目之一，類似現代的摔跤。吴自牧夢粱録角抵：「角抵者，相撲之異名也，又謂之『争交』。」　裸裎：赤身露體。孟子公孫丑上：「爾爲爾，我爲我，雖袒裼裸裎於我側，爾焉能浼我哉？」

〔九〕服讒蒐慝：信從讒言，掩蓋罪惡。左傳文公十八年：「少皞氏有不才子，毁信廢忠，崇飾惡言，靖譖庸回，服讒蒐慝，以誣盛德，天下之民謂之窮奇。」杜預注：「服，行也。蒐，隱也。慝，惡也。」

〔一〇〕褊率：褊急直率。

京口唱和序

隆興二年閏十一月壬申，許昌韓無咎以新番陽守來省太夫人於潤〔一〕。方是時，予爲通判郡事，與無咎别葢逾年矣，相與道舊故，問朋遊〔二〕，覽觀江山，舉酒相屬，甚樂。明年，改元乾道，正月辛亥，無咎以考功郎徵〔三〕。念别有日，乃益相與遊。遊之日，未嘗不更相和答，道群居之樂〔四〕，致離闊之思〔五〕，念人事之無常，悼吾生之不留。又丁寧相戒以窮達死生毋相忘之意，其詞多宛轉深切，讀之動人。嗚呼！風俗日壞，朋友道缺，士之相與如吾二人者，亦鮮矣。凡與無咎相從者六十日，而歌詩合三十篇。然此特其略也，或至於酒酣耳熱，落筆如風雨，好事者從旁掣去，他日或流傳樂府，或見於僧窗驛壁，恍然不復省識者〔六〕，蓋又不可計也。潤當淮、江之衝〔七〕，予老，益厭事，思自放於山巔水涯，與世相忘，而無咎又方用於朝，其勢未能遽合，則今日之樂，豈不甚可貴哉！予文雖不足與無咎并傳，要不當以此廢而不録也。二月庚辰，笠澤陸某務觀序。

【題解】

京口唱和，指陸游和韓元吉在京口交遊唱和所作的詩歌。韓元吉（一一一八—一一八七），字無咎，號南澗，開封雍丘（今河南開封）人，一作許昌（今屬河南）人。曾徙居信州上饒之南澗。以蔭入仕。歷龍泉縣主簿、知建安縣，進權禮部尚書、吏部侍郎，知婺州，移建安府。官至吏部尚書。宋史翼卷一四有傳。平生交遊極廣，與陸游、朱熹、辛棄疾、陳亮等相善，多有詩詞唱和。隆興末，陸游通判鎮江。韓元吉來潤與之相從前後六十日，輯得唱和歌詩三十篇。本文爲陸游爲兩人京口唱和詩歌所作的序文，叙述唱和始末，書寫朋友深情。

本文據篇末自署，當作於乾道元年（一一六五）二月庚辰（初一）日。時陸游在鎮江通判任上。

【箋注】

〔一〕新番陽守：指新除鄱陽太守。　省太夫人：指韓元吉省母。　潤：即潤州，鎮江古稱。

〔二〕朋遊：朋友。杜審言贈蘇味道詩：「輿駕還京邑，朋遊滿帝畿。」

〔三〕考功郎：即考功員外郎，掌文武百官考課、磨勘、資任、叙遷的政令等。

〔四〕群居：衆人共處。論語衛靈公：「羣居終日，言不及義，好行小慧，難矣哉！」

〔五〕離闊：即闊別。嵇康與山巨源絶交書：「時時與親舊叙離闊，陳説平生。」

〔六〕省識：即認識。韓愈赴江陵途中寄贈王二十補闕李十一拾遺李二十六員外翰林三學士詩：「汗漫不省識，怳如乘桴浮。」

〔七〕淮江之衝：淮水、長江間的要衝。

送關漕詩序

李固、杜喬、臧洪之死，士以同死爲榮〔一〕。范文正之貶，士以不同貶爲耻〔二〕。今著作之免歸也，御史以風聞言之〔三〕，天子以無心聽之，與前事固大異，而坐客賦詩或危之，何也？風俗異也。某既列名衆詩之次，又承命作序，二罪當併按矣。乾道六年十二月七日，笠澤陸某序。

【題解】

關漕，即關耆孫，字壽卿，零陵（今屬湖南）人。紹興進士。據南宋館閣録卷八載，關耆孫乾道二年除秘書省正字，三年七月除校書郎，九月知簡州（今四川簡陽）。漕指漕司，即轉運使司。稱關漕，或其免歸時兼任轉運使司職務。文中又稱其爲「著作」，陸游次年又有跋關著作行記。著作即著作郎或著作佐郎，稱「著作」，或其任秘書省正字前曾任著作郎或佐郎。乾道六年，關耆孫被

「免歸」，同僚送別賦詩。本文爲陸游爲送別闕耆孫之詩集所做的序文，諷刺朝廷賞罰黜陟之無據。

本文據篇末自署，當作於乾道六年（一一七〇）十二月七日。時陸游在夔州通判任上。

參考卷二六跋關著作行記。

【箋注】

〔一〕「李固」句：李固（九四—一四七），字子堅。漢中城固（今屬陝西）人。東漢名臣。年輕時博覽古今，學識淵博。對朝廷屢有諫言。歷任將作大匠、大司農、太尉，受大將軍梁冀忌恨。因不肯立劉志（即漢桓帝）爲帝，遭梁冀誣告殺害。後漢書卷六三有傳。杜喬（？—一四七），字叔榮，河内林慮（今河南林州）人。東漢名臣，與李固齊名。歷任太子太傅、大司農、光禄勳、太尉，多次上疏彈劾梁冀及其親信，終受宦官及梁冀誣陷，下獄而死。後漢書卷六三有傳。臧洪（一六〇—一九五），字子源，廣陵射陽（今屬江蘇）人。漢末群雄之一。爲人雄氣壯節，曾爲關東聯軍設壇盟誓，共伐董卓。受袁紹賞識，先後治理青州及任東郡太守，政績卓著。後因袁紹不肯出兵救張超，與紹爲敵，終被擒，不肯投降，慷慨赴死。後漢書卷五八有傳。

士以同死爲榮：後漢書臧洪傳：「洪邑人陳容，少爲諸生，親慕於洪，隨爲東郡丞。先城未敗，洪使歸紹。時，容在坐，見洪當死，起謂紹曰：『將軍舉大事，欲爲天下除暴，而專先誅忠義，豈合天意？臧洪發舉爲郡將，奈何殺之！』紹慚，使人牽出，謂曰：『汝非臧洪疇，空復爾爲？』容顧曰：『夫仁義豈有常所，蹈之則君子，背之則小人。今日寧與臧洪同日死，不與將軍同日生也。』遂復見殺。」

〔二〕「范文正」二句：景祐三年，范仲淹上百官圖及四論，揭露宰相吕夷簡徇私用人，被罷知饒州，并被指結交朋黨。余靖、尹洙、歐陽修等均聲援范仲淹，尹洙表示「願從降黜」，結果皆坐貶。事見宋史范仲淹傳。

〔三〕風聞：經傳聞而得知。唐宋時御史等監察官員可以根據傳聞進諫或彈劾官吏。資治通鑑唐玄宗開元五年：「武后以法制羣下，諫官、御史得以風聞言事，自御史大夫至監察得互相彈奏，率以險詖相傾覆。」

雲安集序

濟南治歷城〔一〕，漢故縣也，帶濼水而表歷山〔二〕，其山川雜見於春秋、孟子、史記諸書〔三〕。舜之遺迹〔四〕，蓋至於今可考。士生其間，多通儒名卿秀傑之士，而以筆墨馳騖相高〔五〕，往往多清麗雄放警絶之詞，與山川稱，若今夔府連帥王公是已〔六〕。公自少時寓祕閣直，晚由尚書郎長三院御史，出牧於夔，實督峽中十五郡〔七〕。資忠厚故政令簡，心樂易故民夷親〔八〕。乃因暇日，登臨矚望，裴徊太息，吊丞相之遺祠，想拾遺之高風〔九〕，醉墨淋漓，放肆縱横，實爲一代傑作。顧夔雖號大府，而荒絶瘴癘〔一〇〕，户口寡少，曾不敵中州一下郡。如某輩又以憂患留落，九死之餘〔一一〕，才盡志衰，欲强追逐公後而不可得。向使公當承平時，爲幷爲雍，爲鎮爲定，盡得四方賢士大夫以爲賓客，相與覽其河關之勝，以騁筆力，則公衆作森列，豈特此而已哉。雖然，是猶未也。必極公之文，弦歌而薦郊廟，典册而施朝廷，然後曰宜。今乃猶嘯詠於荒山野水之濱〔一二〕，追前世放逐羈旅之士而與之友，雖小夫下吏，或幸得之。於虖，是可歎歟！公以乾道七年八月移牧永嘉，行有日，奉節令、右從政郎普慈安咼裒公在郡文章若干篇〔一三〕，爲雲安集，且屬通判州事、左承議郎山陰陸某爲序。十月二十六日序。

【題解】

雲安爲漢代夔州的古名。乾道七年八月，夔州知府王伯庠調任永嘉，奉節縣令安咼彙集王伯庠在夔州所作文章成雲安集，爲其送行。本文爲陸游爲雲安集所作的序文，稱頌王公功業文章。

本文據篇末自署，當作於乾道七年（一一七一）十月二十六日。時陸游在夔州通判任上。

【箋注】

〔一〕歷城：縣名，西漢景帝四年（前一五三）設置。在今濟南東南。

〔二〕帶濼水：濼水如帶（繞城）。表歷山：背靠歷山（即千佛山）。

〔三〕「其山川」句：相傳舜耕於歷山。孟子萬章上：「舜往於田，號泣於旻天。」又告子下：「舜發於畎畝之中。」史記五帝本紀：「舜耕歷山，歷山之人皆讓畔。」

〔四〕舜之遺迹：「舜耕歷山」之「歷山」，此山東濟南之歷山。

〔五〕馳騖：指在某個領域縱横自如，并有所建樹。史記司馬相如列傳：「故馳騖乎相容并包，而勤思乎參天貳地。」

〔六〕連帥：泛稱地方高級長官。王公：即王伯庠（一一〇六—一一七三），字伯禮，濟南章丘人，遷居明州鄞縣（今浙江寧波）。紹興二年進士。充明州教授。乾道元年以户部員外郎兼直講，二年除殿中侍御史，直言敢諫。後歷知閬州、夔州、温州，以治績聞。事迹見樓鑰攻媿集卷九〇侍御史左朝請大夫直秘閣致仕王公行狀。

〔七〕寓祕閣直：任直秘閣之職。祕閣爲宋代收藏三館書籍及宫廷古畫墨迹等的機構，直祕閣掌管祕閣事務。尚書郎：宋代尚書省各司郎中、員外郎均爲尚書郎。此指户部員外郎。三院：宋代御史臺下所設臺院、殿院、察院合稱三院。三院長官均稱御史。參見卷十一賀蔣中丞啓注〔六〕。出牧：出任州府長官。「實督」句：指夔州雄踞瞿塘峽口，控巴蜀地區東門。

〔八〕資：天資。樂易：和樂平易。荀子榮辱：「安利者常樂易，危害者常憂險；樂易者常壽長，憂險者常夭折。」楊倞注：「樂易，歡樂平易也，詩所謂愷悌者也。」民夷：即民衆。後漢書劉虞傳：「虞初舉孝廉，稍遷幽州刺史，民夷感其德化，自鮮卑、烏桓、夫餘、穢貊之輩，皆隨時朝貢，無敢擾邊者，百姓歌悦之。」

〔九〕丞相：指諸葛亮，曾任蜀漢丞相。諸葛亮先後兩至夔州，并在江邊魚復浦沙灘留下著名的「八陣圖」。夔州有武侯廟祭祀諸葛亮。　拾遺：指杜甫，曾任左拾遺。杜甫晚年滯留夔州，作詩八十餘首。

〔一〇〕瘴癘：指瘴氣。杜甫悶：「瘴癘浮三蜀，風雲暗百蠻。」

〔一一〕留落：即流落。指因窮困而隨處飄泊。新唐書王琚傳：「李邕故與琚善，皆華首外遷，書疏往復，以讉讁留落爲慊。」　九死：即萬死。屈原離騷：「亦余心之所善兮，雖九死其猶未悔。」

〔一二〕嘯詠：即歌詠。晉書阮孚傳：「竊以今王蒞鎮，威風赫然……正應端拱嘯詠，以樂當年耳。」

〔一三〕普慈：古郡名。北周置，隋廢。轄境在今四川樂至。　哀：聚集，搜集。

送范西叔序

乾道壬辰二月〔一〕，予道益昌〔二〕，始識范東叔。後月餘，遂與東叔兄西叔爲僚於宣威幕府〔三〕。又三月，西叔以樞密使薦，趣召詣行在所〔四〕。二君皆中書侍郎榮公孫也〔五〕。昔滎公對制策於治平，争詔獄於熙寧，論河事、邊事、刑名、赦令於元祐〔六〕，雖用舍或小異，而要皆不合，故用不極其材以没。没又列黨籍〔七〕，其門户爲世排詆諱惡者幾四十年。又四十年，而西叔兄弟始復奮發，爲蜀知名士。世之論盛衰者，謂人衆勝天，天定亦勝人〔八〕。予獨鄙此説。夫盛衰皆天也，人何與焉？天將禍人之國，則小人得志而君子廢；其將福之也，則君子見用而小人絀。國有禍福，而君子無屈伸。彼區區者〔九〕，乃誠謂天與人以衆寡疾徐爲勝負，豈不可悲也哉！九月丁丑，西叔始東下，同舍相與臨漾水〔一〇〕，置酒賦詩，而屬予爲序。夫吾曹之望於西叔所以繼滎公者，豈獨爵位隆赫、文辭行中朝而已哉〔一一〕？雖然，予與西叔，皆黨籍家也〔一二〕。既以勵西叔，亦以自勵，且勵吾東叔云。

【題解】

范西叔，即范仲芑，字西叔；其弟范仲藝，字東叔，成都華陽人。其高祖范鎮、曾祖范百祉、從祖范祖禹均爲北宋著名大臣，掌中書制策，以方正著稱。後新黨執政，申禁元祐之學，范氏列在黨籍。高宗時解除黨籍，仲芑兄弟舉進士進入仕途。乾道末均在南鄭王炎幕府任職，與陸游同僚。范仲芑累官諫議大夫。乾道八年夏，范仲芑因王炎薦舉將入京，九月動身東下。同僚聚會漾水邊，置酒賦詩。本文爲陸游爲送别范仲芑的詩篇所作的序文，感慨黨籍家弟子命運沉浮，并以互勉。

本文據篇末自署，當作於乾道八年（一一七二）九月丁丑（十一）日。時陸游在權四川宣撫使司幹辦公事兼檢法官任上。

參考劍南詩稿卷三送范西叔赴召。

【箋注】

〔一〕乾道壬辰：即乾道八年（一一七二）。

〔二〕益昌：縣名。東晉置，五代、唐時改爲益光，宋初復稱益昌，後又改稱昭化，隸利州。在今四川廣元。

〔三〕宣威幕府：此指四川宣撫使王炎幕府。宣威，宣揚武力。

〔四〕樞密使：指王炎，時任樞密使兼四川宣撫使。趣召：催促召取。趣，同促。行在所：指天子出行所在之地。史記衛將軍驃騎列傳：「右將軍蘇建盡亡其軍，獨以身得亡去，自歸大將軍……遂囚建詣行在所。」裴駰集解引蔡邕曰：「天子自謂所居曰『行在所』，言今雖在京師，行所至耳。」

〔五〕榮公：即范百祉，字子功。官至中書侍郎，贈榮國公。

〔六〕河事：指治理黄河事務。邊事：指邊防事務。刑名：指刑律刑事。赦令：減免罪刑或賦役的命令。

〔七〕黨籍：指元祐黨籍。宋徽宗時，將元祐年間反對新法者刻入「元祐黨人碑」樹於端禮門外，列一百二十人，後增至三百零九人，亦含部分新黨。元祐黨人一律永不録用，其子孫不准留在京師，不准參加科舉考試。至南宋高宗時解除黨禁。

〔八〕「謂人衆」二句：史記伍子胥列傳：「申包胥亡於山中，使人謂子胥曰：『子之報讎，其以甚乎！吾聞之，人衆者勝天，天定亦能破人。』」張守節正義：「申包胥言聞人衆者雖一時兇暴勝天，及天降其凶，亦破於彊暴之人。」天定，天命所定。

〔九〕區區：指愚拙，凡庸。玉臺新詠古詩爲焦仲卿妻作：「阿母謂府吏：何乃太區區！」

〔一〇〕漾水：古水名。漢水上游，源出陝西寧羌北嶓冢山。書禹貢：「嶓冢導漾，東流爲漢。」孔安國傳：「泉始出山爲漾水，東南流爲沔水，至漢中東流爲漢水。」

〔一一〕隆赫：貴顯，顯赫。新唐書李抱玉傳：「抱玉兼三節度、三副元帥，位望隆赫。」中朝：朝中，朝廷。

〔一二〕皆黨籍家：陸游祖父陸佃亦入黨籍，故稱。

東樓集序

余少讀地志，至蜀、漢、巴、僰〔一〕，輒悵然有遊歷山川、攬觀風俗之志。私竊自怪，以爲異時或至其地以償素心〔二〕，未可知也。歲庚寅〔三〕，始泝峽至巴中，聞竹枝之歌。後再歲，北游山南〔四〕，憑高望鄠、萬年諸山〔五〕，思一醉曲江、渼陂之間〔六〕，其勢無繇，往往悲歌流涕。又一歲，客成都、唐安〔七〕，又東至於漢嘉〔八〕，然後知昔者之感，蓋非適然也〔九〕。到漢嘉四十日，以檄得還成都。因索在笥〔一〇〕，得古、律三十首，欲出則不敢，欲棄則不忍，乃叙藏之。乾道九年六月二十一日，山陰陸某務觀叙。

【題解】

東樓集，爲陸游入蜀後所作古詩、律詩三十首的合集，也是陸游詩歌的首次集結。淳熙十四年在嚴州編劍南詩稿時，東樓集中所收詩歌散入其中，則其原貌已不可見。東樓，或爲陸游在成都的居所。本文爲陸游爲其詩集東樓集所作的序文，叙述創作始末。

本文據篇末自署，當作於乾道九年（一一七三）六月二十一日。時陸游在攝知嘉州事任上，恰因公事還成都。

【箋注】

〔一〕蜀、漢、巴、僰：蜀郡、漢中、巴郡、僰地。僰，古代西南少數民族，居於今川南、滇東一帶。

〔二〕素心：本心，素願。晉書孫綽傳：「播流江表，已經數世，存者長子老孫，亡者丘隴成行，雖北風之思，感其素心，目前之哀，實爲交切。」

〔三〕庚寅：指乾道六年（一一七〇）。

〔四〕山南：古時泛指太華、終南兩山以南之地。史記魏世家：「所亡於秦者，山南、山北，河外、河内，大縣數十，名都數百。」張守節正義：「山，華山也。」

〔五〕鄠：秦代邑名，在今陝西户縣北。萬年：山名，在今四川西充。

〔六〕曲江：即曲江池，在今陝西西安東南。渼陂：古代湖名。在今陝西户縣西，匯終南山諸谷水，西北流入澇水。

〔七〕唐安：古縣名，在今四川崇州東南。唐宋時屬蜀州。

〔八〕漢嘉：古縣名，在今四川蘆山。東漢時置。唐宋時屬嘉州。

〔九〕適然：偶然。韓非子顯學：「故有術之君，不隨適然之善，而行必然之道。」

〔一〇〕笥：盛飯或衣物的方形竹器。

范待制詩集序

石湖居士范公待制敷文閣〔一〕，來帥成都，兼制置成都、潼川、利、夔四道〔二〕。成都地大人衆，事已十倍他鎮，而四道大抵皆帶蠻夷，且北控秦、隴〔三〕，所以臨制捍防一失其宜〔四〕，皆足致變故於呼吸顧眄之間〔五〕。以是莫府率窮日夜力，理文書，應期會〔六〕，而故時巨公大人，亦或不得少休。及公之至也，定規模，信命令，弛利惠農，選將治兵，未數月，聲震四境。歲復大登〔七〕，莫府益無事，公時從其屬及四方之賓客飲酒賦詩。公素以詩名一代，故落紙墨未及燥，士女萬人，已更傳誦，被之樂府弦歌，或題寫素屏團扇〔八〕，更相贈遺，蓋自蜀置帥守以來未有也。或曰：「公之自桂林入蜀也，舟車鞍馬之間，有詩百餘篇，號西征小集，尤雋偉〔九〕，蜀人未有見者，盍請於公以傳？」屢請而公不可，彌年乃僅得之〔一〇〕。於是相與刻之，而屬某爲序。淳熙三年上巳日〔一一〕，朝奉郎、成都府路安撫司參議官、兼四川制置使司參議官山陰陸某序。

【題解】

范待制，即范成大（一一二六—一一九三），字致能，號石湖居士，吴郡（今江蘇蘇州）人。紹興進士。乾道六年使金，不畏强暴。除中書舍人，遷静江知府兼廣西安撫使、敷文閣待制、知成都府兼四川制置使。淳熙五年除參知政事，僅二月被劾罷。因病退居石湖故里。宋史卷三八六有傳。范成大素有文名，尤工詩，與陸游、楊萬里、尤袤合稱「中興四大詩人」。待制，官名。宋代於殿、閣均設待制之官，掌典守文物，位在學士、直學士之下。淳熙二年，范成大由廣西調任四川制置使，陸游爲其直接下屬。范成大自桂入蜀，有詩百餘篇，號西征小集，刊於淳熙三年。本文爲陸游爲范成大詩集所作的序文，稱頌范公政績、詩名，記叙編集始末。

本文據篇末自署，當作於淳熙三年（一一七六）上巳日，即三月三日。時陸游在成都府路安撫司參議官兼四川制置使司參議官任上。

【箋注】

〔一〕敷文閣：宋閣名。紹興十年建，收藏徽宗御製文集等。置學士、直學士、待制等職。

〔二〕制置：宋代制置使爲一路至數路地區統兵大員，掌經畫邊防軍務。　成都：成都府路，轄今成都周圍。　潼川：潼川府路，轄今四川三臺、中江、射洪等地。　利：利州路，轄今四川廣元、旺蒼和陝西寧强等地。　夔：夔州路，轄今四川、重慶、貴州三省交界處。　四道合稱「川陝四路」。　道：即路。

〔三〕秦、隴：指今陝西、甘肅之地。

〔四〕臨制：監臨控制。史記淮南衡山列傳：「當今陛下臨制天下，一齊海内，汎愛蒸庶，布德施惠。」　捍防：抵禦，防衛。

〔五〕呼吸顧眄之間：指時間短促。顧眄，目光移動，斜視。

〔六〕莫府：同「幕府」。　期會：指在規定期限内實施政令。後漢書袁紹傳：「尚書記期會，公卿充員品而已。」

〔七〕大登：大豐收。魏書安定王元休傳：「去歲已熟，秋方大登，四境晏安，京師無事。」

〔八〕素屏：白色屏風。　團扇：圓形有柄的扇子。古代宫内多用之，又稱宫扇。

〔九〕雋偉：優美而宏偉。曾鞏贈黎安二生序：「讀其文，誠閎壯雋偉，善反復馳騁，窮盡事理。」

〔一〇〕彌年：經年。後漢書李固傳：「永和中，荆州盜賊起，彌年不定，乃以固爲荆州刺史。」

〔一一〕上巳日：漢以前以農曆三月上旬巳日爲「上巳」，魏晉以後，定爲三月三日，不必取巳日。後漢書禮儀志上：「是月上巳，官民皆絜於東流水上，曰洗濯祓除去宿垢疢爲大絜。」吴自牧夢粱録：「三月三日上巳之辰，曲水流觴故事，起於晉時。唐朝賜宴曲江，傾都禊飲踏青，亦是此意。」

持老語録序

持禪師，明州鄞人，世爲士〔一〕。一旦，棄髮鬚學佛，得法於白牛卿〔二〕。初住餘姚法性〔三〕，數年忽謝去。越牧欲以雍熙邀致〔四〕，疑不就，試一問之，師欣然曰：「願即得檄〔五〕。」牧大喜。師懷負包笠，即日徒步入院，秉節如金石〔六〕，説法如雷霆，雖從之遊者不過四五十輩，而名震吴越，盡交一世名卿賢大夫。予先君會稽公知之最深〔七〕。予時甫數歲，侍先君旁，無旬月不見師，至今想其抵掌笑語〔八〕，瞭然在目前，夷粹真率〔九〕，真山林間人也。後又徙居雪竇、護聖二山〔一〇〕，年德益高，如徑山杲公輩①〔一一〕，皆以丈人行尊事之。其滅也，談笑如平時，蓋以真率爲佛事者耶？得法弟子子詢行光、如寂廣懃，或出世説法，或遁迹衆中，皆不幸早逝去。而法揚用璋獨在，揚於是亦住護聖，巋然爲叢林耆宿〔二〕。璋老且病，猶自力刻師語録，且合辭屬予爲序。師可謂有子矣。予以先君故不敢辭。淳熙六年五月二十五日，山陰陸某序。

【題解】

持老，即釋行持，明州鄞縣（今浙江寧波）人，臨濟宗黄龍派僧人。俗姓盧。事迹見嘉泰普燈録卷十雪竇持禪師條。佛祖統紀卷四十六則稱「餘姚法性行持禪師」并云：「師號牧庵，得法於象田卿和上。」持禪師曾住持會稽雍熙寺，因此寺爲陸氏功德寺，持禪師與陸游之父陸宰過從甚密，陸游也多受其影響。持禪師後徙居雪竇、護聖二寺，卒。弟子用璋住持護聖寺，刻印其師語録。本文爲陸游爲持老語録所作的序文，回憶持老印象，記叙編集始末。

本文據篇末自署，當作於淳熙六年（一一七九）五月二十五日。時陸游在提舉福建常平茶事任上。

參考卷十七雲門壽聖院記。

【校記】

①「杲」，原作「果」，據弘治本、正德本、汲古閣本改。

【箋注】

〔一〕世爲士：指持禪師出家前，家中世代爲士大夫。

〔二〕白牛卿：浙江嘉興人，俗姓錢。弱冠投超果寺德强披削，後依東林寺常總受法。出住白牛海慧、永嘉靈峰及紹興象田諸寺。事迹見嘉泰普燈録卷六。

〔三〕餘姚法性：指餘姚法性寺。

〔四〕越牧：越地地方官。雍熙：指會稽雲門寺雍熙院。

〔五〕檄：指正式任命的文書。

〔六〕秉節：保持節操。

〔七〕先君會稽公：指陸游之父陸宰。

〔八〕抵掌：擊掌。指人在談話中的高興神情。戰國策秦策一：「（蘇秦）見説趙王於華屋之下，抵掌而談。」

〔九〕夷粹：平和純正。世説新語尤悔：「夫以水性沉柔，入隘奔激。方之人情，固知迫隘之地，無得保其夷粹。」

〔一〇〕雪竇：山名，在奉化溪口鎮西北。屬四明山，高八百米。山上有乳峰，峰上有竇，水從竇出，色白如乳，故得名。山上有建於唐代的雪竇寺，爲禪宗十刹之一。護聖：寺名，在鄞州横溪鎮大梅山。始建於唐，北宋大中祥符元年賜「護聖禪寺」額。寶慶四明志有記載。樓鑰有遊護聖寺詩。

〔一一〕徑山：寺名，在今浙江餘杭徑山鎮。始建於唐，南宋香火鼎盛，孝宗親書「徑山興聖萬壽禪寺」額。徑山寺原屬「牛頭派」，建炎四年興「臨濟宗」，道譽日隆，被列爲江南「五山十刹」之首。（「五山」指徑山、靈隱、净慈、天童、阿育王五大叢林） 杲公：即宗杲（一〇八九—一一六三），字曇晦，號妙喜，宣州寧國（今安徽寧國）人，俗姓奚。南宋高僧。十三歲入惠雲寺，次年爲衲於郡中景德寺。宣和六年在汴州參謁禪師圜悟克勤。得圜悟許可，與之分座講法，以雄辯聞名。紹興七年居徑山能仁寺。十一年因不滿秦檜投降政策，被誣與張九成「謗訕朝政」，奪去衣牒，充軍衡州、梅州、福建洋嶼等地。二十六年赦免，恢復僧服，住明州阿育王山。三十二年，孝宗聞其名，召對，賜名大慧禪師，并御書「妙喜庵」三字賜之。後在雲居山首倡看話禪，開禪宗參話頭之先。圓寂後謚普覺，塔曰寶光。

〔三〕叢林：佛教多數僧衆聚居之處。後泛稱寺院爲叢林。大智度論卷三：「僧伽秦言衆，多比丘一處和合，是名僧伽；譬如大樹叢聚是名爲林。」 耆宿：年高有德者。後漢書樊儵傳：「耆宿大賢，多見廢棄。」

師伯渾文集序

乾道癸巳〔一〕，予自成都適犍爲〔二〕，識隱士師伯渾於眉山。一見，知其天下偉人。予既行，伯渾餞予於青衣江上〔三〕。酒酣浩歌，聲摇江山，水鳥皆驚起。伯渾飲至斗許，予素不善飲，亦不覺大醉。夜且半，舟始發，去至平羌〔四〕。酒解，得大軸於舟中，則伯渾醉書，紙窮墨燥，如春龍奮蟄，奇鬼搏人，何其壯也。後四年，伯渾得疾不起。子懷祖集伯渾文章，移書走八千里〔五〕，乞余爲序。嗚呼！伯渾自少時名震秦蜀，東被吴楚，一時高流皆尊慕之〔六〕，願與交。方宣撫使臨邊〔七〕，圖復中原，制置使并護梁益兵民〔八〕，皆巨公大人。聞伯渾名，將聞於朝，而卒爲忌者所沮。夫伯渾既决不肯仕，即無沮者，不過有司歲時奉粟帛牛酒勞問〔九〕，極則如孔旼、徐復輩〔一〇〕，賜散人號〔一一〕，書其事於史而已，於伯渾何失得，而忌已如此。鄉使伯渾出而事君，爲卿爲公，則忌者當益衆，排擊沮橈〔一二〕，當不遺力，徒比景〔一三〕，輸左校〔一四〕，殆未可知。安得如在眉山，躬耕婦織，放意山水，優游以終天年耶？則伯渾不遇，未見可憾。或曰：「伯渾之才氣，空海内無與比，其文章英發巨麗，歌之清廟〔一五〕，刻之彝器〔一六〕，然後爲稱。今一不得施，顧退而爲山巔水涯娱憂紓悲之言，豈不可憾哉！」予曰：「是則有命。識者爲時惜，不爲伯渾歎也。」淳熙某月某日，山陰陸某序。

【題解】

師伯渾，宋代隱士。又名師渾甫，字伯渾。老學庵筆記卷三：「師渾甫本名某，字渾甫。既拔解，志高，退不赴省試。其弟乃冒其名以行，不以告渾甫也。俄遂登第，渾甫因以字爲名，而字伯渾，人人盡知之。弟仕亦至郡倅，無一人議之者。」乾道九年，陸游與師伯渾始相識於眉山，一見如故，多有詩書酬答。伯渾病卒後，其子懷祖集其文章，移書陸游求序。本文爲陸游爲師伯渾文集所作的序文，追述相識情景，感慨其放意山水的自由生活。

本文據篇末自署作於淳熙某月某日，似有缺漏。歐譜稱「以其原編於六、七兩年諸作之間，且有『癸巳……後四年』云云」，故繫於淳熙六年。是。具體月日待考。時陸游在提舉福建常平茶事任上。

參考劍南詩稿卷五次韻師伯渾見寄、卷三八感舊第二、卷四三齋中雜興第八、卷五十夜遊宮（記夢寄師伯渾）。

【箋注】

〔一〕乾道癸巳：即乾道九年（一一七三）。

〔二〕犍爲：縣名，今屬四川樂山。乾道九年夏，陸游攝知嘉州事，由成都赴任。

〔三〕青衣江：大渡河支流。發源於巴朗山與夾金山之間的蜀西營，流經寶興與天全河、滎經河匯合後，始稱青衣江，經雅安、洪雅、夾江於樂山草鞋渡處匯入大渡河。

〔四〕平羌：古縣名，在今四川樂山東。太平寰宇記卷七四平羌縣：「因平羌山爲名。」李白峨眉山月歌「峨眉山月半輪秋，影入平羌江水流」，即指此。

〔五〕移書：致書。漢書劉歆傳：「歆因移書太常博士，責讓之。」

〔六〕高流：指才識出衆的人物。三國志王粲傳裴松之注：「臣松之以爲傳嘏識量名輩，寔當時高流。」

〔七〕宣撫使：鎮撫一方的軍政長官。此指虞允文，乾道年間兩任四川宣撫使。

〔八〕制置使：此指范成大。淳熙二年任四川制置使。參見本卷范待制詩集序題解。梁益：梁州、益州，均指蜀地。梁州爲書禹貢所謂古九州之一，益州爲漢武帝所設十三州之一。

〔九〕勞問：慰問。漢書張延壽傳：「永始、元延間，比年日蝕，故久不還放，璽書勞問不絶。」

〔一〇〕孔旼：宋代隱士。字寧極，孔子四十六代孫。隱居汝州龍興縣龍山。性孤潔，喜讀書。樂聞人之善，動止必依禮法。周遭人皆愛慕。屢召不出仕。宋史卷四五七有傳。徐復：宋代隱士。字復之，建州（今福建建甌）人。舉進士不中，退而學易，遊學淮、浙間，精通陰陽、天文、地理、遁甲、占射及音律。仁宗曾召見，命爲大理評事，固辭，賜號沖晦處士，後居杭州十數年卒。宋史卷四五七有傳。

〔一一〕散人：不爲世用之人，閒散自在之人。陸龜蒙江湖散人傳：「散人者，散誕之人也。心散、意散、形散、神散，既無羈限，爲時之怪民，束於禮樂者外之曰：『此散人也。』」

〔一二〕沮橈：阻撓。新唐書沙陀傳：「全忠奪邢、磁、洺三州，茂貞度克用沮橈，無能出師，乃與韓建謾好，致書言帝暴露累年，請共治宮室迎天子。」

〔一三〕比景：古郡名，在今越南廣平省。

〔一四〕左校：即左校署，漢唐官署名，掌製作樂器、兵仗、喪葬儀物等木器。

〔一五〕清廟：即太廟。古代帝王的宗廟。詩周頌清廟：「於穆清廟，肅雝顯相。」

〔一六〕彝器：古代宗廟常用青銅祭器的總稱。如鐘、鼎、尊、罍、俎、豆之屬。左傳襄公十九年：「且夫大伐小，取其所得以作彝器。」杜預注：「彝，常也。謂鐘鼎爲宗廟之常器。」

晁伯咎詩集序

傳密居士東里晁公伯咎詩四百六十有一篇，其孫教授君百談集爲四卷以授予，請序卷首。伯咎少以文學稱，自其諸父景迂、具茨先生皆歎譽之〔一〕。諸公貴人亦往往聞其名，顧黨家不敢取〔二〕。靖康之元，黨禁解，伯咎召爲開封掾，且顯用矣〔三〕，阻兵不能造朝。比乘輿過江〔四〕，中原方兵連不解，士大夫多以甲兵錢穀進〔五〕。故家名流，乃見謂不切事機〔六〕，伯咎落江湖者數年。久之，雖起，乘傳嶺海〔七〕，復坐微文斥〔八〕，卒棄不用以死。而伯咎傲睨憂患〔九〕，不少動心，方扁舟往來吴松，嘯歌飲酒，益放於詩。其名章秀句，傳之士大夫，皆以爲有承平臺閣之風〔一〇〕。蓋晁氏自文元公以大手筆用於祥符、天禧間〔一一〕，方吾宋極盛時，封太山〔一二〕，禮百神，歌頌德業，冶金伐石，極文章翰墨之用。汪洋渟滀〔一三〕，五世百餘年〔一四〕，文獻相望，以及建炎、紹興，公獨殿其後。又少時所交，皆中州名勝，講習磨礲之益深矣〔一五〕。是豈窶書生聞見局陋者敢望其涯哉〔一六〕！伯咎學問贍博，胸中恢疏，勇於爲義，視死生禍福無如也〔一七〕。至他文亦皆豪奇，不獨其詩可貴，尚力求而盡傳之。伯咎諱公邁，仕至某官。淳熙七年十一月十七日，山陰陸某序。

【題解】

晁伯咎，即晁公邁，字伯咎，號傳密居士，鉅野（今山東巨野）人。晁詠之子。以蔭補將仕郎。初爲開封府户曹參軍，建炎中通判撫州，紹興間任廣東提舉茶鹽公事，權市舶司，以貪利爲大食國進奉使所訟，罷。晁氏爲望族，人才輩出，且與陸游家有親（陸游外祖母乃晁沖之之姊），晁氏南渡後世居江西，陸游在撫州時曾向晁氏借書抄録。晁公邁之孫晁百談集其祖詩篇，請序於陸游。本文爲陸游爲晁公邁詩集所作的序文，感慨晁氏家族的命運，稱贊公邁的學問人品。

本文據篇末自署，當作於淳熙七年（一一八〇）十一月十七日。時陸游在提舉江西常平茶鹽公事任上。

【箋注】

〔一〕諸父：指伯父和叔父。景迂，即晁説之（一〇五九—一一二九），字以道，一字伯以，自號景迂生。元豐進士，蘇軾曾以文章典麗、可備著述薦之。官至中書舍人兼太子詹事。生平博極群書，尤精於易。工詩，善畫山水。事迹見宋元學案卷二二。具茨：即晁冲之（一〇七三—一一二六），字叔用，一字用道。曾受學於陳師道，紹聖間隱居具茨山（在今河南禹縣），人稱具茨先生。後屢薦不起。爲江西詩派詩人。事迹見宋詩紀事卷三三。

〔二〕顧：但，但看。黨家：晁補之爲蘇門四君子之一，晁氏亦列入元祐黨籍。

〔三〕顯用：即重用。後漢書張玄傳：「解天下之倒縣，報海内之怨毒，然後顯用隱逸忠正之士，則邊章之徒宛轉股掌之上矣。」

〔四〕乘輿：古代特指天子和諸侯所乘坐的車子。孟子梁惠王下：「今乘輿已駕矣，有司未知所之。」此指宋高宗。

〔五〕進：指進身。

〔六〕故家：世家大族，世代仕宦之家。孟子公孫丑上：「紂之去武丁，未久也。其故家遺俗，流風善政，猶有存者。」焦循正義：「故家，勳舊世家。」見謂：被稱爲。賈誼新書修政語上：「故言之者見謂智，學之者見謂賢。」事機：行事的時機。吴兢貞觀政要任賢：「勣（李勣）每行軍，用師籌算，臨敵應變，動合事機。」

〔七〕乘傳：指奉命出使。蘇軾冬季撫問陝西轉運使副口宣：「永言乘傳之勞，未遑退食之佚。」嶺海：兩廣地區。因其地北倚五嶺，南臨南海。韓愈潮州刺史謝上表：「雖在萬里之外，嶺海之陬，待之一如畿甸之間，輦轂之下。」

〔八〕微文：苛細的法律條文。史記汲鄭列傳：「陛下縱不能得匈奴之資以謝天下，又以微文殺無知五百餘人，是所謂『庇其葉而傷其枝』者也。」此指晁公邁貪利事。

〔九〕傲睨：鄙視一切。嵇康卜疑：「寧斥逐凶佞，守正不傾，明否臧乎？將傲倪滑稽，挾智佯迷，爲智囊乎？」

〔一〇〕承平：治平相承，指太平。漢書食貨志上：「今累世承平，豪富吏民訾數鉅萬，而貧弱俞困。」臺閣：泛指中央政府機構。

〔一一〕文元公：指晁迥（九五一—一〇三四），字明遠，謚文元，澶州清豐（今屬河南）人，徙居彭門（今四川彭縣）。太平興國進士。官至禮部尚書。通釋老和儒學經傳。爲宋代晁氏家族興旺的始祖。宋史卷三〇五有傳。「大手筆」句：據本傳載：晁迥「知大中祥符元年貢舉。封泰山，祀汾陰，同太常詳定儀注，累遷尚書工部侍郎。使契丹，還，奏北庭記，加史館修撰、知通進銀臺司。獻玉清昭應宫頌，其子宗操繼上景靈宫慶成歌。帝曰：『迥父子同獻歌頌，縉紳間美事也。』史成，擢刑部侍郎，進承旨。時朝廷方修禮文之事，詔令多出迥手。」

〔一二〕封太山：指大中祥符元年（一〇〇八）十月宋真宗東封泰山。

〔一三〕渟滀：匯聚貌。

〔一四〕五世百餘年：晁氏自迥以下，歷宗字輩（如宗慤、宗操）、仲字輩（如仲衍、仲偃）、端字輩（如端禮、端友、端彦）、之字輩（補之、説之、沖之、詠之）、公字輩（如公武、公溯、公邁）五代，前後百餘年。

〔一五〕磨礲：即磨礱。磨練；切磋。劉禹錫酬湖州崔郎中見寄詩：「磨礱老益智，吟詠閒彌精。」

〔一六〕窶書生：窮讀書人。局陋：局限，鄙陋。

〔一七〕贍博：豐富廣博。司空圖疑經後述：「今鍾陵秀士陳用拙，出其宗人嶽所作春秋折衷論數十篇，贍博精緻，足以下視兩漢迂儒矣。」恢疏：寬宏，開朗。無如：平常。

長短句序

雅正之樂微，乃有鄭衛之音〔一〕。鄭衛雖變，然琴瑟笙磬猶在也〔二〕。及變而爲燕之筑，秦之缶，胡部之琵琶、箜篌〔三〕，則又鄭衛之變矣。風、雅、頌之後，爲騷，爲賦，爲曲，爲引，爲行，爲謡，爲歌，千餘年後，乃有倚聲制辭〔四〕，起於唐之季世，則其變愈薄〔五〕，可勝歎哉！予少時汩於世俗〔六〕，頗有所爲，晚而悔之。然漁歌菱唱〔七〕，猶不能止，今絶筆已數年，念舊作終不可揜，因書其首以識吾過。淳熙己酉炊熟日〔八〕，放翁自序。

【題解】

長短句，即詞。宋代詞體崛起，成爲一代之文學，陸游是南宋重要詞家之一，其詞作收入渭南文集卷四九、卷五〇。本文爲陸游爲自己的詞作所作的序文，考述詞體起源，表達留戀而又後悔之意。

本文據篇末自署，當作於淳熙己酉炊熟日，即淳熙十六年（一一八九）寒食節前一日。時陸游在禮部郎中任上。

【箋注】

〔一〕鄭衛之音：春秋時鄭、衛兩國的民間音樂。因不同於雅樂，曾被儒家斥爲「亂世之音」。後泛指淫靡的音樂。禮記樂記：「鄭衛之音，亂世之音也。」

〔二〕琴瑟笙磬：均爲古代樂器。琴瑟爲絃樂器，笙爲管樂器，磬爲打擊樂器。書益稷：「戛擊鳴球，搏拊琴瑟以詠，祖考來格。」宋書樂志二：「晢晢庭燎，喤喤鼓鍾，笙磬詠德，萬舞象功。」

〔三〕筑：古代絃樂器，形似琴，有十三弦。演奏時，左手按弦的一端，右手執竹尺擊弦發音。缶：原指大肚小口的瓦器，此指瓦質的打擊樂器。琵琶箜篌：兩種撥絃樂器。箜篌有豎式和横式兩種。

〔四〕倚聲：依照歌曲的聲律節奏。新唐書劉禹錫傳：「禹錫謂屈原居沅、湘間作九歌……乃倚其聲作竹枝辭十餘篇。」

〔五〕薄：澆薄，不莊重。

〔六〕汩：沉迷。

〔七〕漁歌：漁人所唱民歌小調。王勃上巳浮江宴序：「榜謳齊引，漁歌互起。」菱唱：采菱人所唱之歌。孟郊感别送從叔校書簡再登科東歸詩：「菱唱忽生聽，芸書回望深。」

〔八〕炊熟日：宋代稱寒食節前一日爲炊熟。因寒食禁火，節前一日必須燒好食物。孟元老東京夢華録清明節：「尋常京師以冬至後一百五日爲大寒食，前一日謂之炊熟。」

徐大用樂府序

古樂府有東武吟〔一〕，鮑明遠輩所作〔二〕，皆名千載。蓋其山川氣俗〔三〕，有以感發人意，故騷人墨客得以馳騁上下，與荆州、邯鄲、巴東三峽之類，森然並傳〔四〕，至於今不泯也。吾友徐大用家本東武，呼吸食飲於邿、淇之津〔五〕，蓋有以相其軼思者〔六〕，故自少時，文辭雄於東州〔七〕。比南歸，以政事議論顯聞薦紳〔八〕，顧不肯輕出其文以沽世取富貴，三十年猶屈治中别駕〔九〕，澹然莫測涯涘〔一〇〕。獨於悲歡離合、郊亭水驛、鞍馬舟楫間，時出樂府辭，贍蔚頓挫〔一一〕，識者貴焉。或取其數百篇，將傳於世，大用復不可，曰：「必放翁以爲可傳，則幾矣。不然，姑止。」予聞而歎曰：「温飛卿作南鄉九闋〔一二〕，高勝不減夢得竹枝〔一三〕，訖今無深賞音者，予其敢自謂知君哉？」獨感東武山川既墮胡塵中〔一四〕，而大用之才久伏不耀，故爲之一言。紹熙五年三月庚寅，笠澤陸某務觀序。

【題解】

徐大用，東武（今山東諸城）人，陸游友人。樂府，樂府詩，亦汎指詩歌。徐大用作詩數百首，堅持要陸游首肯才可刊行。本文爲陸游爲徐大用的詩作所作的序文，分析其特色，肯定其可傳。

本文據篇末自署，當作於紹熙五年（一一九四）三月庚寅（二十九）日。時陸游奉祠家居。

【箋注】

〔一〕古樂府：此指南朝樂府詩。東武吟：東武一帶的民間樂曲。樂府詩集相和歌辭楚調曲上東武吟行引左思齊都賦注云：「東武、泰山，皆齊之土風，弦歌謳吟之曲名也。」又引通典曰：「漢有東武郡，今高密、諸城縣是也。」

〔二〕鮑明遠輩：樂府詩集東武吟行著録有陸機、鮑照、沈約、李白多人的作品。鮑明遠，即鮑照（四一四—四六六），字明遠，劉宋東海（今江蘇漣水）人。南朝詩人，長於樂府，與謝靈運、顏延之並稱「元嘉三大家」。

〔三〕氣俗：風氣習俗。漢書辛慶忌傳：「其風聲氣俗自古而然，今之歌謠慷慨，風流猶存耳。」

〔四〕荆州：荆州樂。　邯鄲：邯鄲宫人怨。與巴東三峽俱樂府題名，見樂府詩集。　森然：衆多貌。南齊書陳顯達傳：「忠黨有心，節義難遣，信次之間，森然十萬。」

〔五〕邦：水名，流經今山東膠州、諸城。　淇：水名，在河南北部，古爲黄河支流，後改道入衛河。

〔六〕相其軼思：考察其地散失的思念。

〔七〕東州：泛指山東的州郡。

〔八〕薦紳：指有官職或做過官的人。

〔九〕治中别駕：指地方佐吏。參見卷八謝晁運使啓注〔五〕。

〔一〇〕澹然：恬淡貌。韓非子大體：「澹然閒静，因天命，持大體。」

〔一一〕贍蔚：形容文辭豐美。新唐書后妃傳上太宗徐賢妃：「手未嘗廢卷，而辭致贍蔚，文無淹思。」　頓挫：聲調抑揚。

〔一二〕温飛卿：即温庭筠（八一二—八七〇），字飛卿，太原祁縣（在山西）人。晚唐詩人，與李商隱並稱「温李」。工詞，多寫閨情，風格濃艷，爲花間詞人之首。舊唐書卷一九〇、新唐書卷九一有傳。　南鄉：即南鄉子，詞調名。温庭筠有南鄉子九首。

〔一三〕高勝：高明優異。南齊書周顒傳：「年少見長安耆老，多云關中高勝，乃舊有此義，當法集盛時，能深得斯趣者，本無多人。」　夢得：指劉禹錫，字夢得，洛陽人。中唐詩人。曾仿民歌體作竹枝詞一組。

〔一四〕墮胡塵：指被金兵佔領。

呂居仁集序

天下大川莫如河、江，其源皆來自蠻夷荒忽遼絶之域〔一〕，累數萬里，而後至中國，以注於海。今禹之遺書所謂岷、積石者〔二〕，特記禹治水之迹耳，非其源果止於是也。故爾雅謂河出崑崙虚〔三〕，而傳記又謂河上通天漢〔四〕。某至蜀，窮江源，則自蜀岷山以西，皆岷山也，地斷壤絶，不復可窮，河、江之源，豈易知哉！古之學者蓋亦若是。惟其上探虙羲、唐、虞以來〔五〕，有源有委，不以遠絶，不以難止，故能卓然布之天下後世而無愧。凡古之言者皆莫不然。自漢以下，雖不能如三代盛時，亦庶幾焉。宋興，諸儒相望，有出漢唐之上者。迨建炎、紹興間，承喪亂之餘，學術文辭，猶不愧前輩。如故紫微舍人東萊吕公者〔六〕，又其傑出者也。公自少時，既承家學，心體而身履之〔七〕，幾三十年。仕愈躓〔八〕，學愈進，因以其暇盡交天下名士，其講習探討，磨礲浸灌〔九〕，不極其源不止。故其詩文，汪洋閎肆〔一〇〕，兼備衆體，間出新意，愈奇而愈渾厚，震耀耳目，而不失高古，一時學士宗焉。晚節稍用於時，在西掖，嘗兼直内庭，草趙丞相鼎制，力排和戎之議，忤秦丞相檜〔一一〕。秦公自草日曆，載公制辭以爲罪，而天下益推公之正。公平生所爲詩，既已孤行於世，嗣孫祖平又盡裒他文凡若干首，爲若干卷，而屬某爲序。某自童子時，讀公詩文，願學焉。稍長，未能遠遊，而公捐館舍〔一二〕。晚見曾文清公〔一三〕，文清謂某，君之詩淵源殆自吕紫微〔一四〕，恨不一識面，某於是尤以爲恨。則今得托名公集之首，豈非幸歟！慶元二年九月既望〔一五〕，中大夫、提舉建寧府武夷山沖佑觀、山陰陸某謹序。

【題解】

吕居仁，即吕本中（一〇八四—一一四五），字居仁，壽州（今安徽鳳臺）人，學者稱東萊先生。北宋宰相吕公著曾孫。紹興六年賜進士出身，官至中書舍人兼侍講，兼直學士院。上書陳恢復大計，因與趙鼎關係密切，忤秦檜，被劾罷。宋史卷三七六有傳。吕本中爲江西詩派重要詩人，詩集早有流傳。其孫吕祖平又集其文章編爲吕居仁集，問序於陸游。本文爲陸游爲吕居仁集所作的序文，稱頌吕公道德文章，表達傾慕之情。

本文據篇末自署，當作於慶元二年（一一九六）九月十六日。時陸游奉祠家居。

【箋注】

〔一〕荒忽：遥遠貌。楚辭九章哀郢：「發郢都而去閭兮，怊荒忽其焉極。」遼絶：遥遠。柳惲贈吴均詩之二：「關候曰遼絶，如何附行旅。」

〔二〕禹之遺書：指書禹貢。岷：岷山。在四川北部，綿延四川、甘肅兩省邊境。爲長江、黄河分水嶺，岷江、嘉陵江支流白龍江發源地。書禹貢：「岷山之陽，至於衡山。」積石：山名。在青海東南部，延伸至甘肅南部邊境。爲崑崙山脈中支，黄河繞流東南側。書禹貢：「導河積石，至於龍門。」

〔三〕崑崙虚：即崑崙墟，崑崙山的基部。亦指崑崙山。在新疆、西藏之間，西接帕米爾高原，東延入青海境内。勢極高峻，多雪峰、冰川。

〔四〕天漢：天河。詩小雅大東：「維天有漢，監亦有光。」毛傳：「漢，天河也。」

〔五〕虙羲：即伏羲。古代傳説中的三皇之一。唐、虞：唐堯、虞舜。

〔六〕紫微舍人：唐宋時中書舍人的别稱。

〔七〕心體而身履：領悟精神，身體力行。

〔八〕躓：事情不順利，受挫折。

〔九〕磨礲浸灌：磨練切磋，浸漬薰陶。

〔一〇〕閎肆：宏偉恣肆。曾鞏李白詩集後序：「白之詩連類引義，雖中於法度者寡，然其辭閎肆雋偉，殆騷人所不及，近世所未有也。」

〔一〕「晚節」六句：宋史本傳：「趙鼎素主元祐之學，謂本中公著後，又范沖所薦，故深相知。會哲宗實録成，鼎遷僕射，本中草制，有曰：『合晉、楚之成，不若尊主而賤霸；散牛、李之黨，未如明是而去非。』檜大怒，言於上曰：『本中受鼎風旨，伺和議不成，爲脱身之計。』風御史蕭振劾罷之。」西掖，中書省的别稱。趙鼎（一〇八五—一一四七）字元鎮，解州聞喜（今屬山西）人。高宗時宰相。因力主抗金，被秦檜陷害。宋史卷三六〇有傳。

〔二〕捐館舍：拋棄館舍。死亡的婉辭。戰國策趙策二：「今奉陽君捐館舍。」

〔三〕曾文清公：即曾幾，陸游師事之。

〔四〕淵源殆自吕紫微：徽宗年間，吕本中作江西詩社宗派圖，首倡「江西詩派」之稱，後曾幾、吕本中均被列入這一詩派。

〔五〕既望：農曆十五日爲望，十六日爲既望。

佛照禪師語録序

拙庵禪師以佛法際遇孝宗皇帝〔一〕，問答之語，既刻金石，傳天下久矣。晚庵居阿育王山中〔二〕，其徒相與盡裒五會所説法〔三〕，凡數萬言，爲五卷，遣侍者正球走山陰澤中，請某作序。某曰：拙庵之道，棟梁大法，無語可也；拙庵之語，雷霆百世，無録可也，又何以序爲哉？然五會之外，則有一會；數萬言之外，别有一句。是可録，是不可録，諸人試下語〔四〕。若也道得，老農贊歎有分。慶元三年九月壬子，陸某謹序。

【題解】

佛照禪師（一一二一—一二〇四），俗姓彭，法名德光，自號拙庵，賜號佛照，臨江軍新喻（今江西新餘）人。德光爲宗杲禪師的得意弟子，爲臨濟宗發展做出了貢獻，其法嗣遍布海内，甚至遠播東瀛。他名揚四方，廣結善緣，與范成大、陸游、周必大等文人學士多有交往，甚至與孝宗以禪相會。晚年還居明州阿育王寺，嘉泰三年圓寂。慶元三年，弟子彙集其説法語録數萬言，編爲五卷，請序於陸游。本文爲陸游爲佛照禪師語録所作的序文，稱道禪師别有超越説法文字之外的妙旨，接引百世後學開悟。

本文據篇末自署，當作於慶元三年（一一九七）九月壬子（十二）日。時陸游奉祠家居。

參考卷二二佛照禪師真贊。

【箋注】

〔一〕際遇孝宗皇帝：孝宗篤信佛法，淳熙三年春，敕令德光住持靈隱寺，多次召見，探討佛法，并特賜佛照禪師法號。孝宗退位爲太上皇後，仍多次召見佛照。際遇，遭遇，適逢其遇。

〔二〕「晚庵居」句：淳熙七年，孝宗詔令佛照禪師歸老於明州阿育王山廣利禪寺。

〔三〕五會：五時之會，指春、夏、季夏、秋、冬五時集會僧徒説法。

〔四〕下語：措辭，用語。蘇軾西江月昨夜扁舟京口詞：「此景百年幾變，箇中下語千難。」

趙祕閣文集序

漢孝武帝好文〔一〕，淮南王安以高帝孫爲諸侯王，而學問文辭在漢庭諸儒甲乙中〔二〕。其所著大小山〔三〕，至與雅、頌、離騷並。魏陳思王，唐太白、長吉，則又以帝子及諸王孫〔四〕，落筆妙古今，冠冕百世。河出崑崙虛，首四瀆〔五〕，經天下，以入於海。彼源委固自不同〔六〕，無足異也。宋興，宗室深居宫中，不與外庭接，故雖博學軼材〔七〕，不得著見。然以詩文、飛白書詔藏秘府者〔八〕，亦不乏人。熙寧、元豐間，始與群臣並進於朝〔九〕。積數十年，而德麟、伯山〔一〇〕，屬文英妙〔一一〕，寖見推於諸公間矣。漢王五世孫祕閣公〔一二〕，諱不拙，字若拙，少以進士奮，主司及流輩皆伏其工〔一三〕。初苦貧無以養，乃教授諸生以自給，其勤苦殆有非窶人子所堪者〔一四〕。既得第，猶不廢也。晚入蜀爲州，遂持使者節，學益不厭，文益妙。予行南充、閬中、小益至成都〔一五〕，歷山郵津亭及浮屠、老子之廬〔一六〕，見穹碑巨板〔一七〕，多公遺文，每觀之至忘食。已而故尚書孫公仲益、端明汪公聖錫、侍御王公龜齡文益出於世〔一八〕，往往見公名字於其間，許與甚至〔一九〕，然後知天下自有公論也。公之子善發、善零，皆取世科。善發字正己，尤以文學稱。其爲漢州判官也〔二〇〕，囊公之文，萬里請予於山陰澤中，曰：「願有以冠篇右〔二一〕。」顧公平生知己久已凋落，予材下，徒以後死不得讓，愧可量哉！慶元六年三月丁巳，中大夫、直華文閣致仕、賜紫金魚袋山陰陸某序〔二二〕。

【題解】

趙祕閣，即趙不拙，字若拙，宋宗室之後。家貧力學，中進士。任直祕閣。乾道元年知果州（今四川南充），四年移漕成都，任都大四川茶馬，五年罷。與王十朋、孫覿、汪應辰等多有交往。趙不拙之子漢州判官趙善發彙集其父之文，請序於陸游。本文爲陸游爲趙祕閣文集所作的序文，歷述宗室人才之盛，肯定趙公勤苦奮進，文章傳世。

本文據篇末自署，當作於慶元六年（一二〇〇）三月丁巳（初二）日。時陸游致仕家居。

【箋注】

〔一〕漢孝武帝：即漢武帝劉徹（前一五六—前八七），謚孝武皇帝。爲高祖劉邦曾孫、文帝之孫、景帝之子。十六歲登基，在位五十四年。史記卷十二、漢書卷六有傳。

〔二〕淮南王：即劉安（前一七九—前一二二），爲高祖劉邦之孫、淮南厲王劉長之子，被封淮南王。武帝時因謀反敗露自盡。史記卷一一八、漢書卷四四有傳。漢書本傳載：「淮南王安爲人好書，鼓琴，不喜弋獵狗馬馳騁，亦欲以行陰德拊循百姓，流名譽。招致賓客方術之士數千人，作爲内書二十一篇，外書甚衆，又有中篇八卷，言神仙黄白之術，亦二十餘萬言。時武帝方好藝文，以安屬爲諸父，辯博善爲文辭，甚尊重之。……使爲離騷傳，旦受詔，日食時上。又獻頌德及長安都國頌。」甲乙：即數一數二。韓愈苗氏墓誌銘：「夫人年若干，嫁河南法曹盧府君，諱貽，有文章德行，其族世所謂甲乙者。」

〔三〕大小山：即大山、小山，爲淮南王招募俊偉之士所作的辭賦集。王逸楚辭章句招隱士序：「昔淮南王安，博雅好古，招懷天下俊偉之士。自八公之徒，咸慕其德，而歸其仁，各竭才智，著作篇章，分造辭賦，以類相從，故或稱小山，或稱大山。其義猶詩有小雅、大雅也。」

〔四〕魏陳思王：即曹植（一九二—二三二），字子建，沛國譙（今安徽亳州）人。曹操幼子。生前曾爲陳王，去世後謚思，故稱陳思王。文學成就出衆，被稱爲「才高八斗」。三國志卷十九有傳。李太白：據新唐書載，李白爲興聖皇帝（西涼武昭王李暠）九世孫，據此，李白與李唐諸王同宗，是唐太宗的同輩族弟。長吉：據舊唐書載，李賀爲唐宗室鄭王李亮後裔。

〔五〕崑崙虛：即崑崙山。四瀆：長江、黄河、淮河、濟水的合稱。爾雅釋水：「江、河、淮、濟爲四瀆。四瀆者，發原注海者也。」

〔六〕源委：指水的發源和歸宿。語本禮記學記：「三王之祭川也，皆先河而後海，或源也，或委也，此之謂務本。」鄭玄注：「源，泉所出也；委，流所聚也。」

〔七〕軼材：超群。司馬相如上書諫獵：「卒然遇軼才之獸，駭不存之地。」

〔八〕飛白書：一種特殊的書法。相傳東漢靈帝時修飾鴻都門，匠人用刷白粉的帚寫字，蔡邕見後，歸作「飛白書」。其特點是筆劃中絲絲露白，像枯筆所寫。漢魏時宮闕題字曾廣泛採用。

〔九〕並進於朝：指一起進用朝廷任職。

〔一〇〕德麟：即趙令畤（一〇六一—一一三四），初字景貺，改字德麟。宋宗室，太祖次子燕王趙德昭玄孫。善詩文，與蘇軾交好，多有唱和。伯山：即趙子崧（？—一一三二），字伯山。宋宗室，燕王趙德昭五世孫。崇寧進士。官宗正少卿、知懷寧府、鎮江府等，助高宗即位有功。

〔一一〕英妙：優美。

〔一二〕漢王：即宋太宗長子漢王趙元佐。祕閣公：宋史宗室世系十一有「左承議郎、直祕閣不拙」，故稱「祕閣公」。

〔一三〕流輩：同輩，同流之人。沈約奏彈王源：「而托姻結好，唯利是求，玷辱流輩，莫斯爲甚。」

〔一四〕非窶人子：指富家弟子。窶人，貧困者。

〔一五〕南充：郡名，即果州，南宋屬潼川府路順慶府。閬中：郡名，南宋屬利州路閬州。小益：地名。

〔一六〕山郵：山中驛站。王維送禰郎中詩：「孤鶯吟遠墅，野杏發山郵。」津亭：建於渡口旁的亭子。王勃江亭夜月送別詩之一：「津亭秋月夜，誰見泣離羣？」浮屠、老子之廬：指佛寺道觀。浮屠指佛教，老子指道教。

〔一七〕穹碑巨板：圓頂高大的石碑。

〔一八〕尚書孫公仲益：即孫覿（一〇八一—一一六九），字仲益，常州晉陵（今江蘇常州）人。大觀進士，政和四年中詞科。官至户部尚書。人品低下，工詩文。事迹見朱文公文集卷七一記孫覿事。端明汪公聖錫：即汪應辰（一一一九—一一七六），字聖錫，信州玉山（今屬江西）人。紹興五年進士第一。官至端明殿學士、知平江府。正直敢言，有政聲。宋史卷三八七有傳。侍御王公龜齡：即王十朋（一一一二—一一七一），字龜齡，號梅溪，温州樂清（今屬浙江）人。紹興二十七年進士第一。官至侍御史。力主抗金恢復大業，有治績。宋史卷三八七有傳。

〔一九〕許與：稱許。杜甫壯遊：「許與必詞伯，賞游實賢王。」

〔二〇〕漢州：今四川廣漢，南宋屬成都府路。

〔二一〕冠篇右：指作序。序置文集前，豎行右起，故云。

〔二二〕直華文閣：宋代貼職之一，陸游以中大夫（正五品）兼領直華文閣。華文閣，慶元二年置，藏宋孝宗御製詩文。賜紫金魚袋：魚袋之制始於唐，爲出入宫廷的符契，魚形，盛於袋。宋因之，以金銀飾爲魚形，繫於公服腰帶垂於後，以明貴賤。三品以上官員服紫，飾金魚；五品以上服緋，飾銀魚。品位不及但有功或受寵者，可特加賜紫或賜緋，以示尊崇。參見宋史輿服志五。

方德亭詩集序

詩豈易言哉！才得之天，而氣者我之所自養。有才矣，氣不足以御之，淫於富貴，移於貧賤〔一〕，得不償失，榮不蓋愧，詩由此出，而欲追古人之逸駕〔二〕，詎可得哉？予自少聞莆陽有士曰方德亭，名豐之，才甚高，而養氣不橈〔三〕。吕舍人居仁、何著作搢之皆屈行輩與之遊〔四〕。德亭晚愈不遭，而氣愈全，觀其詩，可知其所養也。既殁若干年，待制朱公元晦以書及德亭之詩示予於山陰〔五〕，曰：「子爲我作德亭集序。」往時有方畇者〔六〕，與德亭同族，爲予言：德亭遇疾，卒於臨安逆旅〔七〕。垂困，猶能起坐，正衣冠，手自作書與其族人官臨安者，使買棺。棺至，乃殁，色辭不異平日。非養氣之全，能如是乎？請以是爲序。慶元六年四月丁酉，山陰陸某序。

【題解】

方德亨，即方豐之，字德亨，號北山，莆陽（在今福建）人。紹興年間名士，與吕本中、何大圭等遊。工詩。方德亨去世後，朱熹將其詩作寄送陸游請序。本文爲陸游爲方德亨詩集所作的序文，闡述才與氣之關係，贊賞方氏「養氣不撓」的精神。

本文據篇末自署，當作於慶元六年（一二〇〇）四月丁酉（十二）日。時陸游致仕家居。

【箋注】

〔一〕「淫於」二句：孟子滕文公下：「富貴不能淫，貧賤不能移，威武不能屈，此之謂大丈夫。」

〔二〕逸駕：奔逸之車駕。此指高遠的境界。唐玄宗孝經序：「希升堂者必自開户牖，攀逸駕者必騁殊軌轍。」邢昺疏：「逸駕，謂奔逸之車駕也。」

〔三〕不橈：亦作不撓。不彎曲。形容剛正不屈。荀子榮辱：「義之所在，不傾於權，不顧其利，舉國而與之不爲改視，重死持義而不橈，是士君子之勇也。」

〔四〕吕舍人居仁：即吕本中。參見本卷吕居仁集序題解。何著作搢之：即何大圭，字搢之，一作晉之。廣德（今屬安徽）人。政和八年進士。宣和六年爲秘書省正字。紹興間依附秦檜，官至直祕閣。曾居福州，陸游與之有來往（見老學庵筆記卷十、卷六）。因其曾任職館閣，故稱「著作」。行輩：輩分。韓翃送崔秀才赴上元兼省叔父詩：「詩家行輩如君少，極目苦心懷謝朓。」

〔五〕待制朱公元晦：即朱熹，字元晦。寧宗初曾爲煥章閣待制。

〔六〕方昀：莆田人，以父蔭補官，知長溪縣（今福建霞浦），以廉謹聞名。

〔七〕逆旅：客舍，旅館。左傳僖公二年：「今虢爲不道，保於逆旅。」杜預注：「逆旅，客舍也。」

會稽志序

昔在夏禹，會諸侯於會稽〔一〕。歷三千歲，而我高宗皇帝御龍舟，横濤江，應天順動，復禹之迹〔二〕。駐蹕彌年，定中興之業，群盜削平，强虜退遁。於是用唐幸梁州故事，升州爲府，冠以紀元〔三〕。大駕既西幸，而府遂爲股肱近藩，稱東諸侯之首〔四〕。地望蓋視長安之陝、洛，汴都之陳、許〔五〕。所命牧守〔六〕，皆領浙東安撫使，其自丞相執政來，與去而拜丞相執政者，不可遽數。而又昭慈聖烈皇后及永祐以來四陵攢殿，相望於鬱葱佳氣中〔七〕。朝謁之使〔八〕，艫銜轂擊。中原未清，今天下巨鎮，惟金陵與會稽耳，荆、揚、梁、益、潭、廣，皆莫敢望也。則山川圖諜〔九〕，宜其廣載備書，顧未暇及者，綿數十年。大卿沈公作賓、待制趙公不迹繼爲守〔一〇〕，皆慨然以爲己任。乃與通判軍事施君宿、安撫司幹辦公事李君兼、韓君茂卿及郡士馮景中、邵持正、陸子虞、王度、朱鼐等〔一一〕，上參禹貢，下考太史公及歷代史、金匱石室之藏〔一二〕，旁及爾雅、本草、道釋之書〔一三〕，稗官野史所傳，神林鬼區幽怪恍惚之説，秦漢晉唐以降金石刻，歌詩賦詠，殘章斷簡，靡有遺者。若父老以口相傳，不見於文字者，亦間見層出，積勞累月乃成。是雖本之圖經，圖經出於先朝，非藩郡所可附益，乃用長安、河南、成都、相臺之比，名會稽志〔一四〕。會稽爲郡，雖遷徙靡常，而郡本以山得名，又禹所巡也，故卒以名之，而屬某爲之序。嘉泰元年二月庚子，中大夫、直華文閣致仕陸某謹序。

【題解】

會稽爲紹興古名。會稽志即紹興府之地志，又稱嘉泰會稽志。陳振孫直齋書録解題卷八：「會稽志二十卷。通判吴興施宿武子、郡人馮景中、陸子虡、朱鼐、王度等撰，陸放翁爲之序。首稱禹會諸侯，而以思陵巡狩升府配之，氣壯文雅，蓋奇作也。嘉泰辛酉，陸年已七十七矣。未幾，始落仕爲史官，至八十五歲乃終。其筆力老而不衰，於此序見之。」本文爲陸游爲會稽志所作的序文，敘述紹興近世沿革和重要地位，交代志書編纂及命名緣由。

本文據篇末自署，當作於嘉泰元年（一二〇一）二月庚子（十九）日。時陸游致仕家居。

【箋注】

〔一〕「昔在」二句：史記夏本紀：「太史公曰：『禹爲姒姓……或言禹會諸侯江南，計功而崩，因葬焉，命曰會稽。會稽者，會計也。』」

〔二〕「而我」四句：建炎三年正月，金兵大舉南下。二月，高宗渡江南逃。閏八月赴浙西，經越州、明州、温州、台州沿海，於建炎四年二月至温州，四月起駐蹕越州。

〔三〕「於是」三句：建炎四年，高宗駐蹕越州，取「紹奕世之宏休，興百年之丕緒」之意，下詔從建炎五年正月起改元紹興，并升越州爲紹興府。唐幸梁州故事，指興元元年（七八四），唐德宗避朱泚軍亂，幸梁州，後亂平還都長安，詔改梁州爲興元府，位同京都長安。梁州，今陝西漢中。

〔四〕大駕西幸：指紹興八年高宗自建康返回并正式定都臨安。西幸：臨安在紹興之西。府：指紹興府。股肱：大腿和胳膊。此指拱衛首都并與之密切相關之地。韓非子外儲説左下：「中牟，三國之股肱，邯鄲之肩髀。」近藩：近處之屏障。東諸侯：東方的諸侯。此指東南諸州府。

〔五〕地望：指地理位置。視：比照。長安之陝、洛：漢唐首都長安同陝州（今河南三門峽）、洛陽的關係。汴都之陳、許：北宋首都汴京（今河南開封）同陳州（今河南淮陽）、許昌的關係。

〔六〕牧守：州郡的長官。州官稱牧，郡官稱守。漢書翟方進傳：「持法刻深，舉奏牧守九卿，峻文深詆，中傷者尤多。」

〔七〕昭慈聖烈皇后：宋史作昭慈聖獻皇后，即元祐皇后（一〇七三—一一三一），孟姓，洺州（今河北永年）人。宋哲宗首位皇后，兩度被廢又兩度復位，并兩次於國勢危急時垂簾聽政。宋史卷二四三有傳。孟皇后去世後，葬於會稽縣。永祐：即永祐陵，宋徽宗陵墓。宋徽宗趙佶（一〇八二—一一三五），神宗第十一子、哲宗之弟。在位二十五年，國亡被俘受折磨而死。紹興十二年，根據宋金協定，宋徽宗遺骸歸宋，高宗將其葬於紹興永祐陵，立廟號徽宗。四陵：指孟皇后、徽宗之後下葬的欽宗（永獻陵）、高宗（永思陵）、孝宗（永阜陵）和光宗（永崇陵）。攢殿：即攢宫。指帝、后暫殯之所。宋南渡後，帝、后塋冢均稱「攢宫」，表示暫厝，準備收復中原後遷葬河南。上述宋帝、后陵墓，均在今紹興東南富盛鎮攢宫山。鬱葱：氣旺盛貌。佳氣：美好的雲氣。古代以爲是吉祥、興隆的象徵。王安石南鄉子詞之二：「自古帝王州，鬱鬱葱葱佳氣浮。」

〔八〕朝謁：入朝覲見。後漢書東夷傳三韓：「光武封蘇馬諟爲漢廉斯邑君，使屬樂浪郡，四時朝謁。」

〔九〕圖諜：亦作圖牒。圖籍表册。白居易許昌縣令新廳壁記：「若其官邑之省置，風物之有亡，田賦之上下，蓋存乎圖諜。」

〔一〇〕大卿沈公作賓：即沈作賓，字賓王，吴興歸安（今浙江湖州）人。慶元初，官淮南轉運判官，擢太府少卿，總領淮東軍馬錢糧，繼升爲卿。除直龍圖閣，帥浙東，知紹興府。官至江西安撫兼知隆興府。宋史卷三九〇有傳。大卿，俗稱中央各寺的正職長官爲大卿。此指太府卿。待制趙公不迹：即趙不迹，宋宗室，曾任華文閣待制，慶元六年五月以朝議大夫、司農少卿、湖廣總領除直寶文閣，知紹興府。

〔一〕施宿：字武子，湖州長興人。紹熙四年進士。歷任知餘姚縣、知盱眙軍，提舉淮東常平等，時任紹興府通判。李兼、韓茂卿：時任浙東安撫司幹辦公事。馮景中：字克温，諸暨人。慶曆二年進士。官至集賢學士。乾隆紹興府志卷五三有傳。邵持正：字子文，温州平陽人。試禮部不第。能歌詩，工四六。卒年四十九。葉適水心集卷二十有邵子文墓誌銘。陸子虡：陸游長子。王度：字君玉，會稽人。以太學上舍入對，失第。爲舒州教授，遷太學博士。朱鼐：未詳。

〔二〕金匱石室：古時保存書契文獻之處。漢書高帝紀下：「又與功臣剖符作誓，丹書鐵契，金匱石室，藏之宗廟。」顏師古注：「如淳曰：『金匱，猶金縢也。』以金爲匱，以石爲室，重緘封之，保慎之義。」

〔三〕爾雅：十三經之一，古代最早解釋詞義的專著。本草：即神農本草經，古代著名藥書。因所記以草類爲多，故稱本草。

〔四〕「是雖」五句：指這部志書雖然以圖經爲本，但圖經出於前代，不可增加紹興這樣的藩郡之稱，因此沿用長安、河南、成都、相臺諸志之例，命名爲會稽志（而不稱紹興府志）。圖經，附有圖畫、地圖的書籍或地理志。圖經爲後來地方志的前身。附益，增加，增益。相臺，即相州（今河北臨漳），因州有銅雀臺，故稱。

渭南文集箋校卷第十五

序

【釋體】本卷文體同卷十四，收録序十七首。

施司諫註東坡詩序

古詩唐虞賡歌，夏述禹戒作歌，商周之詩，皆以列於經〔一〕，故有訓釋。漢以後詩，見於蕭統文選者，及高帝、項羽、韋孟、楊惲、梁鴻、趙壹之流歌詩見於史者〔二〕，亦皆有註。唐詩人最盛，名家者以百數，惟杜詩註者數家，然概不爲識者所取。近世有蜀人任淵〔三〕，嘗註宋子京、黄魯直、陳無己三家詩〔四〕，頗稱詳贍。若東坡先生之詩，則援據閎博，指趣深遠，淵獨不敢爲之説。某頃與范公至能會於蜀〔五〕，因相與論東坡詩，慨然謂予：「足下當著一書，發明東坡之意，以遺學者。」某謝不能。他日，又言之。因舉二三事以質之曰：「『五畝漸成終老計，九重新掃舊巢痕。』『遥知叔孫子，已致魯諸生〔六〕。』當若爲解？」至能曰：「東坡竄黄州，自度不復收用，故曰『新掃舊巢痕』。建中初，復召元祐諸人〔七〕，故曰『已致魯諸生』。恐不過如此耳。」某曰：「此某之所以不敢承命也。昔祖宗以三館養士〔八〕，儲將相材。及官制行，罷三館〔九〕，而東坡蓋嘗直史館，然自謫爲散官，削去史館之職久矣，至是史館亦廢，故云『新掃舊巢痕』，其用字之嚴如此。而『鳳巢西隔九重門』，則又李義山詩也〔一〇〕。建中初，韓、曾二相得政〔一一〕，盡收用元祐人，其不召者亦補大藩〔一二〕。惟東坡兄弟猶領宫祠〔一三〕。此句蓋寓所謂不能致者二人，意深語緩，尤未易窺測。至如『車中有布乎』〔一四〕，指當時用事者，則猶近而易見。『白首沉下吏，緑衣有公言』〔一五〕，乃以侍妾朝雲嘗歎黄師是仕不進〔一六〕，故此句之意，戲言其上僭〔一七〕。則非得於故老，殆不可知。必皆能知此，然後無憾。」至能亦太息曰：「如此，誠難矣。」後二十五六年，某告老居山陰澤中，吴興施宿武子出其先人司諫公所註數十大編，屬某作序。司諫公以絶識博學名天下，且用工深，歷歲久，又助之以顧君景蕃之該洽〔一八〕，則於東坡之意，蓋幾可以無憾矣。某雖不能如至能所托，而得序斯文，豈非幸哉！嘉泰二年正月五日，山陰老民陸某序。

【題解】

施司諫，即施元之，字德初，吴興（今浙江湖州）人。紹興二十四年進士。除秘書省正字、著作佐郎，用爲起居舍人、左司諫、左正言，知衢州、贛州。宋史翼卷二八有傳。與顧禧及子施宿合著注東坡先生詩。直齋書録解題卷二十：「注東坡集四十二卷，年譜、目録各一卷。司諫吴興施元之德初與吴郡顧景蕃共爲之。元之子宿從而推廣，且爲年譜，以傳於世。陸放翁爲作序，頗言注之難，蓋其一時事實，既非親見，又無故老傳聞，有不能盡知者。」本文爲陸游爲施元之等注東坡詩作所作的序文，追述注詩傳統，感慨注東坡詩之難，肯定注者的絶識博學。

本文據篇末自署，當作於嘉泰二年（一二〇二）正月五日。時陸游致仕家居。

【箋注】

〔一〕「古詩」四句：指唐虞太平盛世，夏禹述戒，君臣唱和，以及商周時期詩歌，都已列入儒家經典。夏禹述戒，見於書益稷：「禹曰：『都！帝，慎乃在位。』帝曰：『俞！』禹曰：『安汝止，惟幾惟康。其弼直，惟動丕應。徯志以昭受上帝，天其申命用休。』……庶尹允諧，帝庸作歌。曰：『敕天之命，惟時惟幾。』乃歌曰：『股肱喜哉，元首起哉，百工熙哉！』皋陶拜手稽首，颺言曰：『念哉！率作興事，慎乃憲，欽哉！屢省乃成，欽哉！』乃賡載歌曰：『元首明哉，股肱良哉，庶事康哉！』又歌曰：『元首叢脞哉，股肱惰哉，萬事墮哉！』帝拜曰：『俞，往，欽哉！』」賡歌，酬唱和詩。商周之詩，指詩經中的作品。

〔二〕韋孟：漢初詩人，彭城（今江蘇徐州）人。曾任楚元王傅。文心雕龍明詩：「漢初四言，韋孟首唱，匡諫之義，繼軌周人。」楊惲：字子幼，華陰（今屬陝西）人。司馬遷外孫。初爲中郎將，封平通侯，因作報孫會宗書以悖逆罪被處腰斬。梁鴻：字伯鸞，扶風平陵（今陝西咸陽）人。東漢詩人，隱士，作有五噫歌。趙壹：字元叔，漢陽郡西（今甘肅天水）人。漢末辭賦家，其刺世疾邪賦直抒胸臆，狂傲不羈。

〔三〕任淵：字子淵，新津（今四川成都）人。少從黄庭堅學詩。直齋書録解題卷二十著録其注黄山谷詩二十卷、注後山詩六卷，并稱「大抵不獨注事，而兼注意，用工爲深」。

〔四〕宋子京：即宋祁（九九八—一〇六一），字子京，安陸（今屬湖北）人。天聖二年進士。累遷尚書工部員外郎、知制誥，改龍圖學士、史館修撰，拜翰林學士承旨。與歐陽修同修新唐書。卒謚景文。宋史卷二八四有傳。任淵注宋子京詩不傳。黄魯直：即黄庭堅（一〇四五—一一〇五），字魯直，號山谷道人，洪州分寧（今江西修水）人。治平進士。官至起居舍人。蘇門四學士之一。尤工詩，與蘇軾並稱「蘇黄」，被奉爲江西詩派之宗。宋史卷四四四有傳。陳無己：即陳師道（一〇五三—一一〇二），字履常，一字無己，號後山居士，彭城（今江蘇徐州）人。曾任太學博士。蘇門四學士之一。工詩，亦被奉爲江西詩派之宗。宋史卷四四四有傳。

〔五〕范公至能：即范成大，字致能。參見卷十四范待制詩集序題解。

〔六〕「五畝」四句：蘇軾六年正月二十日復出東門仍用前韻：「亂山環合水侵門，身在淮南盡處村。五畝漸成終老計，九重新掃舊巢痕。豈惟見慣沙鷗熟，已覺來多釣石温。長與東風約今日，暗香先返玉梅魂。」又余昔過嶺而南題詩龍泉鐘上今復過而北次前韻：「秋風卷黃落，朝雨洗緑浄。人貪歸路好，節近中原正。下嶺獨徐行，艱險未敢忘。遥知叔孫子，已致魯諸生。」

〔七〕「建中初」二句：北宋黨争過程曲折。哲宗元祐年間，朝廷罷新法，啓用舊黨；至紹聖間，則貶斥舊黨，再行新法；徽宗即位，於建中靖國年間，召回元祐舊黨，但蔡京爲相後，則再次嚴禁元祐學術，樹黨人碑，史稱「元祐黨禁」。建中，指建中靖國，徽宗年號。

〔八〕三館：宋承唐制，以史館、昭文館、集賢院爲三館，掌修史、藏書、校書。

〔九〕「及官制行」二句：神宗元豐三年至五年，進行官制改革，史稱「元豐改制」。新官制實行後，取消三館，職事歸秘書省。

〔一〇〕「而鳳巢」二句：李商隱贈劉司户：「江風吹浪動雲根，重碇危檣白日昏。已斷燕鴻初起勢，更驚騷客後歸魂。漢廷急詔誰先入，楚路高歌自欲翻。萬里相逢歡復泣，鳳巢西隔九重門。」

〔一〕韓、曾二相：指韓忠彦、曾布。

〔二〕大藩：指比較重要的州郡一級行政區。

〔三〕領宫祠：任宫觀使。此指徽宗即位後，蘇氏兄弟遇赦，蘇軾提舉玉局觀，復朝奉郎；蘇轍復太中大夫，提舉鳳翔上清太平宫。均見本傳。

〔四〕「至如」句：蘇軾董卓：「公業平時勸用儒，諸公何事起相圖。只言天下無健者，豈信車中有布乎？」

〔五〕「白首」二句：蘇軾送黄師是赴兩浙憲：「世久無此士，我晚得王孫。寧非叔度家，豈出次公門。白首沉下吏，緑衣有公言。哀哉吴越人，久爲江湖吞。……」緑衣，詩邶風篇名。公言，公衆的言論。

〔六〕侍妾朝雲：即王朝雲，原爲歌妓。十二歲時爲蘇軾所贖，後收爲侍妾。陪伴蘇軾貶至惠州而卒，年三十四。黄師是：名寔，章惇甥，蘇轍姻家。見香祖筆記。

〔七〕上僭：謂越位踰制，冒用高於自己身份的名義、禮儀或器物等。詩邶風緑衣序：「緑衣，衛莊姜傷己也。妾上僭，夫人失位而作是詩也。」孔穎達疏：「由賤妾爲君所嬖而上僭，夫人失位而幽微。」

〔一八〕該恰：博通。晉書藝術傳論：「陳、戴等諸子并該洽墳典，研精數術。」

達觀堂詩序

朝請郎致仕吴公景先，少嘗從洛川先生朱公希真問道〔一〕。朱公爲名所居堂曰「達觀」〔二〕，手書以遺之，且賦詩一章，屬之曰：「子爲人深静簡遠〔三〕，不富貴，必壽考〔四〕，故吾以此事相期。」景先出仕五十年，不求速化〔五〕，不治生産，位僅至二千石〔六〕。晚爲東諸侯客〔七〕，遂引年以歸，距八十不遠。望其容貌，不腴不瘠，視聽步趨如五六十人，非得朱公密傳親付，殆不能爾。朱公之逝甚異，世以爲與尹先覺、譙天授、蘇養直俱解化仙去〔八〕，則吾景先亦其流亞歟〔九〕？自朱公賦詩後，士大夫繼作凡若干篇，屬予爲序。嘉泰二年十一月癸丑，放翁陸某務觀序。

【題解】

達觀堂，爲吴褎所居堂名。吴褎，字景先。乾道間曾宰上元（在今南京）。以朝請郎致仕。吴褎曾從學於朱敦儒，朱公爲其居室題名「達觀」，并賦詩爲贈。後士大夫多有繼作，吴褎彙聚後，請序於陸游。陸游少時亦曾得朱公賞識。本文爲陸游爲達觀堂詩所作的序文，稱道朱公、吴公之隱居生涯。

本文據篇末自署，當作於嘉泰二年（一二〇二）十一月癸丑（十二）日。時陸游在實録院同修撰兼同修國史任上。

參考劍南詩稿卷三五題吳參議達觀堂堂榜蓋朱希真所作也僕少亦辱知於朱公故尤感慨云。

【箋注】

〔一〕洛川先生朱公希真：即朱敦儒（一〇八〇—一一七五），字希真，號巖壑，又稱伊水老人、洛川先生，河南人。紹興二年賜進士出身。歷官秘書省正字、浙東提刑、鴻臚少卿。晚年退居嘉禾（今浙江嘉興）。工詞。宋史卷四四五有傳。

〔二〕達觀：指一切聽其自然，隨遇而安。羅含更生論：「達觀者所以齊死生，亦云死生爲寤寐，誠哉是言！」

〔三〕深静簡遠：深沉寧静，簡樸閒遠。

〔四〕壽考：年高，長壽。詩大雅棫樸：「周王壽考，遐不作人。」鄭玄箋：「文王是時九十餘矣，故云壽考。」

〔五〕速化：指快速入仕做官。韓愈答陳生書：「足下求速化之術，不於其人，乃以訪愈，是所謂借聽於聾，求道於盲。」

〔六〕二千石：指郡守。參見卷一嚴州到任謝表注〔二〕。

〔七〕東諸侯：指封疆大員。參見卷十四會稽志序注〔四〕。

〔八〕尹先覺：即尹天民，字先覺，會昌（今屬江西）人。少時清苦自勵，通經學，尤精於易。崇寧間由上舍登第，任國子博士，時稱尹夫子。知果州相如縣。靖康初改授翰林院待講，不就。棄官歸隱青城山。譙天授：即譙定，字天授，人稱譙夫子，涪州涪陵（今屬重慶）人。少喜學佛，後從程頤學易。南宋初召爲崇政殿説書，辭不就，歸隱青城山，不知所終。宋史卷四五九有傳。蘇養直：即蘇庠（一〇六五—一一四七），字養直，號後湖居士。澧州（今湖南澧縣）人，後徙居丹陽（今屬江蘇）之後湖。紹興間被徵召，固辭不赴。工詩善文。解化仙去：指修行成道，成仙而去。

〔九〕流亞：同一類人。三國志蜀書董劉馬陳董吕傳論：「吕乂臨郡則垂稱，處朝則被損，亦黄、薛之流亞矣。」

梅聖俞别集序

宛陵先生遺詩及文若干首，實某官李兼孟達所編緝也〔一〕。先生當吾宋太平最盛時，官京洛〔二〕，同時多偉人巨公，而歐陽公之文，蔡君謨之書〔三〕，與先生之詩，三者鼎立，各自名家。文如尹師魯〔四〕，書如蘇子美〔五〕，詩如石曼卿輩〔六〕，豈不足垂世哉，要非三家之比，此萬世公論也。先生天資卓偉，其於詩，非待學而工。然學亦無出其右者。方落筆時，置字如大禹之鑄鼎〔七〕，練句如后夔之作樂〔八〕，成篇如周公之致太平〔九〕，使後之能者欲學而不得，欲贊而不能，況可得而譏評去取哉？歐陽公平生常自以爲不能望先生，推爲詩老〔一〇〕。王荆公自謂虎圖詩不及先生包鼎畫虎之作〔一一〕，又賦哭先生詩〔一二〕，推仰尤至，晚集古句〔一三〕，獨多取焉。蘇翰林多不可古人，惟次韻和陶淵明及先生二家詩而已〔一四〕。雖然，使本無此三公，先生何歉；有此三公，亦何以加秋毫於先生？予所以論載之者，要以見前輩識精論公，與後世妄人異耳。會李君來請予序，故書以予之。嘉泰三年正月己卯，山陰陸某序。

【題解】

梅聖俞，即梅堯臣（一〇〇二—一〇六〇），字聖俞，宣州宣城（今屬安徽）人，世稱宛陵先生。早年屢試不第，皇祐三年賜進士出身。歷官河南主簿、國子監直講、尚書都官員外郎，預修唐書。以詩著稱，晚益工。宋史卷四四三有傳。梅堯臣去世後，摯友歐陽修爲其編集，并撰梅聖俞詩集序。嘉泰年間，李兼搜集梅堯臣遺佚詩文編爲梅聖俞别集，請序於陸游。本文爲陸游爲梅聖俞别集所作的序文，高度評價梅堯臣的詩歌創作成就。

本文據篇末自署，當作於嘉泰三年（一二〇三）正月己卯（初九）日。時陸游在秘書監、寶謨閣待制任上。

參考劍南詩稿卷五五書宛陵集後、卷六〇讀宛陵先生詩。

【箋注】

〔一〕李兼，字孟達，宣城人。官宗正丞、知台州。直齋書録解題著録其李孟達集一卷，并稱「嘗知台州，時稱善士」。陸游曾應李兼之請，爲其曾祖詩集撰宣城李虞部詩序，見本卷。

〔二〕官京洛：此指梅堯臣早年以蔭補河南主簿。京洛，洛陽的别稱。因東周、東漢均建都於此，故名。班固東都賦：「子徒習秦阿房之造天，而不知京洛之有制也。」

〔三〕蔡君謨：即蔡襄（一〇一二—一〇六七），字君謨，號莆陽居士，謚忠惠，興化軍仙遊（今屬福建）人。天聖進士。官至翰林學士。多有政績。工書法，恪守晉唐法度，被歐陽修、蘇軾等推爲「本朝第一」。宋史卷三二〇有傳。

〔四〕尹師魯：即尹洙（一〇〇一—一〇四七），字師魯，河南府（今河南洛陽）人。天聖進士。歷官館閣校勘、知涇、渭等州，兼涇源路經略公事等。博學有識度，與歐陽修等宣導古文。宋史卷二九五有傳。

〔五〕蘇子美：即蘇舜欽（一〇〇八—一〇四九），字子美，綿州鹽泉（今四川綿陽）人。蘇易簡之孫。景祐進士。歷官光禄寺主簿、大理評事、集賢校理、監進奏院、湖州長史等。慷慨有大志，力主改革。與歐陽修、梅堯臣等倡和，歌詩豪放，善草書。宋史卷四四二有傳。

〔六〕石曼卿：即石延年（九九四—一〇四一），字曼卿，宋城（今河南商丘）人。屢舉進士不第，以武臣叙遷得官，仕至太子中允、秘閣校理。跌宕任氣節，爲文勁健，工詩善書。宋史卷四四二有傳。

〔七〕大禹之鑄鼎：相傳夏禹鑄九鼎，象徵九州，夏商周三代奉爲象徵國家政權的傳國之寶。史記封禪書：「禹收九牧之金，鑄九鼎。」

〔八〕后夔之作樂：相傳后夔製作樂曲。文選張衡東京賦：「伯夷起而相儀，后夔坐而爲工。」薛綜注：「后夔，舜臣，掌樂之官。」

〔九〕周公之致太平：周公實現了天下太平。漢書地理志：「河南，故郟鄏地。周武王遷九鼎，周公致太平，營以爲都，是爲王城，至平王居之。」

〔一〇〕詩老：指老於作詩者，作詩老手。蘇軾鳳翔八觀王維吴道子畫詩：「摩詰本詩老，佩芷襲芳蓀。」

〔一一〕虎圖詩：王安石有陰山畫虎圖詩。包鼎畫虎：梅堯臣有答王君石遺包虎二軸詩。包鼎，宣城人，包貴子，父子均爲畫虎名家而鼎最妙。

〔一二〕又賦哭先生詩：王安石有哭梅聖俞詩。

〔一三〕集古句：又稱集句詩，指輯前人詩句以成篇什。沈括夢溪筆談藝文一：「古人詩有『風定花猶落』之句，以謂無人能對；王荆公以對『鳥鳴山更幽』。『鳥鳴山更幽』，本宋王籍詩……荆公始爲集句詩，多者至百韻，皆集合前人之句。」

〔一四〕蘇翰林：指蘇軾，曾任翰林學士知制誥，故稱。蘇軾有和陶詩四卷，遍和陶淵明詩篇。

楊夢錫集句杜詩序

文章要法，在得古作者之意。意既深遠，非用力精到〔一〕，則不能造也。前輩於左氏傳、太史公書、韓文、杜詩，皆熟讀暗誦，雖支枕據鞍間〔二〕，與對卷無異。久之，乃能超然自得。今後生用力有限，掩卷而起，已十亡三四，而望有得於古人，亦難矣。楚人楊夢錫才高而深於詩，尤積勤杜詩〔三〕，平日涵養不離胸中，故其句法森然可喜〔四〕。因以暇戲集杜句。夢錫之意，非爲集句設也，本以成其詩耳。不然，火龍黼黻手〔五〕，豈補綴百家衣者耶〔六〕？予故爲表出之，以告未深知夢錫者。嘉泰三年正月丁亥，笠澤陸某務觀序。

【題解】

楊夢錫，即楊冠卿，字夢錫，號客亭，江陵（今屬湖北）人。與范成大等有交往。著有客亭類稿。楊冠卿精通詩法，對杜詩用力尤深，作杜詩集句若干首。本文爲陸游爲楊夢錫的集句杜詩所作的序文，説明集句非爲補綴百家衣，文章要法在於對文史經典的熟讀暗誦。

本文據篇末自署，當作於嘉泰三年（一二〇三）正月丁亥（十七）日。時陸游在秘書監、寶謨閣待制任上。

【箋注】

〔一〕精到：精細周到。

〔二〕支枕據鞍：豎枕跨鞍，指閒居休憩和行軍作戰。

〔三〕積勤：長久勤劬。韓愈祭馬僕射文：「惟公積勤，以疾以憂。及其歸時，當謝之秋。」

〔四〕森然：嚴整貌。

〔五〕火龍黼黻手：描畫火龍黼黻之手。指深得集句三昧的詩人。火龍，指火形和龍形的圖案。多用於帝王服飾。黼黻，指禮服上所繡的華美花紋。左傳桓公二年：「火龍黼黻，昭其文也。」

〔六〕豈補綴百家衣者邪：劍南詩稿卷二一次韻和楊伯子主簿見贈：「文章最忌百家衣，火龍黼黻世不知。」

陸伯政山堂類稿序

古之學者，始於家塾鄉校，而貢於天子之辟雍〔一〕；始於抱關擊柝〔二〕，而至於公卿；始於賦物銘器、師旅會盟之辭，而至於陳謨作誥〔三〕。其所遇雖不同，然於明聖人之道，闡性命精微之理〔四〕，則一也。周衰，道術裂於百氏〔五〕，士各以所見著書授徒，於是稽之堯、舜、禹、文王、周公、孔子之遺書〔六〕，始有大不合者。今六經散缺不全，而諸子之書則往往具在。又其辭怪偉辯麗〔七〕，足以動蕩世之耳目，乃欲學者之文辭一合於道，而不悖戾於經〔八〕，可謂難矣。吾宗伯政，諱焕之，唐丞相文公希聲之九世孫〔九〕。文公上距丞相元方五世〔一〇〕，中間子孫遇五季之亂，獨不失譜，至今世次皆可序述。伯政家世爲儒，力學篤行，至老不少衰。所爲文皆本六經，無一毫汩於釋老〔一一〕。雖其徒有從之求文者，伯政尊所聞，猶毅然不爲之貶。至如楊公時〔一二〕，近世名儒，獨以立論少入釋老，伯政正色斥之，不遺餘力。使死而有知，吾伯政有以見周公、孔子矣。其孤集遺文爲二十卷，來請余爲序。伯政之文，可稱述者衆，予獨言其學術文辭之正以序之，尚不失斯人之本意，又進其子孫云〔一三〕。嘉泰四年二月丁巳，笠澤陸某謹序。

【題解】

陸伯政，即陸焕之。參見卷十三答陸伯政上舍書題解。陸焕之於嘉泰三年十月去世，其子集其遺文成山堂類稿二十卷，請序於陸游。本文爲陸游爲陸焕之山堂類稿所作的序文，稱道其「文皆本六經」，揭示其「學術文辭之正」。

本文據篇末自署，當作於嘉泰四年（一二〇四）二月丁巳（二十三）日。時陸游致仕家居。

參考卷十三答陸伯政上舍書、卷三八山堂陸先生墓誌銘、劍南詩稿卷五六聞金溪陸伯政下世。

【箋注】

〔一〕辟雍：古代天子所設大學。參見卷十二除華文閣待制謝丞相啓注〔一七〕。

〔二〕抱關擊柝：守門打更的小吏。荀子榮辱：「故或禄天下而不自以爲多，或監門御旅，抱關擊柝，而自不以爲寡。」楊倞注：「抱關，門卒也，擊柝，擊木所以警夜者。」

〔三〕陳謨作誥：擬製朝廷文書。謨、誥，均爲尚書文體名。

〔四〕性命：指萬物的天賦和稟受。易乾：「乾道變化，各正性命。」宋代道學家專意研究性命之學，因以指道學。精微：精深微妙。

〔五〕道術：指學術，學説。莊子天下：「後世之學者，不幸不見天地之純，古人之大體，道術將爲天下裂。」

〔六〕稽：考核，稽考。

〔七〕怪偉：怪異，特異。辯麗：指文辭華美綺麗。漢書王褒傳：「辭賦大者與古詩同義，小者辯麗可喜。」

〔八〕悖戾：違逆，乖張。舊唐書蕭遘傳：「時溥恃動壞法，凌蔑朝廷，而抗表請按侍臣，悖戾何甚？」

〔九〕文公希聲：即陸希聲，唐代蘇州吴人。博學善屬文，通易、春秋、老子。昭宗時官至宰相。卒謚文。新唐書卷一一六有傳。

〔一〇〕元方：即陸元方，字希仲，唐代蘇州吴人。舉明經第。武則天時官至宰相。新唐書卷一一六有傳。

〔一一〕汩於釋老：爲佛教、道教所擾亂。

〔一二〕楊公時：即楊時（一〇五三—一一三五），字中立，世稱龜山先生，南劍州將樂（今屬福建）人。熙寧進士。先後學於程顥、程頤，東南學者奉爲「程學正宗」。官至工部侍郎。致仕後專事著述講學。宋史卷四二八有傳。

〔一三〕進：推進，促進。

普燈録序

粤自曠大劫來〔一〕，至神應迹〔二〕，開示天人〔三〕，未有不以文字語言相授者，今七佛偈是其一也〔四〕。至於中夏，則三十萬年之前，包犧氏作，已畫八卦、造書契矣〔五〕。釋迦之興〔六〕，固亦無異。今一大藏教〔七〕，可謂富矣，乃獨於最後舉華示其上足弟子迦葉，迦葉欣然一笑，不立文字，不形言語，謂之正法眼藏〔八〕。師舉華而傳，弟子一笑而受，既書之木葉旁行之間矣〔九〕，亦未見其與古聖異也。豈謂之文而非文，謂之言而非言耶？昔有景德傳燈三十卷者〔一〇〕，蓋非文之文，非言之言也。此門一開，繼者相望，其尤傑立者，續燈、廣燈二書也〔一一〕。然皆草創簡略，自爲區別，雖聖君賢臣之事，有不能具載者，獨旁見間出於諸祖章中，識者以爲恨。吴僧正受始著普燈，凡十有七年，成三十卷，前日之恨，毫髮無遺矣。而尤爲光明崇顯者〔一二〕，我祖宗之明詔睿藻〔一三〕，裒集周悉，一一皆有據依，足以傳示萬世，寶爲大訓，其有功於釋門最大。方且上之御府，副在名山〔一四〕，而又以其副示某，俾得紀述梗概於後。某自隆興距嘉泰，五備史官〔一五〕，今雖告老，待盡山澤，猶於祖宗遺事，思以塵露之微，仰足山海，不自知其力之不逮也。嘉泰四年三月乙酉，太中大夫、充寶謨閣待制致仕、山陰縣開國子食邑五伯户、賜紫金魚袋陸某謹序〔一六〕。

【題解】

普燈録，亦稱嘉泰普燈録，三十卷，禪宗燈録之一。南宋平江府報國光孝寺僧正受編。正受鑒於向來之傳燈録偏重記録禪門師徒傳法，乃着手補充景德傳燈録、天聖廣燈録、建中靖國續燈録等書之不足，由於内容普及王侯、士庶、女流、尼師等聖賢衆庶，故名普燈録。全書費時十七年，於嘉泰四年編成，并請序於陸游。本文爲陸游爲普燈録所作的序文，追述傳燈録之歷史，肯定普燈録「傳示萬世，寶爲大訓」的價值。

本文據篇末自署，當作於嘉泰四年（一二〇四）三月乙酉（二十二）日。時陸游致仕家居。

【箋注】

〔一〕粤：句首語助詞。　曠大劫：劫，佛教指注定的災難。又謂天地一成一毁爲一劫，經八十小劫爲一大劫。曠劫，久遠之劫，過去的極長時間。

〔二〕應迹：指應化垂迹，即佛菩薩應衆生之機緣而自其本體示現種種身，以濟度衆生。觀音玄義卷上：「上地爲真爲本，下地爲應爲迹。」

〔三〕開示：啓示，啓發。後漢書南蠻傳：「喬至，開示慰誘，并皆降散。」

〔四〕七佛偈：七位佛祖的偈語。七佛，指毗婆尸佛、尸棄佛、毗舍浮佛、拘留孫佛、拘納含牟尼佛、迦葉佛和釋迦牟尼佛。佛偈爲佛經中的頌詞。多用三言、四言、五言、六言、七言以至多言爲句，四句合爲一偈。如釋迦牟尼之佛偈謂：「法本法無法，無法法亦法，今付無法時，法法何曾法。」

〔五〕「包犧氏」二句：包犧亦稱庖犧、伏羲。古代傳説中的三皇之一。風姓。相傳其始畫八卦，又教民漁獵，取犧牲以供庖廚，因稱庖犧。書序：「古者伏羲氏之王天下也，始畫八卦，造書契，以代結繩之政，由是文籍生焉。」陸德明釋文：「書者，文字。契者，刻木而書其側。」

〔六〕釋迦：即釋迦牟尼（約前五六三—前四八三），姓喬答摩，名悉達多。佛教始祖。釋迦牟尼是佛教徒對他的尊稱，意即釋迦族的聖人。

〔七〕一大藏教：指以釋迦佛所説之經、律、論三藏教法，爲全佛教之教説，故稱一大藏教。

〔八〕「乃獨於」五句：指釋迦佛傳法於迦葉。宋釋普濟五燈會元七佛釋迦牟尼佛卷一：「世尊於靈山會上，拈花示衆。是時衆皆默然，唯迦葉尊者破顔微笑。世尊曰：『吾有正法眼藏，涅盤妙心，實相無相，微妙法門，不立文字，教外别傳，付囑摩訶迦葉。』」華，同花。迦葉，即摩訶迦葉波，釋迦佛的大弟子，被認爲是中國禪宗初祖。正法眼藏，佛教語。禪宗用來指依徹見真理之智慧眼（正法眼）透見萬德秘藏之法（藏），亦即佛内心之悟境，由師父之心傳至弟子之心。

〔九〕木葉旁行：指書寫佛經的載體。木葉，即貝葉，古代印度人用以寫經。旁行，横寫。佛經與漢籍豎行不同。

〔一〇〕景德傳燈：即景德傳燈録三十卷，北宋景德元年東吴道原撰。集録自過去七佛及歷代禪宗諸祖五家五十二世，共一千七百零一人之傳燈法系。傳燈録介於僧傳與語録之間，爲禪宗首創。它略於記行，詳於記言；且擷取語録之精要，又按照授受傳承的世系編列，相當於禪宗思想史。

〔一一〕續燈、廣燈：即天聖廣燈録、建中靖國續燈録。前者爲天聖年間李遵勖編，仁宗賜「天聖」二字并序；後者爲建中靖國元年惟白編。二書均爲接續景德傳燈録而編。

〔一二〕崇顯：尊貴顯要。後漢書皇后紀下陳夫人：「況二母見在，不蒙崇顯之次，無以述遵先世，垂示後世也。」

〔一三〕明詔：英明的詔令。史記蘇秦列傳：「臣請令山東之國奉四時之獻，以承大王之明詔。」睿藻：指皇帝或后、妃所作的詩文。宋之問夏日仙萼亭應制詩：「睿藻光巖穴，宸襟洽薜蘿。」

〔一四〕「方且」二句：普燈録書成後，正受上進朝廷，宋寧宗敕許入藏。御府，主藏禁中圖書秘記的官署。名山，指可以傳之不朽的藏書之所。史記太史公自序：「以拾遺補藝，成一家之言……藏之名山，副在京師，俟後世聖人君子。」司馬貞索隱：「言正本藏之書府，副本留京師也。」

〔一五〕「某自」二句：陸游自紹興末至嘉泰年間，先後五次出任史官，即敕令所删定官（紹興三十年）、玉牒所編修官（紹興三十一年）、樞密院編修兼編類聖政所檢討官（紹興三十二年）、實録院檢討官（淳熙十六年）、實録院同修撰兼同修國史（嘉泰二年）。「隆興」似應作「紹興」。

〔一六〕開國：在五等封爵前所加的稱號。高承事物紀原官爵封建開國：「晉令始有開國之稱，故五等皆郡縣開國。陳亦有開國郡公、縣侯伯子男，侯已降，無郡封。由唐迄今，因而不改。」食邑：唐宋時賜予宗室和高級官員的榮譽性加銜。賜紫金魚袋：宋代元豐改制後，四品以上服紫，官品不及而皇帝推恩特賜，准許服紫以示尊寵，稱賜紫。賜紫同時賜金魚袋，合稱賜紫金魚袋。魚袋之制始於唐，以魚符盛於袋。宋代無袋，以金銀飾爲魚形，繫於帶而垂於後，以明貴賤。陸游時以太中大夫、充寶謨閣待制致仕，賜紫金魚袋以示尊寵。

澹齋居士詩序

詩首國風，無非變者〔一〕，雖周公之豳亦變也〔二〕。蓋人之情，悲憤積於中而無言，始發爲詩。不然，無詩矣。蘇武、李陵、陶潛、謝靈運、杜甫、李白，激於不能自已，故其詩爲百代法。國朝林逋、魏野以布衣死〔三〕，梅堯臣、石延年棄不用〔四〕，蘇舜欽、黄庭堅以廢絀死〔五〕。近時江西名家者〔六〕，例以黨籍禁錮〔七〕，乃有才名，蓋詩之興本如是。紹興間，秦丞相檜用事，動以語言罪士大夫。士氣抑而不伸，大抵竊寓於詩，亦多不免。若澹齋居士陳公德召者，故與秦公有學校舊〔八〕，自揣必不合，因不復與相聞，退以文章自娱。詩尤中律吕，不怨不怒〔九〕，而憤世疾邪之氣，凛然不少回撓〔一〇〕。其不坐此得禍，亦僅脱爾。及秦氏廢，始稍起，爲吏部郎〔一一〕，爲國子司業、秘書少監，遽没於官。後四十餘年，有子知津爲高安守〔一二〕，最其詩〔一三〕，得三卷，屬某爲序。某少識公於山陰，方公召還，嘗以詩贈别〔一四〕。及公爲郎時，故相湯岐公一日語公曰〔一五〕：「陸務觀别君詩方傳世。」非公之賢，何以發其語如此，時紹興己卯歲也〔一六〕。因高安之請〔一七〕，重以感欷〔一八〕，某於是年八十有一矣。開禧元年九月，太中大夫、寶謨閣待制致仕、山陰縣開國子食邑五百户、賜紫金魚袋陸某序。

【題解】

澹齋居士，即陳棠（一一〇一—一一六二），字德召，號澹齋居士，毗陵（今江蘇常州）人。紹興二年進士。因與秦檜不合，居家不仕。秦檜卒，始出仕，曾任宫學教授，紹興二十九年除考功員外郎，三十年除國子司業，三十二年九月除秘書少監，十二月致仕。（據南宋館閣録卷七）四十餘年後，其子陳知津收聚父親之詩編爲三卷，請序於陸游。本文爲陸游爲澹齋居士陳棠詩集所作的序文，追憶陳棠事迹及與其交往，闡述詩之興蓋因悲憤積於中而無言。

本文據篇末自署，當作於開禧元年（一二〇五）九月。時陸游致仕家居。

參考劍南詩稿卷一送陳德邵宫教赴行在二十韻。

【箋注】

〔一〕「詩首」二句：詩大序：「至於王道衰，禮儀廢，政教失，國異政，家殊俗，而變風變雅作矣。」

孔穎達疏：「王道衰，諸侯有變風；王道盛，諸侯有正風。」古人將詩經國風中的周南、召南稱爲「正風」，將邶至豳等十三國的作品稱爲「變風」。

〔二〕周公之豳：豳地爲周人祖居之地，約包括今陝西咸陽、旬邑、彬縣及周邊一帶。朱熹認爲豳風中七月一篇爲周公所作，其餘六篇也都與周公相關。詩集傳卷八：「武王崩，成王立，年幼不能莅阼，周公旦以冢宰攝政，乃述后稷、公劉之化，作詩一篇，以戒成王，謂之豳風，而後人又取周公所作及凡爲周公而作之詩以附焉。」

〔三〕林逋（九六八—一〇二八）：字君復，杭州錢塘人。早歲放游江淮間，後歸杭州，隱居西湖孤山二十年，種梅養鶴，終身不仕不娶。卒謚和靖先生。宋史卷四五七有傳。魏野（九六一—一〇二〇）：字仲先，號草堂居士，陝州（今河南陝縣）人。築草堂於州之東郊，不求仕進，屢徵不赴。詩格清苦類晚唐。宋史卷四五七有傳。

〔四〕梅堯臣：參見本卷梅聖俞別集序題解。石延年：參見本卷梅聖俞別集序注〔六〕。

〔五〕蘇舜欽：參見本卷梅聖俞別集序注〔五〕。黄庭堅：參見本卷施司諫注東坡詩序注〔五〕。

〔六〕江西名家者：指江西派詩人。

〔七〕黨籍禁錮：指元祐黨禁中因入黨籍而遭禁錮。參見卷十四送范西叔序注〔七〕。

〔八〕「與秦公」句：秦檜中詞科後，曾任太學學正，或陳棠此時亦曾在太學任職。

〔九〕「詩尢」二句：指符合儒家温柔敦厚的詩教標準。

〔一〇〕回撓：即屈服。魏書游肇傳：「雖寵勢干請，終無回撓。方正之操，時人服之。」

〔一一〕吏部郎：指考功員外郎。宋會要輯稿選舉二〇之一四：「（紹興二十九年八月）考功員外郎陳棠充小院考試官。」

〔一二〕高安：即筠州，今江西宜春。

〔一三〕最：聚合，彙聚。

〔一四〕以詩贈别：即劍南詩稿卷一送陳德邵宫教赴行在二十韻。

〔一五〕湯岐公：即湯思退，參見卷六賀湯丞相啓題解。湯思退紹興二十九年九月進左僕射。

〔一六〕紹興己卯歲：即紹興二十九年（一一五九）。

〔一七〕高安：此指高安守陳知津。

〔一八〕感欷：感激欷歔。韓愈唐故檢校尚書左僕射右龍武軍統軍劉公墓誌銘：「蜀人苦楊琳寇掠，公單船往説，琳感欷，雖不即降，約其徒不得爲虐。」

傅給事外制集序

國家自崇寧來，大臣專權，政事號令，不合天下心，卒以致亂〔一〕。然積治已久，文風不衰，故人材彬彬，進士高第及以文辭進於朝者，亦多稱得人〔二〕，祖宗之澤猶在。黨籍諸家爲時論所貶者〔三〕，其文又自爲一體，精深雅健，追還唐元和之盛〔四〕。及高皇帝中興，雖披荆棘，立朝廷〔五〕，中朝人物〔六〕，悉會於行在。雖中原未平，而詔令有承平風〔七〕，識者知社稷方永、太平未艾也。故給事中傅公以是時典西省文書〔八〕，得名尤盛。公天資忠義絶人。自東夷寇逆滔天〔九〕，建炎中大駕南渡，虜吞噬不遺力，幾犯屬車之塵〔一〇〕。公眇然書生〔一一〕，位未通顯，獨涕泗感激，請提孤軍，横遏虜衝，衛乘輿〔一二〕，論功埒諸大將〔一三〕。及駐蹕會稽，公遂爲浙東帥，始隱然有大臣望，雖擯斥不容，而士論愈歸。及在東省〔一四〕，御史力詆去之，然猶知公爲一代大儒，蓋公論不可揜如此〔一五〕。公遺文百餘卷，嗣孫稚貧甚，手自鈔録，以傳後世。未能竟，乃先緝外制數百篇，屬某爲序。公之文，固天下所願見而取法。某未成童時，公過先少師〔一六〕，每獲出拜侍立，被公教誨，詎今七十餘年〔一七〕，幸猶後死，得論序公文，亦幸矣。某聞文以氣爲主，出處無愧，氣乃不橈〔一八〕，韓柳之不敵，世所知也。公自政和訖紹興，閱世變多矣，白首一節，不少屈於權貴，不附時論以苟登用〔一九〕。每言虜，言畔臣〔二〇〕，必憤然扼腕裂眦，有不與俱生之意。士大夫稍有退縮者，輒正色責之若讎。一時士氣，爲之振起。今觀其制告之詞，可概見也。公諱崧卿，字子駿。於虖賢哉！開禧元年九月某日，太中大夫、充寶謨閣待制致仕、山陰縣開國子食邑五百户、賜紫金魚袋陸某謹序。

【題解】

傅給事，即傅崧卿，字子駿，號樵風，越州山陰（今浙江紹興）人。政和五年進士。歷官考功員外郎、秘書少監、中書舍人、權户部侍郎、給事中，紹興八年提舉江州太平觀。宋史翼卷二七、嘉泰會稽志卷十五有傳。外制：唐宋時由中書舍人或知制誥所掌的皇帝誥命稱外制，由翰林學士所掌之誥命稱内制。傅公南渡之初，忠義大節，爲一時稱首，但壯志未酬，遭讒誣不用。遺文百餘卷，後人無力刊刻，其孫傅稚先輯外制數百篇，請序於陸游。本文爲陸游爲傅給事外制集所作的序文，稱頌傅公之功業氣概，揭示「文以氣爲主，出處無愧，氣乃不撓」的規律。

本文據篇末自署，當作於開禧元年（一二〇五）九月。時陸游致仕家居。

參考卷三一跋傅給事竹友詩稿、跋傅給事帖。

【箋注】

〔一〕「國家」五句：指宋徽宗崇寧元年新黨蔡京拜相，開元祐黨禁，打擊舊黨，導致内憂外患。這是南宋初士大夫對北宋覆亡的普遍看法。

〔二〕得人：謂得到德才兼備的人。論語雍也：「子曰：『女得人焉耳乎？』」邢昺疏：「孔子問子游，言女在武城，得其有德之人乎？」

〔三〕黨籍諸家：指列入元祐黨籍的各家，如「蘇門四學士」等。「黨籍」參見卷十三送范西叔序注〔七〕。

〔四〕唐元和之盛：唐憲宗元和年間，文壇上韓柳、元白等並駕齊驅，極一時之盛。

〔五〕「及高皇帝」三句：指宋高宗渡江後歷經艱險，穩定了南宋政權。

〔六〕中朝：偏安江左的東晉、南宋分別稱建都中原時的西晉、北宋爲「中朝」。

〔七〕承平風：指太平年代的風貌。

〔八〕西省：中書省的别稱。蘇軾再次韻答完夫穆父：「豈知西省深嚴地，也著東坡病瘦身。」

〔九〕東夷寇逆滔天：指金兵攻陷汴京，擄走徽、欽二帝。

〔一〇〕「虜吞」二句：指金兵渡江追擊，幾次逼近高宗車駕。屬車，帝王出行時的侍從車，借指帝王。

〔一一〕眇然：微小、弱小貌。

〔一二〕乘輿：特指天子和諸侯所乘坐的車子。孟子梁惠王下：「今乘輿已駕矣，有司未知所之。」

〔一三〕埒：等同，並列。史記平準書：「故吴諸侯也，以即山鑄錢，富埒天子。」

〔一四〕東省：宋代指秘書省，掌圖籍。傅崧卿紹興元年至二年任秘書少監。

〔一五〕揜：同掩。掩飾，遮蔽。

〔一六〕先少師：指陸游之父陸宰。

〔一七〕詎：同距。

〔一八〕不橈：亦作不撓。不彎曲。形容剛正不屈。荀子榮辱：「義之所在，不傾於權，不顧其利，舉國而與之不爲改視，重死持義而不橈，是士君子之勇也。」

〔一九〕時論：當時的輿論。登用：進用。史記夏本紀：「舜登用，攝行天子之政。」

〔二〇〕畔臣：背叛君國的臣子。漢書蕭望之傳：「如使匈奴後嗣卒有鳥竄鼠伏，闕於朝享，不爲畔臣……萬世之長策也。」

聞鼙録序

元豐初，置武學，先太師以三館兼判學事，今學制規模多出於公〔一〕；而策問亦具載家集中〔二〕。後百餘年，某從子朴作聞鼙録若干篇〔三〕，論孫吴遺意〔四〕，欲上之朝，且乞序於某。某懦且老，非能知武事者。朴許國自奮之志〔五〕，亦某所愧也，乃從其請。開禧元年十一月丁卯，陸某序。

【題解】

聞鼙録，陸朴著，内容爲「論孫吴遺意」，乃論兵之作。鼙，古代軍中小鼓。陸朴爲陸游從子，欲將聞鼙録獻上朝廷，請序於陸游。本文爲陸游爲聞鼙録所作的序文，揭示武學乃陸氏家族傳統，贊揚陸朴許國自奮之志。

本文據篇末自署，當作於開禧元年（一二〇五）十一月丁卯日。時陸游致仕家居。

【箋注】

〔一〕「先太師」三句：先太師指陸游祖父陸佃。元豐初，陸佃任集賢校理、崇政殿説書。時正處於元豐改制中，陸佃精於禮，參與了武學學制的製定。三館，參見本卷施司諫注東坡詩注〔九〕。

〔二〕「而策」句：陸佃陶山集（文淵閣四庫全書本）卷九有武學策問九首，當即此。

〔三〕從子：侄子，兄弟之子。

〔四〕孫吴：春秋時孫武和戰國時吴起，皆古代兵家。孫武著兵法十三篇。吴起著吴子四十八篇。荀子議兵：「孫吴用之，無敵於天下。」楊倞注：「孫，謂吴王闔閭將孫武；吴，謂魏武侯將吴起也。」遺意：前人著述留下的意味、旨趣。

〔五〕許國：指將一身奉獻給國家，報效國家。晉書陸玩傳：「誠以身許國，義忘曲讓。」自奮：自我奮發而欲有所爲。漢書常惠傳：「少時家貧，自奮應募，隨栘中監蘇武使匈奴，并見拘留十餘年。」

周益公文集序

天之降才固已不同，而文人之才尤異。將使之發册作命、陳謨奉議〔一〕，則必畀之以閎富淹貫、温厚爾雅之才〔二〕，而處之以帷幄密勿之地〔三〕。故其位與才常相稱，然後其文足以紀非常之事，明難喻之指，藻飾治具〔四〕，風動天下〔五〕，書黄麻之詔〔六〕，鏤白玉之牒〔七〕，藏之金匱石室〔八〕，可謂盛矣。若夫將使之闡道德之原，發天地之秘，放而及於鳥獸蟲魚草木之情〔九〕，則畀之才亦必雄渾卓犖〔一〇〕，窮幽極微，又畀以遠遊窮處，排擯斥疏，使之磨礲齟齬〔一一〕，瀕於寒餓，以大發其藏。故其所賦之才，與所居之地，亦若造物有意於其間者。雖不用於時，而自足以傳後世。此二者，造物豈真有意哉？亦理之自然，古今一揆也〔一二〕。大丞相太師益公，自少壯時以進士、博學宏詞疊二科起家〔一三〕。不數年，歷太學三館，予實定交於是時〔一四〕。時固多豪隽不群之士〔一五〕，然落筆立論，傾動一座，無敢嬰其鋒者，惟公一人。中雖暫斥，而玉煙劍氣、三秀之芝〔一六〕，非窮山腐壤所能湮没。復出於時，極文章禮樂之用，絶世獨立，遂登相輔。雖去視草之地〔一七〕，而大詔令典册，孝宗皇帝猶特以屬公。於虖！聖主之心，亦如造物，非私公以富貴。蓋大官重任，不極不久，則無以盡公之才也。公既薨逾年，公之子綸以公遺文號省齋文稿者，屬予爲之序。公在位久，崇論竑議，豐功偉績，見於朝廷、傳之夷狄者，何可勝數，予獨論其文者。墓有碑，史有傳，非集序所當及也。開禧元年十二月甲子，太中大夫、寶謨閣待制致仕、山陰縣開國子食邑五百户、賜紫金魚袋陸某謹序。

【題解】

周益公，即周必大。因封益國公，故稱周益公。參見卷十賀周參政啓題解。宋史本傳載：「必大在翰苑幾六年，制命温雅，周盡事情，爲一時詞臣之冠。」他學問廣博，著書八十一種、二百卷。周必大去世一年後，其子周綸將其文集省齋文稿送陸游求序。本文爲陸游爲省齋文稿所作的序文，闡述文人之才的特殊和難得，高度評價周必大詔令典册之文的成就。

本文據篇末自署，當作於開禧元年（一二〇五）十二月甲子（十二）日。時陸游致仕家居。

參考卷十賀周參政啓、卷十一賀周樞密啓、卷十二賀周丞相啓。

【箋注】

〔一〕發册作命：草擬、發布帝王封后立嗣等的册命文書。陳謨奉議：陳獻謀劃，進奉論議。

〔二〕畀：給予。閎富淹貫：宏偉富贍，深通廣曉。温厚爾雅：温和寬厚，近於雅正。

〔三〕帷幄：指帝王。天子居處必設帷幄，故稱。密勿：機要，機密。三國志魏書杜恕傳：「與聞政事密勿大臣，寧有懇懇憂此者乎？」

〔四〕治具：治國的措施。語本莊子天道：「驟而語形名賞罰，此有知治之具，非知治之道。」

〔五〕風動：指廣泛回應。書大禹謨：「帝曰：『俾予從欲以治，四方風動，惟乃之休。』」

〔六〕黄麻之詔：黄麻紙的詔書。古代詔書，内事用白麻紙，外事用黄麻紙。杜甫贈翰林張四學士垍：「紫誥仍兼綰，黄麻似六經。」楊倫箋注引唐會要：「開元三年，始用黄麻紙寫詔。」

〔七〕白玉之牒：古代帝王用於封禪、郊祀的玉簡文書。史記孝武本紀：「封泰山下東方，如郊祠泰一之禮。封廣丈二尺，高九尺，其下則有玉牒書，書祕。」

〔八〕金匱石室：古時保存書契文獻之處。漢書高帝紀下：「又與功臣剖符作誓，丹書鐵契，金匱石室，藏之宗廟。」顔師古注：「如淳曰：『金匱，猶金縢也。』以金爲匱，以石爲室，重緘封之，保慎之義。」

〔九〕放：擴展。　鳥獸蟲魚草木：泛指生物。

〔一〇〕雄渾卓犖：雄健渾厚，超絶出衆。

〔一一〕磨礲：磨煉，折磨。　齟齬：指仕途不順達。新唐書王求禮傳：「然以剛正故，宦齟齬。神龍初，終衛王府參軍。」

〔一二〕一揆：指同一道理。書序：「雅誥奥義，其歸一揆。」

〔一三〕疊二科起家：指周必大紹興間連中進士科、博學宏詞科。

〔一四〕「歷太學」二句：指周必大起家後歷任太學録、秘書省正字兼國史院編修官。陸游紹興三十年五月進京除敇令所删定官，同年周必大任太學正，應試館職，十月除秘書省正字。三館，參見本卷施司諫注東坡詩注〔九〕。

〔一五〕豪隽不群：才能傑出，高出同輩。

〔一六〕玉煙：指煙靄。劍氣：劍之光芒。比喻人的才氣。任昉宣德皇后令：「劍氣淩雲，而屈迹於萬夫之下。」三秀之芝：即靈芝，一年開花三次。楚辭九歌山鬼：「采三秀兮於山間，石磊磊兮葛蔓蔓。」王逸注：「三秀，謂芝草也。」

〔一七〕視草：詞臣奉旨修正詔諭類公文。漢書淮南王劉安傳：「每爲報書及賜，常召司馬相如等視草乃遣。」

宣城李虞部詩序

宣之爲郡，自晉唐至本朝，地望常重。來爲守者不知幾人，而風流吟詠，謝宣城實爲之冠〔一〕。生其鄉者幾人，而歌詩復古，梅宛陵獨擅其宗〔二〕。此兩公蓋與敬亭之山俱不磨矣〔三〕。故宣之士多工於文，而五七字爲尤工。唐有李推官〔四〕，以詩名當代。其家傳遺詩得數百篇，以詩考之，蓋與皮、陸同時歟〔五〕？自推官後，世世得能詩聲。當元豐間，有虞部公作詩益工。推官清新警邁〔六〕，極鍛鍊之妙。而虞部則規模思致〔七〕，宏放簡遠〔八〕，自宛陵出。如劉子駿，文學不盡與父同〔九〕，議者亦不能優劣之也。予得其兩世遺編於虞部之曾孫臨海太守兼〔一〇〕，字孟達。孟達固詩人，蓋淵源二祖而能不愧者。推官、虞部之家世、諱字，與其學術、行治〔二〕，蓋各見於其墓刻家諜，予獨志其詩云。開禧三年六月丙午，太中大夫、寶謨閣待制致仕、渭南縣開國伯食邑八百户、賜紫金魚袋陸某謹序。

【題解】

宣城李虞部，即李閌，宣城人。元豐間曾任虞部郎中。元祐間知明州，除都官郎中、提點江西刑獄。寶慶四明志卷一郡守：「李閌，曾任虞部郎中。元祐年（在明州任）。」其曾孫、知台州李兼，將先祖李咸用和李閌之詩集送陸游求序。本文爲陸游爲李閌詩作所作的序文，梳理宣城之文學傳統，揭示李咸用、李閌詩的不同特點。

本文據篇末自署，當作於開禧三年（一二〇七）六月丙午日（初二）。時陸游致仕家居。

參考本卷梅聖俞别集序。

【箋注】

〔一〕謝宣城：即謝朓（四六四—四九九），字玄暉，陳郡陽夏（今河南太康）人。曾參加竟陵王蕭子良西邸的文學活動，爲「竟陵八友」之一。長於五言詩，爲永明體代表，尤工山水詩。世稱小謝。建武二年（四九五）出爲宣城太守，後人又稱謝宣城。南齊書卷四七有傳。

〔二〕梅宛陵：即梅堯臣，參見本卷梅聖俞别集序題解。

〔三〕敬亭山：山名。原名昭亭山，晉初爲避帝諱，改名敬亭山。在今安徽宣城北。山高數百丈，千巖萬壑，爲江南名勝。謝朓有遊敬亭山詩，李白有獨坐敬亭山詩。

〔四〕李推官：即李咸用，袁州（今江西宜春）人。唐末舉進士不第，寓居湘中、廬山等地。後官浙西推官。著有披沙集。事迹見唐才子傳卷十。

〔五〕皮、陸：指晚唐詩人皮日休、陸龜蒙。

〔六〕警邁：同「警拔」，警策拔俗。

〔七〕規模：指體制，程式。　思致：指才思，意趣。

〔八〕宏放簡遠：宏偉曠達，簡古深遠。

〔九〕「如劉子駿」二句：劉歆字子駿，與其父劉向均爲西漢著名經學家、文學家、目録學家，但父子學派不同。劉向崇尚今文經學，劉歆推崇古文經學。

〔一〇〕兩世遺編：指李咸用之披沙集和李闓之詩集。

〔一一〕家世、諱字：指家族世系、名諱表字。　學術、行治：指學問本領、行誼治績。

曾裘父詩集序

古之説詩曰「言志」。夫得志而形於言，如皋陶、周公、召公、吉甫〔一〕，固所謂志也。若遭變遇讒，流離困悴，自道其不得志，是亦志也。然感激悲傷，憂時閔己，托情寓物，使人讀之，至於太息流涕，固難矣。至於安時處順，超然事外，不矜不挫，不誣不懟〔二〕，發爲文辭，沖澹簡遠，讀之者遺聲利，冥得喪〔三〕，如見東郭順子〔四〕，悠然意消，豈不又難哉。如吾臨川曾裘父之詩，其殆庶幾於是乎！予紹興己卯、庚辰間〔五〕，始識裘父於行在所。自是數見其詩，所養愈深，而詩亦加工。比予來官臨川〔六〕，則裘父已没。欲求其遺書，而予蒙恩召歸〔七〕，至今以爲恨。友人趙去華彦穮寄裘父艇齋小集來〔八〕，曰：「願序以數十語。」然裘父得意可傳之作，蓋不止此，遺珠棄璧，識者興歎。去華爲郡博士，尚能博訪之，稍增編帙，計無甚難者，敢以爲請。裘父諱季貍，及與建炎過江諸賢遊〔九〕，尤見賞於東湖徐公〔一〇〕。嘉定元年二月丁酉，山陰陸某序。

【題解】

曾裘父，即曾季貍，字裘父，自號艇齋，南豐（今屬江西）人。曾鞏之弟曾宰的曾孫。早年科考不順，後無意仕途。師事江西詩派吕本中、韓駒，又與朱熹、張栻有書信往返。吕本中稱其「學有淵源」。陸游紹興末在臨安與其相識。晚歲友人趙彦穮寄曾季貍艇齋小集請序於陸游。本文爲陸游爲艇齋小集所作的序文，説明裘父「自道不得志」亦爲「言志」，并追憶與裘父交往，希望繼續博訪其遺作。

本文據篇末自署，當作於嘉定元年（一二〇八）二月丁酉日。時陸游致仕家居。

【箋注】

〔一〕「如皋陶」句：四人均爲輔弼名臣。皋陶輔佐舜帝，周公和召公輔佐武王、成王，吉甫輔佐宣王。吉甫指周宣王賢臣尹吉甫。又稱兮伯吉父。曾率師北伐玁狁至太原。詩小雅六月：「文武吉甫，萬邦爲憲。」

〔二〕「不矜」二句：指不驕傲，不傷害，不矇騙，不怨恨。書大禹謨：「汝惟不矜，天下莫與汝爭能。」孔傳：「自賢曰矜。」禮記表記：「是故君有責於其臣，臣有死於其言，故其受禄不誣。」孔穎達疏：「以其言善乃受禄，是受禄不誣罔也。」國語周語上：「事君者險而不懟，怨而不怒。」

〔三〕「讀之者」二句：指拋棄名利，淡化得失。

〔四〕東郭順子：戰國時魏隱士，修道守真，清而容物。參見卷十四容齋燕集詩序注〔二〕。

〔五〕紹興己卯、庚辰：紹興二十九、三十年。時陸游由福州決曹入京調任敕令所删定官。

〔六〕官臨川：指陸游乾道元年任隆興府通判。

〔七〕蒙恩召歸：指陸游乾道二年五月免職歸家。

〔八〕趙去華彦穮：彦穮爲名，去華爲字。宋宗室（見宋史卷二二三八宗室世系二一四）。爲郡博士。

劍南詩稿卷五七有贈趙去華。

〔九〕建炎過江諸賢：指建炎年間跟隨宋室南渡的士大夫。

〔一〇〕東湖徐公：指徐俯（一〇七五—一一四一），字師川，號東湖居士，洪州分寧（今江西修水）人。紹興二年賜進士出身，四年權參知政事，後罷。早年從黄庭堅學詩，被列爲江西詩派詩人。與曾幾、吕本中游。宋史卷三七二有傳。

送巖電道人入蜀序

王衍一生酣豢富貴〔一〕，乃以口不言錢自高〔二〕。巖電本張氏子，施藥説相〔三〕，不受人一錢，乃自稱姓錢，以滑稽玩世〔四〕。古今相反有如此者〔五〕。忽來告放翁，言將西入蜀，乃書以遺之。他日到青城、大峨、霧中、鵠鳴諸名山〔六〕，見孫思邈、朱桃椎、張四郎、尒朱先生、姚小太尉、譙天授、尹先覺輩〔七〕，有問放翁安否者，可出此卷，相與一笑。

【題解】

巖電道人，俗姓張，會稽少微山道士。王炎雙溪類稿卷八贈巖電道人：「胸次有藻鑒，聲行朝野間。我來勾踐國，君住少微山。青眼肯相顧，白頭今得閒。窮通無可問，歸去掩雲關。」可證。劍南詩稿卷二三有少微山：「平生一舴艋，幾到少微山。傑觀掃無迹，高人呼不還。崖崩危欲壓，磴斷滑難攀。日暮增幽興，漁歌莽蒼間。」嘉泰會稽志卷九：「會稽縣：少微山，在縣東一十二里，職方郎齊公唐居也。顧内翰臨序職方集云：『鑒湖東北有山巋然，公親率箕畚，栽培其上，而辟其下爲寢，疏泉爲沼，植花卉果蔬爲圃，與湖之西南會稽山禹祠相望，爲山水奇偉之觀，自名其山曰少微山。』」巖電道人將入蜀，陸游作序送之。本文爲陸游爲巖電道人入蜀所作的贈序文，突出巖電道人「滑稽玩世」的特點，借托其問候蜀地仙道，表達對蜀中生活的懷念之情。

本文原未繫年。歐譜繫於嘉定元年（一二〇八），是。據本文上下篇所署月日，當作於三月左右。時陸游致仕家居。

參考卷二二錢道人贊、劍南詩稿卷四七錢道人不飲酒食肉囊中不蓄一錢所須飯及草屨二物皆臨時乞錢買之非此雖强與不取也。

【箋注】

〔一〕王衍（二五六—三一一），字夷甫，西晉琅琊臨沂（今屬山東）人。官至宰輔。喜談老莊，妙善玄言，名重一時。後爲石勒所殺。晉書卷四三有傳。酣豢：指沉迷於某種情境。歐陽修釋惟儼文集序：「苟皆不用，則絶寵辱，遺世俗，自高而不屈，尚安能酣豢於富貴而無爲哉？」

〔二〕口不言錢：晉書王衍傳：「衍疾（妻）郭（氏）之貪鄙，故口未嘗言錢。郭欲試之，令婢以錢繞牀，使不得行。衍晨起見錢，謂婢曰：『舉阿堵物却！』」其措意如此。」

〔三〕説相：指爲人相面。

〔四〕滑稽：指能言善辯，言辭流利。史記滑稽列傳：「淳于髡者，齊之贅壻也。長不滿七尺，滑稽多辯。」司馬貞索隱：「按：滑，亂也；稽，同也。言辨捷之人，言非若是，説是若非，言能亂異同也。」

〔五〕「古今」句：指古人王衍沉迷富貴却口不言錢，今人張氏不受人錢却自稱姓錢，均是言行刻意相反之例。

〔六〕青城：山名，在四川都江堰西南。山形如城，故名。北接岷山，連峰不絶，以青城爲第一峰。山中有八大洞、七十二小洞，風景秀麗。相傳東漢張道陵修道於此。道教稱爲「第五洞天」。大峨：即峨眉山，在四川樂山。是大峨、二峨、三峨山的總稱，大峨爲峨眉山主峰。霧中：山名，在四川大邑北。因常年被雲霧覆蓋，故名。爲古佛彌陀的道場。鵠鳴：即鶴鳴山，在四川崇慶西北。劍南詩稿卷八書寓舍壁又詩：「鵠鳴山谷曾遊處，剩欲扶犁學老農。」自注：「鵠鳴，一名鶴鳴，在邛之大邑縣。」

〔七〕孫思邈（五八一—六八二）：唐京兆華原（今陝西耀縣）人。少因病學醫，博涉諸家學術，爲著名醫師、道士。高宗顯慶中拜諫議大夫，後稱疾還山，采藥治病，貧富貴賤一視同仁，後世稱爲「藥王」。著有千金要方、千金翼方。舊唐書卷一九一有傳。朱桃椎：唐益州成都（今四川成都）人。淡泊絶俗，結廬山中，人稱朱居士。不受人饋贈，織草鞋置路旁易米，終不見人。新唐書卷一九六有傳。張四郎：或云即張遠霄，唐眉山人，傳説在青城山修道成仙，擅長彈弓絶技，百發百中，爲人消災避邪，且助人得子。尒朱先生：五代時蜀人，後成仙。事迹略見五代史補。姚小太尉：即姚平仲，少爲關中名將，號「小太尉」。後隱居青城山。參見卷二三姚平仲小傳。譙天授、尹先覺：均爲青城山隱士。參見本卷達觀堂詩序注〔八〕。

邢芻甫字序

衛詩美武公之德〔一〕，一章曰：「瞻彼淇奥〔二〕，緑竹猗猗〔三〕。」終之曰〔四〕：「有匪君子〔五〕，終不可諼兮〔六〕。」淇，大川也，見淇而思武公，可也。王芻、萹竹〔七〕，草之微者，亦見而思焉，則思之至矣。此所謂「終不可諼兮」者歟？吾友邢子名淇，請字於予，予復之曰：士之仕者，能使一國一邑之人，安其政而無怨疾嘲譏，亦已難矣，況見其鄉閭而咨嗟追慕〔八〕，豈不甚難哉！今衛人於武公，見其地而思之，見其草木而思之，見其草之微者如王芻、萹竹而思之，況遇其子孫，又將何如哉？人不我忘，於我何加？然使人不怨疾嘲譏，又咨嗟追慕，久而不忘，必有以得之矣。故爲士者於此不可不知勉也。請字子曰多甫〔九〕，多甫勉之！仕而使一國一邑之人不忘，相處而使鄉閭黨友不忘，相與記其行事以爲法，傳其言論風指〔一〇〕，誦習而勉於善，豈不美哉！嘉定元年四月己未，山陰陸某序。

【題解】

邢多甫，即邢淇。陸游晚輩，年二十將行冠禮，請陸游爲其名「淇」取字。本文爲陸游爲邢淇取字多甫所作的字序，發揮見淇、見王多而思武公的大義，勉勵邢淇將來出仕要做到「使一國一邑之人不忘」。

本文據篇末自署，當作於嘉定元年（一二〇八）四月己未（二十）日。時陸游致仕家居。參考劍南詩稿卷七六贈邢多甫、卷八二送邢多甫入閩、從邢多甫求桃竹拄杖。

【箋注】

〔一〕衛詩：指詩衛風淇奥。詩序：「淇奥美武公之德也。有文章，又能聽其規諫，以禮自防，故能入相於周。」舊時常用以稱頌輔佐國政之人。武公：指衛武公，名和，在位五十五年，政通人和。曾親自率兵輔佐周朝平定犬戎之亂，周平王封其爲公爵。

〔二〕淇奥：亦作淇澳，淇水彎曲處。毛傳：「奥，隈也。」

〔三〕猗猗：美盛貌。

〔四〕終之：指首章結束之句。

〔五〕匪：同「斐」，有文采貌。

〔六〕諼：忘記。

〔七〕王芻：植物名。菉草的别稱，又名藎草。詩衛風淇奥：「緑竹猗猗」，毛傳：「緑，王芻也。」萹竹：又名萹蓄，一年生草本植物。葉狹長似竹，初夏於節間開淡紅色或白色小花，入秋結子，嫩葉可入藥。

〔八〕鄉閭：指鄉親，同鄉。咨嗟：贊歎。楚辭天問：「何親揆發，定周之命以咨嗟？」王逸注：「咨嗟，歎而美之也。」

〔九〕請字子曰芻甫：請爲你取字稱「芻甫」。「芻」即王芻，與名「淇」呼應。「甫」爲古代在男子名字下加的美稱。

〔一〇〕風指：旨意，意圖。漢書薛宣傳：「九卿以下，咸承風指，同時陷於謾欺之辜，咎繇君焉。」

曾温伯字序

堯舜去今遠矣，其言傳於今者蓋寡，惟「直而温」與「寬而栗」之言再見焉〔一〕。方是時，教化之所覃〔二〕，人才之所慕，全德如夔、皋陶所言〔三〕，是豈戒其不足哉？至商周之間，始有得聖人之清、聖人之和者。清近直，和近温，則既分而爲二矣。若漢汲長孺事君無隱〔四〕，天下謂之直，然去古之全德，又益以遠。贛川曾君黯，方其入家塾也，大父大卿公用蘇子由、張芸叟字其子孫例〔五〕，字之曰温伯，蓋以古全德訓之。有其義而亡其説，温伯請於予曰：「願有以補之，以終大父之意。」予慨然歎曰：「自大卿至温伯，三世傳嫡，德亦克肖〔六〕，其有以承此訓矣。序其敢辭。」嘉定元年五月辛酉，山陰陸某序。

【題解】

曾温伯，即曾黯，贛州（今屬江西）人。曾幾曾孫。寧宗慶元五年進士。曾黯入家塾讀書時，曾幾曾爲其取字「温伯」，但其説明已失。曾黯請陸游補作。本文爲陸游爲曾黯字温伯補作的字序，發揮其字「温伯」中「全德」之義，并以勉勵曾黯。

本文據篇末自署，當作於嘉定元年（一二〇八）五月辛酉（二十三）日。時陸游致仕家居。

參考卷五除寶謨閣待制取曾黯自代狀。

【箋注】

〔一〕直而温、寬而栗：指行爲正直而態度温和，胸懷寬廣而意志堅實。語出書皋陶謨：皋陶論

「行有九德」：「寬而栗，柔而立，愿而恭，亂而敬，擾而毅，直而温，簡而廉，剛而塞，强而義。」

〔二〕覃：遍及，廣施。

〔三〕全德：道德上完美無缺。莊子天地：「天下之非譽，無益損焉，是謂全德之人哉。」夔：即后夔，爲舜掌樂之官。皋陶：相傳舜時的司法官。

〔四〕漢汲長孺：即汲黯（？—前一一二），字長孺，濮陽（今河南濮陽）人。西漢名臣。曾任東海太守，有政績。被召爲主爵都尉，列於九卿。汲黯爲人耿直，好直諫廷諍，漢武帝稱其爲「社稷之臣」。史記卷一二〇有傳。

〔五〕大父：祖父。　大卿公：指曾幾。　蘇子由：即蘇轍，字子由，蘇軾弟。　張芸叟：即張舜民，字芸叟，邠州（今陝西彬縣）人。北宋文學家、畫家。

〔六〕克肖：相似。韓愈平淮西碑：「天以唐克肖其德，聖子神孫繼繼承承，於千萬年敬戒不怠。」

天童無用禪師語録序

虙羲一畫〔一〕，發天地之秘；迦葉一笑〔二〕，盡先佛之傳。浄名一默〔三〕，曾點一唯〔四〕，丁一牛刀〔五〕，扁一車輪〔六〕，臨濟一喝〔七〕，德山一棒〔八〕，妙喜一竹篦子〔九〕，皆同此關捩〔一〇〕，但恨欠人承當〔一一〕。天童無用禪師蓋卓爾能承當者。未見妙喜，大事已畢，豈有住山示衆之語可累編簡哉〔一二〕？放翁謂若不投之水火，無有是處〔一三〕。惟韓退之所云「火其書」〔一四〕，其語差似痛快，又恐退之亦止是説得耳。五百年後，此話大行〔一五〕，方知無用與放翁却是同參〔一六〕。嘉定元年秋九月丙辰序。

【題解】

天童無用禪師（一一三八—一二〇七）：法名浄全，俗姓翁，諸暨（今屬浙江）人，臨濟宗僧人。弱冠出家，入徑山參大慧宗杲，得授心印。歷主蘇州承天寺、宣城廣教寺、建業保寧寺。紹熙年間住持天童寺，聲譽日隆。曾自題云：「匙挑不起箇村夫，文墨胸中一點無。曾把虚空揣出骨，惡聲贏得滿江湖。」無用禪師圓寂後，其弟子持其語録請序於陸游。本文爲陸游爲無用禪師語録所作的序文，闡發禪宗通過點撥啓發達到「頓悟」的主張。

本文據篇末自署，當作於嘉定元年（一二〇八）九月丙辰（十九）日。時陸游致仕家居。

【箋注】

〔一〕虙羲一畫：指伏羲始畫八卦。虙羲，同伏羲。

〔二〕迦葉一笑：指釋迦牟尼拈花示衆，惟迦葉破顔微笑。參見本卷普燈録序注〔八〕。

〔三〕浄名一默：指維摩詰以默然無言回答提問。典出維摩詰所説經，謂文殊師利菩薩問維摩詰居士：「何等是菩薩入不二法門？」維摩詰默然不語，文殊歎服曰：「善哉善哉，乃至無有文字語言，是真入不二法門。」淨名，即維摩詰，與釋迦牟尼同時，是毘耶離城中的一位大乘居士。爲佛典中現身説法，辯才無礙的代表人物。

〔四〕曾點一唯：「曾點」當作「曾參」，指曾參的一聲應答表明其領會夫子之道。典出論語里仁，孔子對曾參説「吾道一以貫之」，曾參答曰「唯」。孔子出去後，弟子問是何意？曾參説：「夫子之道，忠恕而已矣。」

〔五〕丁一牛刀：指庖丁一把牛刀遊刃有餘。典出莊子養生主，謂庖丁解牛，刀使用十九年，仍若「新發於硎」。

〔六〕扁一車輪：指輪扁斫輪出神入化。典出莊子天道，謂輪扁斫輪之術精湛，「口不能言，有數存乎其間」。

〔七〕臨濟一喝：指義玄禪師以一聲叱吒警醒弟子。典出臨濟録，謂唐代臨濟義玄禪師以「四喝」接引徒衆，「有時一喝如金剛王寶劍，有時一喝如踞地金毛獅子，有時一喝如探竿影草，有時一喝不作一喝用」。徒衆正在議論，義玄師再下一喝。

〔八〕德山一棒：指宣鑒禪師一頓棒打點醒學人。典出五燈會元，謂唐代德山宣鑒禪師宣稱「道得也三十棒，道不得也三十棒」，棒打一切念起，目的在一念不生。

〔九〕妙喜一竹篦子：指宗杲禪師用竹篦子代棒，起警醒作用。妙喜，即宗杲禪師，號妙喜。參見卷十四持老語録序注〔一一〕。

〔一〇〕同此關捩：同一原理。指上述儒釋大師和能工巧匠在傳道、行事中，善於點撥啓發而達到出神入化或一語點破之境界。

〔一一〕承當：承擔，擔當。此指承當點撥啓發之責任。

〔一二〕「未見」三句：指無用禪師生前已將住持説法之語編成語録。

〔一三〕「放翁」三句：此爲反話，意謂語録不當投之水火，有其保存之價值。宗杲禪師曾師事圜悟克勤，克勤將臨濟正宗記付囑之。但宗杲却焚毁了克勤代表作碧巖録的刻板。宗杲堅持禪宗「不立文字」的原初精神，强調禪宗的生命在於「悟」，需要體現於行爲實踐。禪宗轉入「文字禪」的歧途，不僅與之相背，而且必將走向末路。則無用禪師編纂語録，也與其師相悖。但陸游則與其主張相似，即下文所謂「同參」。

〔一四〕「韓退之」句：韓愈尊儒反佛，其原道提出：「不塞不流，不止不行。人其人，火其書，廬其居。明先王之道以道之。」即主張將僧衆還俗爲民，將佛書全部焚毁，將寺廟改成民居，然後推行儒家先王之道。

〔一五〕「五百」二句：假設五百年後韓愈「火其書」的主張成爲現實。

〔一六〕同參：佛教語。指共同參謁一師。王安石驢詩之一：「臨路長鳴有真意，盤山弟子久同參。」

陳長翁文集序

漢之文章，猶有六經餘味。及建武中興〔一〕，禮樂法度，粲然如西京時〔二〕，惟文章頓衰。自班孟堅已不能望太史公之淳深〔三〕，崔、蔡晚出〔四〕，遂墮卑弱，識者累欷而已〔五〕。我宋更靖康禍變之後，高皇帝受命中興，雖艱難顛沛，文章獨不少衰。得志者司詔令、垂金石；流落不偶者〔六〕，娛憂紓憤〔七〕，發爲詩騷。視中原盛時，皆略可無愧，可謂盛矣。久而寖微，或以纖巧摘裂爲文〔八〕，或以卑陋俚俗爲詩，後生或爲之變而不自知。方是時，能居今行古、卓然傑立於頹波之外，如吾長翁者，豈易得哉！其子師文來乞予爲長翁集序，乃寓吾歎以慰其子，且以慰長翁於地下云。長翁，高郵陳氏，諱造，字唐卿。嘉定二年三月丁巳，渭南伯陸某務觀序。

【題解】

陳長翁，即陳造（一一三一—一二〇三），字唐卿，高郵（今屬江蘇）人。淳熙二年進士。官至淮西安撫司參議。自以輾轉州縣幕僚，無補於世，置江湖乃宜，遂自號江湖長翁。著有江湖長翁集。四庫總目稱「其文則恢奇排奡，要亦陳亮、劉過之流。其他劄子諸篇，多剴切敷陳，當於事理。

記序各體，錘字煉詞，稍傷真氣，而皆謹嚴有法，不失規程。在南宋諸作中，亦鐵中錚錚者矣」。陳造去世後，其子陳師文請陸游爲長翁集作序。本文爲陸游爲江湖長翁集所作的序文，揭示南宋文壇變遷，肯定陳造文章「卓然傑立於頹波之外」。

本文據篇末自署，當作於嘉定二年（一二〇九）三月丁巳（二十四）日。時陸游致仕家居。

【箋注】

〔一〕建武中興：亦稱光武中興。建武爲東漢光武帝劉秀年號（公元二五—五六年）。

〔二〕西京：指長安。此指西漢。

〔三〕班孟堅：即班固（三二—九二），字孟堅。東漢史學家、文學家。漢書卷一〇〇有傳。淳深：敦厚精深。

〔四〕崔、蔡：即崔駰、蔡邕。崔駰（？—九二），字亭伯，涿郡安平（今屬河北）人。與班固、傅毅齊名。後漢書卷五二有傳。蔡邕（一三二—一九二），字伯喈，陳留圉（今河南杞縣）人。博學多才，精通天文、數術、音律、書法。後漢書卷六〇有傳。二人均以文章著名。

〔五〕累欷：屢次欷歔。王褒洞簫賦：「故聞其悲聲，則莫不愴然累欷，撆涕抆淚。」

〔六〕不偶：不遇，不合。王充論衡命義：「行與主乖，退而遠，不偶也。」

〔七〕娛憂紓憤：排遣憂愁，抒發憤懣。

〔八〕纖巧摘裂：細巧柔弱，破碎零散。

渭南文集箋校卷第十六

碑

【釋體】劉勰文心雕龍誄碑：「碑者，埤也。上古帝王，紀號封禪，樹石埤嶽，故曰碑也。周穆紀迹於弇山之石，亦古碑之意也。又宗廟有碑，樹之兩楹，事止麗牲，未勒勳績。而庸器漸缺，故後代用碑，以石代金，同乎不朽，自廟徂墳，猶封墓也。」又：「夫屬碑之體，資乎史才，其序則傳，其文則銘。標序盛德，必見清風之華；昭紀鴻懿，必見峻偉之烈：此碑之制也。夫碑實銘器，銘實碑文，因器立名，事先於誄。是以勒石贊勳者，入銘之域；樹碑述亡者，同誄之區焉。」徐師曾文體明辨序説碑文：「碑之體主於叙事，其後漸以議論雜之，則非矣。故今取諸大家之文，而以三品列之：其主於叙事者曰正體，主於議論者曰變體，叙事而參之以議論者，曰變而不失其正。至於托物寓意之文，則又以别體列焉。」

本卷包括碑文六首。

成都府江瀆廟碑 淳熙四年五月一日

自古水土之功，莫先乎禹，紀其事莫備乎禹貢之篇〔一〕。禹貢之所載，莫詳乎江、漢，曰「嶓冢導漾，東流爲漢」，又曰「岷山導江」〔二〕。某嘗登嶓冢之山，有泉涓涓出兩山間，是爲漢水之源，事與經合。及西遊岷山，欲窮江源，而不可得。蓋自蜀境之西，大山廣谷，谽谺起伏〔三〕，西南走蠻夷中，皆岷山也。則江所從來，尤荒遠難知。而漢過三澨，至大別之麓〔四〕，亦卒附江以達於海。故江爲四瀆之首〔五〕，三代典祀，秩視諸侯，而楚大國，亦以爲望，有事必禱祠焉〔六〕，可謂盛哉！成都自唐有江瀆廟，其南臨江。唐末，節度使高駢大城成都〔七〕，廟與江始隔。歷五代之亂，淫昏割裂，神弗受職〔八〕，廟亦弗治。宋興，乾德三年平蜀。越八年，當開寶六年，有詔自京師，繪圖遺工，侈大廟制，傑閣廣殿，修廊邃宇〔九〕，聞於天下。慶曆七年，故太師忠烈潞公以樞密直學士來作牧〔一〇〕，則又築大堂，並廟東南，以爲徹祭飲福之所〔一一〕，而廟益宏麗矣。厥後雖屢繕治，有司不力，寖以大壞。上漏旁穿，風雨入屋，支傾苴罅，苟偷歲月〔一二〕。

淳熙二年六月，今尹敷文閣待制范公之始至也，躬執牲幣，祗肅祀事〔一三〕。既退，讀開寶中修廟碑，惕然改容〔一四〕，曰：「此太祖皇帝之詔，敢弗虔？」南出登堂，見忠烈公之識，則又歎曰：「潞國予自出也，敢弗嗣？」始有葺廟意矣。會歲旱，公潔齋以禱〔一五〕，曰：「三日而雨，且大治祠宇以報。」如期，高下洽足，歲以大穰〔一六〕，公饒私餘，蠻夷順服。乃自三年某月庀工〔一七〕，訖四年五月廟成。總其費，木以章計者八千一百二十有八，竹以箇計者四萬九千四百七十，磚甓釘以枚計者十八萬七千七百二十有四〔一八〕，丹青黝堊以斤計者一萬八十有七〔一九〕，梓匠役徒以口計者二萬三千八百〔二〇〕，爲屋二百有九間，墻六千八百七十尺。廟之制度，復還開寶、慶曆之盛而有加焉。於是府之屬吏來請其刻文麗牲之石〔二一〕，且繫以詩。詩曰：

井絡之躔，下應岷山〔二二〕。蟠踞華夷〔二三〕，江出其間。奔蹴三峽〔二四〕，放於荆揚①。我考禹迹，九州茫茫。千礎之宫，肇自開寶。吏靡嚴恭，庭有茀草〔二五〕。范公來止，事神是力。廟未克成，當食太息。江流東傾，於海朝宗〔二六〕。廟成公歸〔二七〕，與江俱東。壯哉湯湯，環我蜀城。萬古不竭，亦配公名。

【題解】

江瀆廟，祭祀長江水神之廟。古代有祭祀五嶽山神、四瀆水神之民俗傳統，四瀆爲江、淮、河、濟。范成大於淳熙二年調任四川制置使知成都府，三年重修江瀆廟，四年五月完工。制置使府屬吏請陸游爲其撰寫碑文。本文爲陸游爲成都府重修江瀆廟所作的碑文，追叙江瀆廟來源和沿革，詳述范成大重修江瀆廟經過，并作詩贊頌。

本文據題下自署，當作於淳熙四年（一一七七）五月一日。時陸游奉祠主管台州崇道觀。

【校記】

①「揚」，原作「楊」，據弘治本、正德本、汲古閣本改。

【箋注】

〔一〕禹貢：尚書篇名，中國最古老的地理志書。

〔二〕「禹貢」四句：書禹貢：「嶓冢導漾，東流爲漢，又東，爲滄浪之水，過三澨，至于大別，南入于江。東，匯澤爲彭蠡，東，爲北江，入于海。」又：「岷山導江，東別爲沱，又東至于澧；過九江，至於東陵，東迆北，會于匯；東爲中江，入於海。」嶓冢，山名。在今甘肅天水與禮縣之間。古人以爲是漢水之源。漾，水名。岷山，在今四川北部，綿延四川、甘肅兩省邊境。爲長江和黄河的分水嶺。

〔三〕谽谺：山石險峻貌。獨孤及招北客文：「其北則有劍山巉巉，天鑿之門，二壁谽谺，高岸嶙峋。」

〔四〕三澨：水名。大別：山名，在今河南、湖北、安徽三省邊境，爲長江和淮河的分水嶺。

〔五〕四瀆：長江、黄河、淮河、濟水的合稱。爾雅釋水：「江、河、淮、濟爲四瀆。四瀆者，發原注海者也。」

〔六〕秩：級別。禱祠：指向神求福及得福以後報賽以祭。周禮春官喪祝：「掌勝國邑之社稷之祝號，以祭祀禱祠焉。」賈公彦疏：「禱祠，謂國有故祈請，求福曰禱，得福報賽曰祠。」

〔七〕高駢（？—八八七）：字千里，唐幽州人。世代爲禁軍將領，屢統兵駐西南。僖宗時歷天平、劍南、鎮海、淮南節度使。舊唐書卷一八二、新唐書卷二二四有傳。城：築城。

〔八〕淫昏：極度昏庸。書多方：「有夏誕厥逸，不肯慼言于民，乃大淫昏，不克終日勸于帝之迪。」孔安國傳：「言桀乃大爲過昏之行，不能終日勸於天之道。」受職：接受委派的職務。周禮春官宗伯：「壹命受職。」賈公彦疏：「鄭司農云『受職治職事』者，謂始受王之官職，治其所掌之事也。」

〔九〕侈大：擴大。漢書霍光傳：「太夫人顯改光時所自造塋制而侈大之。」傑閣：高閣。韓愈記夢：「隆樓傑閣磊嵬高，天風飄飄吹我過。」邃宇：深廣的屋宇。楚辭招魂：「高堂邃宇，檻層軒些；層臺累榭，臨高山些。」

〔一〇〕「故太師」句：指文彦博慶曆七年以樞密直學士知益州。文彦博（一〇〇六—一〇九七），字寬夫，汾州介休（今屬山西）人。天聖進士。歷仕仁宗、英宗、神宗、哲宗四朝，出將入相五十餘年。拜太師，封潞國公，謚忠烈。宋史卷三一三有傳。樞密直學士，簡稱「樞直」，與觀文殿學士并充皇帝侍從，備顧問應對。作牧：出任州府長官。

〔一一〕徹祭：撤去祭品。 飲福：古禮，指祭祀完畢飲食供神的酒肉，以求神賜福。

〔一二〕支傾苴罅：支撑傾斜，彌補漏洞。韓愈進學解：「補苴罅漏，張惶幽眇。」 苟偷：苟且偷安之略語。曾鞏策問二：「朕於士民，僡精刻意以待其善，而天下靡靡，便文苟偷而已。」

〔一三〕「今尹」三句：指范成大以敷文閣待制出任四川制置使知成都府。 牲幣：犧牲和幣帛。古代用以祭祀日月星辰、社稷、五嶽等。周禮春官肆師：「立大祀用玉帛牲牷，立次祀用牲幣，立小祀用牲。」祗肅，恭謹而嚴肅。書太甲上：「社稷宗廟，罔不祗肅。」

〔一四〕愓然：警覺省悟貌。史記龜策列傳：「元王愓然而悟。」

〔一五〕潔齋：浄潔身心，誠敬齋戒。群書治要引桓譚新論：「王翁好卜筮，信時日，而篤於事鬼神，多作廟兆，潔齋祀祭。」

〔一六〕高下洽足：指雨量周遍充足。 大穰：大豐收。列子天瑞：「一年而給，二年而足，三年大穰。」

〔一七〕庀工：具備動工條件，開始動工。

〔一八〕磚甓：即磚。晉書孝友傳吴逵：「晝則傭賃，夜燒磚甓。」

〔一九〕丹青黝堊：紅色、青色、黑色、白色等各色塗料。

〔二〇〕梓匠：兩種木工。梓指梓人，造器具；匠指匠人，主建築。墨子節用中：「凡天下羣百工，輪車韇匏，陶冶梓匠，使各從事其所能。」役徒：服勞役者。墨子七患：「苦其役徒，以治宮室觀樂。」

〔二〕麗牲：指古代祭祀時將所用的牲口繫在石碑上。語出禮記祭義：「祭之日，君牽牲，穆答君，卿大夫序從。即入廟門，麗于碑。」

〔三〕「井絡」二句：天上井宿的運行，對應着地下的岷山。井絡，指二十八宿中的井宿區域。參見卷九賀薛安撫兼制置啓注〔二〕。躔，天體的運行。

〔四〕蟠踞華夷：盤踞在漢族和外夷之間。蟠踞，同盤踞。

〔五〕奔蹴：奔騰踩踏。

〔六〕嚴恭：莊嚴恭敬。書無逸：「昔在殷王中宗，嚴恭寅畏，天命自度。」孔安國傳：「言太戊嚴恪恭敬，畏天命。」茀草：雜草。

〔七〕朝宗：比喻小水流注大水。書禹貢：「江、漢朝宗於海。」孔穎達疏：「朝宗是人事之名，水無性識，非有此義。以海水大而江、漢小，以小就大，似諸侯歸於天子，假人事而言之也。」

〔二七〕廟成公歸：指范成大淳熙四年五月離任返京。

行在寧壽觀碑

紹興二十年十月，詔賜行在三茅堂名曰寧壽觀〔一〕，因東都三茅寧壽院之舊也〔二〕。初，章聖皇帝建會靈觀，實爲崇奉之始〔三〕。至是，高宗皇帝方蹐天下於仁壽之域〔四〕，尤垂意焉。乃命道士蔡君大象知觀事，蒙君守亮副之，許其徒世守；又命中貴人劉君敖典領〔五〕，置吏胥〔六〕，給清衛兵，略用大中祥符故事〔七〕。後十年，敖遂請棄官，專奉寧壽香火，詔如所請，賜名能真，改左右街都道録〔八〕，仍領觀事，實又用至道中内侍洪正一故事〔九〕。上心眷顧，每示優假如此〔一〇〕。然迨今歲月寖久，未有紀之金石以侈上賜者〔一一〕。紹熙五年六月，知觀事冲素大師邵君道俊始礱石來請某爲文〔一二〕，傳示後世。某實紹興朝士，屢得對行殿〔一三〕，同時廷臣，零落殆盡，某適後死，獲以草野之文，登載盛事，顧不幸歟！伏觀寧壽觀實居七寶山之麓，表裏湖江〔一四〕，拱輔宫闕，前帶馳道，後枕崇阜〔一五〕，盡得都邑之勝。廣殿中峙，修廊外翼，雲章寶室，籤帙富麗，浩浩乎道山蓬萊之藏也〔一六〕。鍾、經二樓，翬飛霄漢，飄飄乎化人中天之居也〔一七〕。金符象簡，羽流畢集，進趨有容，肅恭齋法，濟濟乎茹靈芝、飲沆瀣之衆也〔一八〕。導以霓旌，節以玉磬〔一九〕，侍者翼從，以登講席，琅琅乎徹九天、震十方之音也。祐陵之御畫，德壽、重華之宸翰，焕乎河雒之圖書也〔二〇〕。鴻鍾大鼎，華蓋寶劍，褚遂良、吴道子之遺迹，卓乎秘府之怪珍也〔二一〕。榮光異氣，夜燭天半，所以扶衛社稷、安鎮夷夏者，於是乎在，非他宫館壇宇可得而比。永惟我高宗皇帝，實與三茅君自渾沌溟涬開闢之初，赤明、龍漢浩劫之前，俱以願力，應世濟民〔二二〕。雖時有古今，迹有顯晦，其受命上帝，以福天下，則合若符券。及夫風御上賓，威神在天，與三十六帝翱翔太虚〔二三〕，三茅君亦與焉。時臨熙壇，顧享明薦〔二四〕，用敷佑於我聖子神孫，降福發祥，時萬時億，於虖休哉！某既述觀之所繇興，且繫之以銘曰：

炎祚中否開真人〔二五〕，以大誓願濟下民。左右虚皇友三真〔二六〕，坐令化國風俗淳。乃營斯宫示宿因，丹碧岌嶪天與鄰〔二七〕。神君龍虎呵重闉，鯨鐘橫撞震無垠〔二八〕。錦旛寶蓋高嶙峋，天華龍燭晝夜陳〔二九〕。歷載九九符堯仁〔三〇〕，超然脱屣侍帝晨。遺澤滲漉萬宇均〔三一〕，歲豐兵偃無吟呻。咨爾衆士嚴冠巾〔三二〕，以道之真治子身。服膺聖訓常如新，冲霄往從龍車塵〔三三〕。

【題解】

行在寧壽觀，即三茅寧壽觀，位於今杭州「吴山天風」之南。寧壽觀爲符籙派道教聖地，祀三茅真君。秦漢時得道成仙的茅氏三兄弟茅盈、茅固、茅衷，被後世奉爲三茅真君。南宋紹興二十年，宋高宗將臨安府三茅堂改名爲寧壽觀，并修葺一新。紹熙五年六月，知觀事冲素太師邵道俊請陸游爲寧壽觀撰寫碑文。本文爲陸游爲寧壽觀所作的碑文，叙述寧壽觀沿革，描繪道觀盛況，稱頌高宗皇帝。

本文據篇中自署，當作於紹熙五年（一一九四）六月。時陸游奉祠家居。

【箋注】

〔一〕寧壽觀：乾道臨安志卷一：「三茅寧壽觀，在城中七寶山。紹興十六年賜今額。」夢粱録卷八：「三茅寧壽觀在七寶山，原三茅堂，因東都三茅寧壽之名，賜觀額『寧壽觀』，殿扁曰『太元』，奉三茅真君像。」

〔二〕「因東都」句：指因襲北宋東京開封府三茅寧壽院的舊名。

〔三〕「初章聖」三句：指宋真宗大建宫觀，崇奉道教。章聖皇帝，指宋真宗趙恒（九六八—一〇二二），謚號文明武定章聖元孝皇帝。真宗大力崇道，於大中祥符年間建造玉清昭應宫、會靈觀等大批道教宫觀。宋史真宗本紀：「（大中祥符）九年春正月丙辰，置會靈觀使，以丁謂爲之。」

〔四〕躋：上升，登。　仁壽：指有仁德而長壽。語出論語雍也：「知者動，仁者静，知者樂，仁者壽。」邢昺疏：「言仁者少思寡欲，性常安静，故多壽考也。」漢書王吉傳：「驅一世之民，躋之仁壽之域。」

〔五〕中貴人：指顯貴的侍從宦官。舊唐書李林甫傳：「林甫多與中貴人善，乃因中官干惠妃云：『願保護壽王。』惠妃德之。」

〔六〕吏胥：官府中的小吏。白居易和微之除夜作詩：「我統十郎官，君領百吏胥。」

〔七〕大中祥符故事：指宋真宗大中祥符年間崇奉道教的措施。
〔八〕左右街都道録：宋代道教事務管理機構道録院下設的官員名稱。
〔九〕至道：宋太宗最後一個年號，共三年，九九五至九九七年。内侍洪正一：不詳。
〔一〇〕優假：優待照顧。資治通鑑唐玄宗開元七年：「選人宋元超於吏部自言侍中（宋）璟之叔父，冀得優假。」
〔一一〕侈：誇大，張揚。上賜：皇帝的賞賜。
〔一二〕礱石：磨石立碑。
〔一三〕得對行殿：獲准在行宫當面向皇帝奏對。行殿，行宫。
〔一四〕表裏：比喻地理上的鄰接。湖江：指西湖、錢塘江。
〔一五〕馳道：古代供君王行駛車馬的道路。禮記曲禮下：「歲凶，年穀不登，君膳不祭肺，馬不食穀，馳道不除，祭事不縣。」孔穎達疏：「馳道，正道。如今之御路也。是君馳走車馬之處，故曰馳道也。」崇阜：高岡，高丘。此指七寶山。
〔一六〕雲章：指道教的典籍。雲笈七籤卷一二二：「瓊簡瑶函，爰敷寶訓；雲章鳳篆，咸演秘文。」籤帙：標籤和書套。陸龜蒙襲美先輩以龜蒙所獻五百言既蒙見和復示榮唱再抒鄙懷用伸酬謝：「抽書亂籤帙，酌茗煩甌犧。」道山蓬萊：蓬萊仙山。相傳蓬萊、方丈、瀛洲三座神山在渤海中。

〔一七〕鍾、經二樓：指鐘樓、藏經樓。　翬飛：形容宫室高峻壯麗。語本詩小雅斯干：「如翬斯飛。」朱熹集傳：「其簷阿華采而軒翔，如翬之飛而矯其翼也。」翬，有五彩羽毛的雉。　化人：仙人。杜光庭温江縣招賢觀衆齋詞：「歷代化人，隨機濟物，大惟邦國，普及幽明，俱賴神功，咸承景貺。」　中天：指上界，神仙世界。　白居易曲江醉後贈諸親故詩：「中天或有長生藥，下界應無不死人。」

〔一八〕金符：符命。上天賜與君王的符瑞。　尚書璿璣鈐：「湯受金符帝籙，白狼銜鈎入殷朝。」　象簡：即象笏，象牙製成的手版。　康駢劇談録龍待詔相笏：「開成中有龍復本者，無目，善聽聲揣骨，每言休咎，無不必中，凡有象簡竹笏，以手捻之，必知官禄年壽。」　羽流：指道人，道士。　傳米芾西園雅集圖記：「以文章議論、博學辨識、英辭妙墨、好古多聞、雄豪絶俗之資，高僧羽流之傑，卓然高致，名動四夷。」　肅恭：端嚴恭敬。　書微子之命：「恪慎克孝，肅恭神人。」　齋法：祭祀前清心潔身之法。　沆瀣：夜間的水氣，露水。舊謂仙人所飲。　楚辭遠遊：「餐六氣而飲沆瀣兮，漱正陽而含朝霞。」王逸注：「冬飲沆瀣。沆瀣者，北方夜半氣也。」

〔一九〕霓旌：相傳仙人以雲霞爲旗幟。楚辭九歎遠逝：「舉霓旌之墆翳兮，建黄纁之總旄。」王逸注：「揚赤霓以爲旌。」　玉磬：石制樂器。　禮記郊特牲：「諸侯之宫縣，而祭以白牡，擊玉磬……諸侯之僭禮也。」孫希旦集解：「玉磬，書所謂鳴球，天子之樂器也。」

〔二〇〕「祐陵」三句：指幾代宋帝的書畫作品入藏於寧壽觀中，就像河圖洛書般燦爛。祐陵，即宋徽宗，其陵墓稱永祐陵。德壽，即宋高宗，其退位後居德壽宮。重華，即宋孝宗，其退位後居重華宮。宸翰，帝王的墨迹。河雒之圖書，即河圖洛書。易繫辭上：「河出圖，洛出書，聖人則之。」相傳伏羲時有龍馬出於黃河，馬背有旋毛如星點，稱作龍圖。伏羲取法以畫八卦。夏禹治水時有神龜出於洛水，背上有裂紋如文字，禹取法而作洪範「九疇」。古人將出現河圖洛書作爲帝王聖者受命之祥瑞。

〔二一〕「鴻鐘」四句：指宋高宗賜予寧壽觀的唐鐘、宋鼎以及褚遂良、吴道子的書畫作品，都是秘府的珍寶。唐鐘、宋鼎、褚遂良書小字陰符經，以及後來入藏的吴道子畫南方星君像、玉靶劍、七寶數珠、軒轅鏡，合稱觀中「七寶」，故所在山也以七寶名之。褚遂良（五九六—六五八），字登善，錢塘（今杭州）人，唐代著名書法家。吴道子（六八五—七五八），字道子，陽翟（今河南禹縣）人，唐代著名畫家。

〔二二〕三茅君：即茅氏三兄弟茅盈、茅固、茅衷。溟涬：天地未形成前，自然之氣混沌之貌。張衡靈憲：「太素之前，幽清玄浄，寂寞冥默，不可爲象。厥中惟虛，厥外惟無，如是者永久焉，斯謂溟涬。」赤明、龍漢：道教指天地開闢以後用來計時的年號。隋書經籍志四：「（道經）以爲天尊之體，常存不滅。每至天地初開，或在玉京之上，或在窮桑之野，授以秘道，謂之開劫度人。然其開劫，非一度矣，故有延康、赤明、龍漢、開皇，是其年號。其間相去經四十一億萬載。」願力：指意願之力。

〔二三〕三十六帝：即道教所稱三十六天帝，又稱三十六玉皇。其所居之處，分爲三清三境，即玉清聖境、上清真境和太清仙境。

〔二四〕熙壇：光明的神壇。明薦：指潔浄的貢品。禮記祭統：「奉之以物，道之以禮，安之以樂，參之以時，明薦之而已矣，不求其爲。」鄭玄注：「明，猶絜也。」

〔二五〕炎祚：五行家稱劉漢、趙宋皆以火德王，因以指稱漢或宋的國統。宋史樂志七：「盛德在火，相我炎祚。」中否：中道衰落。此指宋室南渡。真人：道家稱存養本性或修真得道之人。莊子大宗師：「古之真人，其寢不夢，其覺無憂，其食不甘，其息深深……古之真人，不知説生，不知惡死，其出不訢，其入不距；翛然而往，翛然而來而已矣。」

〔二六〕左右：幫助，輔佐。易泰：「輔相天地之宜，以左右民。」孔穎達疏：「左右，助也，以助養其人也。」虚皇：道教神名。三真：指三茅君。

〔二七〕宿因：佛教語。前世的因緣。華嚴經卷七五：「宿因無失壞，今受此果報。」丹碧：指繪畫。岌嶪：高峻貌。文選張衡西京賦：「疏龍首以抗殿，狀巍峩以岌嶪。」張銑注：「岌嶪，高壯貌。」

〔二八〕神君：神靈，神仙。重闈：指多重宫門。楊炯渾天賦：「列長垣之百堵，啓閶闔之重闈。」鯨鐘：古代大鐘。鐘紐爲蒲牢狀，鐘杵爲鯨魚形，故名。王起寅月釁龜賦：「齊國鯨鐘，仁稱孟子。」無垠：無邊際。楚辭遠遊：「道可受兮而不可傳，其小無内兮其大無垠。」

〔二九〕天華：天界鮮花。龍燭：以龍爲飾之燭。劉禹錫觀舞柘枝詩之一：「神飆獵紅蕖，龍燭然金枝。」

〔三〇〕歷載九九：古以九爲陽數之極。九月九日稱「重九」或「重陽」。堯仁：堯之仁政。

〔三一〕滲漉：比喻恩澤下施。文選謝莊宋孝武宣貴妃誄「六祈轗滲」，李善注：「滲謂滲漉，喻福祉也。」

〔三二〕咨爾：用於句首，表示贊歎或祈使。論語堯曰：「堯曰：『咨，爾舜！天之曆數在爾躬。』」邢昺疏：「咨，咨嗟；爾，女也……故先咨嗟，歎而命之。」

〔三三〕龍車：指神仙所乘車。陶弘景冥通記卷三：「此月初乃見許侯與紫徽夫人及右英共轡龍車，往詣南真。」

嚴州烏龍廣濟廟碑

山川之祀，自虞書以來〔一〕，見於載籍，與天地宗廟並。或謂山川興雲雨，澤枯槁，宜在秩祀〔二〕，非必有神主之。以予考之殆不然。「維嶽降神，生甫及申」〔三〕，山川之神，降而爲人，與人死而爲山川之神，一也。豈幸而見於經則可信，後世則舉不可信耶？柳宗元死爲羅池之神，其傳甚怪，而韓文公實之〔四〕。張路斯自人爲龍，廟於潁上，其傳尤怪，而蘇文忠公實之〔五〕。蓋二神者，所傳雖不可知，而水旱之禱，卓乎偉哉，不可泯没，則二公亦不得而擯也。予適蜀，見李冰、張惡子廟於離堆、梓潼之山，皆血食千載〔六〕，非獨世未有疑者，蓋其靈響暴著〔七〕，亦有不容置疑者矣。嚴州烏龍山廣濟廟之神曰忠顯仁安靈應昭惠王，舊碑以爲唐貞觀中人，姓邵氏，所記甚詳〔八〕。雖幽顯殊隔，不可盡質，然神靈動人如羅池，變化不測如潁上，歷數百年未嘗少替。而朝廷之所褒顯，吏民之所奉事，亦猶一日，此烏可以幸得哉？至於紹興辛巳東海之師〔九〕，群胡見巨人皆長丈餘，戈戟麾旄，出没煙雲間，則相告曰：「烏龍神兵至矣！」或降或遁去，無敢枝梧者〔一〇〕，是又與東晉八公山及慶曆嘉嶺神之事相埒〔一一〕。然彼皆在近境，而此獨見於山海阻絶數千里之外，豈不尤異也哉！不得韓、蘇之文以侈大其傳〔一二〕，而邦人進士沈奂顧以屬筆於某。辭卑事偉，有足恨者，乃作送迎神詩一章，使併刻之，實慶元五年十月甲子也。其辭曰：

王之生兮值唐初基，龍翔於天兮英雄是資。獨沉草萊兮默不得施，巉然萬仞兮胸中之奇〔一三〕。使得小試兮冒白刃而搴朱旗〔一四〕，丈夫戰死兮固亦其宜。死於不遭兮精神曷歸[一五]？王亦何懟兮人則爲悲。烏龍之山兮跨空巍巍，築傑屋兮奉祠，釀桂兮羞芝[一六]。彈筊篌兮吹參差[一七]，王捨斯民兮逝何之？錫以祉兮燕及惸嫠[一八]，歲屢豐兮長無凶饑。擁羽蓋兮駕玉螭，時節來饗兮民之依[一九]。國有征誅兮克相王師，長戈大纛兮肅肅陰威。掃平河雒兮前功弗隳[二〇]，隆名顯爵兮永世有辭。

【題解】

嚴州烏龍廣濟廟，在今浙江建德東。胡翰新修廣濟廟碑：「嚴陵之山，其望爲烏龍，矗起江上……其西南爲郡城。未至郡二里，有祠翼然，負山而蔭巨木，則廣濟廟也……郡守吏至者，即視事，則必告謁，有故則必爲民祈請，著爲恒典。」陸游淳熙年間出守嚴州，作有詠烏龍山詩篇多首，并熟悉相關傳説。當地進士沈免請陸游撰寫碑文。本文爲陸游爲烏龍廣濟廟所作的碑文，梳理辨析山川神祇的真僞虚實，記述烏龍山神的傳奇故事并爲之頌揚。

本文據篇末自署，當作於慶元五年（一一九九）十月甲子（初五）日。時陸游致仕家居。參考劍南詩稿卷十九烏龍廟、烏龍雪等篇。

【箋注】

〔一〕虞書：尚書分爲虞書、夏書、商書、周書，虞書爲其中一部分。

〔二〕澤：潤澤。秩祀：依照禮分等級舉行之祭。孔叢子論書：「孔子曰：『高山五嶽定其差，秩祀所視焉。』」

〔三〕「維嶽」二句：語出詩大雅崧高。意爲四嶽神靈降臨，甫侯、申伯出生。維，語助詞。甫，國名，此指甫侯。其封地在今河南南陽西。申，國名，此指申伯。其封地在今河南南陽北。

〔四〕「柳宗元」三句：柳宗元元和十年被貶爲柳州刺史，到任後頗有政績，元和十四年逝於柳州，百姓在羅池畔立祠祭祀，尊其爲「羅池之神」。韓愈撰有柳州羅池廟碑，記録了有關立祠的怪異傳説，并予以肯定。

〔五〕「張路斯」四句：張路斯嘗居潁上（今屬安徽阜陽），後爲宣城令，罷官後回潁上閒居至逝。百姓尊其爲龍王，稱其九子均爲龍，建張公祠祭祀，神宗熙寧間封其爲昭靈侯，其傳説更爲怪異。蘇軾元祐間知潁州，撰昭靈侯碑記記載其事。

〔六〕李冰、張惡子廟：李冰爲戰國時水利工程專家，秦昭王時任蜀郡太守，與其子主持建造都江堰工程，鑿開離堆，引岷江水灌溉成都平原。死後百姓建廟祭祀。舊唐書地理志：「大郎（王）廟，在治（什邡）北五十里，大蓬山之陽，蜀太守李冰神祠。」張惡子爲晉人，戰死後被封爲「梓潼神」，建廟祀之。唐玄宗、唐僖宗時先後顯靈，被封左丞相、濟順王。北宋咸平中再次顯靈，被封英顯王。事見事物紀原卷七英顯王條。離堆：史記河渠書：「蜀守冰鑿離碓，辟沫水之害，穿二江成都之中。」裴駰集解引晉灼曰：「（碓），古『堆』字也。」梓潼：縣名。屬利州路隆慶府，今屬四川綿陽。血食：指受享祭品。古代殺牲取血用以祭祀，故稱。左傳莊公六年：「若不從三臣，抑社稷實不血食，而君焉取餘？」
〔七〕靈響：即靈應。列子黄帝：「物無疵厲，鬼無靈響焉。」暴著：指顯揚。
〔八〕忠顯仁安靈應昭惠王：嚴州圖經卷二：「任安靈應王廟，在嘉覞門外二里。據廟記，神姓邵名仁祥，字安國，性倨傲，不拘小節，隱烏龍山。嘗謁縣令，令怒其無禮，因笞殺之。仁詳且死，語人曰：『吾三日内必報之。』至期，雷電晦冥，有大白蛇長數十丈至縣庭中，令驚怖立死。神空中語人曰：『立廟祀我，吾當福汝。』時唐貞觀三年也。……國朝熙寧八年封仁安靈應王。紹興二十九年加封忠顯，乾道二年又加昭惠。累封至八字，曰忠顯仁安靈應昭惠。」
〔九〕紹興辛巳東海之師：指紹興三十一年宋將李寶率水師在東海唐島（又名陳家島，在今山東膠南）海面用火攻大敗金兵水師。詳見宋史李寶傳。
〔一〇〕枝梧：互相撑抵的支柱。引申爲對抗，抵擋。史記項羽本紀：「當是時，諸將皆慴服，莫敢枝梧。」
〔一一〕東晉八公山：東晉太元八年（三八三），謝玄大敗前秦苻堅，苻堅登壽春城而望晉師，見陣容齊整，將士精鋭，又望八公山上草木，皆以爲晉兵。詳見資治通鑑晉孝武帝太元八年。慶曆嘉嶺神：北宋康定元年（一〇四〇），西夏元昊大敗宋軍於三川口，進逼延州（今陝西延安）城下。知府范雍因嘉嶺山神素靈，南望禱之，隨即天降大雪，西夏軍連夜退兵，延州遂安。朝廷封嘉嶺山神爲威顯公。宋大詔令集卷一三七有封嘉嶺山神詔。康定二年即慶曆元年（一〇四一），此處陸游或有誤記。嘉嶺山，即今延安寶塔山。相埒：相當。

〔二〕侈大：誇大，張揚。

〔三〕草萊：即草野。鄉野，民間。漢書蔡義傳：「臣山東草萊之人，行能亡所比，容貌不及衆。」巉然：高峭陡削貌。蘇軾峻靈王廟碑：「有山秀峙海上，石峯巉然，若巨人冠帽。」

〔四〕搴朱旗：拔取戰旗。

〔五〕不遭：不遇，冤屈。此指邵仁祥因倨傲而被笞殺。

〔六〕奉祠：祭祀。史記封禪書：「杜主，故周之右將軍，其在秦中，最小鬼之神者。各以歲時奉祠。」釀桂：以桂花釀酒。羞芝：以靈芝爲美食。羞，同饈。

〔七〕箜篌：古代撥絃樂器，分爲豎式、卧式兩種。參差：古代樂器名。即排簫。亦名笙。相傳爲舜造，象鳳翼參差不齊。楚辭九歌湘君：「望夫君兮未來，吹參差兮誰思？」

〔八〕錫以祉：賜以福祉。燕及惸嫠：安樂遍及孤苦無依之人。燕，同「宴」。惸嫠，無兄弟與無丈夫的人。岑參過梁州奉贈張尚書大夫公詩：「百堵創里閭，千家恤惸嫠。」

〔九〕羽蓋：指仙人車駕。韋應物王母歌：「衆仙翼神母，羽蓋隨雲起。」玉螭：駿馬。蘇軾書韓幹牧馬圖詩：「樓下玉螭吐清寒，往來蹙踏生飛湍。」時節：合時而有節律。國語晉語八：「夫德廣遠而有時節，是以遠服而邇不遷。」韋昭注：「作之有時，動之有序。」饗：

同「享」。

〔二〇〕掃平河雒：此指收復中原。雒，同洛，洛水。 隳：毁壞。

德勳廟碑

自古王者經綸草昧，戡定亂略〔一〕，必有熊羆之士，不貳心之臣，内任心膂之寄，外宣股肱之力〔二〕，而廟謨國論，密賴以決，實兼將相之任者。在我高宗皇帝時，有若太師循忠烈王張公〔三〕，實維其人。粤自高宗，歷試於外，開大元帥府，總天下兵，首以山西豪傑，入侍帷幄〔四〕。龍飛順動，避狄南渡，公則有扶天夾日之功〔五〕。蕭墻釁起，群公喑拱，公則倡勤王復辟之大策〔六〕。氛祲内侵，戎馬豕突，公則奮却敵禦侮之奇略〔七〕。巨盗乘間，群兇和附，公則建剪除安輯之成績〔八〕。由是不數年間，國勢安强，夷虜奪氣請和。而一二重將，未還宿衛，論者咸以爲非長久計。公則率先請罷宣撫使事，奉朝請，章再上，引義懇款，於是議始定〔九〕。士大夫咸謂其得大臣體，而高宗亦每謂之腹心舊將，又曰「從來待卿如家人」，又曰「是人與他功臣相去萬萬」〔一〇〕。蓋高宗蹈履艱危，身濟大業，沉機獨智〔一一〕，燭微察遠，以爲方海内横流，巡幸四方，暴衣露蓋，周衛單寡，非如中都高拱蝙蜎蠖濩之居〔一二〕，江流阻艱，海道阽危，非如平時安行清蹕馳道之中〔一三〕。不有如公者，協心同德，均禍福，共安危，譬之一家，父兄有急，子弟不召而自至，譬之一身，頭目有患，手足不令而自力，則天下之計，將以誰諉？爰盎謂絳侯功臣，非社稷臣〔一四〕，則社稷臣與功臣果異。建炎以來，功臣則有矣，至可名社稷臣者，非公而誰？故國家所以褒表崇異，常出等夷之上〔一五〕，非私恩也。及配享高宗廟庭〔一六〕，其次偶居其後，或者疑焉，是不然。唐名將前曰英、衛，後曰李、郭〔一七〕。衛公、汾陽之勳德，巍如泰山，終不以姓名次序爲歉。欽宗皇帝下詔褒顯故老，而范文正實次司馬文正之下〔一八〕。司馬公之賢不肖，不過與范公等。范公輔政先數十年，聲詩所載，以配夔、卨〔一九〕，而顧乃居次，世豈以此爲有抑揚之意哉！公之曾孫鎡，三世傳嫡長〔二〇〕，始築廟於居第之東。廟成，以高宗御書「德勳」二大字爲廟之名。自忠烈以下爲三室：忠烈之配曰秦國夫人魏氏、漢國夫人章氏；第二室曰少傅公諱子厚〔二一〕，配曰漢國夫人蕭氏；第三室曰少師公諱宗元〔二二〕，配曰楚國夫人劉氏。維忠烈王勳業之詳，與夫世諱、字系、官爵，葬有碑，謚有誥，史有傳，此不復載。顧廟祭宜有歌詩，刻於麗牲之碑，乃作詩曰：

宋傳九聖，高宗是承。化龍渡江，天開中興。維忠烈王，翼從帝旁。捐身棄孥，獨當豺狼。煙塵未息，變生肘腋〔二三〕。首倡義師，氣沮金石。大業復隆，退不矜功。雪涕引罪〔二四〕，身衛行宮。國有大難，我則出捍。功成愈謙，將士畏歎。既空盜藪〔二五〕，鏖虜淮右。柘皋之捷〔二六〕，梁楚無寇。河雒將平，虜畏乞盟。亟上虎符，就第王城〔二七〕。茂勳明德，爛然史册。燕及家國，匪王孰克。築廟作主，三室同宇。歲時奉享，豐豆碩俎〔二八〕。國有世臣，家有元孫。咨爾後人，祗栗廟門〔二九〕。

【題解】

德勳廟，張鎡爲曾祖張俊所建的家廟。張俊（一〇八六—一一五四），字伯英，鳳翔府成紀（今甘肅天水）人。出身盜匪，後從軍抗金，屢立戰功，南渡後與韓世忠、劉錡、岳飛並稱名將。後附秦檜，力主和議，首先請納兵權，參與謀殺岳飛。拜樞密使。晚年封清河郡王，拜太師，備受高宗寵遇。死後追封循王。宋史卷三六九有傳。張鎡（一一五三—？）爲張俊曾孫，字功父，一字時可，號約齋。累官直祕閣、權通判臨安府事等，參與謀誅韓侂胄，後忤宰相史彌遠，貶死象臺。有詩名，廣交遊。建宅南湖，其園池聲色服玩之麗甲天下。陸游與張鎡多有唱和。慶元年間，張鎡於居地之東築家廟，并以高宗御書「德勳」二字爲名。本文爲陸游爲德勳廟所作的碑文，歷數張俊功業，肯定其爲社稷之臣，記述德勳廟格局，并作詩頌揚。

本文原未繫年。歐譜列於不繫年文。本卷前篇烏龍廣濟廟碑作於慶元五年十月，後篇泰州報恩光孝禪寺最吉祥殿碑作於慶元六年四月，則本篇當作於慶元五、六年間。時陸游致仕家居。

【箋注】

〔一〕經綸：籌畫治理。　草昧：形容時世混亂。杜甫重經昭陵詩：「草昧英雄起，謳歌曆數歸。」仇兆鰲注：「草而不齊，昧而不明，此言隋末之亂。」　戡定：武力平定。　韓愈賀册尊號表：「經緯天地之謂文，戡定禍亂之謂武。」　亂略：叛亂侵奪。　蘇軾醉白堂記：「文致太平，武定亂略。」

〔二〕熊羆：皆爲猛獸。比喻勇士。書牧誓：「尚桓桓，如虎如貔，如熊如羆。」　心膂：心和脊梁骨。比喻親信得力之人。書君牙：「今命爾予翼，作股肱心膂。」

〔三〕太師循忠烈王張公：即指張俊。

〔四〕「粵自」六句：宋史本傳載，靖康年間，高宗任兵馬大元帥，張俊勒兵勤王，高宗見俊英偉，擢爲元帥府後軍統制。

〔五〕「龍飛」三句：宋史本傳載，汴京城破，二帝北遷，人心皇皇，張俊懇辭勸進，稱「大王皇帝親弟，人心所歸，當天下洶洶，不早正大位，無以稱人望」。又高宗召諸將議恢復，張俊曰：「今敵勢方張，宜且南渡，據江爲險，練兵政，安人心，俟國勢定，大舉未晚。」龍飛，指帝王即位。

〔六〕「蕭牆」三句：宋史本傳載，苗傅、劉正彦謀反，拉攏張俊，張俊拒不受，與張浚、吕頤浩、韓世忠、劉光世等合力起兵勤王，使高宗復辟。　喑拱：指諸將沉默不表態，拱衛四周。

〔七〕「氛祲」三句：宋史本傳載，金兵分兵深入，渡江攻浙，直下明州、温州，張俊領兵拒敵，擊退金兵。氛祲，比喻戰亂。豕突，比喻野豬一樣奔突竄擾。

〔八〕「巨盜」三句：宋史本傳載，江浙群盜蠭起，張俊任浙西、江東制置使，招收群盜，不久，浙西群盜悉平。安輯，安撫。

〔九〕「公則」五句：宋史本傳載，張俊知朝廷欲罷兵，首請納所統兵。奉朝請，指定期參加朝會。懇款，懇切忠誠。

〔一〇〕相去萬萬：超出許多倍，遠遠勝過。

〔一一〕沉機獨智：深謀遠慮，獨運智慧。

〔一二〕横流：比喻動亂，災禍。文選謝靈運述祖德詩之二：「中原昔喪亂，喪亂豈解已……萬邦咸震懾，横流賴君子。」暴衣露蓋：日曬衣裳，露濕車蓋。形容奔波勞碌。史記蕭相國世家：「鮑生謂丞相曰：『王暴衣露蓋，數使使勞苦君者，有疑君心也。』」周衛：指禁衛兵士。袁宏後漢紀明帝紀上：「至秋冬，乃振威靈，整法駕，備周衛，設羽旄。」中都：京都。蜵蜎蠖濩：深廣貌。參見卷二賀皇太后牋注〔三〕。

〔一三〕阽危：危險。王禹偁黄州重修文宣王廟壁記：「黄州文宣王廟舊殿三間，阽危不可入，以十數柱扶持之。」清蹕：指帝王出行，清除道路，禁止行人。文選顔延之應詔觀北湖田收詩：「帝暉膺順動，清蹕巡廣廛。」李善注引漢儀注：「皇帝輦動，出則傳蹕，止人清道。」馳道：專供君王行駛車馬的道路。

〔一四〕「爰盎」二句：史記袁盎晁錯列傳：「絳侯爲丞相，朝罷趨出，意得甚。上禮之恭，常自送之。袁盎進曰：『陛下以丞相何如人？』上曰：『社稷臣。』盎曰：『絳侯所謂功臣，非社稷臣。社稷臣主在與在，主亡與亡。方吕后時，諸吕用事，擅相王，劉氏不絶如帶。是時絳侯爲太尉，主兵柄，弗能正。吕后崩，大臣相與共畔諸吕，太尉主兵，適會其成功，所謂功臣，非社稷臣。丞相如有驕主色。陛下謙讓，臣主失禮，竊爲陛下不取也。』」爰盎，即袁盎，漢文帝時爲中郎，敢言直諫，景帝時封楚相。絳侯，即周勃，西漢開國將領，劉邦臨終前預言「安劉氏天下者必勃也」，後與陳平合謀剿滅諸吕，擁立文帝，官至丞相。

〔一五〕等夷：同等，同輩。韓詩外傳卷六：「遇長老則修弟子之義，遇等夷則修朋友之義。」

〔一六〕配享：合祭，祔祀。指功臣祔祀於帝王宗廟。高承事物紀原禮祭郊祀配饗：「功臣配饗之禮，由商人始也。」享，通「饗」。

〔一七〕英、衛：即李勣、李靖，唐代開國功臣。李勣封英國公，李靖封衛國公。李、郭：即李光弼、郭子儀。唐代名將。郭子儀封汾陽郡王。

〔一八〕范文正：即范仲淹。司馬文正：即司馬光。兩人卒後均謚文正。

〔一九〕夔、卨：帝舜二賢臣之名。卨，同契。夔典樂，契爲司徒。

〔二〇〕嫡長：嫡系長子。

〔二二〕子厚：張俊五子爲子琦、子厚、子顏、子正、子仁。
〔二三〕宗元：張子厚之子。張鎡之父。
〔二三〕肘腋：比喻切近之地。三國志法正傳：「主公之在公安也，北畏曹公之彊，東憚孫權之逼，近則懼孫夫人生變於肘腋之下。」
〔二四〕雪涕行罪：擦拭眼淚，確定罪罰。
〔二五〕盜藪：强盜聚集之地。
〔二六〕柘皋之捷：紹興十一年二月，金兀术自合肥南下，張俊部將王德與楊存中、劉錡會兵，敗金人於柘皋。事見宋史本傳。
〔二七〕上虎符：指上繳兵權事。就第王城：奉敕在王城修築宅第。
〔二八〕豐豆碩俎：祭祀的禮器盛大。
〔二九〕祗栗：敬慎恐懼。漢書匡衡傳：「蓋欽翼祗栗，事天之容也。」

泰州報恩光孝禪寺最吉祥殿碑

天下無不可舉之事，亦無不可成之功。始以果，終以不倦〔一〕，此事之所以舉，而功之所以成也。海陵通川之間〔二〕，自建炎後爲盜區戰場，中雖息兵，然猶鬼嘯狐嘷於藜莠瓦礫中〔三〕，自官寺民廬，皆略具爾。未幾，復有紹興辛巳虜禍〔四〕，前日之略具者，又踐蹂燔燒，滌地而盡。乾道、淳熙以來，中外無事，函養滋息，且以國力興葺之〔五〕，迨今四十年，而城郭邑屋，尚未能復承平之舊。至於浮圖之廬〔六〕，又非郡縣所急，或盛或衰，皆在仕者所不問，則其舉事若尤難者。嗚呼！是特不遇浮圖之傑耳，信有之，未見其果難也，泰州報恩光孝禪寺是已。寺始爲天寧萬壽寺，今名蓋用紹興詔書改賜，亦火於辛巳之變。有祖彦師者復葺之，未成而化〔七〕。中間屢易主者，至紹熙中，今長老德範師應轉運陳公損之之請而至〔八〕。寺雖粗建，而大役多未之舉。有巨鐘千石〔九〕，方寺壞於兵時，樓焚鐘墮，扁而不壞。範始至，奮曰：「鐘不壞，寺將興之符也。吾舉事，將自鐘始。」乃建樓百尺以棲鐘。鐘始鑄，歲在乙卯，至是三乙卯矣，而樓成〔一〇〕，人咸異之。遂議佛殿，殿之役最大，度費錢數千萬，見者縮頸曰：「使可爲，豈至今日耶？」範曰：「不然。吾當與有緣者力成之，不敢以難故止。」已而有居士劉洪首施錢五百萬，施者不勸而集，積爲四千萬有奇。乃伐木於黄岡，蔽流而下〔一一〕。方役之興，以關征爲懼〔一二〕。常平使者王公寧聞之〔一三〕，曰：「斯殿以資永祐陵在天之福〔一四〕，孰敢議者？吾當任其事。」於是所至皆爲弛禁〔一五〕。殿以崇成，爲重屋八楹〔一六〕，東西百三十六尺，南北九十六尺，高百一十尺，佛菩薩、阿羅漢三十有一軀。會王公去，而後使者韓公梃取華嚴經語〔一七〕，書殿之顔，曰「最吉祥殿」。範又爲閣六楹，以奉今天子昔在潛邸賜前住持覺深「碧雲」二大字〔一八〕。閣之廣袤雄麗，亦略與殿稱。餘若方丈、寢堂、厨庫、水陸堂、兩廡，累數十年不能成者，皆不淹歲而備〔一九〕。最其費，爲緡錢二十萬〔二〇〕。在它人若寢食不遑暇〔二一〕，範獨終日從容，倡道以進。其徒一謦欬，一顧視，皆具第一義〔二二〕，學者往往得入。而其師別峰之法〔二三〕，遂盛行於江淮間矣。凡一寺内外，莫不粲然復興，是殿實爲之冠。慶元六年夏四月，範使其書記蜀僧祖興來，求予作碑。予既盡述其始末，且爲之銘，銘曰：

海陵奥區名寰中，長淮大江爲提封〔二四〕。於皇徽祖御飛龍，臣民薦福遐邇同〔二五〕。是邦巍然千柱宫，中有廣殿奉大雄〔二六〕。瓌材蔽江西徂東，波神呵護如雲從〔二七〕。璇題藻井翔虚空，丹碧髹堊無遺工〔二八〕。劫火不能壞鴻鐘〔二九〕，雷震鯨吼聲隆隆。層閣閟奉龍鸞蹤〔三〇〕，榮光夜起騰長虹。徽祖聖德齊天崇，澤覃草木函昆蟲〔三一〕。咨爾梵衆極嚴恭，熙運共慶千載逢〔三二〕。餘福漸被兼華戎，長佑農扈消兵烽〔三三〕。

【題解】

泰州報恩光孝禪寺，位於今江蘇泰州，今稱報恩光孝律寺。始建於東晉義熙年間（四〇五—

四一八），北宋崇寧二年（一一〇三）賜名崇寧萬壽寺，政和元年（一一一一）重賜名天寧萬壽寺。南宋紹興八年（一一三八）高宗爲徽宗設道場，敕改名報恩光孝禪寺，紹興三十一年毁於戰火。光宗紹熙年間，德範禪師着手復建，初成鐘樓，續建大殿最吉祥殿，於慶元六年落成，并請陸游撰寫碑文。本文爲陸游爲泰州報恩光孝寺最吉祥殿所作的碑文，詳述建殿始末，弘揚「始以果，終以不倦」，以至事舉功成的精神。

本文據篇末自署，當作於慶元六年（一二〇〇）四月。時陸游致仕家居。

【箋注】

〔一〕「始以」二句：謂開始果敢，孜孜不倦而終於成功。

〔二〕海陵：泰州漢代稱海陵。　通川：流通的河川。文選司馬相如上林賦：「醴泉涌於清室，通川過於中庭。」李善注：「通流爲川而過中庭。」

〔三〕藜莠：均爲野草。亦泛指野草。禮記月令：「（孟春之月）行秋令，則其民大疫，猋風暴雨總至，藜莠蓬蒿並興。」

〔四〕紹興辛巳虜禍：指紹興三十一年金主完顏亮大舉攻宋，渡淮南下，泰州失陷。

〔五〕函養：即覆育。庇護養育。史記五帝本紀「其仁如天」，司馬貞索隱：「如天之函養也。」

滋息：繁殖，增生。孔叢子陳士義：「於是乃適西河，大畜牛羊於猗氏之南，十年之間，其滋息不可計。」　興葺：興建修理。杜光庭宣再往青城安複真靈醮詞：「今則山觀之中，已加興葺。」

〔六〕浮圖之廬：佛教的寺廟。浮圖，亦作浮屠、佛圖。梵語 Buddha 的音譯。原指佛，亦指佛教、和尚。

〔七〕化：指坐化，佛教徒端坐安然而死。

〔八〕轉運：轉運使，分管一路財賦。陳損之：字子長，隆州籍縣（今屬四川）人。乾道二年進士。紹熙三年十月除秘書丞，四年三月爲淮東提舉。見南宋館閣叙録卷七。提舉，即提舉常平官，分管各路財賦，與轉運使職責相近。

〔九〕石：古代容量單位，十斗爲一石。

〔一〇〕歲在乙卯：當爲北宋大中祥符八年（一〇一五）。三乙卯：當爲南宋慶元元年（一一九五）。距大中祥符八年經過了三個甲子，即一百八十年。

〔一一〕黄岡：今湖北黄岡，位於湖北東部、大别山南麓，長江中游北岸。古代盛産木材。蔽流而下：木材衆多，順流而下，運至泰州。

〔一二〕關征：關口所收之税。曾鞏任將策：「（李）漢超猶私販榷場，規免商筭。有以事聞者，上即詔漢超私物所在，悉免關征。」

〔一三〕常平使者：朝廷掌管財賦的使者。王寧：宋會要輯稿選舉二一之六：「（慶元元年二月二十五日）太府寺丞兼左曹郎官王寧考校。」太府寺掌管國家財貨政令，以及庫藏出納、商税、平準、貿易等事務。

〔一四〕永祐陵：宋徽宗陵墓，亦指宋徽宗。報恩光孝禪寺爲宋徽宗道場。

〔一五〕弛禁：解除禁令。三國志蜀書諸葛亮傳「領司隸校尉」，裴松之注：「法正諫曰：『願緩刑弛禁，以慰其望。』」

〔一六〕崇成：終於建成。崇，終。重屋：重簷之屋，大廳堂。楹：量詞，古代計算房屋的單位，或稱一列爲一楹；或稱一間爲一楹。

〔一七〕後使者：繼任的常平使者。韓梴：韓世忠之孫，紹熙初以朝請大夫直祕閣，知真州事，纂修真州志。華嚴經：全稱大方廣佛華嚴經，爲大乘佛教主要經典。

〔一八〕今天子：指宋光宗。潛邸：指皇帝即位前的住所。

〔一九〕方丈：一丈之方。此指寺廟長老、住持的居室。水陸堂：舉行水陸道場的齋堂。兩廡：寺廟的東西兩廊。淹歲：即經年。晉書苻堅載記下：「臣聞季梁在隨，楚人憚之；宫奇在虞，晉不闚兵。國有人焉故也。及謀之不用，而亡不淹歲。」

〔二〇〕緡錢：指以千文結紮成串的銅錢。

〔二一〕遑暇：閒空，安閒。韋應物雲陽館懷谷口詩：「吏役豈遑暇，幽懷復朝昏。」

〔二二〕謦欬：咳嗽。借指談笑，談吐。莊子徐无鬼：「夫逃空虚者，藜藋柱乎鼪鼬之逕，踉位其空，聞人足音跫然而喜矣，又況乎昆弟親戚之謦欬其側者乎？」成玄英疏：「況乎兄弟親眷謦欬言笑者乎？」第一義：佛教語。指最上至深的妙理。大乘入楞伽經集一切佛法品：「第一義者是聖樂處，因言而入，非即是言。第一義者是聖智内自證境，非言語分別智境。言語分別不能顯示。」

〔二三〕別峰：即寶印禪師。陸游有別峰禪師塔銘。

〔二四〕奥區：腹地。後漢書班固傳上：「防禦之阻，則天下之奥區焉。」李善注：「奥，深也。言秦地險固，爲天下深奥之區域。」寰中：宇内，天下。孫綽喻道論：「焉復睹夫方外之妙趣、寰中之玄照乎？」提封：即版圖，疆域。薛道衡老氏碑：「牂牱、夜郎之所，靡漢、桑乾之地，咸被聲教，并入提封。」

〔二五〕於皇：歎詞。用於贊美。詩周頌武：「於皇武王，無競維烈。」徽祖：即宋徽宗。薦福：祭祀以求福。新唐書宦者傳上魚朝恩：「朝恩有賜墅，觀沼勝爽，表爲佛祠，爲章敬太后薦福，即后謚以名祠，許之。」

〔二六〕大雄：梵文「摩訶毗羅」的意譯。原爲古印度耆那教對其教主的尊稱。佛教亦用爲釋迦牟尼的尊號。

〔二七〕波神：水神。雲從：比喻隨從之盛。語本詩齊風敝笱：「齊子歸止，其從如雲。」

〔二八〕璇題：玉飾的椽頭。文選揚雄甘泉賦：「珍臺閒館，璇題玉英。」李善注引應劭曰：「題，頭也。榱椽之頭，皆以玉飾，言其英華相燭也。」藻井：天花板上裝飾。凹面上有各種花紋、雕刻和彩畫。文選張衡西京賦：「蔕倒茄於藻井，披紅葩之狎獵。」薛綜注：「藻井，當棟中交木方爲之，如井幹也。」丹碧：塗飾在建築物上的色彩。髹堊：即塗飾。

〔二九〕劫火：佛教語。謂壞劫之末所起的大火。仁王經：「劫火洞然，大千俱壞。」

〔三〇〕層閣：即層樓。閟奉：慎重供奉。龍鸞蹤：指光宗的題詞。

〔三一〕覃：延及。函：包含。

〔三二〕梵衆：僧徒。徐陵四無畏寺刹下銘：「梵衆朝禮，天歌夜清。」熙運：興隆的國運。

〔三三〕農扈：農官的總稱。借指農事。參見卷一賀明堂表注〔一〕。

洞霄宫碑

造化之初，昆侖旁薄〔一〕。一氣既分，天積氣於上，地積塊於下〔二〕，明爲日月，幽爲鬼神，聚爲山嶽海瀆〔三〕，散爲萬物。萬物之最靈爲人，人之最靈爲聖哲、爲仙真〔四〕。而道爲天地萬物之宗，幽明巨細之統，此虙羲、黄帝、老子所以握乾坤、司變化也。其書爲易六十四卦，道德五千言，陰符西昇度人生神之經，列圄寇、莊周、關喜之書〔五〕。其學者必謝去世俗，練精積神，棲於名山喬嶽〔六〕，略與浮屠氏同。而篤於父子之親、君臣之義，與堯、舜、周公、孔子遺書無異，浮屠氏蓋有弗及也。臨安府洞霄宮，舊名天柱觀，在大滌洞天之下，蓋學黃老者之所廬〔七〕，其來久矣。至我宋，遂與嵩山崇福宮獨爲天下宮觀之首〔八〕，以寵輔相大臣之去位者，亦有以提舉洞霄召拜左相者。則其地望之重，殆與昭應、景靈、醴泉、萬壽、太一、神霄、寶籙爲比〔九〕，它莫敢望。在真宗皇帝時，始制詔改宮名，賜金寶牌，又賜仁和縣田十有五頃奉齋醮〔一〇〕，悉除其租賦。至政和間，宮以歷歲久，穿壞漫漶〔一一〕，徽宗皇帝降度牒三百〔一二〕，命兩浙轉運司復興葺之，歲度童子一人爲道士。建炎中，又廢於兵火。高宗皇帝中興大業，聞之當宁太息〔一三〕，乃紹興二十五年以皇太后之命〔一四〕，建昊天殿，鐘樓經閣，表以崇閎，繚以修廡。費出慈寧宮，梓匠工役，具於修內步軍司，中使臨護，犒賜踵至〔一五〕。既不以命有司，而山麓之民亦晏然不知有役〔一六〕。一旦告成，金碧之麗，光照林谷，鐘磬之作，聲摩雲霄，見者疑其天降地涌，而神運鬼輸也，可謂盛矣！及上脱屣萬幾，頤神物表〔一七〕，遂以乾道二年，自德壽宮行幸山中，駐蹕累日〔一八〕。敕太官進蔬膳，親御翰墨，書度人經以賜〔一九〕。自有天地，即有此山，殊尤之迹〔二〇〕，未有若此者。慶元六年九月，葆光大師宮都監潘三華與知宮事高守中、同知宮事水丘居仁以告山陰陸某〔二一〕，曰：「願有紀以爲無窮之傳。」某以疾未能屬稿〔二二〕。後三年，同知宮事王思明與其徒李知柔，杭濤江入東〔二三〕，繼以請。乃敘載其本末如此，且爲之銘曰：

在宋祥符，帝錫之書。乃作昭應，比隆羲圖〔二四〕。元豐景靈，列聖攸居〔二五〕。元祐上清，以祝帝儲〔二六〕。棟宇煌煌，焕於天衢〔二七〕。徽祖神霄，誕彌九區〔二八〕。迨我高皇，東巡於吴。眷言天柱〔二九〕，鎮兹行都。警蹕來臨〔三〇〕，神明翊扶。乃御幄殿，穆清齋居〔三一〕。天日下照，雨露普濡。迨今遺民，注望屬車〔三二〕。三聖嗣興〔三三〕，光紹聖謨。千礎之宫，騫騰太虚〔三四〕。寶磬鴻鐘，震於江湖。肆作頌詩，用紀絶殊。

【題解】

洞霄宫，又稱大滌洞天、天柱觀。道教宫觀，在今杭州餘杭區中泰鄉大滌山下。與北京白雲觀、山西永樂宫、成都青羊宫等齊名。創建於漢武帝時，唐代弘道元年（六八三）奉敕建天柱觀，南唐乾寧二年（八九五）錢鏐改建後稱天柱宫。北宋大中祥符五年（一〇一二）奉敕改名洞霄宫。政和二年（一一一二）奉旨重建。方臘起事廢於兵火。紹興二十五年（一一五五）出内帑重建，遂爲天下道觀統領。南宋常以去位之宰輔大臣提舉洞霄宫。宫中道官多次請陸游撰寫碑文。本文爲陸游爲洞霄宫所作的碑文，梳理前代帝王修建道教宫觀的故事，記述宋高宗重建洞霄宫始末。

本文據篇末自署，當作於嘉泰三年（一二〇三）。文中又稱王思明等「杭濤江入東，繼以請」，則當在該年五月中去國還鄉後。

【箋注】

〔一〕造化：指大自然。莊子大宗師：「今一以天地爲大鑪，以造化爲大冶，惡乎往而不可哉？」　昆侖旁薄：廣大無垠貌。昆，同「渾」。揚雄太玄中：「昆侖旁薄，思之貞也。」司馬光集注：「昆，音魂；侖，盧昆切。」

〔二〕一氣：指混沌之氣。古人認爲是構成天地萬物之本原。莊子大宗師：「彼方且與造物者爲人，而遊乎天地之一氣。」　積氣：列子天瑞：「天，積氣耳，亡處亡氣。」　積塊：列子天瑞：「地，積塊耳，充塞四虚，亡處亡塊。」

〔三〕海瀆：泛指江海。沈約梁雅樂歌諴雅：「出尊祇，展誠信，招海瀆，罷嶽鎮。」

〔四〕聖哲：指具有超人的道德才智之人，亦以稱帝王。左傳文公六年：「古之王者，知命之不長，是以并建聖哲。」孔穎達疏：「聖哲，是人之儁者。」　仙真：道家稱昇仙得道之人。李白上雲樂詩：「生死了不盡，誰明此胡是仙真？」

〔五〕陰符：即陰符經，全稱黄帝陰符經。道教經書，全文僅三百餘字，論涉養生要旨、氣功、房中等方面。作者無從考證，姜太公、范蠡、鬼谷子、張良、諸葛亮、李筌、朱熹等爲之作注。　列圄寇：即列禦寇，春秋時鄭人，道家學派代表人物，著有列子。主張順從自然，清虚無爲，淡泊名利，清静修道。　莊周：戰國時宋人，道家學派代表人物，著有莊子。主張順從天道，返璞歸真，崇尚自由，保身全生。　關喜：亦稱關尹、尹喜，姓名不可考。先秦時邽縣（今甘肅天水)人，周敬王時大夫，後辭職任函谷關令，被稱爲「關尹」。道家學派代表人物，相傳老子授其道德經。著有關尹子。吕氏春秋謂：「老聃貴柔，關尹貴清。」

〔六〕練精積神：鍛煉精神，精神貫注。王充論衡感虚：「凡人能以精誠感動天，專心一意，委務積神，精通於天，天爲變動。」喬嶽：本指泰山，後泛稱高山。詩周頌時邁：「懷柔百神，及河喬嶽。」毛傳：「喬，高也。高岳，岱宗也。」

〔七〕黄老：黄帝和老子的并稱。後世道教奉爲始祖。史記老子韓非列傳：「申子之學本於黄老而主刑名。」

〔八〕嵩山崇福宫：在今河南登封北、嵩山太室山南麓萬歲峰下。初名萬歲觀，創建於西漢。唐高宗時改爲太乙觀。宋真宗時更名崇福宫，大加整修，并由宫廷管理。主管崇福宫的名儒先後有范仲淹、韓維、司馬光、程顥、程頤等百餘人。崇福宫不但是道教活動場所，而且是名儒著書治學之地。

〔九〕地望：此指其在道教宫觀中的地位。昭應：即玉清昭應宫，宋真宗建於大中祥符年間。景靈：即景靈宫，宋神宗元豐五年建成。醴泉：即醴泉宫，宋英宗治平年間所建。萬壽：即玉隆萬壽宫，宋徽宗政和六年以崇福宫爲藍本建成，并賜額玉隆萬壽宫。太一：即中太一宫，宋神宗熙寧年間所建。神霄：即神霄宫，宋徽宗宣和元年建，徽宗親自撰文并書寫神霄玉清萬壽宫記。寶籙：即上清寶籙宫，宋徽宗政和年間道士林靈素所建。以上均爲北宋著名宫觀，金人入主中原後大都被焚毁，有的在南宋臨安重建。見吴自牧夢粱録卷八。

〔一〇〕齋醮：請道士設齋壇誦經祈神。王建同于汝錫遊降聖觀詩：「聞説開元齋醮日，曉移行漏帝親過。」

〔一一〕漫漶：模糊難辨。韓愈新修滕王閣記：「於是棟楹梁桷板檻之腐黑撓折者，蓋瓦級甎之破缺者，赤白之漫漶不鮮者，治之則已，無侈前人，無廢後觀。」

〔一二〕度牒：官府發給僧道准許出家的憑證。唐宋時，官府可出售度牒，以充軍政費用。趙彦衛雲麓漫鈔卷四：「紹興中，軍旅之興，急於用度，度牒之出無節。上户和糴所得，減價至二三十千。時有『無路不逢僧』之語。」

〔一三〕當宁：指臨朝聽政。參見卷一福建到任謝表注〔七〕。

〔一四〕皇太后：高宗之母，原爲徽宗韋賢妃，隨徽宗北遷。紹興十二年高宗迎回臨安，尊爲皇太后，入居慈寧宫。好佛、老。宋史卷二四三有傳。

〔一五〕修内步軍司：即修内司，官署名。屬將作監，掌管宫城、太廟修繕事務。中使：宫中派出的使者。多指宦官。後漢書宦者傳張讓：「凡詔所徵求，皆令西園騶密約敕，號曰『中使』。」臨護：蒞臨監護。

〔一六〕晏然：安定貌。荀悦漢紀高后紀贊：「高后女主制政，不出房闥而天下宴然。」

〔一七〕上：指宋高宗。脱屣：脱鞋般無所顧戀。漢書郊祀志上：「嗟乎！誠得如黄帝，吾視去妻子如脱屣耳！」顔師古注：「屣，小履。脱屣者，言其便易，無所顧也。」萬幾：指帝王日常處理的紛繁政務。書皋陶謨：「無教逸欲有邦，兢兢業業，一日二日萬幾。」孔安國傳：「幾，微也，言當戒懼萬事之微。」頤神：即養神。後漢書王充傳：「裁節嗜欲，頤神自守。」物表：物外，世俗之外。文選孔稚珪北山移文：「若其亭亭物表，皎皎霞外，芥千金而不盼，屣萬乘其如脱。」張銑注：「表，外也。物表、霞外，言志高遠也。」

〔一八〕德壽宫：高宗退位後所居宫殿。行幸：專指皇帝出行。漢書武帝紀：「（元鼎）四年，冬十月，行幸雍。」駐蹕：指帝王出行途中停留暫住。

〔一九〕太官：官名。掌皇帝膳食及燕享之事。度人經：全稱太上洞玄靈寶無量度人上品妙經，號稱道教群經之首、萬法之宗。

〔二〇〕殊尤：特别奇異。司馬相如封禪文：「未有殊尤絶迹，可考於今者也。」

〔二一〕宫都監、知宫事、同知宫事：均爲執掌洞霄宫的職務名稱。水丘：複姓。

〔二二〕屬稿：起草文稿。

〔二三〕杭濤江入東：指入越。李翺復性書：「南觀濤江，入於越。」韓愈此日足可惜贈張籍：「東野窺禹穴，李翺觀濤江。」劍南詩稿卷三七屏迹：「昔者航濤江，雲山迎我東。」杭，渡。

〔二四〕「在宋」四句：指宋真宗在大中祥符年間建造玉清昭應宫，可與伏羲圖像之隆盛媲美。

〔二五〕「元豐」二句：宋史神宗本紀：「（元豐五年十一月）壬午，景靈宮成，告遷祖宗神御。癸未，初行酌獻禮。」列聖攸居，列代祖宗肖像就位。攸，語助詞。

〔二六〕「元祐」二句：宋史哲宗本紀：「（元祐六年九月）甲辰，幸上清儲祥宮。壬子，宮成，減天下囚罪一等，徒以下釋之。」蘇軾上清儲祥宮碑載，至道元年，宋太宗作上清宮於朝陽門之内，慶曆三年底因失火一夕而燼。神宗元豐二年命道士修復祠宇，「以宮之所在爲國家子孫地，乃賜名上清儲祥宮」，至哲宗元祐六年方始建成。帝儲，皇位繼承者。

〔二七〕天衢：京都。文選張衡西京賦：「豈伊不虔思於天衢，豈伊不懷歸於枌榆。」劉良注：「天衢，洛陽也。」

〔二八〕「徽祖」二句：指宋徽宗宣和元年建成的神霄宮，擴展到九州。誕彌，擴展。九區，指九州。

〔二九〕眷言：回顧貌。言，語助詞。詩小雅大東：「睠言顧之，潸焉出涕。」天柱：指洞霄宮的前身天柱宮。

〔三〇〕警蹕：指帝王出入時，於所經路途侍衛警戒，清道止行。史記淮南衡山列傳：「厲王以此歸國益驕恣，不用漢法，出入稱警蹕，稱制，自爲法令，擬於天子。」

〔三一〕幄殿：即帳殿。梅堯臣金明池遊詩：「津樓金間采，幄殿錦文窠。」穆清：指太平祥和。蔡邕釋誨：「夫子生穆清之世，秉醇和之靈。」齋居：齋戒别居。

〔三二〕屬車：帝王出行時的侍從車。借指帝王。漢書張敞傳：「孝昭皇帝蚤崩無嗣，大臣憂懼，選賢聖承宗廟，東迎之日，唯恐屬車之行遲。」顏師古注：「不欲斥乘輿，故但言屬車耳。」

〔三三〕三聖：指真宗、徽宗、高宗。　嗣興：繼承并振興。

〔三四〕騫騰：即飛騰。杜甫贈特進汝陽王二十韻：「筆飛鸞聳立，章罷鳳騫騰。」　太虛：指空寂玄奥之境。莊子知北遊：「是以不過乎崑崙，不遊乎太虛。」

渭南文集箋校卷第十七

記

【釋體】

徐師曾文體明辨序説：「按金石例云：『記者，紀事之文也。』禹貢、顧命，乃記之祖；而記之名，則昉於戴記、學記諸篇。厥後揚雄作蜀記，而文選不列其類，劉勰不著其説，則知漢、魏以前，作者尚少。其盛自唐始也。其文以叙事爲主，後人不知其體，顧以議論雜之。……而歐、蘇以下，議論寖多，則記體之變，豈一朝一夕之故哉？……又有托物以寓意者，有首之以序而以韻語爲記者，有篇末繫以詩歌者，皆爲別體。」渭南文集中收記凡五卷，計五十四首。

本卷收録記十三首。

雲門壽聖院記

雲門寺自晉、唐以來名天下。父老言昔盛時，繚山並溪，樓塔重複，依巖跨壑，金碧飛踴，居之者忘老，寓之者忘歸，遊觀者累日乃遍，往往迷不得出，雖寺中人或旬月不相覿也。入寺，稍西石壁峰爲看經院，又西爲藥師院，又西繚而北爲上方。已而少衰，於是看經别爲寺曰顯聖，藥師别爲寺曰雍熙，最後上方亦别曰壽聖，而古雲門寺更曰淳化〔一〕。一山凡四寺，壽聖最小，不得與三寺班〔二〕，然山尤勝絶。遊山者自淳化，歷顯聖、雍熙，酌煉丹泉〔三〕，窺筆倉〔四〕，追想葛稚川、王子敬之遺風〔五〕，行聽灘聲，而坐蔭木影，徘徊好泉亭上〔六〕，山水之樂，饜飫極矣〔七〕。而亭之旁，始得支徑，逶迤如綫，修竹老木，怪藤醜石，交覆而角立〔八〕，破崖絶澗，奔泉迅流，喊呀而噴薄〔九〕。方暑，凜然以寒，正晝仰視，不見日景〔一〇〕。如此行百餘步，始至壽聖，嶄然孤絶。老僧四五人，引水種蔬，見客不知拱揖〔一一〕，客無所主而去，僧亦竟不知辭謝。好奇者或更以此喜之。今年，予來南〔一二〕，而四五人者相與送予至新溪，且曰：「吾寺舊無記，願得君之文，磨刻崖石。」予異其朴野而能知此也〔一三〕，遂與爲記。然憶爲兒時往來山中，今三十年〔一四〕，屋益古，竹樹益蒼老，而物色益幽奇〔一五〕，予亦有白髮久矣，顧未知予之文辭亦能少加老否。寺得額以治平某年某月〔一六〕，後九十餘年，紹興丁丑歲十一月十七日，吴郡陸某記〔一七〕。

【題解】

雲門壽聖院，指雲門寺之壽聖院。雲門寺位於今浙江紹興城南平水鎮西，南有若耶溪，北靠秦望山。始建於東晉義熙三年（四〇七），本爲王獻之舊宅。唐宋間高僧雲集，文人薈萃，多有詩文名篇傳世。雲門寺爲總稱，包括多個副寺，即文中所謂「一山凡四寺」。其中雍熙院爲陸游祖父陸佃的功德院。陸游少時在寺中讀書，常來往山中，後有詩作二十餘首歌詠雲門。本文爲陸游應寺僧之請爲壽聖院所作的記文，記叙壽聖院沿革、景物及作記緣起，并寄托兒時生活的追憶。

本文據篇末自署，當作於紹興二十七年（一一五七）十一月十七日。時陸游赴寧德縣主簿任。歐譜云：「十一月，先生赴福州寧德縣主簿任，道經雲門寺，作雲門壽聖院記。」參考邱鳴皋陸游研究劄記一，載徐州師範大學學報（哲社版）二〇〇一年第四期。

【箋注】

〔一〕「已而」五句：嘉泰會稽志卷七：「淳化寺在縣南三十里，中書令王子敬所居也。義熙三年，有五色祥雲見，安帝詔建雲門寺。會昌毀廢。大中六年，觀察使李褒奏再建，號大中拯迷寺。淳化五年十一月改今額。寺有彌陀道場，杭僧元照書額。門外有橋，亭名麗句亭，刻唐以來名士詩最多。先唐時雲門止有此一寺，今裂而爲四。雍熙者，懺堂也；顯聖者，看經院也；壽聖者，老宿所棲庵也。」又：「雍熙院在縣南三十里一十步。初，僧重曜於雲門拯迷寺之西建懺堂，號净名庵。開寶五年，觀察使錢儀廣之爲大乘永興禪院。雍熙二年十月改賜今額。紹興元年六月，賜故尚書左丞陸公爲功德院。」又：「顯聖院在縣南三十里。周顯德二年於拯迷寺石壁峰前建看經院，乾德六年賜號雲門寺，至道二年九月改今額。」

〔二〕班：等列。

〔三〕煉丹泉：即葛洪煉丹處。

〔四〕筆倉：嘉泰會稽志卷七：「（顯聖）院後有王子敬筆倉，實一智井，有經藏，甚靈異。」智井即枯井。

〔五〕葛稚川：即葛洪，字稚川，自號抱朴子，東晉道教學者、煉丹家、醫藥學家。相傳曾結廬會稽，煉丹修行。王子敬：即王獻之，字子敬，王羲之第七子，書法家，工書善畫。雲門寺即其捨宅爲寺。

〔六〕好泉亭：嘉泰會稽志卷七：「（雍熙）院前橋亭曰好泉亭，亭扁蓋陸少師所題，取范文正公詩『林無惡獸住，岩有好泉來』之句。」

〔七〕饜飫：飽足，滿足。杜牧杜秋娘詩：「歸來煮豹胎，饜飫不能飴。」

〔八〕角立：卓然特立。後漢書徐穉傳：「至於穉者，爰自江南卑薄之域，而角立傑出，宜當爲先。」李賢注：「如角之特立也。」

〔九〕喊呀：即呼嘯。象聲詞。柳宗元解祟賦：「風雷唬唬以爲橐籥兮，回祿煽怒而喊呀。」

〔一〇〕日景：陽光。文選班固西都賦：「上反宇以蓋戴，激日景而納光。」李善注：「言宫殿光輝外激於日，日景下照而反納其光也。」

〔一一〕不知拱揖：不懂招呼接待。拱揖，拱手作揖，以示敬意。

〔一二〕來南：到南方赴任。李翱有來南録。此指作者赴福州寧德縣主簿任。

〔一三〕朴野：質樸無華。管子小匡：「是故農之子常爲農，樸野而不慝。」尹知章注：「農人之子樸質而野，不爲奸慝。」

〔一四〕「然憶」二句：于北山陸游年譜紹興七年注〔一〕：「務觀時年三十三歲，文中所云『三十年』，當爲『二十年』之誤。」于説是。

〔一五〕物色：景色，景象。鮑照秋日示休上人詩：「物色延暮思，霜露逼朝榮。」　幽奇：幽深奇特。

〔一六〕治平：北宋英宗年號，一〇六四至一〇六七年。

〔一七〕吴郡：東漢時分會稽郡浙江以西部分設置吴郡，治所在吴縣（今蘇州）。陸游祖先居吴地，爲世家望族，故自署籍貫爲吴郡。

寧德縣重修城隍廟記

禮不必皆出於古，求之義而稱，揆之心而安者，皆可舉也〔一〕。斯人之生，食稻而祭先嗇，衣帛而祭先蠶，飲而祭先酒，畜而祭先牧〔二〕。猶以爲未，則凡日用起居所賴者皆祭，祭門、祭竈、祭中霤之類是也〔三〕。城者以保民禁姦，通節内外〔四〕，其有功於人最大，顧以非古黜其祭，豈人心所安哉？故自唐以來，郡縣皆祭城隍，至今世尤謹。守令謁見，其儀在他神祠上。社稷雖尊，特以令式從事〔五〕，至祈禳報賽〔六〕，獨城隍而已，則其禮顧不重歟！寧德爲邑，帶山負海〔七〕。雙巖、白鶴之嶺，其高摩天，其險立壁，負者股栗，乘者心掉〔八〕。飛鸞、關井之水〔九〕，濤瀾洶湧，蛟鰐出没，登舟者涕泣與父母妻子别，已濟者同舟更相賀。又有氣霧之毒，蛙黽、蛇蠶、守宫之蠱〔一〇〕，郵亭逆旅，往往大署墻壁，以道出寧德爲戒〔一一〕。然邑之吏民獨不得避，則惟神之歸，是以城隍祠比他邑尤盛。祠故在西山之麓，紹興元年，知縣事趙君詵之始遷於此。二十八年五月，權縣事陳君攄復增築之，高明壯大，稱邑人尊祀之意。既成，屬某爲記。某曰：「幽顯之際遠矣〔一二〕！惟以其類可感，故古之祭者，必思其所嗜好。夫神之所以爲神惟正直，所好亦惟正直。君儻無愧於此，則擷澗溪之毛，挹行潦之水，足以格神〔一三〕。不然，豐豆碩俎〔一四〕，是諂以求福也，得無與神之意異耶？」既以勵君，亦以自勵，又因以勵邑人。八月一日，右迪功郎、主簿陸某記〔一五〕。

【題解】

寧德縣，在福建東北部沿海，宋代屬福建路福州府，爲陸游首次入仕之地。城隍，爲守護城池之神。禮記郊特牲：「天子大蜡八。」鄭玄注：「蜡祭有八神：先嗇一，司嗇二，農三，郵表畷四，貓虎五，坊六，水庸七，昆蟲八。」孔穎達疏：「水庸之屬，在地益其稼穡。」後人附會水庸爲守護城池之神，稱之爲城隍。北齊書慕容儼傳：「城中先有神祠一所，俗號城隍神，公私每有祈禱。」紹興二十八年五月，權寧德縣事陳攄重修本縣城隍廟，功成後屬主簿陸游爲記。本文爲陸游爲寧德縣重修城隍廟所作的記文，叙述祭祀城隍之緣起、寧德祠盛之緣由及修廟始末，并以「正直」相勉勵。

本文據篇末自署，當作於紹興二十八年（一一五八）八月一日。時陸游在寧德縣主簿任。

【箋注】

〔一〕揆：度量，揣測。舉：舉行。

〔二〕先嗇：即先農，如神農氏。禮記郊特牲：「蜡之祭也，主先嗇而祭司嗇也。」鄭玄注：「先嗇，若神農者。」先蠶：教民育蠶之神。相傳周制王后享先蠶，其後歷代均由皇后主祭先蠶。

後漢書禮儀志上：「祠先蠶，禮以少牢。」先酒：釀酒創始人，後祀以爲神。柳宗元飲酒詩：「舉觴酹先酒，遺我驅憂煩。」先牧：牧馬創始人，後奉爲司牧之神。周禮夏官校人：「夏祭先牧。」鄭玄注：「先牧，始養馬者。」

〔三〕中霤：指窗。清夏炘學禮管釋釋窗牖向：「窗即中霤，古者復穴當中開孔取明，謂中霤，後世以交木爲之，謂之窗。」

〔四〕通節：指交通、節制。

〔五〕社稷：土神和穀神。左傳僖公四年：「君惠徼福於敝邑之社稷，辱收寡君，寡君之願也。」令式：章程，程式。北史儒林傳下：「諸儒莫不推其通博，皆自以爲不能測也，尋奉詔預修令式。」

〔六〕祈禳：祈禱以求福除災。漢書孔光傳：「俗之祈禳小數，終無益於應天塞異，銷禍興福。」顏師古注：「祈，求福也。禳，除禍也。」報賽：農事完畢後謝神的祭祀。周禮春官小祝「將事侯禳禱祠之祝號」，賈公彦疏：「求福謂之禱，報賽謂之祠。」

〔七〕帶山負海：連着高山，背靠大海。

〔八〕負者股栗：負重者腿部發抖。乘者心掉：騎馬者心旌摇擺。形容極度恐懼。

〔九〕飛鸞：寧德城南有飛鸞嶺。

〔一〇〕氣霧：指瘴氣，熱帶或亞熱帶山林中的濕熱空氣。蛙黽：蛙類動物。周禮秋官蟈氏：

「蟈氏掌去蛙黽。」蛇蠶：即蛇類動物。守宫：即壁虎，又稱蠍虎，因常伏於宫牆屋壁以捕食飛蟲，故名守宫。蟲：害人的毒物。

〔一〕郵亭：驛館，信使止宿之處。漢書薛宣傳：「過其縣，橋樑郵亭不修。」顔師古注：「郵，行書之舍，亦如今之驛及行道館舍也。」逆旅：客舍，旅館。左傳僖公二年：「今號爲不道，保於逆旅。」杜預注：「逆旅，客舍也。」道出：道經，路過。

〔二〕幽顯之際：陰陽之間，陰間和陽間。北史李彪傳：「天下斷獄起自初秋，盡於孟冬，不於三統之春，行斬絞之刑。如此則道協幽顯，仁垂後昆矣。」

〔三〕擷：摘取。毛：如毛之物，指地上穀物和草。挹：酌，以瓢舀取。行潦：溝中流水。詩召南采蘋：「于以采藻？于彼行潦。」毛傳：「行潦，流潦也。」格：感動，感通。書説命下：「佑我烈祖，格於皇天。」

〔四〕豐豆碩俎：豐盛的祭品。豆、俎，古時祭祀所用禮器。

〔五〕迪功郎：宋代文臣階官名之末級，從九品。相當於司理、司户、司法參軍、主簿、縣尉職務的官階。

灊亭記

灊山道人廣勤廬於會稽之下〔一〕，伐木作亭，苫之以茅〔二〕，名之曰灊亭，而求記於陸子。吾聞鄉居邑處，父兄子弟相扶持以生、相安樂以老且死者，民之常也〔三〕。士大夫去而立朝，散之四方，功名富貴，足以老而忘返矣，猶或以不得車騎冠蓋雍容於途，以夸其鄰里而光耀其族姻爲憾〔四〕。惟浮屠師一切反此〔五〕，其出遊惟恐不遠，其遊之日惟恐不久，至相與語其平生，則計道里遠近、歲月久暫以相高〔六〕。嗚呼！亦異矣。勤公之心獨不然，言曰：「吾出遊三十年，無一日不思灊。」而適不得歸，未嘗以遠遊夸其朋儕〔七〕。其在灊亭，語則灊也，食則灊也。煙雲變滅，風雨晦冥，吾視之若灊之山；樵牧往來，老稚嘯歌，吾視之若灊之人。疏一泉，移一石，蓺一草木〔八〕，率以灊觀之，恍然不知身之客也。夫人之情無不懷其故者，浮屠師亦人也，而忘其鄉邑父兄子弟，無乃非人之情乎？自堯、舜、周、孔，其聖智千萬於常人矣，然猶不以異於人情爲高，浮屠師獨安取此哉？則吾勤公可謂篤於自信，而不移於習俗者矣。故與爲記。紹興三十年十二月十二日記。

【題解】

灊爲古地名。史記封禪書：「其明年冬，上巡南郡，至江陵而東。登禮灊之天柱山，號曰南嶽。」灊山，即潛山、皖山、皖公山、天柱山，在今安徽省西南部。夏、商之際，灊山與泰山、恒山、華山，合稱「四嶽」。灊山道人，即釋廣勤。嘉泰會稽志卷一九：「雲門雲泉庵僧廣勤，字行之，能詩。廉宣仲布嘗作墨梅贈之，勤答以詩云：『筆端造化如東君，著物不簡亦不繁。』宣仲大稱之，以爲非僧詩也。」廣勤在會稽山下作灊亭，求記於陸游。本文爲陸游爲灊亭所作的記文，稱贊灊亭主人釋廣勤篤於自信，同於人情，三十年懷念故里的精神。

本文據篇末自署，當作於紹興三十年（一一六〇）十二月十一日。時陸游罷敕令所删定官在吏部聽候差遣。

【箋注】

〔一〕廬：居住。會稽：指會稽山。吴越春秋記載：山本名苗山，禹更名會稽。會稽者，會計也，相傳禹會諸侯於此計功。

〔二〕苫：遮蔽，覆蓋。茅：茅草。

〔三〕常：綱常，倫常。

〔四〕「猶或」句：在路上展示華貴的車馬冠服。雍容，形容華貴，有威儀。漢書薛宣傳：「宣爲人好威儀，進止雍容。」族姻：家族和姻親。左傳襄公二十六年：「雖楚有材，晉實用之。」子木曰：『夫獨無族姻乎？』」

〔五〕浮屠師：指和尚。

〔六〕道里：路途，行程。漢書司馬相如傳下：「道里遼遠，山川阻深。」

〔七〕朋儕：朋輩，同輩朋友。陸倕爲息纘謝敕賜朝服啓：「姻族移聽，朋儕改矚。」

〔八〕蓺：同「藝」，種植。

煙艇記

陸子寓居，得屋二楹〔一〕，甚隘而深，若小舟然，名之曰「煙艇」。客曰：「異哉！屋之非舟，猶舟之非屋也，以爲似歟？舟固有高明奧麗逾於宫室者矣〔二〕，遂謂之屋，可不可耶？」陸子曰：「不然。新豐非楚也，虎賁非中郎也〔三〕，誰則不知？意所誠好而不得焉，粗得其似，則名之矣。因名以課實，子則過矣，而予何罪？予少而多病，自計不能效尺寸之用於斯世，蓋嘗慨然有江湖之思。而饑寒妻子之累，劫而留之〔四〕，則寄其趣於煙波洲島蒼茫杳靄之間，未嘗一日忘也。使加數年，男勝鋤犁，女任紡績，衣食粗足，然後得一葉之舟，伐荻釣魚，而賣芰芡，入松陵，上嚴瀨，歷石門、沃洲，而還泊於玉笥之下，醉則散髮扣舷爲吴歌，顧不樂哉〔五〕！雖然，萬鍾之禄，與一葉之舟，窮達異矣，而皆外物〔六〕。吾知彼之不可求，而不能不眷眷於此也〔七〕。其果可求歟？意者使吾胸中浩然廓然〔八〕，納煙雲日月之偉觀，攬雷霆風雨之奇變，雖坐容膝之室，而常若順流放櫂，瞬息千里者〔九〕，則安知此室果非煙艇也哉！」紹興三十一年八月一日記。

【題解】

紹興三十一年七月，陸游被任命爲大理司直，寄居於臨安「百官宅」兩間小屋内，名其居室爲「煙艇」。煙艇意爲煙波中之小舟。杜甫八哀詩故右僕射相國曲江張公九齡：「向時禮數隔，制作難上請。再讀徐孺碑，猶思理煙艇。」本文爲陸游爲自己居室「煙艇」所作的記文，闡述進退出處之矛盾心理，抒寫身居陋室、胸懷宇宙的曠放之情。

本文據篇末自署，當作於紹興三十一年（一一六一）八月一日。時陸游在大理司直任上。

【箋注】

〔一〕寓居：寄居。文選張衡西京賦：「鳥畢駭，獸咸作，草伏木棲，寓居穴托。」楹：古代計量房屋的量詞，一列或一間爲一楹。

〔二〕高明奥麗：高深明麗。宮室：泛指房屋。

〔三〕新豐非楚：秦地的新豐邑造得再像也不是楚地的豐邑。劉邦爲沛豐邑中陽里人，稱帝後，因父親懷念故鄉生活，改秦地酈邑爲新豐。史記高祖本紀「更命酈邑曰新豐」，張守節正義引括地志：「新豐故城在雍州新豐縣西南四里，漢新豐宮也。太上皇時悽愴不樂，高祖竊因左右問故，答以平生所好皆屠販少年，酤酒賣餅，鬥雞蹴鞠，以此爲歡，今皆無此，故不樂。高祖乃作新豐，徙諸故人實之，太上皇乃悦。」虎賁非中郎：勇士長相再像蔡邕也不是蔡邕本人。後漢書孔融傳：「（融）與蔡邕素善，邕卒後，有虎賁士貌類於邕，融每酒酣，引與同坐，曰：『雖無老成人，且有典刑。』」中郎，蔡邕曾任左中郎將，故稱蔡中郎。

〔四〕劫而留之：指被迫留在官場。

〔五〕荻：多年生草本植物，生在水邊，似蘆葦。芰芡：兩種水生植物。芰，即菱。芡，又名雞頭，葉似圓盾浮於水，花托形似雞頭。種子成芡實，可食用，可入藥。松陵：吴淞江之古稱。發源於蘇州市吴江區松陵鎮以南太湖瓜涇口，向東流至上海外白渡橋以東匯入黄浦江。陸廣微吴地記：「松江，一名松陵，又名笠澤。」嚴瀨：即嚴陵瀨，在浙江桐廬縣南，相傳爲東漢嚴光隱居垂釣處。老學庵筆記卷十：「嚴州有嚴光釣瀨，名嚴陵瀨。」石門：即石門洞，位於浙江青田縣城西北甌江北岸。臨江旗、鼓兩峰劈立，對峙如門，故稱石門。相傳晉永嘉太守謝靈運躡屐來遊，始開此洞。沃洲：亦作沃州。山名。在浙江新昌縣東。相傳爲晉僧支遁放鶴養馬處。玉笥：山名。在紹興。嘉泰會稽志卷九：「宛委山，在（會稽）縣東南一十五里。舊經云：『山上有石簣，壁立干雲，升者累梯而至。』十道志：『石匱山，一名宛委，一名玉笥，有懸崖之險，亦名天柱山。』」吴歌：吴地之歌，亦指江南民歌。晉書樂志下：「吴歌雜曲，并出江南。東晉以來，稍有增廣。」

〔六〕萬鍾之禄：指優厚的俸禄。鍾，古容量單位。十釜爲一鍾。外物：身外之物，多指功名利禄。莊子外物：「外物不可必，故龍逄誅，比干戮，箕子狂，惡來死，桀紂亡。」

〔七〕眷眷：依戀反顧貌。文選王粲登樓賦：「情眷眷而懷歸兮，孰憂思之可任。」

〔八〕浩然：廣大壯闊貌。淮南子要略：「誠通其志，浩然可以大觀矣。」廓然：遠大貌。説苑君道：「廓然遠見，踔然獨立。」

〔九〕容膝：形容場地狹小，僅能容納雙膝。韓詩外傳卷九：「今如結駟列騎，所安不過容膝；食方丈於前，所甘不過一肉。以容膝之安、一肉之味，而殉楚國之憂，其可乎？」放棹：行船，乘船。

復齋記

仲高於某爲從祖兄〔一〕，某葢少仲高十有二歲。方某爲童子時，仲高文章論議已稱成材，冠峨帶博，車騎雍容〔二〕，一時名公卿皆慕與之交。諸老先生不敢少之，皆謂仲高仕進且一日千里。自從官御史〔三〕，識者惟恐不得如仲高者爲之。及其丞大宗正，出使一道，在他人亦足稱美仕，在仲高則謂之蹉跌不偶可也〔四〕。顧曾不暖席，遂遭口語，南遷萬里，凡七閲寒暑，不得内徙〔五〕。與仲高親厚者，每相與燕遊〔六〕，輒南望歎息出涕，因罷酒去，如是數矣。然客自海上來，言仲高初不以遷謫瘴癘動其心〔七〕，方與學佛者遊，落其浮華，以反本根〔八〕，非復昔日仲高矣。聞者皆悵然，自以爲不足測斯人之淺深也。隆興元年夏，某自都還里中，始與兄遇，視其貌，淵乎似道，聽其言，簡而盡，所謂落浮華、反本根者，乃親見之。嘗對榻語至丙夜〔九〕，謂某曰：「吾名吾燕居之室曰復齋〔一〇〕，子爲我記。」某自念少貧賤，仕而加甚，凡世所謂利欲聲色，足以敗志汩心者，一不踐其境，兀然枯槁〔一一〕，似可學道者。然從事於此數年，卒無毛髮之得。若仲高馳騁於得喪之場，出入於憂樂之域，而自得者乃如此，非深於性命之理〔一二〕，其孰能之？某蓋將就學焉，敢極道本末〔一三〕，以爲復齋記。

【題解】

隆興元年三月，陸游被貶通判建康府。宋史本傳：「時龍大淵、曾覿用事，游爲樞臣張燾言：『覿、大淵招權植黨，熒惑聖聽。公及今不言，異日將不可去。』燾遽以聞。上詰語所自來，燾以游對。上怒，出通判建康府，尋易隆興府。」六月，陸游出都返鄉。其從兄陸升之字仲高乃少時好友，此時亦自貶所返里家居，名其居室爲「復齋」，求記於陸游。本文爲陸游爲仲高復齋所作的記文，敘述仲高少年得志、蹉跌不偶、立志學道的經歷，闡發「落其浮華，以反本根」的「性命之理」。

本文據篇中自署，當作於隆興元年（一一六三）夏。時陸游返鄉待任，寄寓梅山。（參考鄒志

方陸游研究第二章第三節）

參考劍南詩稿卷一送仲高兄宮學秩滿赴行在、出都，卷六聞仲高從兄訃，卷十五紹興中與陳魯山王季夷從兄仲高以重九日同游禹廟……慨然作此詩，卷四二枕上口占。

【箋注】

〔一〕仲高：陸升之（一一一三—一一七四），字仲高，山陰人。與陸游同曾祖，爲陸游從兄。紹興十八年進士。王明清玉照新志卷二：「陸升之仲高，山陰勝流，詞翰俱妙。晚坐秦黨，遂廢於家。」

〔二〕冠峨帶博：即峨冠博帶，高冠和闊衣帶，爲古代儒生或士大夫裝束。車騎雍容：乘着車馬，從容不迫，舉止文雅。史記司馬相如列傳：「相如之臨邛，從車騎，雍容閒雅，甚都。」

〔三〕從官御史：任御史大夫的屬官。

〔四〕丞大宗正：任大宗正丞，爲大宗正司的屬官，管理宗室事務。建炎以來繫年要録卷一六三：「（紹興二十二年十月）左承議郎、諸王宮大小學教授陸升之知大宗正丞，秦檜以其嘗訐李光，故用之。」陸升之乃李光侄婿，却迎合秦檜之意，檢舉李光及子私造「小史」，譏謗朝廷，則爲一無行小人。蹉跌：失誤。漢書朱博傳：「功曹後常戰栗，不敢蹉跌，博遂成就之。」不偶：不遇，命不好。陸游在此對陸升之上述行爲予以委婉的譴責。

〔五〕曾不暖席：没坐多久，指時間不長。暖席，安坐閒居，留有體温。口語：言論，非議。司馬遷報任少卿書：「僕以口語遇此禍，重爲鄉黨所笑。」南遷萬里：指被貶雷州。葉寘愛日齋從鈔卷四：「秦檜死，前誣陷之黨悉投竄，仲高亦坐累徙雷州。務觀後爲記復庵，大抵善爲隱蓄，而抑揚寄於言表。」閱：經歷。

〔六〕燕遊：宴飲遊樂。禮記少儀：「朝廷曰退，燕遊曰歸。」

〔七〕遷謫：官吏因罪降職流放。王昌齡留別武陵袁丞詩：「皇恩暫遷謫，待罪逢知己。」瘴癘：瘴氣。

〔八〕本根：本原，初始。北齊書杜弼傳：「竊惟道、德二經，闡明幽極，旨冥動寂……實衆流之江海，乃群藝之本根。」

〔九〕丙夜：三更時分，午夜十一點至凌晨一點。

〔一〇〕燕居：閒居。禮記仲尼燕居：「仲尼燕居，子張、子貢、言游侍。」鄭玄注：「退朝而處曰燕居。」

〔一一〕敗志汩心：敗壞意志，汩没初心。兀然：依舊。枯槁：指安貧之心。謝靈運遊名山志：「枕岩漱流者，乏於大志，故保其枯槁。」

〔一二〕性命之理：宋代道學家的核心命題。指萬物的天賦和禀受。易乾：「乾道變化，各正性命。」孔穎達疏：「性者，天生之質，若剛柔遲速之别；命者，人所禀受，若貴賤夭壽之屬也。」朱熹本義：「物所受爲性，天所賦爲命。」

〔一三〕本末：始末，原委。左傳莊公六年：「夫能固位者，必度其本末，而後立衷焉。」杜預注：「本末，始終也。」

青山羅漢堂記①

隆興改元秋九月，某訪故人奕公於青山之下〔一〕。與奕公别，蓋十餘年矣〔二〕，聞某至，曳杖出迎松間，黔瘠腊如，殘雪覆頂〔三〕，相與握手，訪問朋舊，且悲且喜。既至其居，修廊邃屋，曲折皆有意。已而入法堂之東室〔四〕，忽見澗壑巖竇，飛泉迅流，菩薩、阿羅漢翔游其中，使人如身在峨眉、天台〔五〕，應接不暇。奕公從旁笑曰：「此吾使工人幻爲之者也。始王君某築是庵於墓左，以資其先人之福〔六〕，而請吾居焉。王君閉門讀書，未嘗少貶於世，顧於吾獨委曲周盡。吾亦感其意，爲之留而弗去者十年。凡此土木金碧以爲像，設供養之具者〔七〕，積費千金，王君無絲毫計惜〔八〕，而吾之心志亦竭於是矣。子爲我記。」嗚呼！某不天，少罹閔凶〔九〕，今且老矣，而益貧困。每遊四方，見人之有親而得致養者〔一〇〕，與不幸喪親而葬祭之具可以無憾者，輒悲痛流涕，愴然不知生之爲樂也。聞王君之事，既動予心，又況奕公勤勤之意乎〔一一〕，記其可辭？明年七月一日，甫里陸某記〔二〕。

【題解】

青山，嘉定本及諸本均作「青州」。青州爲古九州之一，在山東中部。文中所記事在隆興元年九月，時陸游返鄉待任，不可能去往青州。文中則稱青山，今紹興柯橋區有青山，位於雲門寺以東。羅漢堂應即在此地。羅漢，是阿羅漢的簡稱。含有殺賊、無生、應供等義。殺賊是殺盡煩惱之賊，無生是解脱生死，不生不滅，應供是應受天上人間的供養。是佛陀得法弟子修證最高的果位。相傳釋迦牟尼佛有十六位得道弟子，後增補二人成「十八羅漢」。佛寺中專門供奉十八羅漢的法堂稱羅漢堂。本文爲陸游應故人奕公之請爲青山羅漢堂所作的記文，追記訪問奕公所得王君供養資福的事迹，感慨王君的孝心和奕公的誠意。

本文據篇末自署，當作於隆興二年（一一六四）七月一日。時陸游在鎮江府通判任上。

【校記】

①青山，原作「青州」，諸本皆同。文中稱「青山」，非「青州」也，蓋誤刻，今據文中所述改。

【箋注】

〔一〕隆興改元：宋孝宗於紹興三十二年（一一六二）六月即位，次年改元稱隆興元年（一一六三）。改元，指君王啓用新年號。奕公：當即羅漢堂住持。與陸游十餘年前有來往，其餘事迹不詳。

〔二〕十餘年：陸游隆興元年三十九歲，十餘年前約二十餘歲，尚未入仕。

〔三〕黔瘠腊如：形容奕公容貌黑瘦，皮膚皺皺。　殘雪覆頂：比喻奕公頭髮全白。

〔四〕法堂：寺院中聚衆説法的場所。任孝恭多寶寺碑銘：「法堂每誼，禪室恒静。」

〔五〕澗壑：溪澗山谷。　巖竇：巖穴。以下景物均爲雕塑、壁畫構成的模型。　飛泉：瀑布。白居易與元微之書：「流水周於舍下，飛泉落於簷間。」　菩薩、阿羅漢：佛教中依覺悟之境界分爲佛、菩薩、阿羅漢三個層次。菩薩指具備自利、利他的大願，追求無上覺悟境界，并且已證得性空之理的衆生。阿羅漢見題解。　峨眉：山名，在四川峨嵋。　天台：山名，在浙江天台。二山均爲佛教勝地。

〔六〕資福：求福。

〔七〕供養：佛教指以珍寶、飲食、衣服、卧具、湯藥、燃燈、衆華、衆香、幡蓋等供給佛，也指以飲食、衣服、卧具、湯藥等供給於僧侣助其修行。於佛誠敬供養之人有福報，若能無所希望供養於佛則有功德。

〔八〕計惜：計較，吝惜。新唐書盧懷慎傳：「所得禄賜，於故人親戚無所計惜，隨散輒盡。」

〔九〕不天：不爲天所護佑。左傳宣公十二年：「鄭伯肉袒牽羊以逆，曰：『孤不天，不能事君，使君懷怒，以及敝邑，孤之罪也。』」杜預注：「不天，不爲天所佑。」　閔凶：憂患凶喪之事。左傳宣公十二年：「寡君少遭閔凶，不能文。」杜預注：「閔，憂也。」

〔一〇〕致養：奉親養老。後漢書明帝紀：「昔曾閔奉親，竭歡致養。」

〔一一〕勤勤之意：懇切至誠之意。

〔一二〕甫里：古地名，即今江蘇吴縣甪直鎮。唐代陸龜蒙曾居此，自號甫里先生。陸游視陸龜蒙爲祖上，故署甫里。

鎮江府城隍忠祐廟記

漢將軍紀侯以死脱高皇帝於滎陽之圍，而史失其行事，司馬遷、班固作列傳弗載也〔一〕。維宋十一葉天子駐蹕吴會〔二〕，改元乾道，正月甲子，右中奉大夫、直敷文閣、知鎮江府方滋言〔三〕：「府當淮、江之衝〔四〕，屏衛王室，號稱大邦，自故時祠紀侯爲城隍神，莫知其所以始。然實有靈德，以芘其邦之人〔五〕。禱祈禬禳，昭答如響〔六〕。紹興、隆興之間，虜比入塞，金鼓之聲震於江壖〔七〕，吏民不知所爲，則惟神之歸。雖虜畏天子威德，折北不支〔八〕，退舍請盟，府以無事。至於流徙蔽野，兵民參錯，而居處弗驚，疾癘以息，則神實陰相之〔九〕，吏其敢貪神之功以爲己力乎？謹上尚書，願有以褒顯之〔一〇〕，以慰父兄子弟之心。」越三月癸丑〔一一〕，有詔賜廟額曰「忠祐」。詔下，而方公爲兩浙轉運副使，右朝散大夫、直徽猷閣呂公擢來知府事，侈上之賜〔一二〕。五月癸亥，大合樂，盛服齊莊〔一三〕，躬致上命。神人協心，霧雨澄霽，靈風肅然，來享來臨〔一四〕。於是呂公以屬某曰：「願有紀焉。」某惟紀侯忠奮於一時〔一五〕，而暴名於萬世；功施於漢室，而見褒於聖宋；身隕於滎陽，而血食於是邦〔一六〕。士惟力於爲善而已，豈有有其善而不享其報者乎？吏之仕乎是邦者，必將有事於廟；有事於廟者，必將有考於碑，其尚知所勉焉，毋爲神羞〔一七〕。六月癸未記。

【題解】

鎮江府城隍廟祠漢將軍紀信爲城隍神，乾道元年，詔賜廟額曰「忠祐」。知府呂擢囑府通判陸游爲記。本文爲陸游爲鎮江府城隍忠祐廟所作的記文，叙述紀侯庇護鎮江之功及詔賜廟額「忠祐」始末，勉勵士大夫忠奮爲善。

本文據篇末自署，當作於乾道元年（一一六五）六月癸未（初六）日。時陸游在鎮江府通判任上。

【箋注】

〔一〕「漢將軍紀侯」三句：漢書高帝紀載：漢王（劉邦）三年（前二〇四）五月，劉邦被項羽圍於滎陽月餘，「將軍紀信曰：『事急矣！臣請誑楚，可以間出。』於是陳平夜出女子東門二千餘人，楚因四面擊之。紀信乃乘王車，黃屋左纛，曰：『食盡，漢王降楚。』楚皆呼萬歲，之城東觀，以故漢王得與數十騎出西門遁。……羽見紀信，問：『漢王安在？』曰：『已出去矣。』羽燒殺信」。但紀信的生平事迹佚失，故史記、漢書均未爲紀信立傳。高皇帝，指漢高祖劉邦。

〔二〕宋十一葉天子：指宋孝宗。十一葉，十一世。駐蹕：帝王出行途中暫住。吴會：泛指吴、會稽二郡故地。參見卷六謝解啓注〔一一〕。

〔三〕中奉大夫：宋代文臣階官名第十三級。直敷文閣：直閣爲宋代以他官兼領的貼職名。敷文閣收藏宋徽宗御製文集等。方滋（一一〇二—一一七二），字務德，嚴州桐廬（今屬浙江）人。紹興初以蔭補入仕，累官吏部侍郎、敷文閣學士等，三爲監司，五爲郡守，七領節帥，所至務盡其職，多有政聲。宋史無傳。韓元吉南澗甲乙稿卷二一有方公墓誌銘。

〔四〕淮、江之衝：淮河、長江之間的交通要衝。

〔五〕芘：同「庇」。庇護。

〔六〕禬禳：祭祀祈禱以消災除病。周禮天官女祝：「掌以時招梗禬禳之事，以除疾殃。」昭答：指神祇顯示徵兆酬答人世。李綱上淵聖皇帝實封言事奏狀：「伏望陛下運以乾剛，照以離明，爲宗社生靈大計，斷而行之，天意昭答，人心悦服，則夷狄不難禦矣。」

〔七〕金鼓：古代行軍作戰的信號，進攻擂鼓，鳴金收兵。左傳僖公二十二年：「三軍以利用也，金鼓以聲氣也。」江壖：江邊之地。

〔八〕折北：挫敗奔逃。史記淮陰侯列傳：「漢王將數十萬之衆，距鞏、雒，阻山河之險，一日數戰，無尺寸之功，折北不救。」裴駰集解引張晏曰：「折，敗也。北，奔北。」

〔九〕參錯：參差交錯。董仲舒春秋繁露玉杯：「春秋論十二世之事，人道浹而王道備，法布二百四十二年之中，相爲左右，以成文采。其居參錯，非襲古也。」疾癘：瘟疫。流行性傳染病。吕氏春秋仲冬：「（仲冬之月）行春令，則蟲螟爲敗，水泉減竭，民多疾癘。」陰相：庇護，輔助。陰，同蔭。

〔一〇〕褒顯：褒崇宣揚。漢書丙吉傳：「願將軍詳大議，參以蓍龜，豈宜褒顯，先使入侍，令天下昭然知之，然後決定大策，天下幸甚！」

〔一一〕越：于。

〔一二〕朝散大夫：宋代文臣階官名第十八級。徽猷閣：收藏宋哲宗御製文集等。吕擢：史彌堅嘉定鎮江志卷十四：「吕擢，右朝散大夫直徽猷閣。乾道元年三月到，次年除直龍圖閣再任，除司農少卿、淮東總領。」修上之賜：顯揚皇帝的恩賜。韓愈鄆州溪堂詩序：「公亦樂衆之和，知人之悦，而侈上之賜也。」

〔一三〕大合樂：指舉行盛大儀式，諸樂合奏。儀禮鄉飲酒禮：「乃合樂。」鄭玄注：「謂歌樂與衆聲俱作。」齊莊：嚴肅恭敬。禮記祭義：「孝子將祭祀，必有齊莊之心以慮事。」

〔一四〕協心：同心，齊心。書畢命：「周公克慎厥始，惟君陳克和厥中，惟公克成厥終，三后協心，同底于道。」澄霽：指雨霧廓清，天色清朗。謝靈運游南亭詩：「時竟夕澄霽，雲歸日西馳。」來享來臨：前來歆享供品。享，同「饗」。詩商頌烈祖：「來假來饗，降福無疆。」鄭玄箋：「饗，謂獻酒使神享之也。」

〔一五〕忠奮：忠勇奮發。

〔一六〕血食：指享受祭品。古代祭祀需殺牲，祭品帶血。

〔一七〕毋爲神羞：不要使神羞辱。書武成：「惟爾有神，尚克相予，以濟兆民，無作神羞。」孔傳：「神庶幾助我，渡民危害，無爲神羞辱。」

黄龍山崇恩禪院三門記

自浮屠氏之説盛於天下，其學者尤喜治宫室，窮極侈靡，儒者或病焉。然其成也，無政令期會，惟太平久，公私饒餘，師與弟子四出丐乞，積累歲月而後能舉〔一〕。其壞也，無衛守誰何〔二〕，一日寇至，則立爲草莽丘墟。故天下亂則先壞，治則後成。予於是蓋獨有感焉。黄龍山方南公時〔三〕，學者之盛名天下，而其居亦稱焉。中更夷狄盜賊大亂之後，學者散去，施者弗至，昔之閎壯巨麗者，嘗委地矣〔四〕。自庚申訖丁亥〔五〕，二十餘年之間，乃能粲然復興，樓塔殿閣，空翔地踴，鐘魚之聲，聞十餘里，法席之盛，殆庶幾南公時〔六〕。是非兵革之禍不作，遠方之氓蕃息阜安，得以其公賦私養之餘及於學佛者〔七〕，則此山且爲虎狼魑魅之所宅矣，而安能若是哉！禪師升公於其寺門之成也〔八〕，屬予爲記。予謂升公方以身任道，起其法於將墜，門蓋未足言，獨書予所感。使凡至山中者，皆知前日之禍亂嘗如此，而國家之覆燾函育斯民若是其深〔九〕，吏勤其官，民力其業，相與思報上之施焉，升公豈不得所願哉！乾道三年正月十四日，左通直郎陸某記〔一〇〕。

【題解】

黄龍山地處湘、鄂、贛三省交界處，在今湖南平江、湖北通城和江西修水境内。其東麓黄龍寺是中國佛教禪宗五宗七派之一黄龍派的發源地。黄龍寺始建於唐乾寧二年（八九五），五代十國時期因戰亂廢爲民居。宋大中祥符八年（一〇一五），宋真宗敕賜黄龍寺爲崇恩黄龍禪院。英宗治平年間，臨濟宗名僧慧南入寺爲住持，以「三關」説教，開創黄龍一派，使黄龍寺成爲宋代江西四大叢林之一，名僧輩出。陸游乾道元年七月至二年五月任隆興通判期間，嘗嘗遊黄龍崇恩禪院，并與禪師道升多有交遊。周必大省齋文稿卷四十寒巖升禪師塔銘：「故人山陰陸務觀儒釋并通，於世少許可；獨與僧道升遊，敬愛之如師友……淳熙丙申，升既殁，其得法弟子本高、本妙聯務觀平日往來詩書爲大軸，且以同郡人鄭德輿行狀及師語録來，屬余銘其塔。」三門，指寺院大門。

釋氏要覽住處：「凡寺院有開三門者，只有一門亦呼三門者何也？佛地論云：『大宮殿，三解脱門爲所入處。大宮殿喻法空涅槃也，三解脱門謂空門、無相門、無作門。』今寺院是持戒修道、求至涅槃人居之，故由三門入也。」崇恩禪院新修寺門成，本文爲陸游應升公之請爲黄龍山崇恩禪院三門所作的記文，記述崇恩禪寺興廢沿革，總結寺院「天下亂則先壞，治則後成」的規律。

據篇末自署，本文當作於乾道三年（一一六七）正月十四日。時陸游被罷免家居。

參考劍南詩稿卷一寄黄龍升老。

【箋注】

〔一〕期會：指官府的財物出入。漢書王吉傳：「（公卿）其務在於期會簿書，斷獄聽訟而已，此非太平之基也。」　饒餘：富饒餘裕。　丐乞：求乞。羅隱讒書市儺：「故都會惡少年則以是時鳥獸其形容，皮革其面目，丐乞於市肆間，乃有以金帛應之者。」

〔二〕誰何：指警衛。白居易田盛可金吾將軍勾當左街市制：「而盛生勳德門，有文武略，居貴介而無佚，領誰何而有勞。」

〔三〕南公：即釋慧南（一〇〇二—一〇六九），一作惠南，信州玉山（今江西玉山）人，俗姓章。初學禪宗雲門宗，後造訪臨濟宗禪僧石霜楚圓，於北宋治平年間住持黄龍寺，直至圓寂，開創臨濟宗黄龍派。

〔四〕委地：比喻没落，消亡。　太平廣記卷四五五引奇事記昝規：「唐長安昝規因喪母，又遭火，焚其家産，遂貧乏委地。」

〔五〕庚申：此指紹興十年（一一四〇）。丁亥：此指乾道三年（一一六七）。

〔六〕鐘魚：寺院撞鐘之木，因狀如鯨魚，故名。亦借指鐘，鐘聲。語本文選班固東都賦「於是發鯨魚，鏗華鐘」，李善注引薛綜西京賦注：「海中有大魚名鯨，又有獸名蒲牢。蒲牢素畏鯨魚。鯨魚擊蒲牢，蒲牢輒大鳴呼。凡鐘欲令其聲大者，故作蒲牢於其上，撞鐘者名曰鯨魚。」法席：佛教中講解佛法的座席，亦可泛指講解佛法之場所。古尊宿語録慈明禪師語録：「一夕訴曰：自至法席不蒙指示。」

〔七〕蕃息：滋生，繁衍。莊子天下：「以衣食爲主，以蕃息蓄藏。」阜安：富足安寧。周禮地官大司徒：「然則百物阜安，乃建王國焉。」公賦：官府的賦税。漢書王嘉傳：「今賢散公賦以施私惠，一家至受千金。」私養：私家的供養。

〔八〕禪師升公：寒巖慧升，臨濟宗僧人，從佛智端裕學法。建寧府建安（今屬福建）人，俗姓吴。淳熙三年圓寂。參見周必大省齋文稿卷四十寒巖升禪師塔銘。

〔九〕覆燾：亦作覆幬。覆被，指加恩。禮記中庸：「仲尼祖述堯舜，憲章文武，上律天時，下襲水土。辟如天地之無不載持，無不覆幬。」鄭玄注：「幬，亦覆也。」函育：容納化育。新唐書突厥傳上：「漢建武時，置降匈奴留五原塞，全其部落，以爲扞蔽，不革其俗，因而撫之，實空虚之地，且示無所猜。若内兖豫，則乖其本性，非函育之道。」

〔一〇〕通直郎：宋代文臣階官名之二十五級，從六品下。

王侍御生祠記

乾道七年二月，知夔州濟南王公新作貢院成〔一〕。越三月，夔、歸、萬、施、梁山、大寧六郡之士，不謀同辭〔二〕，曰：「夔雖號都督府，而僻在巴峽，無羸財羨工〔三〕。公之爲是役也，寸寸銖銖〔四〕，心計而手度之，累月乃成，形容爲癯，髮爲盡白，其德於士，豈有既耶〔五〕！盍思所以報者。」乃相與築祠於院之東堂，畫像惟肖，又相與屬予記之。予曰：「公之施厚矣〔六〕，祠未足報也。」士則曰：「吾等將日夜勉於學，父兄詔子弟於家，長老先生訓諸生於鄉〔七〕，期有以應有司之求，如是足乎？」予曰：「未也。郡國貢士於天子，天子命近臣與館閣文學之士選其尤者，而親策之於廷〔八〕。策既上，天子爲親第其名〔九〕，謂之進士。進士，將相儲也。自是而起於朝，其任政事，毋伏嘉言，毋醜衆正〔一〇〕；其任言責，毋比大吏，毋置宵人〔一一〕；其任百執事，守節秉誼，宿道鄉方，毋懷諼，毋服讒〔一二〕。使天下稱之，史臣書之，曰：『是夔州所貢士也。』士以是報公，公以是報天子，乃可無愧，而予於記亦無愧辭矣，若何？」皆曰：「唯。敢不力〔一三〕！」乾道七年三月十五日，左奉議郎、通判軍州主管學事兼管內勸農事陸某記〔一四〕。

【題解】

王侍御，即王伯庠（一一〇六—一一七三），字伯禮，濟南章丘人。參見卷十四雲安集序注〔六〕。乾道二年五月遷侍御史，故稱王侍御。乾道五年八月知夔州，兼本路安撫。七年移知温州，九年二月二十五日終於州治。生祠，指爲活人所建的祠廟。乾道七年二月，王伯庠在夔州新建之貢院落成。三月後，夔州周邊六郡士子共同爲王公築祠畫像，以爲紀念。本文爲陸游應士子之請爲王公的生祠所作的記文，記述王公建院的功德，勉勵士子不負郡國貢士的期望以報答王公和天子。

本文據篇末自署，當作於乾道七年（一一七一）三月十五日。時陸游在夔州通判任上。

參考卷十四雲安集序。

【箋注】

〔一〕貢院：古代科舉考試的場所，始於唐代。李肇唐國史補卷下：「開元二十四年，考功郎中李昂爲士子所輕詆。天子以郎署權輕，移職禮部，始置貢院。」

〔二〕「越三月」三句：南宋之夔州、萬州、施州、梁山軍、大寧監五郡均屬夔州路，歸州屬荆湖北路。不謀同辭：事先未經商量而意見相同。後漢書祭祀志：「群下百僚，不謀同辭。」

〔三〕都督府：唐代在重要地區設置的地方行政機構，夔州爲其中之一，掌管忠、萬、歸、涪、黔、施等六州。宋代改稱路。巴峽：重慶以東的石洞峽、銅鑼峽、明月峽統稱巴峽。杜甫聞官軍收河南河北詩：「即從巴峽穿巫峽，便下襄陽向洛陽。」贏財：餘財。諸葛亮自表後主：「若臣死之日，不使内有餘帛，外有贏財，以負陛下。」羨工：多餘的勞力。羨，剩餘。

〔四〕寸寸銖銖：微小。此指建造貢院中的細枝末節。銖，古代重量單位，爲二十四分之一兩。

〔五〕既：窮盡。

〔六〕施：給予。

〔七〕詔：教導，告誡。莊子盜跖：「夫爲人父者，必能詔其子；爲人兄者，必能教其弟。」長老：老年人。管子五輔：「養長老，慈幼孤。」諸生：衆弟子。

〔八〕郡國：泛指地方行政區劃。貢士：地方向朝廷薦舉人才。禮記射義：「諸侯歲獻，貢士於天子。」孔穎達疏：「諸侯三年一貢士於天子也。」館閣：宋代昭文館、史館、集賢院三館和祕閣統稱館閣，掌管儲藏圖書、編修國史等事務，培養文學侍臣。親策之於廷：在朝廷親自主持策問，即殿試。

〔九〕親第其名：親自確定科舉考試及格的名次。

〔一〇〕毋伏嘉言：不要使善言隱伏而不用。語本書大禹謨：「嘉言罔攸伏，野無遺賢，萬邦咸寧。」毋醜衆正：不要使合於正道之事變味。衆正，指衆多合於正道之事。漢書劉向傳：「杜閉群枉之門，廣開衆正之路。」

〔一一〕言責：進言勸諫之責。孟子公孫丑下：「有言責者，不得其言則去。」趙岐注：「言責，獻言之責，諫諍之官也。」毋比大吏：不要順從大官。比，順從，附從。毋置宵人：不要放過小人。宵人，小人，壞人。史記三王世家：「於戲！悉爾心，戰戰兢兢，乃惠乃順，毋侗好軼，毋邇宵人，維法維則。」司馬貞索隱引褚先生解云：「宵人，小人也。」

〔一二〕百執事：即百官。國語吴語：「王總其百執事，以奉其社稷之祭。」韋昭注引賈逵曰：「百執事，百官。」守節：堅守節操。左傳成公十五年：「聖達節，次守節，下失節。」秉誼：遵守道義。誼，同義。柳宗元清河張府君墓誌銘：「逮夫弱冠，遵道秉義。」宿道鄉方：歸於正道，持守道義。參見卷十上趙參政啓注〔三〕。懷諼：心存欺詐。服讒：説人壞話。左傳文公十八年：「少皞氏有不才子，毁信廢忠，崇飾惡言，靖譖庸回，服讒蒐慝，以誣盛德。」杜預注：「服，行也。」

〔一三〕敢不力：豈敢不盡力。

〔一四〕奉議郎：宋代文臣階官名之二十四級，從六品上。

東屯高齋記

少陵先生晚遊夔州〔一〕，愛其山川不忍去，三徙居皆名「高齋」。質於其詩，曰「次水門」者，白帝城之高齋也〔二〕；曰「依藥餌」者，瀼西之高齋也〔三〕；曰「見一川」者，東屯之高齋也〔四〕。故其詩又曰「高齋非一處」〔五〕。予至夔數月，吊先生之遺迹，則白帝城已廢爲丘墟百有餘年，自城郭府寺〔六〕，父老無知其處者，況所謂高齋乎！瀼西蓋今夔府治所，畫爲阡陌，裂爲坊市〔七〕，高齋尤不可識。獨東屯有李氏者，居已數世，上距少陵財三易主，大曆中故券猶在，而高齋負山帶溪，氣象良是〔八〕。李氏業進士，名襄，因郡博士雍君大椿屬予記之〔九〕。予太息曰：少陵，天下士也〔一〇〕。早遇明皇、肅宗，官爵雖不尊顯，而見知實深，蓋嘗慨然以稷卨自許〔一一〕。及落魄巴蜀，感漢昭烈、諸葛丞相之事〔一二〕，屢見於詩。頓挫悲壯，反覆動人，其規模志意豈小哉！然去國寖久，諸公故人熟睨其窮〔一三〕，無肯出力。比至夔，客於柏中丞、嚴明府之間〔一四〕，如九尺丈夫俛首居小屋下，思一吐氣而不可得。予讀其詩，至「小臣議論絶，老病客殊方」之句〔一五〕，未嘗不流涕也。嗟夫，辭之悲乃至是乎！荆卿之歌，阮嗣宗之哭〔一六〕，不加於此矣。少陵非區區於仕進者〔一七〕，不勝愛君憂國之心，思少出所學佐天子，興貞觀、開元之治〔一八〕，而身愈老，命愈大謬，坎壈且死〔一九〕，則其悲至此，亦無足怪也。今李君初不踐通塞榮辱之機，讀書絃歌〔二〇〕，忽焉忘老，無少陵之憂而有其高。少陵家東屯不浹歲〔三〕，而君數世居之，使死者復生，予未知少陵自謂與君孰失得也。若予者，仕不能無愧於義，退又無地可耕，是直有慕於李君爾，故樂與爲記。乾道七年四月十日，山陰陸某記。

【題解】

唐代宗大曆元年（七六六），詩人杜甫由蜀地沿江東下途中到達夔州，得到都督柏茂琳的關照，在夔州暫住了不到兩年。作詩四百餘首，達到了其創作的高峰。杜甫在夔州三遷居所，均名「高齋」，而於東屯高齋居住尤久。乾道七年（一一七一），陸游在夔州通判任上遊覽東屯杜甫舊居，結識當地世家李襄。本文爲陸游應李襄之請爲東屯高齋所作的記文，感慨當年杜甫的坎壈遭遇，曲折抒寫了自己的不遇之歎。

本文據篇末自署，當作於乾道七年（一一七一）四月十日。時陸游在夔州通判任上。

參考劍南詩稿卷二夜登白帝城樓懷少陵先生。

【箋注】

〔一〕少陵先生：即杜甫。杜甫以杜陵爲其祖籍郡望，自號少陵野老，世稱杜少陵。

〔二〕「曰次」二句：杜甫宿江邊閣（即後西閣）：「瞑色延山徑，高齋次水門。」唐代夔州屬山南東道，州治與白帝城相連，故稱「白帝城之高齋」。白帝城，位於重慶奉節縣瞿塘峽口的長江北岸，奉節東白帝山上。原名子陽城，爲西漢末年割據蜀地的公孫述所建，公孫述自號白帝，故名城爲「白帝城」。

〔三〕「曰依」二句：杜甫暮春題瀼西新賃草屋五首其四：「高齋依藥餌，絶域改春華。」瀼西，指瀼水西岸地。杜甫瀼西寒望詩云「瞿塘春欲至，定卜瀼西居」，故稱「瀼西之高齋」。

〔四〕「曰見」二句：杜甫自瀼西荆扉且移居東屯茅屋四首其三：「道北馮都使，高齋見一川。」又其二：「平地一川穩，高山四面同。」故稱「東屯之高齋」。

〔五〕高齋非一處：杜甫云：「龍似瞿唐會，江依白帝深。終年常起峽，每夜必通林。收穫辭霜渚，分明在夕岑。高齋非一處，秀氣豁煩襟。」

〔六〕城郭：城牆。城爲内城之牆，郭爲外城之牆。禮記禮運：「大人世及以爲禮，城郭溝池以爲固。」孔穎達疏：「城，内城；郭，外城也。」府寺：古代公卿的官舍。左傳隱公七年「戎朝於周，發幣於公卿」，杜預注：「朝而發幣於公卿，如今計獻詣公府卿寺。」孔穎達疏：「自漢以來，三公所居謂之府，九卿所居謂之寺。」

〔七〕治所：地方長官的官署。漢書朱博傳：「使者行部還，詣治所。」顔師古注：「治所，刺史所止理事處。」阡陌：指田界。史記秦本紀：「（商鞅）爲田開阡陌。」司馬貞索隱引風俗通：「南北曰阡，東西曰陌。河東以東西爲阡，南北爲陌。」坊市：即街市。蘇鶚杜陽雜編卷下：「又坊市豪家相爲無遮齋大會，通衢間結綵爲樓閣臺殿。」

〔八〕財：同「才」。大曆：唐代宗年號，公元七六六至七七九年。故券：舊時契約。氣象：指景色，景象。閻寬曉入宜都渚詩：「回眺佳氣象，遠懷得山林。」

〔九〕郡博士：指府學學官。

〔一〇〕天下士：才德非凡之士。史記魯仲連鄒陽列傳：「始以先生爲庸人，吾乃今日知先生爲天下之士也。」

〔一一〕見知：受到知遇。酈道元水經注汾水：「飛廉以善走事紂，惡來以多力見知。周武王伐紂，兼殺惡來。」以稷卨自許：杜甫自京赴奉先縣詠懷五百字：「杜陵有布衣，老大意轉拙。許身一何愚，竊比稷與契。」稷卨，稷和卨（契）的並稱，二人爲堯舜時代賢臣。

〔一二〕漢昭烈：指劉備。昭烈爲其謚號。

〔一三〕寖久：即積久。管子君臣上：「行公道而托其私焉，寖久而不知，奸心得無積乎？」熟睨：注目斜視。劍南詩稿卷四七新買啼雞：「狐狸熟睨那敢犯，蕭蕭清露和微風。」

〔一四〕柏中丞：即柏茂琳，時官夔州都督兼御史中丞。嚴明府：當指嚴武，曾任成都尹，杜甫在成都時曾受其照拂。明府，郡守牧尹的尊稱。

〔一五〕「小臣」二句：出自杜甫壯遊詩。

〔一六〕荆卿之歌：即易水歌。戰國策燕策三：「（燕）太子及賓客知其事者，皆白衣冠以送之。至易水上，既祖，取道。高漸離擊筑，荆軻和而歌，爲變徵之聲，士皆垂淚涕泣。又前而爲歌曰：『風蕭蕭兮易水寒，壯士一去兮不復還。』復爲慷慨羽聲，士皆瞋目，髮盡上指冠。於是荊軻遂就車而去，終已不顧。」荊卿，即荊軻。阮嗣宗之哭：即窮途之哭。晉書阮籍傳：「（籍）時率意獨駕，不由徑路，車迹所窮，輒痛哭而返。」嗣宗，阮籍字。

〔一七〕區區：拘泥，局限。漢書楊王孫傳：「且孝經曰『爲之棺槨衣衾』，是亦聖人之遺制，何必區區獨守所聞？」仕進：入仕。做官。

〔一八〕貞觀、開元之治：指唐太宗時期和唐玄宗前期的太平盛世。貞觀爲唐太宗年號，公元六二七至六四九年。開元爲唐玄宗前期年號，公元七一三至七四一年。

〔一九〕坎壈：不平，不遇。劉向九歎怨思：「惟鬱鬱之憂毒兮，志坎壈而不違。」王逸注：「坎壈，不遇貌也。」

〔二〇〕通塞：指境遇的順逆。易節：「不出户庭，知通塞也。」弦歌：依弦樂伴奏歌詠，古代用以配合傳授詩學。後用以指學習誦讀、禮樂教化。論語陽貨：「子之武城，聞弦歌之聲，夫子莞爾而笑曰：『割雞焉用牛刀。』」

〔二一〕浹歲：一年，經年。

樂郊記

李晉壽一日圖其園廬持示余〔一〕，曰：「此吾荊州所居名『樂郊』者也。荊州故多賢公卿，名園甲第相望〔二〕，自中原亂，始以吴會上流，常宿重兵，而衣冠亦遂散去〔三〕。太平之文物〔四〕，前輩之風流，蓋略盡矣。獨吾樂郊日加葺，文竹、奇石、蒲萄、來禽、勺藥、蘭茝、蔆芡、菡萏之富〔五〕，爲一州冠。其尤異者，往往累千里致之。子幸爲我記。」予官峽中，始與晉壽相識，長身鐵面，音吐鴻暢〔六〕，遇事激烈奮發，以全軀保妻子爲可鄙，其意氣豈不壯哉！及爲客置酒，出佳侍兒，陳書畫琴弈，相與娱嬉，則雍容都雅，風味乃甚可愛〔七〕，雖梁宋間少年貴公子不能過。蓋其多材藝、知弛張如此〔八〕。然自少時，不喜媒聲利〔九〕，有官不仕，窮園林陂池之樂者且三十年，每自謂「泉石膏肓」〔一〇〕。及來夔州，諸公始大知之，合薦於朝。議者謂晉壽當以少伸於世爲喜，而晉壽顧不然，獨眷眷於樂郊〔一一〕，不忍暫忘。嗚呼！出處一道也〔一二〕，仕而忘歸，與處而不能出者，俱是一癖，未易是泉石、非鍾鼎〔一三〕。諸公之薦，蓋砭晉壽膏肓〔一四〕，而使爲世用。異時晉壽成功而歸，高牙在前，千兵在後，擅畫繡之榮，以賁斯園，荆楚多秀民，尚有能賦其事者乎〔一五〕？乾道七年六月十日，笠澤陸某記〔一六〕。

【題解】

陸游在夔州結識鄉紳李晉壽。李氏熱衷園林陂池之樂，不願出仕。其在荆州有園林名「樂郊」，請陸游爲記。樂郊，即樂土。典出詩魏風碩鼠：「逝將去女，適彼樂郊。樂郊樂郊，誰之永號。」本文爲陸游爲李氏園林樂郊所作的記文，記述李氏沉迷園林陂池的隱逸生活，勉勵其正確對待出處，大爲世用，成功而歸。

本文據篇末自署，當作於乾道七年（一一七一）六月十日。時陸游在夔州通判任上。

【箋注】

〔一〕園廬：田園廬舍。張衡南都賦：「於其宮室，則有園廬舊宅，隆崇崔嵬。」

〔二〕甲第：豪門貴族的宅第。史記孝武本紀：「賜列侯甲第，僮千人。」裴駰集解引漢書音義：「有甲乙次第，故曰第。」

〔三〕吴會上流：指以吴會之地爲上等地區。吴會，秦漢之會稽郡，東漢時分爲吴、會稽二郡，并稱吴會。　常宿重兵：指荆州常屯宿重兵。　衣冠：縉紳、士大夫的代稱。漢書杜欽傳：「茂陵杜鄴與欽同姓字，俱以材能稱京師，故衣冠謂欽爲『盲杜子夏』以相别。」顔師古注：「衣冠，謂士大夫也。」

〔四〕文物：指禮樂制度，以示貴賤等級。左傳桓公二年：「夫德，儉而有度，登降有數，文物以紀之，聲名以發之，以臨百官。」

〔五〕文竹：即斑竹。蔡邕筆賦：「削文竹以爲管，加漆絲質纏束。」　蒲萄：即葡萄。　來禽：即沙果，也稱花紅、林檎、文林果。藝文類聚卷八七引郭義恭廣志：「林檎似赤柰，亦名黑檎……一名來禽，言味甘熟則來禽也。」勺藥：多年生草本植物，五月開花，花大而色彩豔麗，根可入藥。詩鄭風溱洧：「維士與女，伊其相謔，贈之以芍藥。」勺藥，同芍藥。　蘭茝：均爲香草。茝即白芷。楚辭九歌湘夫人：「沅有芷兮澧有蘭。」王逸注：「言沅水之中有盛茂之芷，澧水之内有芬芳之蘭，異於衆草。」芷，一本作「茝」。　蔆芡：蔆，同「菱」，菱角和芡實，均爲一年生水生草本植物。芡，俗稱雞頭。文選張衡東京賦：「獻鱉蜃與龜魚，供蝸蠯與菱芡。」薛綜注：「菱，芰也；芡，雞頭也。」　菡萏：即荷花。詩陳風澤陂：「彼澤之陂，有蒲菡萏。」

〔六〕鐵面：黑臉。蘇軾真興寺閣：「當年王中令，斫木南山赬。寫真留閣下，鐵面眼有棱。」　音吐鴻暢：聲音洪亮，言辭流暢。新唐書盧鈞傳：「鈞年八十，升降如儀，音吐鴻暢，舉朝咨歎。」

〔七〕娱嬉：戲樂。蘇軾秀州僧本瑩静照堂：「老死不自惜，扁舟自娱嬉。」　雍容都雅：神態從容不迫，舉止文雅大方，十分美好。史記司馬相如列傳：「相如之臨邛，從車騎，雍容閒雅，甚都。」　風味：風度，風采。宋書自序傳：「(伯玉)温雅有風味，和而能辨，與人共事，皆爲深交。」

〔八〕弛張：比喻處事的鬆緊、進退等。文心雕龍論説：「夫説貴撫會，弛張相隨，不專緩頰，亦在刀筆。」

〔九〕媒聲利：招致名利。

〔一〇〕泉石膏肓：唐代隱士田遊巖自稱，指沉迷山水煙霞而不能自拔。膏肓，比喻病入膏肓，不可救藥。新唐書隱逸傳田遊巖：「（高宗）親至其門，遊巖野服出拜，儀止謹樸，帝令左右扶止，謂曰：『先生比佳否？』答曰：『臣所謂泉石膏肓，煙霞痼疾者。』」

〔一一〕眷眷：依戀反顧貌。陶潛雜詩之三：「眷眷往昔時，憶此斷人腸。」

〔一二〕出處：指出仕和隱退。蔡邕薦皇甫規表：「修身力行，忠亮闡著，出處抱義，皦然不汙。」一道：同一道理。

〔一三〕「未易」句：難以肯定退隱，否定出仕。泉石，借指隱逸生活。鍾鼎，比喻榮華富貴，借指出仕生活。

〔一四〕砭晉壽膏肓：救治晉壽的沉迷山水之病。

〔一五〕高牙：牙旗，大纛。文選潘岳關中詩：「桓桓梁征，高牙乃建。」李善注：「牙，牙旗也。兵書曰：牙旗，將軍之旗。」畫繡：典出史記項羽本紀，項羽入關後，思歸江東，稱「富貴不歸故鄉，如衣繡夜行」。後稱富貴還鄉爲「衣繡晝行」，省稱「畫繡」。陳書陳寶應傳：「起家臨郡，兼晝繡之榮；裂地置州，假藩麾之盛。」賁：文飾，裝點。荆楚：荆爲楚之舊稱，指古荆州地區，即今湖北、湖南一帶。秀民：德才傑出之民。國語齊語：「其秀民之能爲士者，必足賴也。」韋昭注：「秀民，民之秀出者也。」

〔一六〕笠澤：即吴淞江，陸龜蒙隱居地，陸游視其爲祖上。參見卷十一答方寺丞啓注〔三〕。

對雲堂記

巫故郡，自秦以來見於史。其後罷郡，猶爲壯縣〔一〕。杜少陵扁舟下白帝，過焉，爲賦「歸」字韻五字詩〔二〕，詩傳天下，由是巫縣名益重。宋建中靖國之元，黄太史始脱鈎黨〔三〕，自蜀之荆，訪少陵遺迹，客縣治之東堂，留字壁間，有「坐卧對南陵，雲山陰晴變態」之語。距乾道辛卯①，逾一甲子，無舉出者〔四〕。鄄城李德修來爲令〔五〕，風流儒雅，翩翩佳公子，因廢趾作堂，與客落之。舉酒屬山陰陸務觀曰：「子爲予名，且記復興之歲月。」務觀既取太史語名之〔六〕，且曰：「僕行年五十〔七〕，閲世故多矣，所謂朝夕百變者，奚獨雲山哉！一日進此道，幻翳消，情塵滅，真實相見，雖巍乎天地，浩乎古今，變壞不停，與浮雲遊塵、空華眚暈，初無少異也〔八〕。德修方吏退時，清坐堂上，試以僕言觀之〔九〕。」德修名普。務觀名某。臈月乙卯之夕，大醉中，秉燭梅花下記〔一〇〕。

【題解】

夔州巫山縣令李普在黄庭堅當年題字舊址築堂，請陸游命名作記。陸游取黄庭堅語題名「對雲堂」，并作記文，記述築堂命名始末，抒發世道如浮雲遊塵、空華眚暈般變幻不停的感慨。

本文據篇末自署，當作於乾道七年（一一七一）十二月乙卯（十五）日。時陸游在夔州通判任上。

【校記】

①「距」，原作「詎」，據弘治本、汲古閣本改。

【箋注】

〔一〕巫故郡：巫郡設置於楚懷王時，因巫山得名。治今重慶巫山縣及周邊地區。秦昭襄王三十年（前二七七）改置巫縣。隋開皇三年（五八三）改巫山縣。南宋巫山縣隸屬夔州。壯縣：富庶繁盛之縣。新唐書杜洪傳：「神福……以永興壯縣，饋餫所仰，既得鄂半矣，遂進圍鄂州。」

〔二〕歸字韻五字詩：指杜甫巫山縣汾州唐使君十八弟宴別兼別諸公携酒樂相送率題小詩留於屋壁：「卧病巴東久，今年强作歸。故人猶遠謫，兹日倍多違。接宴身兼杖，聽歌淚滿衣。諸公不相棄，擁別惜光輝。」

〔三〕建中靖國：宋徽宗年號，僅一年，即公元一一〇一年。元：始，首。黄太史脱鈎黨：指黄庭堅開始擺脱元祐黨禁的迫害。鈎黨，指相牽引爲同黨。

〔四〕「距乾道」三句：自建中靖國元年至乾道七年，已超過一甲子六十年。乾道辛卯，即乾道七年(一一七一)。舉出，指將黃庭堅題字揭舉突出。

〔五〕鄄城：縣名。今屬山東菏澤。李德修：即李普，字德修。

〔六〕取太史語名之：取黃庭堅題字語命名爲「對雲堂」。

〔七〕行年：此指將到的年齡。

〔八〕此道：指塵世之道。幻瞖：幻象的遮蔽。情塵：指情愛，情欲。佛家將情欲視作塵垢。王中頭陀寺碑：「愛流成海，情塵爲嶽。」變壞：指有形之物因受外界影響，逐漸發生變化而敗壞。楞嚴經卷二：「汝此肉身，爲同金剛常住不朽？爲復變壞？」空華：亦作空花。佛教指隱現於眼病者視覺中的繁花狀虛影。比喻紛繁的妄想和假相。楞嚴經卷四：「亦如翳人，見空中華，翳病若除，華於空滅。忽有愚人，於彼空華所滅空地，待華更生，汝觀是人，爲愚爲慧？」眚暈：因眼睛生翳而形成的光影模糊景象。

〔九〕吏退：指官吏公畢退衙。李流謙觀漁舟：「晚晴吏退漫憑欄，注目溪光巧映山。」清坐：安閒靜坐。王安石對棋與道源至草堂寺：「北風吹人不可出，清坐且可與君棋。」

〔一〇〕臈月：臈，同「臘」。農曆十二月。乙卯：乙卯日。秉燭：持燭以照明。文選古詩十九首其十五：「生年不滿百，常懷千歲憂。晝短苦夜長，何不秉燭遊。」

静鎮堂記

四川宣撫使故治益昌，樞密使清源公之爲使也，始徙漢中，即以郡治爲府〔一〕。

郡自兵火滁地之後，一切草創。公至未幾，凡營壘、廐庫、吏士之廬，皆築治之，使堅壯便安〔二〕，可以支久，而府獨仍其故。西偏有便坐，日受群吏謁見，與籌邊治軍，燕勞將士〔三〕，靡不在焉，而其壞尤甚。公既留三年，官屬數以請，始稍加葺，易其傾橈，徹其蔽障，不費不勞，浹日而成〔四〕。會上遣使持親詔，賜黄金奩寶熏珍劑〔五〕，以彰殊禮。公遂摭詔中「静鎮坤維」之語〔六〕，名新堂曰「静鎮」，而命其屬陸某記之。某辭謝不獲命〔七〕，則再拜言曰：「以才勝物易，以静鎮物難〔八〕。以静鎮物，惟有道者能之。泰山喬嶽之出雲雨，明鏡止水之照毛髮，則静之驗也〔九〕。如使萬物並作，吾與之逝，衆事錯出，吾爲之變，則雖弊精神，勞思慮，而不足以理小國寡民〔一〇〕，況任天下之重乎？歲庚寅，某自吴適楚，過廬山東林〔一一〕，山中道人爲某言，公嘗憩此院，閉户面壁，終夏不出，老宿皆愧之〔一二〕。則公之刳心受道〔一三〕，蓋非一日矣。世徒見公馳騁於事功之會，而不知公枯槁澹泊〔一四〕，蓋與山棲谷汲者無異；徒見公以才略奮發，不數歲取公輔〔一五〕，而不知公道學精深，尊德義，斥功利，卓乎非世俗所能窺測也。而上獨深知之，故詔語如此。傳曰『知臣莫若君』〔一六〕，詎不信哉！雖然，某以爲今猶未足見公也。虜暴中原久，腥聞於天，天且悔禍，盡以所覆畀上〔一七〕。而公方弼亮神武，紹開中興〔一八〕，異時奉鑾駕，奠京邑，屏符瑞之奏，抑封禪之請，却渭橋之朝，謝玉關之質〔一九〕，然後能究公静鎮之美云。」乾道八年七月二十五日，門生、左承議郎、權四川宣撫使司幹辦公事、兼檢法官陸某謹記〔二〇〕。

【題解】

乾道八年二月，陸游赴漢中在四川宣撫使王炎幕府任職。王炎修葺府治西側廂房，取皇上詔書語命名爲「静鎮堂」，命陸游爲記。本文爲陸游爲静鎮堂所作的記文，記述静鎮堂命名始末，闡發以静鎮物之理，稱頌王公静鎮之美。

本文據篇末自署，當作於乾道八年（一一七二）七月二十五日。時陸游在權四川宣撫使司幹辦公事兼檢法官任上。

參考卷八謝王宣撫啓、上王宣撫啓。

【箋注】

〔一〕宣撫使：宋代鎮撫一方的軍政長官，多以執政充任，亦兼用武將。益昌：縣名。東晉始置，在今四川廣元。北宋改名昭化，南宋隸屬利州路利州。樞密使：宋代最高軍事機關樞密院的長官。宋史職官志二：「樞密使，知院事，佐天子執兵政。」清源公：即王炎，因其爲山西清源人。乾道七年九月除樞密使，參知政事、四川宣撫使依前。參見卷八謝王宣撫啓題解。漢中：古稱南鄭、梁州。秦始置漢中郡，在今陝西漢中。南宋隸屬利州路及所屬興元府，治所均設於漢中。以郡治爲府：指將四川宣撫使司的公府設在漢中。

〔二〕營壘：軍營、堡壘。廄庫：牲口房、庫房。堅壯便安：堅固高大，便利安適。

〔三〕西偏：西側。便坐：别室，厢房。漢書張禹傳：「而宣之來也，禹見之於便坐，講論經義。」籌邊：籌畫邊境事務。薛濤籌邊樓：「平臨雲鳥八窗秋，壯壓西川四十州。」燕勞：設宴慰勞。蘇軾王仲儀真贊序：「公至，燕勞將佐而已。」

〔四〕傾橈：傾斜的屋樑。橈，棟橈，屋樑脆弱彎曲。蔽障：遮蔽，指隔牆。王充論衡率性：「起屋築牆，以自蔽障。」挾日：指十日。從甲至癸之十干支周遍，稱挾日。挾，通「浹」，周匝。周禮天官大宰：「乃縣治象之法於象魏，使萬民觀治象，挾日而斂之。」

〔五〕黄金奩寶：黄金裝飾的梳妝鏡匣。奩寶，同寶奩。熏珍劑：熏香之類。

〔六〕摭：摘取。静鎮：静止，坐鎮。坤維：指西南方。易坤有「西南得朋」之語，故以坤指西南。文選張協雜詩之二：「大火流坤維，白日馳西陸。」李善注引淮南子曰：「坤維在西南。」范仲淹宋故乾州刺史張公神道碑：「初蜀師之役，中軍雷侯有終辟公以行，如左右手。平定坤維，公有力焉。」

〔七〕不獲命：不獲應允。左傳僖公二十三年：「若不獲命，其左執鞭弭，右屬櫜鞬，以與君周旋。」

〔八〕以才勝物：指以才能超出衆人。物，此指人，衆人。以静鎮物：指以静止控制情緒，使人鎮定。晉書謝安傳：「玄等既破堅，有驛書至，安方對客圍棋，看書既竟，便攝放牀上，了無喜色，棋如故。客問之，徐答云：『小兒輩遂已破賊。』既罷，還内，過户限，心喜甚，不覺屐齒之折，其矯情鎮物如此。」

〔九〕喬嶽：高山。本指泰山，後用以泛指。詩周頌時邁：「懷柔百神，及河喬嶽。」毛傳：「喬，高也。高岳，岱宗也。」静之驗：指静以鎮物之徵驗。

〔一〇〕小國寡民：指國家小，人民少。老子：「小國寡民，使有什佰之器而不用，使民重死而不遠徙。」

〔一一〕歲庚寅：此指乾道六年（一一七〇）。廬山東林：指廬山東林寺。

〔一二〕老宿：指釋道中年老而有德行者。杜甫岳麓山道林二寺行：「依止老宿亦未晚，富貴功名焉足圖。」

〔一三〕刳心：指摒棄雜念。參見卷十一上丞相參政乞宫觀啓注〔三一〕。

〔一四〕枯槁：指安貧之心。謝靈運遊名山志：「枕巖漱流者，乏於大志，故保其枯槁。」澹泊：恬淡寡欲。漢書叙傳上：「若夫嚴子者，絶聖棄智，修生保真，清虚澹泊，歸之自然。」

〔一五〕公輔：古代天子之佐有三公、四輔。此指宰相之類大臣。漢書孔光傳：「光凡爲御史大夫、丞相各再，壹爲大司徒、太傅、太師，歷三世，居公輔位前後十七年。」

〔一六〕「傳曰」句：管子大匡：「鮑叔曰：『先人有言曰：知子莫若父，知臣莫若君。今君知臣不肖也，是以使賤臣傅小白也。』」

〔一七〕悔禍：指撤去所加之災禍。左傳隱公十一年：「若寡人得没於地，天以禮悔禍於許，無寧兹許公復奉其社稷。」以所覆畀上：指將土地歸還宋帝。

〔一八〕弼亮：輔佐。書畢命：「弼亮四世，正色率下。」孔傳：「言公……輔佐文、武、成、康，四世爲公卿。」孔穎達疏：「亮，佐也。」神武：指英明威武的帝王。紹開中興：繼承并開闢中興局面。

〔一九〕鑾駕：天子的車駕，因有鑾鈴，故稱。後漢書荀彧傳：「今鑾駕旋軫，東京榛蕪，義士有存本之思，兆人懷感舊之哀。」符瑞：多指帝王受命的吉祥徵兆。管子水地：「是以人主貴之，藏以爲寶，剖以爲符瑞。」封禪：古代帝王祭天地的大典。史記封禪書：「自古受命帝王，曷嘗不封禪。」渭橋：漢唐時長安渭水上的橋梁。借指長安。玉關：指玉門關。質：同「贄」，禮物。

〔二〇〕門生：因得王炎薦舉，陸游自稱爲王炎門生。承議郎：宋代文臣階官名之二十三級，正六品下。

渭南文集箋校卷第十八

記

【釋體】本卷文體同卷十七，收録記十一首。

藏丹洞記

漢嘉郡治之西偏望雲樓東有石穴〔一〕，天將雨，輒出雲氣。予疑而發之，則石室屹立，室之前，地中獲瓦缶罌矮，貯丹砂、雲母、奇石〔二〕，或爛然類黄金。意其金丹之餘也，悉斂而櫝藏，輸諸府庫，緘識惟謹〔三〕。予嘗讀丹經〔四〕，言古得道至人，藏丹留於名山，非當仙者輒不見，雖見亦輒變化。今是丹不藏名山，而近在官寺之側〔五〕，予以塵垢衰病之餘，又輒見之，是與丹經之説大異。或謂丹藏於此遠矣，方上古未爲城邑時，西望三峨〔六〕，東帶大江，山川秀傑，蓋宜爲仙真煉藥騰舉之地〔七〕。至予輒見之者，豈神物隱見有時，而予適逢其時與？丹之伏而不見者常多，見者常寡，雖嵇叔夜、葛稚川不免齎恨以蜕〔八〕，而予顧得見焉，兹非幸與！乾道九年秋八月辛未，山陰陸某記。

【題解】

藏丹洞，爲嘉州州府偏西位置的一石穴。乾道九年夏，陸游攝知嘉州事，在穴内發掘出貯藏丹砂等的瓦缶，命名石穴曰藏丹洞。本文爲陸游爲發現藏丹洞所作的記文，叙述發現金丹始末，抒寫幸遇神物的喜悦之情。

本文據篇末自署，當作於乾道九年（一一七三）八月辛未（十一）日。時陸游在攝知嘉州事任上。

【箋注】

〔一〕漢嘉郡：古行政區劃名。三國時改蜀郡屬國置，治漢嘉縣（今四川蘆山）。屬益州。西晉時廢。唐宋時轄境内置嘉州，治今四川樂山、峨眉等地。此指嘉州。

〔二〕矲矮：低矮。矲，短。　丹砂：又名辰砂、朱砂，礦物名，煉汞的主要原料。可做顔料，也可入藥。道教徒用以化汞煉丹。抱朴子金丹：「凡草木燒之即燼，而丹砂燒之成水銀，積變又還成丹砂。」　雲母：又名雲精，矽酸鹽類礦物名，能分成透明薄片，用做絶緣材料。主要有白色和黑色兩種，白雲母可供藥用。淮南子地形訓：「磁石上飛，雲母來水。土龍致雨，燕雁代飛。」

〔三〕「意其」四句：金丹，古代方士以金石煉製的藥，相傳服之可以成仙。抱朴子金丹：「夫金丹之爲物，燒之愈久，變化愈妙。黄金入火，百煉不消，埋之，畢天不朽。服此二物，煉人身體，故能令人不老不死。」櫝藏，用匣子珍藏。緘識，封口標識。

〔四〕丹經：講述煉丹之術的經典。抱朴子金丹：「昔左元放於天柱山中精思，而神人授之金丹仙經……余從祖仙公，又從元放受之。凡受太清丹經三卷，及九鼎丹經一卷、金液丹經一卷。」

〔五〕官寺：官署，衙門。漢書翼奉傳：「地大震於隴西郡，毁落太上廟殿壁木飾，壞敗豲道縣城郭，官寺及民室屋，厭殺人衆，山崩地裂，水泉湧出。」

〔六〕三峨：峨眉山有大峨、中峨、小峨三峰，故稱三峨。蘇軾軾欲以石易畫晉卿難之復次韻：「三峨吾鄉里，萬馬君部曲。」

〔七〕仙真：道家稱得道升仙之人。李白上雲樂：「生死了不盡，誰明此胡是仙真？」　騰舉：飛升。葉法善留詩：「今日登雲天，歸真遊上清，泥丸空示世，騰舉不爲名。」

〔八〕嵇叔夜：即嵇康，字叔夜，魏晉名士，竹林七賢之一。葛稚川：即葛洪，字稚川，自號抱朴子，東晉道教理論家、煉丹家。賷恨以蜕：抱恨而終。蜕，解脱，變化。道教指死去。

籌邊樓記

淳熙三年八月既望，成都子城之西南〔一〕，新作籌邊樓。四川制置使、知府事范公舉酒屬其客山陰陸某曰〔二〕：「君爲我記。」按史記及地志，唐李衛公節度劍南，實始作籌邊樓〔三〕。廢久，無能識其處者。今此樓望犍爲、僰道、黔中、越雋諸郡，山川方城，皆略可指，意者衛公故趾，其果在是乎〔四〕？樓既成，公復按衛公之舊圖，邊城地勢險要，與蠻夷相入者〔五〕，皆可考信不疑。雖然，公於邊境，豈真待圖而後知哉？方公在中朝，以洽聞强記擅名一時〔六〕。天子有所顧問〔七〕，近臣皆推公對，莫敢先者。其使虜而歸也〔八〕，盡能道其國禮儀、刑法、職官、宫室、城邑、制度，自幽薊以出居庸、松亭關，並定襄、五原，以抵靈武、朔方〔九〕，古今戰守離合，得失是非，一一皆究見本末，口講手畫，委曲周悉，如言其閫内事〔一〇〕。雖虜耆老大人〔一一〕，知之不如是詳也。

而况區區西南夷，距成都或不過數百里，一登是樓，在目中矣，則所謂圖者，直按故事而已。請以是爲記。公慨然曰：「君之言過矣。予何敢望衛公，然竊有幸焉。衛公守蜀，牛奇章方居中，每排沮之，維州之功，既成而敗〔二〕。今予適遭清明寬大之朝，論事薦吏，奏朝入而夕報可〔三〕。使衛公在蜀，適得此時，其功烈壯偉，詎止取一維州而已哉！」某曰：「請併書公言，以詔後世，可乎？」公曰：「唯唯。」九月一日記。

【題解】

籌邊樓，在今成都西。雍正四川通志卷二六：「（籌邊樓）在（成都）縣西，唐李德裕建四壁，畫蠻夷險要，日與習邊事者籌畫其上，宋范成大又改建子城西南。今圮。」淳熙三年八月，四川制置使、知成都府范成大新築籌邊樓成，請參議官陸游作記。本文爲陸游爲籌邊樓所作的記文，回顧李德裕守蜀建功故事，稱頌范成大周悉敵情、籌畫邊事的功業。

本文據篇首末自署，當作於淳熙三年（一一七六）九月一日。時陸游在成都府路安撫司參議官兼四川制置使司參議官任上。

參考卷十四范待制詩集序、本卷銅壺閣記。

【箋注】

〔一〕既望：農曆十五日爲望，十六日爲既望。書召誥：「惟二月既望。越六日乙未，王朝步自周，則至豐。」子城：大城所屬的小城，包括内城及附屬的甕城或月城。白居易庾樓晚望：「子城陰處猶殘雪，衙鼓聲前未有塵。」

〔二〕范公：即范成大。淳熙二年，范成大由廣西調任四川制置使，陸游爲其直接下屬。參見卷十四范待制詩集序題解。

〔三〕史記：泛指史籍。地志：專記地理情況之書。唐李衛公，即李德裕，曾封衛國公。節度劍南：舊唐書李德裕傳：「（大和）四年十月，以德裕檢校兵部尚書、成都尹、劍南西川節度副大使，知節度事、管内觀察處置、西山八國雲南招撫等使。」

〔四〕犍爲：即嘉州，今四川樂山。僰道：古縣名，今四川宜賓。黔中：戰國楚始置，唐黔中郡治黔州（今重慶彭水），轄今貴州大部，遂以黔爲貴州别稱。越巂：古郡名，西漢始置，唐曾置巂州，宋屬大理。今雲南越西。衛公故趾：指李德裕所建籌邊樓舊址。趾，同址。

〔五〕蠻夷：此指西南少數民族。相入：指與少數民族犬牙交錯。

〔六〕中朝：朝中，朝廷。洽聞强記：見聞廣博，記憶力强。孔叢子嘉言：「（仲尼）躬履謙讓，洽聞强記。」

〔七〕顧問：咨詢，詢問。韓詩外傳卷七：「誅賞制斷，無所顧問。」

〔八〕使虜而歸：指范成大於乾道六年五月至九月，奉命出使金國，不辱使命，索還欽宗梓宫，回國後撰成使金日記攬轡録。

〔九〕幽薊：幽州和薊州，今河北薊縣一帶。　居庸關：又稱軍都關、薊門關，今北京昌平境內。長城重要關口，控軍都山隘道中樞。　松亭關：又稱喜峰口，在今河北寬城西南。關門險塞，當交通要道。宋、遼時自燕京（今北京西南）至中京（今内蒙古寧城西），每取道於此。定襄：縣名，今屬山西忻州。　五原：縣名，今屬内蒙古巴彥淖爾。　靈武：縣名，古稱靈州，今屬寧夏銀川。　朔方：古郡名，西漢始置，唐置方鎮，治靈州，今寧夏靈武。以上泛指北方地域。

〔一〇〕閾内：門内。閾，門檻。

〔一一〕者老大人：指長者，老者。

〔一二〕「衛公守蜀」五句：舊唐書李德裕傳：「（太和）五年九月，吐蕃維州守將悉怛謀請以城降。……德裕疑其詐，遣人送錦袍金帶與之，托云候取進止，悉怛謀乃盡率郡人歸成都。德裕乃發兵鎮守，因陳出攻之利害。時牛僧孺沮議，言新與吐蕃結盟，不宜敗約，語在僧孺傳。乃詔德裕却送悉怛謀一部之人還維州。」牛奇章，指牛僧孺，因其八世祖牛弘爲隋朝僕射，封奇章郡公。排沮，排斥抑制。

〔一三〕報可：批復照准，許可。岳飛奏乞復襄陽劄子：「臣今已厲兵飭士，惟俟報可，指期北向，伏乞睿斷，速賜施行。」

銅壺閣記

天下郡國，自譙門而入，必有通逵，達於侯牧治所〔一〕，惟成都獨否。自劍南西川門以北，皆民廬、市區、軍壘，折而西，道北爲府，府又無臺門〔二〕，與他郡國異。考其始，蓋自孟氏國除，矯霸國之僭侈而然〔三〕。至蔣公堂來爲牧，乃南直劍南西川門西北，距府五十步，築大閣曰銅壺，事書於史〔四〕。崇寧初，以火廢。政和中，吴公栻因其矩復侈大之①，雄傑閎深，始與府稱〔五〕。淳熙二年夏六月，今敷文閣直學士范公以制置使治此府。始至，或以閣壞告，公曰：「失今不營，後費益大。」於是躬自經畫，趣令而緩期〔六〕，廣儲而節用，急吏而寬役。一旦崇成，人徒駭其山立翬飛，嶪然摩天〔七〕，不知此閣已先成於公之胸中矣。夫豈獨閣哉！天下之事，非先定素備，欲試爲之，事已紛然，始狼狽四顧〔八〕，經營勞弊，其不爲天下笑者鮮矣。方閣之成也，公大合樂〔九〕，與賓佐落之。客或舉觴壽公曰：「天子神聖英武，蕩清中原。公且以廊廟之重，出撫成師，北舉燕趙，西略司并，挽天河之水，以洗五六十年腥羶之污，登高大會，燕勞將士，勒銘奏凱，傳示無極〔一〇〕，則今日之事，蓋未足道。」識者以此知公舉大事不難矣，其可闕書？四年四月己卯，朝奉郎、主管台州崇道觀陸某記〔一〕。

【題解】

銅壺閣，爲宋代成都府西門鼓樓。蜀中名勝記卷一成都府一：「西門直街鼓樓，即宋銅壺閣也。陸游記云：閣南直西川門，西北距府五十步。乃蔣堂知益州伐江瀆廟材所創。吴栻、范成大相繼而侈張之，爲成都巨觀，書於史。」淳熙四年，范成大重修銅壺閣成，大宴賓客。本文爲陸游爲銅壺閣所作的記文，考述建閣始末，稱頌范成大重修功績，表達收復中原的願望。

本文據篇末自署，當作於淳熙四年（一一七七）四月己卯（初十）日。時陸游在成都奉祠，主管台州崇道觀。

參考卷十四范待制詩集序、本卷籌邊樓記。

【校記】

① 栻，原作「拭」，據宋史改。

【箋注】

〔一〕郡國：漢初分天下爲郡和國，郡直屬中央，國分封諸王、侯，爲王國、侯國。至隋始廢國存郡。後以「郡國」泛指地方行政區劃。　譙門：建有瞭望樓的城門。漢書陳勝傳：「攻陳，陳守令皆不在，獨守丞與戰譙門中。」顔師古注：「譙門，謂門上爲高樓以望者耳。」通逵：

通途。謝靈運君子有所行：「密親麗華苑，軒蓋飾通逵。」侯牧：方伯，一方諸侯之長。此指地方行政長官。

〔二〕臺門：泛指高大之門。

〔三〕孟氏國：即孟知祥所建後蜀國，都成都。北宋乾德三年（九六五）發兵攻蜀，孟昶降宋，後蜀亡。霸國：謂其僭號稱國，雄霸一方。僭侈：過分奢侈。鹽鐵論授時：「故民饒則僭侈，富則驕奢，坐而委蛇，起而爲非，未見其仁也。」

〔四〕蔣堂（九八〇—一〇五四）：字希魯，常州宜興人。大中祥符進士。慶曆年間以樞密直學士知益州。宋史卷二九八有傳。築大閣曰銅壺：宋史蔣堂傳：「又建銅壺閣，其制宏敞，而材不預具，功既半，乃伐喬木於蜀先主惠陵、江瀆祠，又毁后土及劉禪祠，蜀人浸不悦，獄訟滋多。」

〔五〕吴栻：字碩道，甌寧（今福建建甌）人，熙寧進士。政和年間知成都府。清康熙甌寧縣志有傳。侈大：擴張，擴大。漢書霍光傳：「太夫人顯改光時所造塋制而侈大之。」雄傑閎深：雄偉特出，宏大深邃。

〔六〕趣令：促令，促成。緩期：推遲工期。此指根據情況施工。

〔七〕崇成：終成山立，如高山屹立不動。禮記玉藻：「立容，辨卑毋讇，頭頸必中，山立時行。」孔穎達疏：「山立者，若住立則嶷如山之固，不摇動也。」翬飛：典出詩小雅斯干：「如翬斯飛。」朱熹集傳：「其簷阿華采而軒翔，如翬之飛而矯其翼也。」後用以形容宫室宏大壯麗。　業然：高峻貌。

〔八〕狼狽：比喻艱難窘迫。後漢書任光傳：「更始二年春，世祖自薊還，狼狽不知所向，傳聞信都獨爲漢拒邯鄲，即馳赴之。」

〔九〕大合樂：指大宴賓客。合樂，諸樂合奏。儀禮鄉飲酒禮：「乃合樂。」鄭玄注：「謂歌樂與衆聲俱作。」

〔一〇〕廊廟：殿下屋和太廟，指朝廷。國語越語下：「謀之廊廟，失之中原，其可乎？王姑勿許也。」　成師：大軍。左傳宣公十二年：「且成師已出，聞敵强而退，非夫也。」　司并：司州、并州，均爲古州名。相傳大禹治洪水，劃分域内爲九州。今陝西中部、山西西南部及河南西部，稱司州，山西太原稱并州。　燕勞：設宴慰勞。　勒銘：鐫刻銘文。　無極：無窮盡，無邊際。左傳僖公二十四年：「女德無極，女怨無終。」

〔一一〕朝奉郎：宋代文臣階官名之二十二級，正七品。

彭州貢院記

國家三歲一貢士，天子先期爲下詔書，與郊祀天地埒〔一〕。及試於禮部，既中選矣，天子親御殿發策〔二〕，詢天下事，第其高下，又親御殿賜以科名，其禮可謂重矣。蓋以爲所與共代天理物〔三〕，而守宗廟社稷於無窮者，實在是也。然則郡國貢士，顧可不重耶？彭州舊無貢院，每科舉，輒寓佛祠〔四〕。祠乃在城外，士不以爲便。淳熙三年，知州事王公敦詩、通判州事鄧公樞，始采進士穆滂、陳仲山、楊倫、蘇松等議，取廢驛故地爲貢院。凡郡之士，奔走後先，肩袂相屬，甓堅材良，山積雲委〔五〕。自正月壬子至七月癸亥訖事，用緡錢萬五千六百有奇〔六〕，役工稱是①。重門大堂，高閎邃深，繚以修廡，沈沈翼翼，分職庀事，各有攸處〔七〕。既成，王公徙利州路轉運判官，書來屬予爲記。鄧公又繼以請。明年正月，朝奉大夫王公序來知州事，則又以請。予發書歎曰：俗壞久矣，上下相戾，後先相傾者〔八〕，天下皆是也。今彭之士大夫，與王公、鄧公謀同心協，若出一人，固已異矣。後王公事不出己〔九〕，而不忌其成，不揜其能，惟懼後之無傳，可不謂賢哉！使士之貢於朝而仕者，揆時之宜〔一〇〕，從人之欲，以舉萬事，如王公、鄧公；視人之善，若己有之，如後王公，則利澤被元元〔一一〕，勳業垂竹帛，將孰禦焉？士尚知所勉哉。四年五月丁未，朝散郎、主管台州崇道觀陸某記〔一二〕。

【題解】

貢院爲科舉中舉行考試的場所。彭州在成都北，始置於唐武后垂拱二年（六八六），宋代屬成都府路。彭州舊無貢院，淳熙三年始建成，知州、通判先後請記於陸游。本文爲陸游爲彭州貢院所作的記文，記述貢院創建始末，勉勵士大夫發揚「揆時之宜，從人之欲，以舉萬事」、「視人之善，若己有之」的精神。

本文據篇末自署，當作於淳熙四年（一一七七）五月丁未（初八）日。時陸游在成都奉祠，主管台州崇道觀。

【校記】

①「工」，原作「士」，據弘治本、正德本、汲古閣本改。

【箋注】

〔一〕貢士：地方向朝廷薦舉人才，此指科舉考試之常科。禮記射義：「諸侯歲獻，貢士於天子。」孔穎達疏：「諸侯三年一貢士於天子也。」郊祀：古代在郊外祭祀天地，南郊祭天，北郊祭地。漢書郊祀志下：「帝王之事莫大於承天之序，承天之序莫重於郊祀……祭天於南郊，就陽之義也；瘞地於北郊，即陰之象也。」埒：等同。

〔二〕發策：發出策問。古代考試將試題寫於簡策之上，稱爲策問，簡稱策。漢書公孫弘傳：「上乃使朱買臣等難弘置朔方之便。發十策，弘不得一。」顏師古注：「言其厲害十條，弘無以應之。」

〔三〕理物：指治民。班固白虎通誅伐：「王者承天理物，故率天下静，不復行役，扶助微氣，成萬物也。」

〔四〕佛祠：佛堂，奉祀佛像之處。

〔五〕山積雲委：如山之堆積，如雲之聚積。極言其多。

〔六〕緡錢：以千文結紮成串的銅錢。

〔七〕庀事：辦事。白居易除郎官分牧諸州制：「雖典曹庀事，其務非輕；而恤隱分憂，所寄尤重。」攸處：所處。

〔八〕相戾：指上下級不和諧，相違背。　相傾：指前後任不協調，相排擠。

〔九〕後王公：指新任知州王序。

〔一〇〕揆：估量，揣測。

〔一一〕利澤：利益恩澤。莊子天運：「利澤施於萬世，天下莫知也。」成玄英疏：「有利益恩澤，惠潤群生。」元元：百姓。戰國策秦策一：「制海内，子元元，臣諸侯，非兵不可。」高誘注：「元，善也，民之類善故稱元。」

〔一二〕朝散郎：宋代文臣階官名之二十一級，正七品。

撫州廣壽禪院經藏記

淳熙己亥冬十二月，予使江西，治在撫州〔一〕。其東是爲廣壽禪院，每出，輒過焉。僧守璞方爲輪藏〔二〕，予之始至也，巍屹立十餘柱，其上未瓦，其下未甃，其旁未垣，經未匭䈴〔三〕，其止山立，其作雷動，神呵龍負，可怖可愕，丹堊金碧，殆無遺功〔四〕。而守璞儼然燕坐，爲其徒説出世間法〔五〕，土木梓匠之問〔六〕，不至丈室，若未嘗有是役者。比明年冬十一月，予被命詣行在所，璞乃礲石乞予爲記〔七〕，予慨然語之曰：「子棄家爲浮屠氏，祝髮壞衣，徒跣行乞〔八〕，無冠冕、軒車、府寺以爲尊也，無官屬、胥吏、徒隸以爲奉也〔九〕，無鞭笞、刀鋸、囹圄、桎梏與夫金錢、粟帛、爵秩、禄位以爲刑且賞也〔一〇〕，其舉事宜若甚難。今顧能不動聲氣，於期歲之間〔一一〕，成此奇偉壯麗、百年累世之迹。予切怪士大夫操尊權，席利勢〔一二〕，假命令之重，耗府庫之積，而翫歲愒日〔一三〕，事功弗昭，又遺患於後，其視子豈不重可愧哉！」既諾其請，又具載語守璞者，以勵吾黨云。是月十九日，朝請郎、提舉江南西路常平茶鹽公事、賜緋魚袋陸某記〔一四〕。

【題解】

淳熙六年冬，陸游赴撫州任提舉江西常平茶鹽公事，撫州城東廣壽禪院正建造存放佛經的經藏。次年冬，陸游受命詣行在所，寺僧守璞請其爲經藏作記。本文爲陸游爲廣壽禪院經藏所作的記文，記叙建造過程，感慨浮屠氏執着信仰、不畏艱難的精神，抨擊士大夫貪圖爵禄、玩歲愒日的劣迹。

本文據篇中篇末自署，當作於淳熙七年（一一八〇）十一月十九日。時陸游在提舉江西常平茶鹽公事任上。

【箋注】

〔一〕淳熙己亥：即淳熙六年（一一七九）。撫州：今江西撫州。南宋屬江南西路，爲該路提舉常平司駐地。

〔二〕輪藏：可用機輪旋轉的存放佛經的書架，以及安置書架的建築。莊季裕雞肋編卷中：「又作輪藏，殊極么麽。」

〔三〕匭韣：裝入書匣。

〔四〕止：同「趾」。指建築的基座。神呵龍負：神龍負載呵護。丹堊金碧：塗紅刷白，點金著碧。指粉刷裝飾。堊，一種白色土。金碧，金黄合碧緑色。遺功：即遺巧，未盡其巧，没有充分發揮精美的技藝。曹鄴庭草詩：「庭草根自淺，造化無遺功。低回一寸心，不敢怨春風。」

〔五〕儼然：嚴肅莊重貌。論語堯曰：「君子正其衣冠，尊其瞻視，儼然人望而畏之。」燕坐：安坐。儀禮燕禮：「賓反入，及卿大夫皆説屨，升就席。」鄭玄注：「凡燕坐必説屨，屨賤不在堂也。」出世間法：又稱出世間道。佛教指出離有爲迷界的道法。

〔六〕梓匠：兩種木工。梓人造器具，匠人修建築。墨子節用中：「凡天下群百工，輪車鞼匏，陶冶梓匠，使各從事其所能。」

〔七〕礲石：指立碑。皮日休鄙孝議下：「所在之州鄙，礲石峨然。」

〔八〕祝髮：削髮出家。新唐書楊元琰傳：「敬暉等爲武三思所構，元琰知禍未已，乃詭計請祝髮事浮屠，悉還官封。」壞衣：即袈裟。僧尼避用五種正色和間色，故僧衣皆用壞色染成，因名壞衣。壞色指青、黑、木蘭（樹皮）。梅堯臣乾明院碧鮮亭詩：「壞衣削髮遠塵垢，蛇祖龍孫生屋後。」徒跣：赤足。禮記喪問：「親始死，雞斯徒跣。」陳澔集説：「徒跣，無屨而空跣也。」

〔九〕徒隸：刑徒奴隸，服役的犯人。管子輕重乙：「今發徒隸而作之，則逃亡而不守。」

〔一〇〕爵秩：即爵禄。史記商君列傳：「明尊卑爵秩等級，各以差次名田宅。」禄位：俸禄和爵次，泛指官位俸禄。周禮天官大宰：「四曰禄位，以馭其士。」鄭玄注：「禄，若今之月俸也；位，爵次也。」

〔一〕期歲：指一年。唐摭言芳林十哲：「秦韜玉……爲田令孜擢用，未期歲，官至丞郎，判鹽鐵，特賜及第。」

〔二〕利勢：利益和權勢。韓非子八奸：「示之以利勢，懼之以患害。」

〔三〕翫歲愒日：指貪圖安逸，虛度歲月。左傳昭公元年：「趙孟將死矣。主民，玩歲而愒日，其與幾何！」漢書引此言，顔師古注：「玩，愛也；愒，貪也。」

〔四〕朝請郎：宋代文臣階官名之二十級，正七品。

成都犀浦國寧觀古楠記

予在成都，嘗以事至沉犀〔一〕，過國寧觀，有古楠四，皆千歲木也。枝擾雲漢，聲挾風雨，根入地不知幾百尺，而陰之所庇，車且百兩。正晝〔二〕，日不穿漏。夏五六月，暑氣不至，凜如九秋。成都固多壽木〔三〕，然莫與四楠比者。予蓋愛而不能去者彌日。有石刻立廡下，曰是仙人䕫君手植。予歎曰：「神仙至人，手之所觸，氣之所呵，羸疾者起，盲瞶者愈〔四〕，榮茂枯朽，而金玉瓦石不難〔五〕，況其親所培植哉？久而不槁不死，固宜。」欲爲作詩文，會多事，不果，嘗以語道人䕫昌老真叟以爲恨〔六〕。予既去蜀三年，而昌老以書萬里屬予曰：「國寧之楠，幾伐以營繕〔七〕，郡人力全之，僅乃得免。懼卒不免也，君爲我終昔意。」予發書，且歎且喜。夫勿翦憩棠，恭敬桑梓〔八〕，愛其人及其木，自古已然。姑以蜀事言之，則唐節度使取孔明祠柏一小枝爲手板，書於圖志，今見非詆〔九〕。蔣堂守成都，有美政，止以築銅壺閣，伐江瀆廟一木，坐謡言罷〔一〇〕，亦書國史。且王建、孟知祥父子〔一一〕，專有西南，窮土木之侈，沉犀近在國城數十里間，而四楠不爲當時所取，彼猶有畏而不敢者。況今聖主以恭儉化天下，有夏禹卑宫室、漢文罷露臺之風〔一二〕，專閫方面〔一三〕，皆重德偉人，豈其殘滅千歲遺迹，侈大棟宇，爲王、孟之所難哉？意者特出於吏胥梓匠，欺罔專恣〔一四〕，以自爲功而已。使有以吾文告之者，讀未終篇，禁令下矣。然則其可不書？淳熙九年六月一日，朝奉大夫、主管成都府玉局觀山陰陸某記〔一五〕。

【題解】

犀浦爲古縣名。元和郡縣志卷三一載：「犀浦縣，本成都縣之界，垂拱二年分置犀浦縣，昔蜀守李冰造五石犀沉之於水以壓怪，因取其事爲名。」浦爲水濱，犀浦指沉石犀之浦。北宋熙寧五年（一〇七二）廢爲鎮。今爲成都西郊郫縣東南之犀浦鎮。陸游在成都時，曾參觀過犀浦國寧觀四株千歲古楠。離蜀三年後，觀内道人爲保護古楠，萬里寄書陸游請記。本文爲陸游爲國寧觀古楠所作的記文，追述古楠風采和傳説，引用故事闡述「勿剪憩棠，恭敬桑梓」、愛人及木的道理。

本文據篇末自署，當作於淳熙九年（一一八二）六月一日。時陸游奉祠家居，主管成都府玉局觀。

【箋注】

〔一〕沉犀：戰國秦李冰造石犀五頭，沉於水以鎮水怪。水經注江水一載李冰沉石犀故址，在今四川犍爲西南五里。

〔二〕正晝：即大白天。晏子春秋内篇雜上：「景公正晝被髮，乘六馬，御婦人以出正閨。」

〔三〕壽木：樹齡長久的樹木。吕氏春秋本味：「菜之美者，崑崙之蘋，壽木之華。」高誘注：「壽木，崑崙山上木也。華，實也。食其實者不死，故曰壽木。」

〔四〕羸疾：痼疾，久治不愈之病。南史陶潛傳：「遂抱羸疾。江州刺史檀道濟往候之，偃卧瘠餒有日矣。」盲聵：眼瞎耳聾。秦觀進策主術：「任政事之臣而忽諫官，略御史，猶股肱便利而耳目盲聵也。」

〔五〕「榮茂」二句：指神仙使枯朽變榮茂，瓦石變金玉不難。

〔六〕真叟：蘧昌老字真叟。卷二八跋蔡肩吾所作蘧府君墓誌銘：「蘧昌老字真叟，亦佳士，蓋與肩吾爲方外友云。」

〔七〕幾伐以營繕：幾乎被砍伐用以建造宫室。

〔八〕勿翦憩棠：不要砍伐召公休憩其下的棠樹，比喻地方官的德政。參見卷一嚴州到任謝表注

〔一五〕。恭敬桑梓：要恭敬鄉親父老。語本詩小雅小弁：「維桑與梓，必恭敬之。」朱熹集注：「桑梓二木，古者五畝之宅，樹之牆下，以遺子孫給蠶食、具器用者也……桑梓父母所植。」

〔九〕今見非詆：至今被非議詆毁。

〔一〇〕「蔣堂」五句：參見本卷銅壺閣記注〔四〕。

〔一一〕王建（八四七—九一八）：字光圖，許州舞陽（今河南舞陽）人，五代十國時期前蜀開國皇帝。舊五代史卷一三六、新五代史卷六三、十國春秋卷三五、三六均有傳。孟知祥父子：孟知祥（八七四—九三四），字保胤，邢州龍岡（今河北邢臺）人，五代十國時期後蜀開國皇帝。舊五代史卷一三六、新五代史卷六四、十國春秋卷四八均有傳。孟昶（九一九—九六五），字保元，孟知祥第三子，後蜀末代皇帝。舊五代史卷一三六、新五代史卷六四、宋史卷四百七十九均有傳。

〔一二〕夏禹卑宮室：史記夏本紀：「卑宮室，致費於溝淢。」漢文罷露臺：史記孝文本紀：「孝文帝從代來，即位二十三年，宮室苑囿狗馬服御無所增益，有不便，輒弛以利民。嘗欲作露臺，召匠計之，直百金。上曰：『百金中民十家之産，吾奉先帝宮室，常恐羞之，何以臺爲！』」

〔一三〕專閫：專主京城以外大權。此指將帥在外統軍。語本史記張釋之馮唐列傳：「臣聞上古王者之遣將也，跪而推轂，曰：閫以内者，寡人制之；閫以外者，將軍制之。軍功爵賞皆決於外，歸而奏之。」裴駰集解引韋昭曰：「此郭門之閫也。門中橛曰閫。」

〔一四〕吏胥：官府中小吏。梓匠：木工。參見本卷撫州廣壽禪院經藏記注〔六〕。欺罔：欺騙蒙蔽。語本論語雍也：「可欺也，不可罔也。」專恣：專橫放肆。

〔一五〕朝奉大夫：宋代文臣階官名之十九級，從六品。

書巢記

陸子既老且病，猶不置讀書〔一〕，名其室曰「書巢」。客有問曰：「鵲巢於木，巢之遠人者；燕巢於梁，巢之襲人者。鳳之巢，人瑞之；梟之巢，人覆之。雀不能巢，或奪燕巢，巢之暴者也。鳩不能巢，伺鵲育雛而去，則居其巢〔二〕，巢之拙者也。上古有有巢氏〔三〕，是爲未有宫室之巢。堯民之病水者，上而爲巢，是爲避害之巢。前世大山窮谷中，有學道之士，棲木若巢〔四〕，是爲隱居之巢。近時飲家者流，或登木杪〔五〕，酣醉叫呼，則又爲狂士之巢。今子幸有屋以居，牖户墻垣，猶之比屋也〔六〕，而謂之巢，何耶？」陸子曰：「子之辭辯矣，顧未入吾室。吾室之内，或棲於櫝，或陳於前，或枕藉於床〔七〕，俯仰四顧，無非書者。吾飲食起居，疾痛呻吟，悲憂憤歎，未嘗不與書俱。賓客不至，妻子不覿，而風雨雷雹之變，有不知也。間有意欲起，而亂書圍之，如積槁枝，或至不得行，則輒自笑曰：此非吾所謂巢者耶？」乃引客就觀之。客始不能入，既入，又不能出，乃亦大笑曰：「信乎其似巢也。」客去，陸子歎曰：「天下之事，聞者不如見者知之爲詳，見者不如居者知之爲盡。吾儕未造夫道之堂奥，自藩籬之外而妄議之，可乎〔八〕？」因書以自警。淳熙九年九月三日，甫里陸某務觀記。

【題解】

本文爲陸游爲自己的書室所作的記文，假借陸子與客問答，形象記述了自己的讀書生活，并引申出要突破藩籬，造夫堂奥，努力探索道之精深處的旨趣。

本文據篇末自署，當作於淳熙九年（一一八二）九月三日。時陸游奉祠家居，主管成都府玉局觀。

【箋注】

〔一〕不置：不舍，不止。嵇康與山巨源絶交書：「足下若嬲之不置，不過欲爲官得人，以益時用耳。」

〔二〕「鳩不能」三句：詩經召南鵲巢：「維鵲有巢，維鳩居之。」毛傳：「鳲鳩不自爲巢，居鵲之成巢。」

〔三〕有巢氏：傳説中巢居的發明者。韓非子五蠹：「上古之世，人民少而禽獸衆，人民不勝禽獸蟲蛇。有聖人作，構木爲巢以避群害，而民悦之，使王天下，號曰有巢氏。」

〔四〕棲木若巢：皇甫謐高士傳：「巢父者，堯時隱人也。山居不營世利，年老。以樹爲巢而寢其上，故時人號曰巢父。」

〔五〕飲家者流：狂飲之輩。木杪：樹梢。謝靈運山居賦：「蹲谷底而長嘯，攀木杪而哀鳴。」

〔六〕比屋：所居屋舍相鄰。三國志杜畿傳「荀彧進之太祖」，裴松之注引傅子：「畿自荆州還，後至許，見侍中耿紀，語終夜。尚書令荀彧與紀比屋，夜聞畿言，異之……遂進畿於朝。」

〔七〕櫝：木櫃，書櫥。枕藉：物體縱横相枕，多而雜亂。班固西都賦：「禽相鎮壓，獸相枕藉。」

〔八〕吾儕：我輩。左傳宣公十一年：「吾儕小人，所謂取諸其懷而與之也。」造：去，到。堂奥：深處。比喻深奥的義理。棗腆答石崇：「竊睹堂奥，欽蹈明規。」藩籬：比喻界域，境界。蘇軾和寄天選長官：「藩籬吾未窺，敢議窮閫奥。」

景迂先生祠堂記

明州船場新作故侍讀晁公祠成〔一〕，監場事襄陽王君鈆，因通判州事丹陽蘇君玭，移書某爲之記。自春徂秋，凡十許書，請不倦。某於公爲彌甥，方踉蹌學步時，已獲拜公〔二〕，則今於爲記，誠不當以薄陋辭。謹按公諱説之，字以道，一字伯以父〔三〕，自號景迂生。元豐、元祐間，已爲知名士。崇寧後，坐上書邪等，斥不得立朝臨民，故連爲祠廟管庫吏〔四〕。其爲船場，則大觀、政和間也。寓舍直桃華渡〔五〕，而官寺有亭曰超然。公方爲世僇人〔六〕，士夫遇諸途，噤莫敢語，况有拜牀下者。簿書稍暇，則以讀書爲樂，時時見於文章，如汪伯更哀辭、祭鄒忠公文，皆傳天下。亦間與爲佛學者延慶明智師遊，論著所謂天台教〔七〕，至今其徒以爲重。雖然，此猶未足言公也。公之學深且博矣，於易，自商瞿下至河南邵先生〔八〕；於書，自伏生下至泰山姜先生〔九〕；於詩，雜以齊、魯、韓三家，不梏於毛、鄭〔一〇〕；於春秋，考至賈誼、董仲舒，不膠於啖、趙〔一一〕。其所引據，多先秦古書，藏山埋冢之秘，卓乎獨立，確乎自信，雖引天下而與之争不能奪。卒成一家之説，與諸儒並傳〔一二〕。向非擯斥疏置於荒遠寂寞之地，如在役工時①，則雖公之敏，此功未易成也。於虖！士之棄日，豈皆馳騖於富貴功名哉？弊精神於事爲之末，謀衣食於涯分之外〔一三〕，忽焉不知老之至者多矣。登堂而望公之風采，讀記而稽公之學術，其亦可自省哉！公之文章本一百卷，中原喪亂後，其家復集之，益以南渡至歿時所作，纔得六十卷，而士大夫猶未盡見也。郡人能言公舊事者曰：「一日，部使者來治船事，訴責甚峻〔一四〕。公從容對曰：『船待木乃成，木非錢不可致。今無錢致木，則無船適宜。』使者爲發愧去〔一五〕。」觀公平生大節，一言折庸人之驕，蓋不足書，而郡人所願書，故亦不敢略云。淳熙十年九月丁丑，朝奉大夫、主管成都府玉局觀山陰陸某記并書。

【題解】

景迂先生，即晁説之（一〇五九—一一二九），字以道，一字伯以。參見卷十四晁伯咎詩集序注〔一〕。晁説之早游司馬光門下，仰慕其爲人，因司馬光晚號迂叟，故自號景迂生。他於元豐、元祐年間早有文名，與蘇軾及蘇門弟子多有交遊。因被列入「元符上書籍」，大觀四年（一一一〇）被貶監明州船場。七十年後，明州船場新建晁公祠堂，以爲紀念，監場事、州通判十餘次移書陸游請記。本文爲陸游爲明州船場晁説之祠堂所作的記文，記叙晁公在船場軼事，高度評價晁公學術「卓乎獨立」，「成一家之説」。

本文據篇末自署，當作於淳熙十年（一一八三）九月丁丑（十五）日。時陸游奉祠家居，主管成都府玉局觀。

參考卷十四晁伯咎詩集序、卷三十跋諸晁書帖及老學庵筆記卷七「先夫人幼多在外家晁氏」條。

【校記】

①「役工」，弘治本、正德本、汲古閣本作「船場」。

【箋注】

〔一〕明州船場：明州即今浙江寧波，爲宋代沿海貿易通商重地，并是建造海船的重要基地，史稱「四明船場」或「明州船場」。侍讀：晁説之於南宋建炎元年被召至行在，除徽猷閣待制兼侍讀，建炎三年卒。

〔二〕「某於」三句：陸游是晁公的遠房外甥，幼年學步時（靖康間和建炎初），曾親見晁公。山陰陸氏與巨野晁氏有姻親關係，陸游外祖母是晁沖之之姊，墓碑則爲晁説之所作，而沖之和説之爲堂兄弟。彌甥，遠甥。左傳哀公二十三年：「以肥之得備彌甥也。」杜預注：「彌，遠也。康子父之舅氏，故稱彌甥。」

〔三〕伯以父：伯以爲字，「父」爲古代對有才德的男子的美稱，多附綴於表字後面。

〔四〕「崇寧」四句：指晁説之曾在元符三年（一一〇〇）四月上應詔封事，崇寧元年（一一〇二）因此入「元符上書籍」，説之居「邪中」等第，著籍刑部，禁入京城，累爲小吏。晁氏世譜節録卷二十：「坐元符應詔上書，得監嵩山中嶽廟、陝州集津倉。」

〔五〕直：正對。説文：「直，正見也。」

〔六〕僇人：指當加刑戮之人，後泛指罪人。韓非子制分：「故其法不用，而刑罰不加乎僇人。」

〔七〕「亦間」兩句：延慶明智，天台宗高僧，俗姓陳，明州鄞（今浙江寧波）人。依延慶智廣學法。擅論辯説法，多有著述。晁説之爲作宋故明州延慶明智法師碑銘。天台教，即佛教天台宗。因創始人智顗常住浙江天台山而得名。其教義主要依據妙法蓮華經，故亦稱法華宗。天台宗盛行於唐，衰於五代，至宋復興。

〔八〕商瞿（前五二二—？）：字子木，春秋末年魯國人，小孔子二十九歲，喜好易經。史記仲尼弟子列傳：「孔子傳易於瞿，瞿傳楚人馯臂子弘。」河南邵先生：即邵雍（一〇一一—一〇七七），字堯夫，生於范陽，隨父卜居河南，遂爲河南人。少有志，喜刻苦讀書并遊歷天下。師從李之才學河圖洛書與伏羲八卦，著皇極經世、觀物内外篇、先天圖等，成其象數之學。皇祐元年定居洛陽，以教授爲生，司馬光兄事之。仁宗、神宗時兩度被舉，均稱疾不赴。卒謚康節。宋史卷四二七有傳。

〔九〕伏生（前二六〇—前一六一）：一作伏勝。西漢濟南人。曾爲秦博士。秦焚書時，於壁中藏尚書，漢初以教齊魯之間。文帝時求能治尚書者，以年九十餘老不能行，乃使晁錯往受之。西漢今文尚書學者皆出其門。史記卷一二一、漢書卷八八有傳。泰山姜先生：即姜潛，字至之，兖州奉符（今山東寧陽）人。北宋學官，曾從石介讀易徂徠山中。出仕任國子監直講、韓王宮伴讀、陳留令等，棄官歸徂徠山築讀易堂，教授生徒。與當時學者、文人多有交遊，晁説之曾拜其門下。

〔一〇〕齊、魯、韓三家：即齊人轅固、魯人申培、燕人韓嬰，三家於西漢時并立學官傳授詩經，均屬今文經，魯學最盛。後三家詩漸亡，僅存韓詩外傳。梏：古代指手銬。引申爲束縛。毛、鄭：毛即魯人毛亨（大毛公）、趙人毛萇（小毛公），二人亦爲西漢傳詩經者，毛詩爲古文經。鄭玄字康成，東漢末年經學大師，治學以古文經學爲主，兼采今文經説。

〔一一〕膠：膠着，拘泥。啖、趙：即啖助、趙匡。啖助（七二四—七七〇）字叔佐，趙州（今河北趙縣）人。趙匡（生卒年不詳）字伯循，河東（今山西永濟）人。二人均爲唐代經學家，長於春秋學。

〔一二〕與諸儒並傳：清人黃宗羲宋元學案卷二二有景迂學案（全祖望補述）。

〔一三〕事爲：指工藝技術。禮記王制：「八政：飲食、衣服、事爲、異别、度、量、數、制。」鄭玄注：「事爲，謂百工技藝也。」涯分：限度，本分。隋書董純傳：「先帝察臣小心，寵逾涯分。」

〔一四〕垢責：辱罵責備。

〔一五〕發愧：感到慚愧。

圜覺閣記

淳熙十年某月某日，徑山興慶萬壽禪寺西閣落成〔一〕。會是歲某月某日，詔賜住持僧寶印御注圓覺經〔二〕，且命其爲之序①。於是道俗咸曰：「賜經與閣成同時，宜榜曰『圓覺』之閣，且刻石以侈盛事〔三〕。」於是又咸曰：「陸某宜爲記。」寶印以衆言來諭某於山陰大澤中，某蹴然不敢辭〔四〕。恭惟聖天子以聰明睿智之資，體堯蹈舜〔五〕，深造道妙，悟一心於萬法之中，既已博極皇墳帝典、羲圖魯史之秘〔六〕，而象胥所傳，木葉旁行，亦莫不究極〔七〕。以大圓覺爲我世界〔八〕，悼士之陋，多岐私智，昧乎大同〔九〕，乃以萬機之餘〔一〇〕，親御訓釋。凡十二士之所問〔一一〕，調御之所説〔一二〕，佛陀波羅之所譯〔一三〕，宗密之所注〔一四〕，裴休之所言〔一五〕，皆冰釋縷解於宸筆之下〔一六〕。十日并照〔一七〕，物無遁形；百川東歸，海無異味。如既望月〔一八〕，無有缺減；如大寶鏡〔一九〕，莫不照了。東夷南蠻，西戎北狄，霜露所墜，日月所照，莫不共此大圓覺中。魯之逢掖，楚之黄冠，竺乾之染衣祝髮，平時相與爲矛盾、爲冰炭者〔二〇〕，亦莫不共在此大圓覺中。不偏不欠，不迷不謬，垂之千萬億世，亦莫不然。而寶印以山林枯槁之士，名徹九重，得以大覺禪師懷璉入侍仁宗皇帝故事〔二一〕，覲清光〔二二〕，承聖問，受好賜，序巨典。又此閣壯麗，首冠一山，費至三十萬錢。其落成也，適當賜經之時，山川動色，神龍踴躍，於虖盛哉！方閣之未建也，東偏有千僧閣。紹興中，大慧禪師宗杲〔二三〕，法門之傑，方住山時，衆溢千數，故以是名閣。然自今觀之，雖阿僧祇衆〔二四〕，猶爲有限量也，豈若圜覺之廣大無邊也哉！顧某衰且病，學問廢落，文思局澀，而名山盛事，本末閎闊，非區區筆力所能演述，實以爲愧懼云。淳熙十年十一月十四日，朝奉大夫、主管成都府玉局觀陸某記。

【題解】

圜覺閣，爲徑山興慶萬壽禪寺之西閣。圜覺，即圓覺，佛教語，指佛家修成圓滿正果的靈覺之道。淳熙十年二月，西閣落成之時，恰逢宋孝宗向住持僧寶印賜其所撰御注圜覺經。西閣遂命名爲圜覺閣，寶印向陸游求記。本文爲陸游爲圜覺閣所作的記文，記述圜覺閣命名始末，稱頌孝宗「深造道妙」，闡發佛教大圜覺之廣大無邊。

本文據篇末自署，當作於淳熙十年（一一八三）十一月十四日。時陸游奉祠家居，主管成都府玉局觀。

參考卷四十別峰禪師塔銘。

【校記】

①諸本均作「某」字，與文義不合，當爲「其」字，形近而誤。明河補續高僧傳卷十別峰印禪師傳：「（淳熙）十年二月，上製圓覺經註，遣使馳賜，且命作序。」蓋孝宗賜寶印御注圜覺經，并命其作

序，而非命陸游作序。文中亦有稱寶印「覲清光，承聖問，受好賜，序巨典」。今據以改爲「其」。

【箋注】

〔一〕徑山興慶萬壽禪寺：在今浙江杭州餘杭長樂鎮。徑山寺創建於唐代天寶年間，代宗大曆三年（七六八）下詔建造。南宋建炎四年（一一三〇）始興「臨濟宗」，道譽日隆，爲江南五大禪院之首。規模宏大，有寺僧一千七百餘衆，寺廟建築一千餘間。孝宗爲題「徑山興慶萬壽禪寺」額。樓鑰撰有徑山興慶萬壽禪寺記。

〔二〕寶印（一一〇九—一一九〇）：字坦叔，號別峰，俗姓李，嘉州（今四川樂山）人。幼通六經及百家之説，師從禪宗高僧圜悟和密印，歷主峨眉中峰寺、金陵保寧寺、鎮江金山寺、明州雪竇寺、餘杭徑山寺等。卒謚慈辯，塔名智光。陸游攝知嘉州時，常與之遊，并在寶印卒後爲其撰別峰禪師塔銘。圜覺經：全稱大方廣圜覺修多羅了義經，唐佛陀多羅譯。

〔三〕侈：誇大，張揚。

〔四〕蹵然：亦作蹙然。驚慚不安貌。莊子德充符：「子産蹵然改容更貌曰：『子無乃稱！』」成玄英疏：「蹵然，驚慚貌也。」

〔五〕體堯蹈舜：體悟、遵循堯舜聖君之道。

〔六〕皇墳帝典：即三墳五典，三皇五帝時代的古書。文選張衡東京賦：「昔常恨三墳五典既泯，仰不睹炎帝、帝魁之美。」薛綜注：「三墳，三皇之書也；五典，五帝之書也。」羲圖魯史」：伏羲時的河圖和魯國的史書。書顧命「河圖」，孔安國傳：「伏羲王天下，龍馬出河，遂則其文以畫八卦，謂之河圖。」杜預春秋經傳集解序：「仲尼因魯史策書成文，考其真僞，而志其典禮。」

〔七〕象胥：古代接待四方使者的官員，亦指翻譯人員。周禮秋官象胥：「掌蠻、夷、閩、貉、戎、狄之國使，掌傳王之言而諭説，以和親之。」木葉旁行：指佛經。木葉即貝葉，古印度用以寫經的樹葉。旁行，横寫，佛經爲横寫。

〔八〕大圓覺：廣大圓滿的覺悟，亦即佛的大智。世界：佛教語，如言宇宙。世指時間，界指空間。楞嚴經卷四：「何名爲衆生世界？世爲遷流，界爲方位。汝今當知，東、西、南、北、東南、西南、東北、西北、上、下爲界，過去、未來、現在爲世。」

〔九〕多岐：多岔道，指目標不專一，岐，同「歧」。列子説符：「楊子之鄰人亡羊，既率其黨，又請楊子之豎追之。楊子曰：『嘻！亡一羊何追者之衆？』鄰人曰：『多歧路。』既反，問：『獲羊乎？』曰：『亡之矣。』曰：『奚亡之？』曰：『歧路之中又有歧焉，吾不知所之，所以反也。』」私智：指偏私的識見。管子禁藏：「故國多私勇者其兵弱，吏多私智者其法亂。」尹知章注：「私智則營己而背公，故多亂。」昧：不明，暗。大同：指與天地萬物融合爲一。莊子在宥：「頌論形軀，合乎大同，大同而無己。」郭象注：「其形容與天地無異。」

〔一〇〕萬機：形容政事繁忙。書皋陶謨：「兢兢業業，一日二日萬機。」

〔一〕十二士之所問：圓覺經共有十二章，主要内容是釋迦牟尼佛回答文殊菩薩、普賢菩薩、普眼菩薩、金剛藏菩薩、彌勒菩薩、清浄慧菩薩、威德自在菩薩、辯音菩薩、浄諸業障菩薩、普覺菩薩、圓覺菩薩和賢善首菩薩就有關修行菩薩道所提出的問題，宣説如來圓覺的妙理和方法。

〔二〕調御：佛教語，「調御丈夫」的省稱。佛十個名號之一，指佛能調御一切可度的丈夫，使他們發心修道。

〔三〕佛陀波羅：亦作佛陀多羅，漢語譯覺救，北天竺罽賓人。在洛陽白馬寺譯出大方廣圓覺了義經。

〔四〕宗密（七八〇—八四一）唐代僧人，世稱圭峰禪師，華嚴宗五祖。俗名何炯。果州西充（今四川西充）人。曾第進士，於遂州從道圓禪師出家受教。精研圓覺經，著有圓覺經大疏十二卷、圓覺經大疏釋義鈔十三卷、圓覺略疏科一卷、圓覺經道場修證儀十八卷等。

〔五〕裴休（七九一—八六四）：字公美，唐代河内濟源（今河南濟源）人。官至宰相。善文章，工書。虔信佛教，曾隨圭峰宗密禪師學習華嚴宗，圭峰有所著述，均請其撰序，有圓覺經序、華嚴經法界序等。

〔六〕宸筆：帝王的親筆。

〔七〕十日并照：神話傳説天有十日并現。莊子齊物論：「昔者十日并出，萬物皆照，而況德之進乎日者乎！」

〔一八〕既望月：指滿月。農曆十五爲望，十六爲既望。
〔一九〕大寶鏡：佛教指至寶之明鏡。
〔二〇〕逢掖：寬大的衣袖，儒生所穿之衣，此指儒者。禮記儒行：「丘少居魯，衣逢掖之衣；長居宋，冠章甫之冠。」黄冠：道士之冠，借指道士。竺乾之染衣祝髮：指天竺國的佛徒。竺乾，天竺，古印度的别稱。染衣，僧人所穿染成黑色的緇衣。祝髮，削髮出家。冰炭：冰塊和炭火相互衝突，不能相容。
〔二一〕大覺禪師：宋仁宗皇祐年間詔請廬山僧懷璉入京，召對化成殿，問佛法大意，賜號大覺禪師，親書頌詩十七首賜之。詳見蘇軾宸奎閣碑。
〔二二〕清光：指帝王的容顔。漢書晁錯傳：「今執事之臣皆天下之選已，然莫能望陛下清光，譬之猶五帝之佐也。」
〔二三〕大慧禪師宗杲（一〇八九—一一六三）：字曇晦，號妙喜，又號雲門。俗姓奚，宣州寧國（今安徽寧國）人。紹興七年經張浚舉薦入主徑山法席，十年建千僧閣，解決坐夏僧住宿，李邴撰有千僧閣記。
〔二四〕阿僧衹：梵語譯音，意譯爲「無數」。

能仁寺捨田記

淳熙十三年三月乙巳，承節郎河東薛純一詣紹興府〔一〕，自言生長太平，蒙被德澤，念亡益縣官，不勝慺慺報國之心〔二〕，願以家所有山陰田千一百畝，歲爲米千三百石有奇，入大能仁禪寺，祝兩宫聖壽〔三〕。安撫使龍圖丘公視牒異之〔四〕，問所以然。純一曰：「昔漢卜式上書，願輸家財半助邊，且曰：『天子誅匈奴，愚以爲賢者宜死節，有財者而輸之，如此可滅也〔五〕。』今天子垂拱穆清，北虜讋服〔六〕，歲時奉貢，純一弗獲傾貲，備軍興一日費〔七〕，故因像教爲兩宫祈年〔八〕，誠愚戇不識法令，罪死不宥。願言之朝，即伏斧鑕，不敢悔。」於是龍圖公嘉其意，爲上尚書户部〔九〕。純一乃因寺之住持僧子昕來告予，請撰次本末爲記。予辭謝不可，則語之曰：「子雖列在勇爵〔一〇〕，曩嘗舉進士，試禮部，繼今能益修其業，以自致於顯榮，則所以報國者，豈若是而已。雖然，是已足以勵風俗，助教化，使貪冒者廉，怠忽者奮，享禄賜而忘報者愧〔一一〕，豈不可書也哉？」田之頃畝、賦役，及別以錢權其子本，以待凶歲〔一二〕，則具書於碑陰，俾後有考焉。五月十三日記。

【題解】

能仁寺，即大能仁禪寺，據嘉泰會稽志卷七載，在紹興府南二里一百四步。初爲晉許詢舍宅建，號祇園寺。唐會昌廢。吴越王錢鏐時，觀察使錢儀復建，號圓覺寺。宋咸平六年改賜承天寺。政和七年改名能仁寺。同年，又敕改神霄玉清萬壽宫。南宋建炎年間，遷長生太君像於天真觀，復能仁寺。爲别於能仁院，稱大能仁寺。舍田，指施捨田産入寺院作爲功德。淳熙十三年三月，河東薛純一將山陰田産一千一百畝舍入能仁寺，爲兩宫祝壽，并請陸游爲舍田事作記。本文爲陸游爲薛純一舍田能仁寺所作的記文，記述其舍田本末，肯定其言行「勵風俗，助教化」的作用。

本文據篇末自署，當作於淳熙十三年（一一八六）五月十三日。時陸游已發表知嚴州，尚未到任。

【箋注】

〔一〕承節郎：宋代武臣階官名之五十二級，從九品。　河東：宋初所設十五路之一，治并州（今山西太原），轄境相當於今山西西南一帶。

〔二〕縣官：此指朝廷，官府。史記孝景本紀：「令内史郡不得食馬粟，没入縣官。」　慺慺：恭謹貌。後漢書楊賜傳：「老臣過受師傅之任，數蒙寵異之恩，豈敢愛惜垂没之年，而不盡其慺慺之心哉。」

〔三〕兩宫：指太上皇和皇帝，因其各居一宫，故稱兩宫。此指宋高宗和宋孝宗。

〔四〕安撫使：指兩浙東路安撫使。　龍圖：即龍圖閣學士。　丘公：指丘崈。嘉泰會稽志卷三：「丘崇，淳熙十三年正月以朝請大夫直龍圖閣權發遣。十四年四月除兩浙轉運副使。」丘崈，宋史卷三九八有傳。

〔五〕卜式：西漢大臣，河南人。以牧羊致富。武帝時，曾上書朝廷，願以家財之半捐公助邊。帝欲授以官職，辭而不受。又以二十萬錢救濟家鄉貧民。朝廷召拜爲中郎，仍布衣爲皇家牧羊於山中。官至御史大夫。事見漢書卷五八卜式傳。

〔六〕垂拱：指垂衣拱手，無爲而治。穆清：指太平祥和。蔡邕釋誨：「夫子生穆清之世，秉醇和之靈。」讋服：畏懼服從。漢書項籍傳：「諸將讋服，莫敢枝梧。」

〔七〕傾貲：傾囊。軍興：指徵集財物以供軍用。周禮地官旅師「平頒其興積」，鄭玄注：「縣官徵聚物曰興，今云軍興是也。」

〔八〕像教：即像法，泛指佛法。劉得仁送智玄首座歸蜀中舊山：「像教得重興，因師説大乘。」

〔九〕尚書户部：即户部尚書，掌管土地、户籍、賦税、財政收支等事務。祈年：指祈禱長壽。

〔一〇〕勇爵：指武將。左傳襄公二十一年：「莊公爲勇爵，殖綽、郭最欲與焉。」杜預注：「設爵位以命勇士。」

〔一一〕貪冒：貪得，貪圖財利。左傳成公十二年：「諸侯貪冒，侵欲不忌。」怠忽：怠惰玩忽。書周官：「蓄疑敗謀，怠忽荒政。」孔安國傳：「怠惰忽略，必亂其政。」禄賜：禄賞。漢書貢禹傳：「禄賜愈多，家日以益富，身日以益尊。」

〔一二〕子本：利息和本金。韓愈柳子厚墓誌銘：「其俗以男女質錢，約不時贖，子本相侔，則没爲奴婢。」凶歲：凶年，荒年。孟子告子上：「富歲，子弟多賴；凶歲，子弟多暴。」

常州開河記

隋疏大渠，自今京口、毗陵、姑蘇、嘉興以抵於臨安，初以備巡幸，而後世因爲漕運大利，故得不廢〔一〕。渠貫毗陵城中，徐行東注，獨南水門受荆溪之水，爲惠明河，釃爲二股〔二〕，皆會於金斗門。慶曆中，太守國子博士李公餘慶始疏顧塘河，益引惠明水注之漕渠〔三〕。顧塘地勢在漕渠後，故俗又謂之後河。崇寧初，太守給事中朱公彦復增濬之〔四〕。方是時，毗陵多先生長者，以善俗進後學爲職〔五〕，故儒風蔚然，爲東南冠。及余公中、霍公端友，皆策名天下士第一〔六〕，則説者遂歸之後河，曰：「是爲東南文明之地。」鄒忠公方居鄉，士所尊事而化服者〔七〕，忠公避不敢居，因以後河實之，而爲作記。淳熙十四年，今太守林公下車逾年〔八〕，既尊禮其諸老先生，延見其秀民，所以表勵風俗而激勸儒學者，日夜不敢少怠。弦歌之盛，殆軼於承平時矣〔九〕。而或以後河告者，亦不廢也。後河自崇寧後，不治者積數十年，中更兵亂，民積瓦礫，及冶家棄滓，故地益堅确〔一〇〕。夏六月，林公乃搜閒卒，捐羨金〔一一〕，分命其屬治之。

不淹旬〔一二〕，渠復故道，袤若干，深若干，修若干〔一三〕。乃以書屬予曰：「願記其事。」予謂渠之興，自爲一郡之利，不必爲士之舉有司者設〔一四〕。然城南衣冠，以杜固鑿而頓減〔一五〕，則後河成廢，與士之舉有司者相爲盛衰，亦自有理。太王遷岐，成王都洛，皆觀川原，咨卜筮，其由來蓋尚矣〔一六〕，則林公兼取焉，顧不可哉？士益勉之，以毋負公之意。公名祖洽，字子禮，明州鄞人，世以經行顯云〔一七〕。渠成之歲，十二月二日記。

【題解】

常州爲隋代開鑿的大運河流經之地。其中顧塘河（後河）一段，至北宋已嚴重阻塞。淳熙十四年夏，太守林祖洽組織財力疏通後河，使運河恢復故道，并請陸游爲之作記。本文爲陸游爲常州疏通運河所作的記文，記述後河疏浚歷史及林公復其故道的功績，闡述水利之興與儒風蔚然、人才輩出之關係。

本文據篇末自署，當作於淳熙十四年（一一八七）十二月二日。時陸游在知嚴州任上。

【箋注】

〔一〕隋疏大渠：此指隋代開鑿的大運河的江南運河部分，北起鎮江、揚州，南至杭州。毗陵：古地名。本爲春秋時吳季札封地延陵邑。西漢置縣，治所在今江蘇常州。歷代廢置無常，後世多稱常州一帶爲毗陵。老學庵筆記卷十：「今人謂貝州爲甘州，吉州爲廬陵，常州爲毗陵。」巡幸：指皇帝巡遊駕幸。漢書郊祀志上：「上始巡幸郡縣，寖尋於泰山矣。」漕運：指從水路運輸糧食，供京城或軍需。桓寬鹽鐵論刺復：「涇淮造渠，以通漕運。」

〔二〕釃：疏導，分流。

〔三〕李餘慶：字昌宗，福建連江人。李亞荀從子。起家應天府法曹參軍，知湖州歸安縣，判秀州。爲石堤，自平望至吳江，捍除水患。後知常州，卒於官。漕渠：人工挖掘或疏浚的主要用於漕運的河道。史記河渠書：「令齊人水工徐伯表，悉發卒數萬人穿漕渠，三歲而通。」

〔四〕朱彥：江西南豐人。熙寧進士。歷官太常博士、刑部侍郎、中書舍人、考功員外郎、左司員外郎等，崇寧元年閏六月，以朝散郎守給事中降承議郎出守常州。見咸淳毗陵志卷八，又光緒江西通志卷一五五有傳。

〔五〕善俗：良好的風俗。易漸象：「山上有木，漸，君子以居賢德善俗。」

〔六〕余中：字行老，常州宜興人。熙寧六年狀元。歷官大理評事、知江寧府、秘書省正字、著作佐郎等。紹聖中出使遼國。後出知湖州，徙杭州，致仕。霍端友（一〇六六—一一一五）：字仁仲，常州武進人。崇寧二年狀元。歷官中書舍人、給事中、禮部侍郎、知平江、陳州，爲政以寬聞。復召禮部侍郎，轉吏部。官至通議大夫。宋史卷三五四有傳。策名天下士第一：指科舉考試中一甲頭名進士。

〔七〕鄒忠公：即鄒浩（一〇六〇—一一一一），字志完，自號道鄉居士，常州晉陵人。元豐五年進士。歷官太常博士、右正言，因上疏諫立劉后，貶謫新州。徽宗立，復爲右正言，進左司諫、中書舍人，遷兵、吏二部侍郎，出知江寧府，徙杭、越州。後貶永州。大觀元年，復直龍圖閣，乞歸養親。因直言敢諫，兩謫嶺表，高宗朝追賜謚忠。宋史卷三四五有傳。化服：感化順服。司空圖容城侯傳：「炯之遠祖，當軒轅時已化服於祝融氏。」

〔八〕今太守林公：即林祖洽。咸淳毗陵志卷八：「林祖洽，淳熙十三年二月朝請郎在任，轉朝奉大夫。十五年二月滿。」下車：指到任。

〔九〕承平：治平相承，太平。漢書食貨志上：「今累世承平，豪富吏民訾數巨萬，而貧弱俞困。」此指北宋受金兵入侵前。

〔一〇〕冶家：冶鑄金屬器物之家。陸龜蒙有冶家子言。堅确：指河道堅實。

〔一一〕羨金：多餘的金錢。

〔一二〕不淹旬：不過一旬。

〔一三〕「袤若干」三句：分别指河渠的寬度、深度和長度。

〔一四〕士之舉有司者：指擔任地方官的士大夫。

〔一五〕城南衣冠：出新唐書杜正倫傳：「正倫與城南諸杜昭穆素遠，求同譜，不許，銜之。諸杜所居號杜固，世傳其地有壯氣，故世衣冠。正倫既執政，建言鑿杜固通水以利人。既鑿，川流如血，閱十日止，自是南杜稍不振。」杜正倫爲報復諸杜不許「同譜」，在杜固鑿渠，斬斷其氣脈，城南士大夫逐漸衰落。城南，指唐代長安城南。宋人張禮元祐初撰有游城南記。衣冠，代指縉紳、士大夫。

〔一六〕太王遷岐：周人本居豳，古公亶父始遷居岐山之下，定國號曰周，從此興盛。武王克殷，追尊亶父爲太王。成王都洛，周武王子成王，於即位五年時遷都洛邑（今河南洛陽）。川原：指江河。漢書溝洫志贊：「中國川原以百數，莫著於四瀆，而河爲宗。」卜筮：用龜甲和蓍草預測吉凶。

〔一七〕林祖洽：字子禮（寶慶四明志作符禮），明州鄞（今浙江寧波）人。林保孫。以任補官，善治財賦。知武岡軍，除知常州。再除司農丞、總領湖廣、江西、京西財賦，入爲中書門下省檢正諸房公事兼國用司同參計官，升司農卿、總領淮東財賦等，官至户部侍郎。以寶文閣待制致仕。寶慶四明志卷八有傳。經行：經術和品行。漢書師丹傳：「丹經行無比，自近世大臣能若丹者少。」

渭南文集箋校卷第十九

記

【釋體】本卷文體同卷十七，收録記十首。

明州育王山買田記

紹興元年，高皇帝行幸會稽，詔明州阿育王山廣利禪寺上仁宗皇帝賜僧懷璉詩頌親札〔一〕，念無以鎮名山，慰衆志，乃書「佛頂光明之塔」以賜〔二〕，又申以手詔，特許買田澹其徒〔三〕。逾五十年，未能奉詔〔四〕。佛照禪師德光以大宗師自靈隱歸老是山〔五〕，慨然曰：「僧寺毋輒與民質産〔六〕，令也。今特許勿用令，高皇帝恩厚矣，其可弗承？且昔居靈隱時，壽皇聖帝召入禁闥〔七〕，顧問佛法，屢賜金錢，其敢爲他費？」乃盡以所賜及大臣、長者、居士修供之物買田〔八〕，歲入穀五千石，而遺學者義銛求記於陸某〔九〕。某方備史官，其紀高皇帝遺事，職也〔一〇〕，不敢辭。惟兹四明，表海大邦〔一一〕，自嘉祐、紹興，兩賜宸翰，雲漢之章，下飾萬物〔一二〕。於是山君波神，效珍受職，黿鼉蛟鱷，弭伏退聽，惡氣毒霧，收斂澄廓〔一三〕；萬里之舶，五方之賈，南金大貝，委積市肆，不可數知，陂防峭堅，年穀登稔〔一四〕，於虖盛哉！今德光又廣上賜，蘄兩宫之壽〔一五〕，植天下之福，無疆惟休，時萬時億〔一六〕，刻之金石，於是爲稱。咨爾學者〔一七〕，安食其間，明己大事，傳佛大法，報上大恩，將必有在。不然，不耕而食，既飽而嬉，厲民以自養〔一八〕，豈不甚可愧哉！淳熙十六年十一月二十四日，朝議大夫、尚書禮部郎中、兼實録院檢討官陸某記〔一九〕。

【題解】

明州育王山，即阿育王寺，始創於西晉太康三年（二八二），梁普通三年（五二二），梁武帝命擴建殿堂，并賜額「阿育王寺」。北宋大中祥符元年（一〇〇八），阿育王寺被朝廷定名爲「阿育王山廣利禪寺」。熙寧三年（一〇七〇），第五任主持大覺禪師懷璉築宸奎閣，珍藏宋仁宗御筆偈頌及所賜御書等，蘇軾爲撰宸奎閣記，并手書碑文。阿育王寺一時法席鼎盛，名播天下。紹興元年

（一一三一），宋高宗詔阿育王寺上繳仁宗御筆詩頌親劄，另親書「佛頂光明之塔」以贈，并特許其買田。淳熙十六年（一一八九），佛照禪師德光於五十餘年後落實了買田之事，并請陸游爲記。本文爲陸游爲阿育王寺買田所作的記文，詳述買田始末，頌揚高宗、孝宗盛德，稱贊德光禪師功德。

本文據篇末自署，當作於淳熙十六年（一一八九）十一月二十四日。時陸游在尚書禮部郎中兼實録院檢討官任上。

參考卷二二佛照禪師真贊。

【箋注】

〔一〕行幸會稽：南宋建炎三年（一一二九），金兵渡江大舉南下。十一月，宋高宗逃往温、台沿海。至四年四月，才穩住脚跟，駐蹕越州。紹興元年（一一三一）十月，升越州爲紹興府。二年正月，還駕臨安。

〔二〕佛頂光明之塔：建炎年間，阿育王寺迎舍利塔至宫中，故宋高宗賜「佛頂光明之塔」匾。

「仁宗皇帝」句：蘇軾宸奎閣碑：「仁宗皇帝以天縱之能，不由師傅，自然得道，與璉問答，親書頌詩以賜之，凡十有七篇。」

〔三〕澹：同「贍」。給予，滿足。漢書食貨志：「竭天下資財以奉其政，猶未足以澹其欲也。」顔師古注：「澹，古贍字也。贍，給也。」

〔四〕未能奉詔：未能落實當年買田的詔令。

〔五〕佛照禪師德光（一一二一—一二〇三）：俗姓彭，名德光，自號拙庵，臨江軍新喻人。紹興二十六(一一五六)年入阿育王寺大慧宗杲禪師門下。先後住持台州天寧寺、光孝寺等。淳熙三年(一一七六),奉詔住持臨安景德靈隱寺,孝宗召其入宫説法,賜號佛照。七年,詔令德光歸老於阿育王寺。晚年於寺内築東庵居住,慶元三年圓寂。

〔六〕質産:指交易資産。

〔七〕壽皇聖帝:指宋孝宗。淳熙十六年二月,孝宗禪位於子光宗,光宗上孝宗尊號爲「至尊壽皇聖帝」。　禁闥:宫廷門户,亦指宫廷。史記汲鄭列傳:「臣常有狗馬病,力不能任郡事,臣願爲中郎,出入禁闥,補過拾遺,臣之願也。」

〔八〕長者:指顯貴者。　居士:佛教稱居家修道的佛教徒。　修供:向神佛貢獻物品。

〔九〕學者:指佛教之學人。　義銛:字朴翁,俗姓葛,山陰人。天資奇逸,辯博無礙。師從佛照禪師。住持湖州上方寺。後返服,復俗姓。

〔一〇〕「某方」三句:南宋館閣續録卷九:「(實録院檢討官)陸游十六年七月以禮部郎中兼。」劍南詩稿卷六五望永思陵自注:「淳熙末,上命群臣齊集華文閣,修高宗實録,游首被選。」

〔一一〕表海:臨海,濱海。子華子晏子問黨:「且齊之爲國也,表海而負嵎。」

〔一二〕宸翰:帝王的墨迹。沈佺期立春日内出彩花應制:「花迎宸翰發,葉待御筵披。」雲漢:比喻美好的文章,亦特指帝王的筆墨。蘇軾送陳伯修察院赴闕:「裕陵固天縱,筆有雲漢姿。」

〔一三〕效珍：呈獻珍寶。班固寶鼎詩：「岳修貢兮川效珍，吐金景兮歊浮雲。」黿鼉：大鱉和豬婆龍（揚子鰐）。國語晉語九：「黿鼉魚鱉，莫不能化。」蛟鰐：蛟龍和鰐魚。均爲水中的兇猛動物。弭伏：馴服，順服。元稹和李校書新題樂府：「吾聞黄帝鼓清角，弭伏熊羆舞玄鶴。」澄廓：清明遼闊。鮑照舞鶴賦：「既而氛昏夜歌，景物澄廓。」

〔一四〕南金：南方出産之銅。借指貴重品。詩魯頌泮水：「元龜象齒，大賂南金。」毛傳：「南謂荆揚也。」鄭玄箋：「荆揚之州，貢品三金。」孔穎達疏：「金即銅也。」大貝：貝之一種，上古以爲寶器。書顧命：「大貝、鼖鼓在西房。」陂防：堤壩。峭堅：挺拔堅固。登稔：五穀豐收。東觀漢記明帝紀：「是時天下安平，人無徭役，歲比登稔，百姓殷富。」

〔一五〕兩宫：此指孝宗和光宗。

〔一六〕無疆惟休：無比美好。書召誥：「惟王受命，無疆惟休，亦無疆惟恤。」時萬時億：極言時間之長。時，即是。詩小雅楚茨：「永錫爾極，時萬時億。」

〔一七〕咨爾：用於句首，表示贊歎或祈使。論語堯曰：「堯曰：『咨，爾舜！天之曆數在爾躬。』」邢昺疏：「咨，咨嗟；爾，汝也。」

〔一八〕厲民：虐害人民。孟子滕文公上：「今也滕有倉廩府庫，則是厲民以自養也。」

〔一九〕朝議大夫：宋代文臣階官名之十五級，正六品。

建寧府尊勝院佛殿記

建寧城東永安尊勝禪院，成於唐僖、昭間，壞於建炎之末，稍葺於紹興之庚申〔一〕，自佛殿始。方是時，院大壞塗地，趣於復立〔二〕，以慰父老心，故不暇爲支久計。未四十年，遽復頹圮〔三〕。適懷素者來爲其長老〔四〕，乃慨然曰：「殿，大役也，舍是弗先，吾則不武〔五〕。」乃廣其故基北、南、西、東各三尺。意氣所感，助者四集，瓌材珍産〔六〕，山積雲委。其最巨者，石痕村之杉，修百有三十尺，圍十有五尺，其餘蓋稱是。凡費錢三百萬有奇，而竹木、磚甓、黝堊之施者〔七〕，工人、役夫之樂助者，不在是數。其成之歲月，淳熙戊申冬十一月庚子也〔八〕。越四年，紹熙辛亥五月，予友人方君伯謨移書爲懷素求文爲記〔九〕。予爲之言曰：世多以浮屠人之舉事誚吾士大夫，以爲彼無尺寸之柄，爲其所甚難，而舉輒有成，士大夫受天子爵命〔一〇〕，挾刑賞予奪，以臨其吏民，何往不可，而熟視蠹弊〔一一〕，往往憚不敢舉，舉亦輒敗，何耶？予謂不然。懷素之來爲是院，固非有積累明白之效，佛殿方壞，而院四壁立，今日食已，始或謀明日之食。懷素坐裂瓦折桷、腐柱頹垣之間，召工人，持矩度〔一二〕，謀增大其舊，計費數百萬，未有一錢儲也。使在士大夫，語未脱口，已得狂名，有心者疑，有言者謗，逐而去之久矣。浮屠人則不然，方且出力爲之先後，爲之輔翼，爲之禦侮，歷十有四年如一日〔一三〕，此其所以巋然有所成就，非獨其才異於人也。以十四年言之，不知相之拜者幾人，免者幾人，將之用者幾人，黜者幾人。禮樂學校，人主所與對越天地、作士善俗〔一四〕，與夫貨財、刑獄足用，而弼教藩翰之臣〔一五〕，古所謂侯國者，大抵倏去忽來，吏不勝紀。彼懷素固自若也〔一六〕，則其有成，曷足怪哉？且懷素之爲是院，不獨致力於佛殿，凡所謂堂寢之未備者①，廊廡之朽敗者，皆一新之。今老矣，無他徙意。使不死，復十四年，或過十四年，皆未可知也。則是院之葺，又可前知耶？而士大夫凜凜拘拘〔一七〕，擇步而趨，居其位不任其事，護藏蠹萌〔一八〕，傳以相諉，顧得保禄位，不蹈刑禍，爲善自謀。其知耻者，又不過自引而去爾，天下之事，竟孰任之？於虖！是可歎也已。懷素，三衢人，少從道行禪師遊〔一九〕，能得其學。伯謨名士繇，莆陽人。六月甲申，中奉大夫、提舉建寧府武夷山冲佑觀陸某記〔二〇〕。

【題解】

建寧府地處今福建省北部，爲宋代福建路「八閩」（一府五州二軍）之一。尊勝禪院創建於晚唐，毀於南宋建炎末年，紹興年間曾重建大殿，三十餘年後又頹圮不堪。懷素於淳熙初住持該院，主持佛殿重建，歷十四年而功成，并請陸游爲記。本文爲陸游爲尊勝院佛殿重建所作的記文，敍述重建始末，贊頌浮屠人十四年如一日的堅韌不拔之精神，抨擊士大夫爲保禄位，推諉自謀的可恥行徑。

本文據篇中、篇末自署，當作於紹熙二年（一一九一）六月甲申（初七）日。時陸游奉祠家居，提舉建寧府武夷山沖佑觀。

參考卷十八撫州廣壽禪院經藏記。

【校記】

①「凡」，原作「几」，據弘治本、正德本、汲古閣本改。

【箋注】

〔一〕唐僖、昭間：唐僖宗（八七三—八八八在位）、昭宗（八八八—九〇四在位）年間。紹興之庚申：即紹興十年（一一四〇）。

〔二〕塗地：指徹底敗壞不可收拾。趣：同「促」。催促，急促。

〔三〕頽圮：坍塌。李綱過淵明故居：「如何高世士，廟貌乃頽圮。」

〔四〕長老：寺院住持僧的尊稱。祖庭事苑釋名讖辨長老：「今禪宗住持之者，必呼長老。」

〔五〕不武：謙詞，言無將相之才。晉書庾翼傳：「臣雖不武，意略淺短，荷國重恩，志存立效。」

〔六〕瓌材：珍奇的棟樑之材。班固西都賦：「因瓌材而究奇，抗應龍之虹梁。」珍産：珍貴的物産。後漢書賈琮傳：「舊交阯土多珍産，明璣、翠羽、犀、象、瑇瑁、異香、美木之屬，莫不自出。」

〔七〕黝堊：用黑、白顔色塗刷。禮記喪服大記：「既詳，黝堊。」孔穎達疏：「黝，黑色，平治其地令黑也。堊，白也，新塗堊於牆壁令白。」

〔八〕淳熙戊申：即淳熙十五年（一一八八）。

〔九〕紹熙辛亥：即紹熙二年（一一九一）。方君伯謨：即方士繇，陸游友人。參見卷三六方伯謨墓誌銘。

〔一〇〕爵命：封爵受職。穀梁傳隱公元年：「邾之上古微，未爵命於周也。」

〔一一〕蠹弊：弊病，弊端。歐陽修奉答子華學士安撫江南見寄之作：「猛寬相濟理，古語六經存。蠹弊革僥倖，濫官絶貪昏。」

〔一二〕矩度：泛指丈量長度和角度的工具。

〔一三〕先後：教導，輔導。周禮秋官士師：「以五戒先後刑罰。」孫詒讓正義：「謂豫教導之，使民知避罪也。」輔翼：輔佐，輔助。禮記文王世子：「保也者，慎其身以輔翼之，而歸諸道者也。」孔穎達疏：「輔，相也；翼，助也。謂護慎世子之身，輔相翼助，使世子而歸於道。」禦侮：抵禦外侮。孔叢子論書：「自吾得由也，惡言不至於門，是非禦侮乎！」歷十有四年：懷素住持尊勝禪院復建佛殿當在淳熙元年（一一七四），歷十四年爲淳熙戊申（一一八八〕。

〔一四〕對越：即對揚。答謝頌揚。詩周頌清廟：「濟濟多士，秉文之德；對越在天，駿奔走在廟。」作士善俗：培育人才，改善風俗。

〔一五〕弼教：輔助教化。語本書大禹謨：「汝作士，明于五刑，以弼五教，期于予治。」孔安國傳：「弼，輔；期，當也。歎其能以刑輔教，當於治體。」藩翰：指捍衛王室。語本詩大雅板：「价人維藩，大師維垣，大邦維屏，大宗維翰。」毛傳：「藩，屏也；翰，幹也。」

〔一六〕自若：自如，依然如故。史記陳涉世家：「雍州之地，殽函之固自若也。」

〔一七〕凛凛拘拘：驚恐畏懼、拘束不前貌。

〔一八〕蠹萌：指弊端萌生。

〔一九〕三衢：即浙江衢州，以其境内有三衢山而得名。　道行禪師：衢州烏巨雪堂道行禪師，俗姓葉，處州人。事迹見五燈會元卷二十。

〔二〇〕中奉大夫：宋代文臣階官名之十三級，從五品。

紹興府修學記

八卦有畫，三墳有書〔一〕，經之原也。典教有官，養老有庠〔二〕，學之始也。歷世雖遠，未之或異。不幸自周季以來，世衰道微，俗流而不返，士散而無統，亂於楊墨，賊於申韓，大壞於釋老，爛漫橫流，不可收拾〔三〕。始有重編累簡，棲以巨輪，象龍寓人，飾黄金、珂璧、怪珍之物，誘駭愚稚，而六經寖微〔四〕。穹閣傑屋，上摩霄漢，黝堊髹丹，窮極工技，其費以億萬計，而學校弗治〔五〕。自周衰至五代幾二千歲，而後我宋誕受天命，崇經立學，以爲治本。十二聖一心〔六〕，罔或怠忽。然竊嘗考之，方周盛時，天子所都，既并建四代之學〔七〕，而又黨有庠，遂有序〔八〕。畿内六鄉〔九〕，鄉有黨；百五十六遂，遂有鄙，如黨之數〔一〇〕。遂、序、黨、庠，蓋互見之〔一一〕。則是千里之内，爲序十有二，爲庠三百，何其盛也！今畿内之郡，皆僅有一學，較於周不及百之二，而又不治，則爲之牧守者〔一二〕，得無任是責耶？會稽拱行在所，爲東諸侯之冠〔一三〕，宜有以宣聖化，倡郡國，而學未稱。給事中括蒼王公信來爲是邦，政成令行，民物和樂〔一四〕。臺榭弗崇，陂池弗廣，而惟學校是先；燕游弗親，廚傳弗飾〔一五〕，而惟養士是急。下車未久，奥殿崇閣，邃宇修廊，講説之堂，絃誦之舍，以葺以增，不日訖事〔一六〕。以其饔飧未足也，則爲之售常平之田〔一七〕；以其見聞未廣也，則爲之求四方之書。食有餘積，書罕未見，然公猶以爲慊〔一八〕，曰：「上丁之禮，服器未復古也〔一九〕。」又爲之新冕弁、衣裳、帶紳、佩舄之屬，自邦侯至諸生，各以其所宜服〔二〇〕；鼎俎、尊彝、豆籩、簠簋之屬，自始奠至受胙，各以其所宜用〔二一〕：無一不如禮式。公乃齋心修容，來宿於次〔二二〕。質明陟降揖遜〔二三〕，進退跪起，俯首屏氣，如懼弗克。禮成，士僉曰〔二四〕：「公以躬行先我。我處於鄉，弗篤於孝悌忠信，出而仕，弗勉於廉清正直，不獨不可見公，仰天俯地其何心？見父兄長老其何辭？」教授陳君自强與諸生以其言來告曰〔二五〕：「願有紀。」某老病，不獲奉俎豆以從公後〔二六〕，喜士之能承公也，於是乎書。紹熙二年九月癸酉，中奉大夫、提舉建寧府武夷山沖佑觀陸某記。

【題解】

修學，指修建府學。紹興府拱衛臨安，地位重要，但府學與之不相稱。紹熙元年，王信知紹興府，「惟學校是先」，「惟養士是急」，到任不久即着手修建府學，舉行祭孔典禮，得到士大夫稱頌。府學教授請記於陸游。本文爲陸游爲紹興府修建府學所作的記文，考述上古學校的興盛，稱揚紹興知府王公修建府學、躬行祭禮的功績。

本文據篇末自署，當作於紹熙二年（一一九一）九月癸酉（二十七）日。時陸游奉祠家居，提舉建寧府武夷山沖佑觀。

【箋注】

〔一〕八卦有晝：周易中的八卦是八種具有象徵意義的基本圖形，名稱爲乾、坤、震、巽、坎、離、艮、兑。相傳是伏羲所作。三墳有書：傳説中最古的典籍。左傳昭公十二年：「是能讀三墳、五典、八索、九丘。」杜預注：「皆古書名。」或稱三墳爲三皇之書。

〔二〕典教：主管教育。養老有庠：禮記王制：「有虞氏養國老於上庠，養庶老於下庠。」鄭玄注：「上庠，右學，大學也，在西郊。下庠，左學，小學也，在國中王宫之東。」

〔三〕楊墨：戰國時楊朱和墨翟的並稱。楊朱主張「爲我」，墨翟主張「兼愛」，均與儒家相對立。莊子胠篋：「削曾史之行，鉗楊墨之口。」申韓：戰國時申不害和韓非的並稱，均爲法家代表人物。史記李斯列傳：「若此然後可謂能明申韓之術而修商君之法。」賊：害，傷害。釋老：釋迦牟尼和老子的並稱，亦指佛教和道教。周書武帝紀上：「帝御大德殿，集百僚、道士、沙門等討論釋老義。」爛漫：蔓延，彌漫。謝朓詠兔絲：「爛漫已萬條，連綿復一色。」横流：充盈，遍布。文選司馬遷封禪文：「協氣横流，武節猋逝。」李善注：「横流，多也。」

〔四〕「始有」六句：謂佛經氾濫而儒家六經衰微。重編累簡，指佛教經典。巨輪，指佛教的轉輪藏，即藏置佛經的塔形木建築，分若干層，可左右旋轉。象龍，刻繪龍形。揚雄法言先知：「民可使覿德，不可使覿刑。覿德則純，覿刑則亂，象龍之致雨也，難矣哉！」李軌注：「象，似也。言畫繒刻木以爲龍而求致雨，則不可得也。」寓人，用作陪葬的冥器，此指輪藏上的木偶人。陸游放翁家訓：「近時出葬，或作香亭魂亭，寓人寓馬之類，當一切屏去。」誘駭愚稚，勸導駭人的形象，愚弄幼稚的信徒。

〔五〕「穹閣」六句：謂佛道寺觀興盛而學校不建。黝堊，塗刷黑、白色。髹丹，塗刷紅漆。

〔六〕十二聖：指宋代太祖、太宗、真宗、仁宗、英宗、神宗、哲宗、徽宗、欽宗、高宗、孝宗、光宗共十二帝。

〔七〕四代之學：禮記學記：「古之教者，家有塾，黨有庠，術有序，國有學。」

〔八〕黨有庠：謂黨立庠爲學。禮記學記「黨有庠」，孔穎達注：「庠，學名也，於黨中立學，教閭中所升者也。」黨是古代地方基層組織。周禮地官大司徒：「五家爲比，五比爲閭，四爲族，五族爲黨。」釋名：「五百家爲黨。」　遂有序：謂遂設序爲學。古代的「鄉遂制度」以「國」與「野」相對立，在郊内設「鄉」，爲「國人」居住地區；在郊外設「遂」，爲「野人」居住地區。遂爲郊外行政區劃，周禮地官遂人：「五家爲鄰，五鄰爲里，四里爲酇，五酇爲鄙，五鄙爲縣，五縣爲遂。」

〔九〕畿内六鄉：畿，古代王都領轄的千里範圍。周禮地官大司徒：「乃建王國焉，制其畿方千里而封樹之。」賈公彦疏：「王畿千里，以象日月之大，中置國城，面各五百里。」鄉，古代郊内行政區劃。周禮地官大司徒：「令五家爲比，使之相保；五比爲閭，使之相愛；四閭爲族，使之相葬；五族爲黨，使之相救；五黨爲州，使之相賙；五州爲鄉，使之相賓。」鄭玄注：「鄉萬二千五百家。」

〔一〇〕「遂有」二句：謂五百家爲鄙，同五百家爲黨之數同。

〔一一〕互見：相互參見。

〔一二〕牧守：州郡的長官。州官稱牧，郡官稱守。漢書翟方進傳：「持法刻深，舉奏牧守九卿，峻文深詆，中傷者尤多。」

〔一三〕拱：拱衛，環繞。東諸侯，指東南諸州府。

〔一四〕王公信：即王信（一一三七—一一九四），字誠之，處州麗水（今浙江麗水）人。紹興三十年進士，歷官考功郎官、左司員外郎、太常少卿兼權中書舍人，遷給事中，擢集英殿修撰、知紹興府、浙東安撫使，徙知鄂州，改池州。以通議大夫致仕。宋史卷四〇〇有傳。嘉泰會稽志卷二：「王信，紹熙元年十二月以朝議大夫集英殿修撰知，三年正月除煥章閣待制。」括蒼：古縣名，以境内有括蒼山得名。治所在今浙江麗水。民物：泛指人民、萬物。蔡邕陳太丘碑：「神化著於民物，形表圖於丹青。」

〔一五〕燕游，宴飲游樂。晉書五行志下：「魏代宫人猥多，晉又過之，燕游是湎，此其孽也。」廚傳：供應過客食宿、車馬的處所。漢書王莽傳中：「吏民出入，持布錢以副符傳，不持者，廚傳勿舍，關津苛留。」顔師古注：「廚，行道飲食處；傳，置驛之舍也。」

〔一六〕絃誦：泛指吟哦誦讀。　不日，不久。　訖事，完事，竣工。

〔一七〕饔飧：早飯和晚飯。泛指飯食。亦作飧饔。柳宗元種樹郭橐駝傳：「吾小人輟飧饔以勞吏者，且不得暇，又何以蕃吾生而安吾性邪？」　常平：古代調節米價的一種方法。高承事物紀原常平：「漢宣帝時數豐稔，耿壽昌奏諸邊郡以穀賤時增價糴入，貴則減價糶出，名曰『常平』，此其始也。」

〔一八〕慊：不滿意。

〔一九〕上丁：農曆每月上旬之丁日。禮記月令：「（仲春之月）上丁，命樂正習舞，釋菜。」又：「（季秋之月）上丁，命樂正入學習吹。」鄭玄注：「爲將饗帝也。春夏重舞，秋冬重吹也。」唐代以後將每年仲春（二月）和仲秋（八月）的上丁之日，定爲祭祀孔子之日。　服器：指祭祀所用服飾器物。

〔二〇〕冕弁：古代帝王貴族所戴禮帽。禮記禮運：「冕弁兵革，藏於私家，非禮也，是謂脅君。」孔穎達疏：「冕是衮冕，弁是皮弁，是朝廷之尊服。」　衣裳：上衣和下裙。詩齊風東方未明：「東方未明，顛倒衣裳。」毛傳：「上曰衣，下曰裳。」　帶紳、佩舄：束腰的衣帶佩飾和穿的鞋子。　邦侯，指地方長官。

〔二一〕鼎俎：古代祭祀時盛放犧牲或食物的禮器。　尊彝：均爲古代的酒器。　豆籩：均爲祭器，木制爲豆，竹制爲籩。　簠簋：盛黍稷稻粱的禮器。　受胙：接受供奉的肉食，祈求神靈賜福，是祭祀典禮的尾聲。左傳僖公九年「下拜登受」，杜預注：「拜堂下，受胙於堂上。」

〔二二〕齋心：祛除雜念，凝聚心神。列子黄帝：「退而閒居大庭之館，齋心服形。」修容：修飾儀表。商君書靳令：「修容而以言耻食，以上交以避農戰，外交以備，國之危也。」宿於次：住宿於爲祭禮準備的專門處所。

〔二三〕質明：天剛亮之時。儀禮士冠禮：「擯者請期，宰告曰：『質明行事。』」鄭玄注：「質，正也。宰告曰：『旦日正明行冠事。』」陟降揖遜：指行動合乎禮節。陟降，升降，上下。揖遜，揖讓，相見時的禮儀。管子小匡：「升降揖讓，進退閒習，辯辭之剛柔，臣不如隰朋，請立爲大行。」

〔二四〕僉：全，都。

〔二五〕陳君自强：即陳自强，字勉之，福州閩縣（今福州）人。淳熙五年進士。紹熙年間任紹興府學教授。慶元二年入都待銓選，因曾爲韓侂胄童子師，除太學録，隨後遷轉極速。嘉泰三年拜右丞相。性極貪鄙，諂事韓侂胄。開禧末，韓北伐失敗被殺，遂罷相，累貶雷州安置。死於廣州。宋史卷三九四有傳。

〔二六〕奉俎豆：恭敬地捧着祭器。指參與祭典。

重修天封寺記

淳熙丙午春，予以新定牧入奏行在所，館於西湖上，日與物外人遊〔一〕。多爲予言淨慈有慧明師者，歷抵諸方，如汗血駒，所至蹴蹋，萬馬皆空〔二〕。方是時，知其得法，而不知其能文。後四年〔三〕，予屏居鏡湖上，明來訪予。談道之餘，縱言及文辭，卓然俊偉，非凡子所及。方是時，知其能文，而不知其有才。明既從予遊累日，乃曳杖負笠，入天台山，爲天封主人〔四〕。是山也，巖嶂嶄絶，爲天台四萬八千丈之冠〔五〕；林麓幽邃，擅智者十二道場之勝〔六〕。然地偏道遠，遊者既寡，施者益落。明居之彌年，四方問道之士，以天封爲歸。植福樂施者，踵門還至〔七〕，雖却不可。於是自佛殿經藏、阿羅漢殿、鍾經二樓、雲堂庫院〔八〕，莫不畢葺。敞爲大門，繚爲高垣，周爲四廡，屹爲二閣，來者以爲天宫化成，非人力所能也。又哀其餘作二庫，曰資道，曰博利，以供僧及童子紉浣之用〔九〕。彼庸道人日夜走衢路〔一〇〕，丐乞聚畜，蓋未必能辦此。明方爲其徒發明大事因緣〔一一〕，錢帛穀粟之問，不至丈室，而其所立，乃超卓絶人如此，豈非一世奇士哉！予嘗患今世局於觀人〔一二〕，妄謂長於此者必短於彼，工於細者必略於大。自天封觀之，其説豈不淺陋可笑也哉！會明以書來求予文，記其寺之廢興，因告以予説，使併刻之，庶幾覽者有所儆焉。紹熙三年三月三日，中奉大夫、提舉建寧府武夷山冲佑觀、山陰縣開國男、食邑三百户陸某記〔一三〕。

【題解】

天封寺位於天台山，爲南北朝至隋時開創佛教天台宗的智者大師智顗所建。淳熙元年，慧明法師入天台山住持天封寺，遂重新整修寺内佛殿經藏等建築并請陸游爲記。本文爲陸游爲重修天封寺所作的記文，記載天封寺的廢興，稱道慧明法師超卓絶人之才，感慨當世觀人的偏見。

本文據篇末自署，當作於紹熙三年（一一九二）三月三日。時陸游奉祠家居，提舉建寧府武夷山沖佑觀。

參考劍南詩稿卷二八寄天封明老。

【箋注】

〔一〕淳熙丙午：即淳熙十三年（一一八六）。新定牧：即知嚴州。新定，古縣名，爲嚴州古稱。物外人：塵世以外之人。

〔二〕浄慈：即浄慈寺，位於杭州西湖南岸、雷峰塔對面的南屏山上。宋代爲其鼎盛時期，人文薈萃，儒釋交融，與靈隱寺相埒。南宋時被評爲江南禪院「五山之一」。慧明師：字無得，號竹院。淳熙末住浄慈寺，紹熙初住天台天封寺。汗血駒：古代西域駿馬名。流汗如血，故稱。後多指駿馬。史記大宛列傳：「得烏孫馬好，名曰『天馬』。及得大宛汗血馬，益壯，更名烏孫馬曰『西極』，名大宛馬曰『天馬』云。」蹴蹋：踩踏。杜甫韋諷録事宅觀曹將軍畫馬圖：「霜蹄蹴踏長楸間，馬官廝養森成列。」

〔三〕後四年：即紹熙元年（一一九〇）。

〔四〕爲天封主人：指住持天封寺。

〔五〕天台四萬八千丈：李白夢遊天姥吟留別：「天台四萬八千丈，對此欲倒東南傾。我欲因之夢吴越，一夜飛度鏡湖月。」

〔六〕智者十二道場：指智者大師遊歷的十二座寺院。智者，即智顗（五三八—五九七），俗姓陳，字德安，荆州華容（今湖北潛江）人。世稱智者大師，是佛教天台宗四祖，天台宗的實際創始人。智顗於陳、隋兩朝深受帝王禮遇，隋煬帝楊廣授予「智者」之號。道場：趙彦衛雲麓漫鈔卷六：「隋曰道場，唐曰寺，本朝則大曰寺，次曰院。」

〔七〕植福：即造福、造福田，佛教謂積善行可得福報，如春播秋穫。樂施：樂於接濟他人。踵門還至：指紛紛登門。

〔八〕阿羅漢殿：陳列阿羅漢的殿堂。佛教稱斷絶嗜欲、解脱煩惱、修得小乘果的人爲阿羅漢，簡稱羅漢。常有五百羅漢堂。雲堂：僧堂，僧衆設齋吃飯和議事之處。

〔九〕紉浣：縫綴，浣洗。

〔一〇〕庸道人：指平庸的僧人。日夜走衢路：指日夜奔走。

〔一一〕大事因緣：亦稱一大事因緣，佛教指爲了化度衆生的因緣。

〔一二〕局於觀人：指對人的考察常有局限、偏見。

〔三〕開國：晉以後在五等封爵前所加的稱號。高承事物紀原官爵封建開國：「晉令始有開國之稱，故五等皆郡縣開國。陳亦有開國郡公、縣侯伯子男，侯已降，無郡封。由唐迄今，因而不改。」食邑：古代君主賜予臣下作爲世禄的封地。唐宋時則爲一種賜予宗室或高官的榮譽性加銜。此爲陸游首次受封。

嚴州重修南山報恩光孝寺記

浙江自富春泝而上，過七里瀨、桐君山，山益秀，水益清〔一〕。烏龍山崛起千仞〔二〕，鱗甲爪鬣，蜿蜒盤踞。嚴州在其下，有山直州之南，與烏龍爲賓主。烏龍以雄偉，南山以秀邃，形勢壯而風氣固，是爲太宗皇帝、高宗皇帝受命賜履之邦〔三〕。登高四望，則樓觀雉堞，鶱騰縈帶〔四〕，在鬱葱佳氣中，兩山對峙，紫翠重複，信天下名城也。南山報恩光孝禪寺〔五〕，實爲諸刹之冠。質於地志及父老之傳，唐末有僧結廬於山之麓，名廣靈庵。慶曆中，始斥大之，爲廣靈寺。紹聖中，易禪林佛印大師希祖實爲第一代〔六〕，始徙寺於山巔，今寺是也。崇寧中，賜名「天寧萬壽」。紹興中，易今名。初，郡長者江氏爲塔七級，與寺俱燬於宣和之盜〔七〕。厥後文則來居而寺復，法琦來助而塔建，及得智廓、仲玘而學者雲集〔八〕。廓不期年示滅，凡今之營繕崇成者，皆玘也〔九〕。如來大士有殿，演法會齋有堂，安衆有寮〔一〇〕，棲鍾有樓，寢有室，遊有亭，浴有泉。又以餘力爲門，爲廡，爲庫，爲垣，爲磴路，爲禦侮力士之像〔一一〕。未五六年，百役踵興，無一弗備。郡人童天祐、天錫、方珍出貲爲最巨，老僧智貴傾其衣囊助施爲尤難。若夫以宿世願力來爲外護，取郡之積木以終成之者，太守、殿中侍御史冷公世光也〔一二〕。寺之役既成，冷公適有歸志，遂奉祠以去，豈非緣法哉〔一三〕？予亦嘗來爲守，廓及玘皆予所勸請〔一四〕，則於是山不爲無夙昔緣，故玘來求予爲記。予行天下多矣，覽觀山川形勝，考千載之遺迹，未嘗不慨然也。晚至是邦，觀烏龍似赤甲白鹽〔一五〕，南山似錦屏，一水貫其間，紆餘澄澈似渭水；而南山崇塔廣殿，層軒修廊，山光川靄，鍾鳴鯨吼〔一六〕，遊者動心，過者駭目，又甚似漢嘉之淩雲〔一七〕，蓋兼天下之異境而有之。騷人墨客，將有徙倚太息、援筆而賦之者〔一八〕。予未死，尚庶幾見之。紹熙四年二月庚申記。

【題解】

嚴州南山報恩光孝禪寺創始於唐代，北宋末毀於方臘之亂。南宋後逐漸復建，陸游知嚴州時，請來仲玘禪師主其事。仲玘用五六年時間完成重修，并請陸游爲記。本文爲陸游爲重修報恩光孝寺所作的記文，記述禪寺沿革及重修始末，描繪嚴州及南山形勝，慨歎其兼天下之異境而有之。

本文據篇末自署，當作於紹熙四年（一一九三）二月庚申（二十三）日。時陸游提舉建寧府武夷山沖佑觀，奉祠家居。

參考卷二十智者寺興造記、集外文與仲玘書。

【箋注】

〔一〕富春：古縣名，秦時設，縣域含桐廬、建德等地，沿富春江一帶。東晉更名富陽。 泝：同「溯」，逆流。 七里瀨：在桐廬富春江上，其下數里有嚴陵瀨。 桐君山：在桐廬分水江與桐江交匯處，與桐廬縣城隔水相望。古稱小金山，又叫浮玉山。

〔二〕烏龍山：位於浙江建德東部，古鎮梅城以北，坐落在新安江、富春江、蘭江交匯處之北岸。因山石烏黑，山體巍峨，蜿蜒如龍而得名。東西綿亘五六十里，最高處海拔九百餘米，是嚴州最著名的一座山峰。

〔三〕「是爲」句：指嚴州爲太宗、高宗最初受封之地。宋史太宗本紀：「太祖即位，以帝爲殿前都御史，領睦州防禦使。」嚴州前身爲睦州，宣和三年方臘被擒後改名。高宗受封未詳。賜履，指君主所賜封地。左傳僖公四年：「賜我先君履，東至於海，西至於河，南至於穆陵，北至於無棣。」杜預注：「履，所踐履之界。」

〔四〕樓觀：泛指高大的建築。禮記月令：「(仲夏之月)可以居高明。」鄭玄注：「高明，謂樓觀也。」雉堞：城上短牆。文選鮑照蕪城賦：「板築雉堞之殷，井幹烽櫓之勤。」李善注：「鄭玄周禮注曰：『雉，長三丈，高一丈。』杜預左氏傳注曰：『堞，女牆也。』」騫騰：即飛騰。杜甫贈特進汝陽王二十韻：「筆飛鸞聳立，章罷鳳騫騰。」縈帶：環繞。水經注汾水：「數十里間道險隘，水左右悉結偏梁閣道，纍石就路，縈帶巖側。」

〔五〕南山報恩光孝禪寺：淳熙嚴州圖經卷二：「報恩光孝禪寺，在水南五里山上。慶曆中建，名廣靈寺。崇寧二年，詔改爲天寧萬壽禪寺。政和元年，改爲天寧。紹興七年，詔改今名。」

〔六〕易禪林佛印大師希祖：未詳。

〔七〕宣和之盜：指北宋末方臘起義。

〔八〕智廓、仲玘：陸游知嚴州時請來主持報恩光孝寺的禪師。

〔九〕不期年：不到一年。示滅：佛教指菩薩及高僧坐化身死。李華東都聖善寺無畏三藏碑：「山王高妙，海月圓深，因於示滅，空悲鶴林。」營繕崇成：指修建工程竣工。崇，通「終」。

〔一〇〕如來大士：即釋迦牟尼佛的十種法號之一。大士，佛教對菩薩的通稱。演法：宣講教義。劉知幾史通論贊：「亦猶文士製碑，序終而續以『銘曰』；釋氏演法，義盡而宣以『偈言』。」會齋：聚集進餐。禦侮力士之像：即佛教護法神，如四大金剛。安衆：安置信徒。寮：僧舍。

〔二〕磴路：登山的石路。

〔三〕宿世：前世，前生。願力：教指誓願的力量，善願功德之力。沈約千佛贊：「參差各隨，願力密迹。」外護：佛教戒法有二護：護身口意之非爲内護，供給衣服飲食的親屬施主爲外護。冷公世光，即冷世光，字賓王，紹興十八年進士。歷幹辦行在諸軍審計司，淳熙十二年除監察御史，遷殿中侍御史。紹熙間知嚴州。奉祠而去。寶祐琴川志卷八有傳。

〔三〕緣法：緣分。范成大初入大峨：「山中緣法如今熟，世上功名自古癡。」

〔四〕予亦嘗來爲守：陸游曾於淳熙十三年七月至十五年七月知嚴州。勸請：即勸請轉法輪，佛教指請其住持寺院，説法度衆生。

〔五〕赤甲：亦作赤岬，山名，在四川奉節東。水經注江水一：「江水又東逕赤岬城西，是公孫述所造，因山據勢，周回七里一百四十步，東高二百丈，西北高千丈，南連基白帝山，甚高大，不生樹木，其石悉赤。土人云如人袒胛，故謂之赤岬山。」白鹽：山名，在四川奉節東。水經注江水一：「山上有神淵，淵北有白鹽崖，高可千餘丈，俯臨神淵。土人見其高白，故因名之。」

〔六〕鯨吼：比喻鐘聲洪亮。黄庭堅題淨因壁二首其二：「履聲如度薄冰過，催粥華鯨吼夜闌。」

〔七〕漢嘉：古郡名，轄境在今四川樂山。凌雲：即凌雲山，位於樂山城東的岷江、青衣江、大渡河三江匯合處，與樂山城一水之隔。古名青衣山，因青衣江得名。山頂有淩雲寺，因以爲山名。

〔一八〕徙倚：即徘徊，逡巡。楚辭遠遊：「步徙倚而遥思兮，怊惝怳而乖懷。」王逸注：「彷徨東西，意愁憤也。」

會稽縣重建社壇記

古者侯國，地之别三，爵之等五，皆有宗廟社稷〔一〕。秦黜封建，置郡守縣令，於是古之命祀，惟社稷尚存〔二〕。陵夷千餘載〔三〕，士不知學古，吏不知習禮，其祀社稷，徒以法令從事，幾封壇壝，服器牲幣〔四〕，一切苟且，取便於事，無所考法。宋興，文物寖盛，自朝廷達於下州蕞邑〔五〕，社稷之祀，略皆復古。不幸中更犬戎之禍，兵氛南被吴楚。中興七十年〔六〕，郡縣之吏，往往惟餉軍弭盜、簿書訟獄爲急。及吏以期告，漫應曰如令，至期，又或移疾弗至〔七〕。雖朝廷所班令式〔八〕，或未嘗一視，況三代之舊典禮乎？會稽之爲邑，實奉陵寢，且在安撫使、提點刑獄、提舉常平治所〔九〕，有將迎造請之役，有符檄期會之煩〔一〇〕，敕使内家及宗室近屬〔一一〕，一歲屢至。亭傳道路〔一二〕，舟車徒役，一有不治，責在會稽者十居七八，故令於祀事，尤不遑暇〔一三〕。縣社在禮神坊，曰社、曰稷、曰風師、曰雨師、曰雷神，凡五壇，皆茀不治。祀則茇舍以爲次〔一四〕。凡祀之費，一出於吏。雨則寓於吴越王祠之門〔一五〕。承議郎四明王君時會之來爲令〔一六〕，始至，周視壇所，喟然歎曰：「幸爲政於此，得有人民社稷，事孰大於是者？」乃即其地爲垣八十丈，築屋四楹，有門以時其啓閉〔一七〕，有庫以儲其器物，用宋之櫟、豐之枌榆故事，藝松五十〔一八〕。又稽合制度〔一九〕，稿秸、莞席、幣篚、樽俎、豆籩、簠簋、勺冪〔二〇〕，莫不如式；粢盛、酒醴、牲牢〔二一〕，莫不共給。獻有次，祝有位，齊有禁〔二二〕。省饌、食爵、奠幣、飲福、望燎、望瘞有儀〔二三〕，祝事各以其日〔二四〕。王君祗敬齊栗〔二五〕，與其僚從事，禮成而退，無違者。會稽歲比不登，及是雨暘時若，歲以大豐〔二六〕。民歌於途，農抃於野，皆曰：「吾令致力於神，神實響答〔二七〕，吾其可忘？」於是父老子弟相與告予，請記其事。予曰：爲政之道無他，知先後緩急之序而已。王君設施，知所先急如此，雖欲不治，得乎？雖然，是皆朝廷以班郡縣者，王君特能舉之爾，後來者顧獨不能耶？故予詳記始末，所以告無窮也。慶元二年五月二十日，中大夫、提舉建寧府武夷山冲佑觀、山陰縣開國男、食邑三百户陸某記〔二八〕。

【題解】

嘉泰會稽志卷一社稷：「會稽縣：社在縣南禮禋坊，慶元二年知縣事王時會重修，有記。」會稽縣之縣社設五壇，分别祭祀土地神（社）、穀神（稷）、風神（風師）、雨神（雨師）和雷神。南渡之後，縣令往往忙於事務，無暇祭祀社壇。慶元二年，王時會知縣事，重建社壇，籌備物資，舉行祭社大典。神祇響答，歲以大豐。父老子弟請記於陸游。本文爲陸游爲會稽縣重建社壇所作的記文，追叙祭祀社稷傳統及其興廢，詳述會稽縣重建社壇始末，稱贊縣令王時會爲政知先後緩急之序。

本文據篇末自署，當作於慶元二年（一一九六）五月二十日。時陸游奉祠家居，提舉建寧府武夷山沖佑觀。

參考卷三七王季嘉墓誌銘。

【箋注】

〔一〕「古者」四句：古代分封諸侯國，土地區分爲三類，爵位區别爲五等（公、侯、伯、子、男），都建有宗廟（祭祀祖宗之所）和社稷（祭祀土神、穀神之所）。書太甲上：「先王顧諟天之明命，以承上下神祇，社稷宗廟罔不祗肅。」

〔二〕封建：封邦建國的分封制。命祀：指遵從天子之命舉行的祭祀。左傳哀公六年：「三代命祀，祭不越望。」

〔三〕陵夷：由盛至衰，衰落。漢書成帝記：「帝王之道日以陵夷。」顔師古注：「陵，丘陵也；夷，平也。言其頽替若丘陵之漸平也。」

〔四〕畿封：王畿四周聚土爲界。周禮地官封人：「封人掌詔王之社壝，爲畿封而樹之。」鄭玄注：「畿上有封，若今時界矣。」 壇壝：壇埸，祭祀場所。周書武帝紀上：「丁亥，初立郊丘壇壝制度。」 服器牲幣：服飾、器物、犧牲、幣帛。指祭祀所用的物品和供品。

〔五〕下州蕞邑：下等小的州邑。蕞，小貌。

〔六〕中興七十年：指南宋高宗建炎元年（一一二七）至寧宗慶元二年（一一九六）。

〔七〕移疾：移病，稱病。北史高德正傳：「德正甚憂懼，乃移疾，屏居佛寺，兼學坐禪，爲退身之計。」

〔八〕班：同「頒」。 令式：章程，程式。北史房暉遠傳：「諸儒莫不推其通博，皆自以爲不能測也。尋奉詔預修令式。」

〔九〕「會稽」三句：指會稽安放着宋高宗永思陵、宋孝宗永阜陵等帝王的陵寢，又是兩浙路安撫使司、提點刑獄司、提舉常平司等機構的治所。

〔一〇〕將迎：送往迎來。莊子知北遊：「顔淵問乎仲尼曰：『回嘗聞諸夫子曰：「無有所將，無有所迎。」回敢問其遊。』仲尼曰：『……唯無所傷者，爲能與人相將迎。』」 造請：登門謁見。史記酷吏列傳：「其造請諸公，不避寒暑。」 符檄：指官符移檄等文書。抱朴子勤求：「陽敦同志之言，陰挾蜂蠆之毒，此乃天神所共惡，招禍之符檄也。」 期會：在規定期限内實施政令。後漢書袁紹傳：「尚書記期會，公卿充員品而已。」

〔一一〕敕使内家：指宫廷使者。

〔一二〕亭傳：古代供旅客和信使途中住宿的處所。後漢書陳忠傳：「（長吏）發人修道，繕理亭傳。」

〔一三〕不遑暇：無暇，没有閒暇。

〔一四〕茀：紛亂，雜亂。茇舍：草屋。范成大吴船録卷下：「鄂誉昔皆茇舍，今始易以瓦屋。」次：祭祀時居止之處所。

〔一五〕吴越王：即錢鏐（八五二—九三二），字具美，杭州臨安人，五代十國時期吴越國創建者。宋史卷四八〇有傳。

〔一六〕王君時會：即王時會（一一三七—一二〇〇），字季嘉，奉化人。乾道五年進士。歷官台州司户參軍、袁州州學教授、監行在左藏西庫、知紹興府會稽縣、湖南轉運司主管文字。有泰庵存稿三十卷。事迹見陸游王季嘉墓誌銘。

〔一七〕時其啓閉：指按時開關。

〔一八〕「用宋」二句：宋之櫟，櫟當爲櫟社，以櫟樹爲土地神。莊子人間世：「匠石之齊，至於曲轅，見櫟社樹。」豐之枌榆：豐縣之枌榆社，漢高祖即位後，將其移置於新豐縣。西京雜記卷二：「高祖少時常祭枌榆之社，及移新豐亦還立焉。高帝既作新豐，并移舊社。」蓺松，植松。

古人常用枌榆指代故鄉，松楸指代亡故親人，故此社壇植松。

〔一九〕稽合：考校。東觀漢記明帝紀：「帝尤垂意經學，删定擬議，稽合圖讖。」

〔二〇〕「稿秸」句：均爲祭祀用物。稿秸，用禾稈編成的草席。莞席，莞草編織的席子。幣篚，幣帛和筐篚。樽俎、豆籩、簠簋，均爲禮器，參考本卷紹興府修學記注〔二一〕。勺冪，舀物器具和覆蓋之巾。

〔二一〕「粢盛」句：均爲祭祀食品。粢盛，盛入器物内供祭祀的穀物。酒醴，泛指各種酒。牲牢：牲畜。

〔二二〕「獻有次」三句：指祭祀時獻酒有順序（初獻、亞獻、終獻），祝禱有位次，祭祀前清心潔身的齋戒有禁止事項。齊，同「齋」。

〔二三〕「省饌」句：指祭祀過程均有儀程。省饌，檢查供祭祀的食物。食爵，按照爵位高低供給。奠幣，進獻幣帛祭品。飲福，祭祀完畢飲食供神的酒肉。望燎，望祭（遥望祭山川）和燎祭（焚燒祭天）。望瘞，焚燒祝帛。

〔二四〕祝事各以其日：指祭祀祝禱之事均安排好日程。

〔二五〕祗敬：恭敬。齊栗：同「齋慄」。敬慎恐懼貌。書大禹謨：「（舜）祗載見瞽瞍，夔夔齋慄。」孔穎達疏：「見父瞽瞍，夔夔然悚懼，齋莊戰慄，不敢言己無罪。」

〔二六〕歲比不登：連年歉收。雨暘時若，指晴雨適時，風調雨順。語本書洪範：「曰肅，時雨若;曰乂,時暘若。」

〔二七〕 嚮答:相應,應答。韓愈祭裴太常文:「至乎公卿冠昏,士庶喪祭,疑皆嚮答,問必實歸。」

〔二八〕 中大夫:宋代文臣階官名之十二級,正五品。

廣德軍放生池記

古者臣之愛其君,何其至也!其禱蘄之辭曰「受天百禄」,曰「子孫千億」,曰「如南山之壽」〔一〕。一話言,一飲食,未嘗忘君,然不聞有以羽毛鱗介之族〔二〕,蘄其君之福者。蓋先王盛時,山澤有虞,川林有衡,漁獵有時,數罟有禁〔三〕,洋洋乎,浩浩乎,物各遂其生養之宜。所謂「漉陂竭澤」者〔四〕,蓋無有也。所謂「相呴以濕、相濡以沫」者〔五〕,蓋未見也。至於後世德化弗行,厲禁弗施,廣殺厚味,暴殄天物〔六〕,放而不知止,舍耒耜而事網罟者,日以益衆。於是有以放生名池、用祝壽祺者,而唐顔真卿之石刻,始傳於世〔七〕。宋興,十三聖相繼〔八〕,以深仁盛德,極高蟠厚,鳥獸魚鼈咸若矣〔九〕。而四方郡國〔一〇〕,猶相與築陂儲水,修放生故事,所以廣聖澤之餘,有不敢忽者。惟廣德軍舊以郡圃後池爲之,地隘,水泉淺涸,不與事稱。承議郎曾侯楘以慶元二年來領郡事〔一一〕，顧而太息。會以事至子城西稍南，得亘溪者，延袤百步，泓渟澄澈，蒲柳列植，藻荇縈帶，水光天影，蕩摩上下，爲一郡絶景〔一二〕。侯因其故而加治焉。築屋於其會〔一三〕，名曰溪堂。民不勞，財不費，焕然告成。重明節率僚吏放鱗介千計，望行在拜手稽首，禮成而退〔一四〕。父老童稚縱觀興歎，以爲廣德爲郡以來，逾二百年所未之有。侯移書笠澤陸某，俾爲記，某復之曰：侯奉天子詔，來爲守於此，一賦役非其時，一訟獄非其情，窮僻下俚、匹夫匹婦有一愁歎〔一五〕，侯之責也。能不負此責，然後足以對揚天子休命，而致歸美報上之意〔一六〕。放生之舉，蓋賢守善其職之一事爾，豈特是而止哉！期年政成〔一七〕，將屢書之。中大夫、提舉建寧府武夷山冲佑觀、山陰縣開國男、食邑三百户陸某記。

【題解】

廣德軍，南宋屬江南東路，治廣德、建平二縣，在今安徽廣德。放生池，指蓄養購來的水族、禁止捕殺的水池。劉餗隋唐嘉話卷下：「太平公主於京西市掘池，贖水族之生者置其中，謂之放生池。」廣德軍原有放生池，地隘水淺，新任知軍事曾㮚在亘溪重新修治，於重明節放生，并求請陸游爲記。本文爲陸游爲廣德軍重修放生池所作的記文，記述放生池沿革和曾㮚重修廣德軍放生池始末，稱道曾㮚治郡有方。

本文原未繫年。歐譜繫於慶元二年（一一九六）。于譜云：「文中云曾稟慶元二年來領郡事，末云：『期年政成，將屢書之。』足見仍爲本年事。重明節爲九月四日，則此屬稿時，蓋已入冬矣。」于説是。則本文當作於該年冬。時陸游奉祠家居，提舉建寧府武夷山沖佑觀。

參考卷二十婺州稽古閣記。

【箋注】

〔一〕受天百禄：指接受上天無盡福禄。詩小雅天保：「天保定爾，俾爾戩穀。罄無不宜，受天百禄。」

〔二〕子孫千億：指子孫無窮盡。詩大雅假樂：「千禄百福，子孫千億。」如南山之壽：即壽比南山，如終南山般長壽。詩小雅天保：「如月之恒，如日之升。如南山之壽，不騫不崩。」

〔二〕羽毛鱗介之族：指有毛皮的鳥獸和有鱗甲的水生動物。

〔三〕山澤有虞：書舜典：「咨益，汝作朕虞。」孔安國傳：「虞，掌山澤之官。」川林有衡：國語齊語：「山立三衡。」韋昭注：「周禮有山虞林衡之官。」漁獵有時：孟子梁惠王上：「數罟不入洿池，魚鱉不可勝食也；斧斤以時入山林，材木不可勝用也。」

〔四〕漉陂竭澤：用漁網在陂池中撈魚，抽乾河川、湖泊之水。禮記月令：「毋竭川澤，毋漉陂地，毋焚山林。」

〔五〕相呴以濕、相濡以沫：用吹氣、口沫相互濕潤。此指泉涸。莊子大宗師：「泉涸，魚相與處於陸，相呴以濕，相濡以沫，不如相忘於江湖。」

〔六〕厚味：美味。莊子至樂：「所樂者，身安、厚味、美服、好色、音聲也。」　暴殄天物：殘害滅絶萬物。書武成：「今商王受無道，暴殄天物，害虐烝民。」孔安國傳：「暴絶天物，言逆天也。」孔穎達疏：「普謂天下百物，鳥獸草木，皆暴絶之。」

〔七〕壽祺：長壽吉祥。　唐顔真卿之石刻：唐肅宗乾元二年（七五九）春，詔令南北各地，「臨江帶郭，上下五里各置放生池，凡八十一所」，「宣皇明而廣慈愛」。顔真卿撰天下放生池碑銘一首，并書寫和刻碑流傳。

〔八〕十三聖相繼：指從宋太祖至宋寧宗共十三帝。參見本卷紹興府修學記注〔六〕。

〔九〕極高蟠厚：頂天立地，遍及天地。參見卷一光宗册寶賀表注〔五〕。　咸若：書皋陶謨：「皋陶曰：『都！在知人。在安民。』禹曰：『吁！咸若時，惟帝其難之。』」後用「咸若」稱頌帝王之教化，使萬物皆能順其性，得其時。

〔一〇〕四方郡國：指各地州府。

〔一一〕承議郎：宋代文臣階官名之廿三級，從七品。　曾㮚：曾幾孫。

〔一二〕子城：大城所屬的小城。　延袤：綿亘，綿延伸展。　史記蒙恬列傳：「築長城，因地形，用制險塞，起臨洮，至遼東，延袤萬餘里。」　泓渟：水深貌。　柳宗元永州萬石亭記：「於是刳辟朽壤，翦焚榛薉，決澮溝，導伏流，散爲疏林，洄爲清池，寥廓泓渟，若造物者始判清濁，效奇於兹地，非人力也。」盪摩：摩擦震蕩。杜甫魏將軍歌：「欃槍熒惑不敢動，翠蕤雲旓相蕩摩。」

〔一三〕會：聚合。此指景物會聚處。

〔一四〕重明節：宋光宗聖節，爲九月四日。參見卷二丞相率文武百僚請建重明節表題解。拜手稽首：男子跪拜禮。跪後兩手相拱，俯頭至手，爲拜手；叩頭至地，爲稽首。書太甲中：「伊尹拜手稽首。」孔安國傳：「拜手，首至手。」孔穎達疏引鄭玄云：「稽首，拜頭至地也。」

〔一五〕「一賦」三句：如若一項賦役不合農時，一樁訟獄不合情理，窮苦百姓、普通民衆一有憂愁悲歎。下俚：同「下里」。

〔一六〕對揚天子休命：答謝稱揚天子的任命。書説命下：「敢對揚天子之休命。」孔安國傳：「對，答也。答受美命而稱揚之。」歸美報上：贊美報答天子。

〔一七〕期年：一年。左傳僖公十四年：「秋八月辛卯，沙鹿崩。晉卜偃曰：『期年將有大咎，幾亡國。』」

鎮江府駐劄御前諸軍副都統廳壁記

鎮江府駐劄御前諸軍副都統、武功大夫、和州防禦使淄川夏侯君，書來諗予於山陰澤中曰〔一〕：「吾軍有都統，爲一軍大將，内以屏衛行在，外以控扼梁楚〔二〕，隱然一長城也。又置副都統一員，以佐其長，智勇相資，寬猛相濟〔三〕。有事則或居或行，更出迭歸，無事則同籌共畫於帳中，而制敵於千里之外，其任可謂重矣。而副都統自設官以來，今三十有八年，歷官十人，再至者一人〔四〕，未有壁記，後將無所考質〔五〕。子爲我書而刻其姓名，可乎？」予與夏侯君南北異鄉，東西異班，出處壯老異致〔六〕，然每見其撫劍抵掌，談中原形勢、兵法奇正〔七〕，未嘗不太息，恨不與之周旋於軍旅間也。君亦謂予非齪齪老書生〔八〕，以兄事予甚敬，則今日之請尚何辭？然今天子神聖文武，承十二聖之傳，方且拓定河洛，規恢燕趙，以卒高皇帝之伐功〔九〕，則宿師江淮〔一〇〕，蓋非久計。夏侯君亦且與諸將移屯玉關之西、天山之北矣。予雖老，尚庶幾見之。慶元四年正月甲子，陸某記。

【題解】

南宋初，軍隊經過整編，形成韓世忠、劉光世、張俊、吴玠、岳飛五支屯駐大軍。紹興十一年，朝廷解除岳飛、韓世忠等兵權，先後改名爲某州府駐劄御前諸軍。隨後，陸續在興元府、金州、江陵府、鄂州、沔州、利州、江州、池州、建康府、鎮江府設置御前諸軍，由都統制和副都統制統轄。廳壁記爲記文的一種。封演封氏聞見記壁記：「朝廷百司諸廳，皆有壁記。叙官秩創置及遷授始末，原其作意，蓋欲著前政履歷，而發將來健羡焉。」鎮江府駐劄御前諸軍副都統夏侯君因幕府未有廳壁記，請陸游爲撰。本文爲陸游爲其所作的廳壁記，記述都統職責，表達與夏侯君一起撫劍抵掌、周旋軍旅、收復中原的願望。

本文據篇末自署，當作於慶元四年（一一九八）正月甲子（二十六）日。時陸游奉祠家居，提舉建寧府武夷山沖佑觀。

【箋注】

〔一〕武功大夫：宋代武臣階官名之二六級，正七品。防禦使：宋代武臣寄禄官之一，無職掌。淄川：隋代設縣，唐宋置郡，宋代屬京東東路。今屬山東淄博。夏侯君：名不詳。

〔二〕吾軍：此指鎮江府駐劄御前諸軍。梁楚，今河南、湖北一帶。梁，即魏，魏惠王遷都大梁（今河南開封），魏國也稱梁國。楚，都郢（今湖北江陵），統轄今長江中下游地區。諗：告知，告訴。

〔三〕寬猛相濟：寬大和嚴厲護衛補充。語本左傳昭公二十年：「仲尼曰：『善哉，政寬則民慢，慢則糾之以猛；猛則民殘，殘則施之以寬。寬以濟猛，猛以濟寬，政是以和。』」

〔四〕再至者：兩次任該職者。

〔五〕考質：咨詢質疑。曾鞏侍讀制：「蓋用儒學之臣入閣侍讀，所以考質疑義，非專誦習而已。」

〔六〕南北異鄉：夏侯君爲淄川（今山東淄博）人，陸游爲山陰（今浙江紹興）人，故云。東西異班：指上朝時文臣武臣東西分班排列。資治通鑑卷二五〇胡三省注：「唐凡朝會，文官班於東，武官班於西。」出處：出仕和退隱。異致：不同情狀。魏書禮志三：「臣等聞先王制禮，必有隨世之變；前賢創法，亦務適時之宜。良以世代不同，古今異致故也。」

〔七〕撫劍：按劍。左傳襄公二十三年：「遂超乘，右撫劍，左援帶，命驅之出。」抵掌：擊掌。談話過程中的高興舉止。戰國策秦策一：「（蘇秦）見説趙王於華屋之下，抵掌而談。」奇正：兵法術語。作戰以對陣交鋒爲正，設伏掩襲等爲奇。孫子勢：「三軍之衆，可使必受敵而無敗者，奇正是也。」又：「戰勢不過奇正，奇正之變，不可勝窮也。」

〔八〕齪齪：拘謹，謹小慎微貌。史記貨殖列傳：「而鄒魯濱洙泗，猶有周公遺風，俗好儒，備於禮，故其民齪齪。」

〔九〕拓定：平定。潘勖册魏公九錫文：「濟師洪河，拓定四州。」河洛，指黄河、洛水之間地區。規恢：規劃恢張。揚雄上書諫勿許單于朝：「其後深惟社稷之計，規恢萬載之策。」卒高皇帝之伐功：完成宋高宗收復中原的功業。伐，功勛。

〔一〇〕宿師：駐軍。

法雲寺觀音殿記

浙東之郡，會稽爲大。出會稽城西門，循漕渠行八里〔一〕，有佛刹曰法雲禪寺。

寺居錢塘、會稽之衝，凡東之士大夫仕於朝與調官者〔二〕，試於禮部者，莫不由寺而西，餞往迎來，常相屬也。富商大賈，捩柂挂席，夾以大艑，明珠大貝，翠羽瑟瑟之寶，重載而往者，無虚日也〔三〕。又其地在鏡湖下，灌溉瀦泄，最先一邦，富比封君者，家相望也〔四〕。故多施者，寺易以興。然建炎庚戌胡虜之禍〔五〕，亦以近官道，首廢於火，一瓦不遺。主僧曰道亨，爲一方所信，度弟子三十二人，慨然自任以興復之事，未成者十七而没。其後有自修者，始爲三門、法堂、經藏等，予適得華嚴、般若、涅槃、寶積數百卷以施之〔六〕。草創未畢，而修謝去。自是寺以不得人又廢，木翦竹伐，鍾鼓不鳴，白衣攘居之，屠牛牧豕，莫敢孰何〔七〕。初，先楚公爲尚書左丞，請於朝，以證慈及法雲爲功德院〔八〕，歲度僧一人。三年間證慈得其二，法雲得其一。故太傅與楚公祠堂肖像具存〔九〕。予自蜀歸，始言於府，請逐白衣，而命契彝者主之。彝與亨俱東陽人〔一〇〕，人固已喜。而彝又有器局才智，居之且二十年，創佛殿及像設〔一一〕，費甚厚，談笑而成。重建三門，翼以兩廡，巍然大刹矣。彝没，予以告府牧尚書葉公〔一二〕，以其弟子道澤繼之。澤少年，志節清苦，言議英發，人皆畏其嚴而服其公。於是予以大屋四楹，施以爲觀音大士殿〔一三〕。雖然，尚未易成也，澤即日走四方謀之。三年，遂建殿。殿之雄麗，冠於一刹。予又施以禪月所畫十六大阿羅漢像，龕於兩壁〔一四〕，觀者起敬，施者踵至。自火於庚戌及今庚申〔一五〕，實七十載，殆若有數。然卒成之者，緊彝與澤父子積勤不懈之力也。予嘗謂事物廢興，數固不可逃，而人謀常參焉。予游四方，凡通都大邑，以至遐陬夷裔〔一六〕，十家之聚必有佛刹，往往歷數百千歲，雖或盛或衰，要皆不廢。而當時朝市城郭，邑里官寺〔一七〕，多已化爲飛埃，鞠爲茂草〔一八〕，過者弔古興懷於狐嘷鬼嘯之區，而佛刹自若也。豈獨因果報應之説，足以動人而出其財力，亦其徒堅忍强毅，不以豐凶難易變其心，子又有孫，孫又有子，必於成而後已。彼之不廢固宜。予因彝與澤之事而有感焉，併載其説。士大夫過而稅駕者〔一九〕，讀之其亦有感也夫！慶元五年秋七月庚午記。

【題解】

嘉泰會稽志卷七載：「法雲寺在縣西北八里，本名王舍城寺，久廢。吴越王時有大校巡警，見其地有光景，乃復興葺。開寶七年改名寶城寺。中允陸公仁旺及弟大卿捨園地以益之。大中祥符中改額法雲。建中靖國元年大卿之孫拜左丞，請爲功德院，三歲度僧一人。建炎初金虜入寇，有三騎至寺，主僧道亨不勝憤，閉寺門擊殺之，尸諸門。虜後騎至，遂焚寺。道亨，婺州人，在法雲四十年，度弟子三十二人。寺焚復營葺，不少挫，未成而卒。其後自修、契彝繼之，乃成。道澤又建觀音殿、鐘樓、經藏。」陸氏家族與法雲寺多有關係。本文爲陸游爲法雲寺觀音殿所作的記文，記述法雲寺沿革和觀音殿廢興始末，記録家族、自身與法雲關係，感慨佛徒「堅忍强毅，不以豐凶難易變其心」的精神。

本文據篇末自署，當作於慶元五年（一一九九）七月庚午日。時陸游致仕家居。

【箋注】

〔一〕漕渠：用於漕運的河道。參見卷十八常州開河記注〔三〕。

〔二〕調官：選調官職。劉敞得蕭山書言吏民頗相信又言湘湖之奇及生子名湘戲作此詩：「去年射策雄東堂，今年調官在越上。」

〔三〕捩柂：撥轉船舵。指行船。王安石送董伯懿歸吉州：「江湖北風帆，捩柂即千里。」掛席：掛帆。文選謝靈運游赤石進帆海：「揚帆采石華，掛席拾海月。」李善注：「揚帆、掛席，其義一也。」大艑：亦作大艣。一種比槳大的划船工具。大貝：貝之一種，上古以爲寶器。書顧命：「大貝、鼖鼓在西方。」瑟瑟：碧色寶石。周書異域傳波斯：「（波斯國）又出白象、師子……馬瑙、水晶、瑟瑟。」

〔四〕鏡湖：古代江南大型農田水利工程，在今紹興會稽山北麓。東漢永和五年（一四〇）在太守馬臻主持下修建。以水準如鏡，故名。封君：受封邑的貴族。漢書食貨志下：「封君皆氏首仰給焉。」顏師古注：「封君，受封邑者，謂公主及列侯之屬也。」

〔五〕建炎庚戌胡虜之禍：指建炎四年金兵南下攻陷紹興。

〔六〕三門：指寺院大門。釋氏要覽住處：「凡寺院有開三門者，只有一門亦呼三門者何也？佛氏論云：『大宮殿，三解脱門爲所入處。大宮殿喻法空涅槃也，三解脱門謂空門、無相門、無作門。』今寺院是持戒修道、求至涅槃人居之，故由三門入也。」法堂：演説佛法的講堂。經藏：寺院存放佛經處。華嚴：即華嚴經，全名大方廣佛華嚴經。般若：即般若經，全名大般若波羅蜜多經。涅槃：即涅槃經，全名大般涅槃經。寶積：即大寶積經。施：施捨。

〔七〕「白衣」三句：白衣，佛教徒着緇衣，稱俗家人爲白衣。攘，奪取。孰何，誰何。

〔八〕先楚公：指陸游祖父陸佃，官至尚書左丞，封楚國公。證慈：即證慈寺。嘉泰會稽志卷七：「泰寧寺，在縣東南四十裏，周顯德二年建，初號化城院，又改爲證道院。建中靖國元年，太師陸佃既拜尚書左丞，請以爲功德院，改賜名『證慈』。米芾書額，寺門外築亭曰慶顯。紹興初，詔卜昭慈聖獻太后攢宫，遂以證慈視陵寺。而議者謂昭慈將歸祔永泰陵，因賜名泰寧禪寺。其後永祐、永思、永阜、永崇四陵修奉，皆在其地，故泰寧益加崇葺云。」功德院：宋代貴戚大臣被允許建功德寺院，贍養僧侣，誦經焚修，爲祖先資薦冥福。但資格有一定限制。

〔九〕太傅：指陸游高祖陸軫，贈太傅。

〔一〇〕東陽：宋時東陽郡即婺州，屬兩浙東路。

〔一一〕器局：器量，度量。三國志明元郭皇后傳「五年二月葬高平陵西」，裴松之注引晉諸公贊：「（郭）建字叔始，有器局而彊問。」像設：所祠祀的人像。楚辭招魂：「天地四方，多賊奸些；像設君室，靜閒安些。」朱熹集注：「像蓋楚俗，人死則設其形貌於室而祠之也。」

〔一二〕府牧尚書葉公：指葉翥。嘉泰會稽志卷二：「葉翥，紹熙五年七月以顯謨閣學士中大夫知。慶元元年正月，應辦孝宗皇帝梓宮有勞，除龍圖閣學士。五月，召赴行在。」

〔一三〕觀音大士：即觀世音。佛教菩薩，慈悲的化身，救苦救難之神。唐避太宗諱，省稱觀音。南史王玄謨傳：「初，玄謨始將見殺，夢人告曰：『誦觀世音千遍則免。』」

〔一四〕禪月：即貫休（八三二—九一二），前蜀婺州蘭溪（今浙江蘭溪）人。俗姓姜，名休，字德遠。唐末五代著名詩畫僧，被前蜀主王建封爲「禪月大師」。擅長畫羅漢像。益州名畫録載：貫休畫羅漢十六幀，龐眉大目者，朵頤隆鼻者，倚松石者，坐山水者，胡貌梵相，曲盡其態。或問之，云：「休自夢中所睹爾。」著有禪月集。　龕：供奉佛像的小閣，此指築龕。

〔一五〕庚戌：即建炎四年（一一三〇）。　庚申：即慶元六年（一二〇〇）。

〔一六〕遐陬：邊遠一隅。宋書謝靈運傳：「内匡寰表，外清遐陬。」　夷裔：邊緣外族。秦觀次韻邢敦夫秋懷十首：「憬彼高句麗，來修夷裔職。」

〔一七〕官寺：官署，衙門。漢書翼奉傳：「地大震於隴西郡，毀落太上廟殿壁木飾，壞敗豲道縣城郭官寺及民室屋，厭殺人衆，山崩地裂，水泉湧出。」

〔一八〕鞠爲茂草：指雜草塞道。形容衰敗荒蕪景象。鞠，通「鞫」。晉書石勒載記：「誠知晉之宗廟鞠爲茂草，亦猶洪川東逝，往而不還。」

〔一九〕税駕：解駕，停車。税，通「脱」。史記李斯列傳：「物極則衰，吾未知其所税駕也。」司馬貞索隱：「税駕，猶解駕，言休息也。李斯言己今日富貴已極，然未知向後吉凶，正泊在何處也。」

會稽縣新建華嚴院記

會稽五雲鄉有山曰黄琢。山之麓，原野曠，水泉冽，岡巒抱負，巖嶂森立，而地茀不治者〔一〕，不知幾何年。或謂古嘗立精舍，以待天衣、雲門游僧之至者〔二〕，有石刻具其事。其後寺廢石亡，獨龜趺猶在〔三〕，父老類能言之。慶元三年，有信士馬君正卿聞而太息，乃與其弟崧卿，以事親收族之餘貲〔四〕，買地築屋，擇僧守之。凡僧若士民之道出於此者〔五〕，皆得就憩。猶以爲未廣也，則爲堂殿門廡，倉廥庖湢，凡僧居之宜有者悉備，而殖産使足以贍足其徒〔六〕。猶懼其不能久也，告於府牧丞相葛公，以華嚴院額徙置焉〔七〕，可謂盡矣！而其意猶未已也，曰：「年運而往，或者欺有司而寓其孥，則院廢矣。家世隆替不可常，萬分一有子孫以貧故，規院之產〔八〕，侵院之事，則僧散矣。」於是因其同學於佛者、朝奉郎致仕曾君迅叔遲，來請予文刻之石，庶來者知此院經理之艱勤，則不忍寓其孥，子孫知乃祖乃父志願之堅確，則不忍規其產、侵其事。設若有之，而至於有司，則賢守善令必有以處此。雖至於數百千歲，此院猶不廢也。予報之曰：僧居之廢興，儒者或謂非吾所當與，是不然。韓退之著書，至欲「火其書，廬其居」〔九〕；杜牧之記南亭，盛贊會昌之毀寺〔一〇〕，可謂勇矣。然二公者卒亦不能守其說。彼浮圖「突兀」「三百尺」，退之固喜其成〔一一〕；而老僧「挈衲」無歸，寺竹殘伐，牧之亦賦而悲之〔一二〕。彼二公非欲納交於釋氏也，顧樂成而惡廢〔一三〕，亦人之常心耳。則君之志，叔遲之請，與予之記之也，皆可以無愧矣。慶元五年八月甲子，中大夫致仕、山陰縣開國男、食邑三百户陸某撰并書丹〔一四〕。

【題解】

會稽縣五雲鄉黃琢山麓，原有精舍石刻，後寺廢石亡。慶元三年，信士馬正卿買地築屋，新建寺院，殖產贍徒，告府牧移華嚴院額賜之，并因曾迅請陸游作記，以祈久存不廢。本文爲陸游爲新建華嚴院作所作的記文，記叙建寺和刻石始末，表達「樂成而惡廢」之心。

本文據篇末自署，當作於慶元五年（一一九九）八月甲子（初四）日。時陸游致仕家居。

【箋注】

〔一〕茀：草多塞路。國語周語中：「道茀不可行。」韋昭注：「草穢塞路爲茀。」

〔二〕精舍：僧人修煉居住之所。魏書馮熙傳：「熙爲政不能仁厚，而信佛法，自出家財，在諸州鎮建佛圖精舍，合七十二處。」天衣：天衣寺。嘉泰會稽志卷七：「天衣寺，在縣南三十里。」雲門：雲門寺，亦在縣南三十里。參見卷十七雲門壽聖院記。游僧：四方雲游的僧人，亦稱游方僧。

〔三〕龜趺：石碑下的龜形石座。劉禹錫吏部侍郎奚公神道碑：「螭首龜趺，德輝是紀。」

〔四〕信士：指信奉佛教的在家男子。梵語「優婆塞」的譯稱。郭嵩藥師像贊：「立召良工，雕磨斯像，使信士等日加精勤。」事親：侍奉父母。收族：團結族人。儀禮喪服：「大宗者，收族者也。不可以絶。」鄭玄注：「收族者，謂别親疏，序昭穆。」餘貲：富餘的資財。

〔五〕若：和，與。

〔六〕倉廥：貯藏糧食和草料的倉庫。史記平準書：「天子遣使者虚郡國倉廥以振貧民。」庖：廚房。孟子梁惠王上：「庖有肥肉。」湢：浴室。禮記内則：「外内不共井，不共湢浴。」鄭玄注：「湢，浴室也。」殖産：置産，增殖財産。

〔七〕府牧：指知府。丞相葛公：指葛邲。嘉泰會稽志卷二：「葛邲，慶元元年七月，以特進、觀文殿學士判。慶元二年三月，改判福州。」宋史葛邲傳：「紹熙四年，拜左丞相……未期年，除觀文殿大學士、知建康府。改隆興，請祠。寧宗即位……判紹興府。」華嚴院額：嘉泰會稽志卷七：「華嚴院，在縣東南七十五里。咸通九年賜今額。寺久廢，後移五雲鄉，今方廣院乃其子院爾。」

〔八〕隆替：盛衰，興廢。潘岳西征賦：「人之升降，與政隆替，杖信則莫不用情，無欲則賞之不竊。」規：謀劃。

〔九〕「韓退之」二句：韓愈原道：「然則，如之何而可也？曰：不塞不流，不止不行。人其人，火其書，廬其居。明先王之道以道之。鰥寡、孤獨、廢疾者有養也，其亦庶乎其可也。」

〔一〇〕「杜牧之」二句：杜牧作杭州新造南亭子記，記載了武宗會昌五年滅佛的成果，謂「凡除寺四千六百，僧尼笄冠二十六萬五百；其奴婢十五萬，良人枝附爲使令者，倍笄冠之數；良田數千萬頃，奴婢口率與百畝，編入農籍；其餘賤取民直，歸於有司，寺材州縣得以恣新其公署傳舍。」

〔一一〕「彼浮圖」二句：韓愈送僧澄觀詩有「清淮無波平如席，欄柱傾扶半天赤。火燒水轉掃地空，突兀便高三百尺」之句，贊歎佛塔興廢，如有神助。

〔一二〕「而老僧」三句：杜牧還俗老僧詩云：「雪髮不長寸，秋寒力更微。獨尋一徑葉，猶挈衲殘衣。日暮千峰裏，不知何處歸。」又斫竹詩云：「寺廢竹色死，宦家寧爾留。霜根漸隨斧，風玉尚敲秋。江南苦吟客，何處送悠悠。」二首均描繪會昌滅佛後寺竹衰敗、老僧無依的淒涼景象。

〔一三〕納交：結交。樂成而惡廢：樂於見證成功而厭惡廢棄。

〔一四〕書丹：古時刻碑，先用朱筆在石上寫所要刻的文字，稱書丹。後泛指書寫碑誌。後漢書蔡邕傳：「（熹平四年）奏求正定六經文字，靈帝許之，邕乃自書丹於碑，使工鐫刻，立於太學門外。」